LE FILS DE JAN

LE DESTIN DES YVARSEN

MARIE-ANNE DESMAREST

LE CYCLE DE TORRENTS

LE FILS DE JAN
•
LE DESTIN DES YVARSEN

roman

FRANCE LOISIRS
123, boulevard de Grenelle, Paris

Édition du Club France-Loisirs, Paris avec l'autorisation des Éditions Denoël

ISBN : 2-7242-0502-2

LE FILS DE JAN

L'amour, ce n'est pas une femme et un homme qui se regardent dans les yeux, mais une femme et un homme qui marchent côte à côte et regardent devant eux.

ANTOINE DE SAINT-EXUPÉRY.

I

La propriété du docteur Jan Yvarsen, brillamment éclairée, illuminait le parc. Une cinquantaine de personnes avaient été conviées à un banquet que le docteur donnait pour fêter l'éclatant succès de son fils Erling aux concours d'internat.

Jan Yvarsen n'avait pas changé. A peine si ses tempes s'étaient argentées; et les quelques rides qui marquaient aujourd'hui le coin de ses yeux accentuaient la douceur de son visage contrastant avec son regard volontaire, un peu hautain. Sa silhouette avait gardé toute sa jeunesse, elle évoquait la souplesse et la force. La bonne humeur régnait autour de l'immense table et quand Jan riait, ses lèvres pleines découvraient des dents d'une blancheur éclatante. Aucune des personnes qui l'avaient connu vingt-cinq ans auparavant, alors qu'il dirigeait l'hôpital de Krittelwerk, n'eût hésité à le reconnaître.

Face à lui, Thérèse avait du mal à cacher son émotion. Parfois son regard quittait le jeune homme pour aller se poser sur le visage de son mari. Celui-ci, comme s'il avait voulu la remercier d'être aussi merveilleusement belle, l'encourager aussi, lui adressait alors un petit signe de la main, geste qui n'avait de sens que pour elle, complicité d'un couple heureux que les années ont encore rapproché.

A gauche de Thérèse était assis Tom Starner venu tout spécialement du Transvaal où il dirigeait une importante exploitation agricole. Deux ans auparavant, Ide, sœur cadette d'Erling, avait épousé James, son fils. Les jeunes époux résidaient en Afrique et c'était leur deuxième voyage en Europe depuis leur mariage. Ide était le portrait de Thérèse; même tendresse du regard, même fraîcheur de teint, même sourire. Lorsque Ide était partie pour le Transvaal, Thérèse avait éprouvé un grand déchirement, car la mère et la fille vivaient comme deux sœurs dans la maison que désertaient chaque matin pour la clinique Jan et son fils. Près de Jan était Fanny, son ancienne collaboratrice de l'hôpital de Krittelwerk, l'amie d'autrefois, devenue la femme de Tom Starner. Et Jan, ému, souriait aux évocations de Fanny : tout le passé — avec ses heures tristes et graves, douces et profondes — revivait pour eux, un passé plein de dures expériences, de grands bonheurs aussi et que traversaient parfois les ombres des amis morts. « Tu te souviens... » Fanny disait ces mots magiques dans leur simplicité et soudain le temps s'arrêtait, Jan tournait la tête vers Thérèse et cherchait ses yeux. Puis il regardait Erling...

Erling Yvarsen occupait le bout de la table. Il était, ce soir-là, l'objet de tant de compliments qu'il commençait à se sentir un peu gêné. Et voilà que son père se levait à son tour.

— Mon fils, dit Jan d'une voix grave, te voilà aujourd'hui face à une tâche écrasante : celle de secourir les hommes dans leur chair et dans leur âme. Et le plus difficile commence pour toi : il faut que tu comprennes, que tu admettes que tu ne sais rien encore et que c'est maintenant que ton véritable apprentissage commence. Demain, tu te pencheras sur la souffrance humaine et ce sont des vies d'hommes qui vont dépendre de ton sang-froid, de ta précision, de ton intelligence. Sache qu'un médecin est à la fois un instrument et un homme et que c'est en homme que tu dois recevoir les corps souffrants de ceux qu'on te confie. Sois non seulement celui qui peut guérir et parfois sauver à l'ultime instant, mais aussi celui qui console, qui aide, qui aime... Notre carrière c'est l'amour du prochain.

La voix de Jan était devenue un peu rauque, hésitante.

— Erling, ma plus grande joie est de t'avoir gardé près de moi. Je veux que peu à peu tu me remplaces. Je n'ai guère l'habitude de m'attendrir, mais je veux te dire ceci : depuis dix ans nous travaillons l'un près de l'autre comme deux vieux amis, et tu m'as donné toutes les joies qu'un père peut souhaiter.

Erling, masquant sa confusion, balbutia quelques mots puis, d'un geste gai et spontané où il voulut mettre toute cette camaraderie que Jan avait si bien su instaurer entre eux, il leva sa coupe.

— A toi, père.

Plus ému qu'il ne voulait le montrer Jan lui sourit ; enfin, il se tourna vers Ide :

— A vous deux, mes chers enfants ! Acceptez les luttes — avec enthousiasme pour ce qu'elles vous donnent — sans envie pour ce qu'elles vous refusent. Ide, je ne veux plus trouver dans tes lettres ces accents de tristesse que t'inspire notre séparation. Ne diminue pas ainsi le courage de James auquel nous sommes attachés comme s'il était notre propre enfant. Bien sûr, il serait agréable et facile de vivre les uns près des autres, mais les êtres qui s'aiment comme nous nous aimons, qui se comprennent comme nous nous comprenons, ne sont jamais tout à fait séparés. Lorsque tu vas repartir souviens-toi que nous aussi avons vécu sur cette terre africaine, qu'elle fut nôtre, ce qui nous permet d'y être toujours un peu présents... A votre bonheur... à tous...

Ide vint vers son père et l'enlaça de ses bras ronds et dorés. Puis, faisant le tour de la table, elle posa sa bouche fraîche contre la joue encore humide de larmes de sa mère.

Jan coupa court aux effusions qui risquaient d'entraîner la mélancolie :

— Dansons, mes enfants..., dit-il joyeusement.

Il mit en marche le tourne-disques et emporta Thérèse dans une valse lente ; les convives regardèrent avec complaisance ce couple étonnamment jeune avant de se laisser gagner eux-mêmes par la danse.

II

Les Yvarsen résidaient toute l'année dans la propriété de la tante Brita, devenue celle de Jan. Le docteur avait conservé la direction de sa clinique, l'*Eden,* mais pratiquait le moins possible, consacrant tout son temps à ses élèves de la faculté de Stockholm. En dehors de cas d'urgence où son diagnostic était indispensable, il n'apparaissait à l'*Eden* que deux ou trois fois par semaine.

Son autre passion était son domaine. Le parc était l'objet de ses soins attentifs et il surveillait lui-même l'entraînement de ses chevaux. Le plus près possible de la vieille demeure, donnant presque sur les immenses baies du salon-bibliothèque, il avait fait construire une volière géante dans laquelle il collectionnait les oiseaux les plus rares, souvenirs de l'Afrique et de ses nombreux voyages. Thérèse et lui faisaient chaque matin de grandes promenades à cheval, traversant la forêt jusqu'au lac dont la forme longue et les reflets changeants étaient pour eux un perpétuel ravissement.

L'hiver, ils lisaient souvent les mêmes livres, se communiquaient leurs impressions, leurs préférences, enchantés si parfois leurs opinions opposées les confrontaient en une joute amicale et passionnée.

Souvent, Jan se mettait au piano. Et pour Thérèse, ces heures-là primaient toutes les autres. Elle s'asseyait auprès du grand feu de bois, et se laissait emporter avec Jan dans le même voyage éblouissant.

Thérèse n'avait rien voulu changer au décor qui avait enchanté la jeunesse de Jan. Ane Mette — que tous regrettaient — avait quelquefois demandé à la jeune femme si elle ne craignait pas l'assaut des souvenirs que chaque coin, chaque meuble pouvait réveiller. Thérèse, qui savait que la vieille femme vouait dans le fond de son cœur une sorte de culte à Sigrid et n'avait pu se consoler de sa fin tragique, comprenait ces sentiments et souriait avec indulgence; elle montrait ses jeunes enfants et disait : « Ceci efface cela. »

Toutefois, depuis deux ans, l'atmosphère de la maison avait changé. Ide avait poussé comme une fleur vivace, éprise de liberté, amoureuse comme son père du parc enchanteur, il n'avait pas été question de lui faire accomplir de longues et sérieuses études. Sa beauté, son caractère indépendant avaient attiré immédiatement James Starner qui, accompagné de ses parents, était venu en Europe pour sa vingtième année. Et l'évocation des chevauchées à travers la brousse africaine, l'existence agreste qu'il menait avaient enthousiasmé Ide.

Ainsi James avait enlevé Ide à Thérèse, la faculté et la clinique éloigné Erling de la maison. Toutefois après quelques mois cette solitude difficile avait été pour Jan et Thérèse l'occasion de retrouver l'intimité de leur jeunesse, un amour plus sage et plus intense à la fois.

Les Starner étaient repartis pour le Transvaal. Leur passage avait rouvert au cœur de Jan et de Thérèse une blessure encore mal cicatrisée. Les domestiques circulaient silencieusement comme si la maison avait été endeuillée. Dans le salon, Jan, ce jour-là, était absorbé dans ses réflexions. Il tournait machinalement sa cuillère dans son café. Par la baie ouverte, le parc offrait à ses regards les couleurs chaudes de l'été.

— Jan...

Il tressaillit. Thérèse, debout près de lui, avait posé la main sur son épaule. Il prit cette main, la porta à ses lèvres.

— C'est dur, n'est-ce pas, Jan, quoi qu'on dise, quoi qu'on fasse...

— Oui, fit-il de la tête, mais il se redressa, un beau sourire illuminant son visage.

» Tout continue, ma chérie... Un peu de tristesse, un peu de mélancolie, bien sûr, c'est la rançon des cœurs fidèles.

— Que comptes-tu faire d'Erling?...

La voix de Thérèse laissait percevoir une sourde inquiétude.

— Il est libre de disposer de sa vie...

— Crois-tu?

Jan regarda sa femme.

— Tu sais très bien ce que je veux dire, Jan, insista-t-elle.

Le docteur haussa imperceptiblement les épaules en signe d'incompréhension.

— Jan, tu le sais aussi bien que moi, nous connaissons mal notre fils. Autant il nous est facile, même à distance, de suivre Ide dans ses pensées et de la comprendre, autant Erling est secret. Son affection pour nous est si profonde que bien souvent elle m'émeut; il est franc, droit. Mais je lis parfois dans ses yeux une nostalgie incompréhensible, et j'en suis inquiète. Une mère, mon Jan, ne trouve l'apaisement que dans la connaissance totale de l'âme des enfants auxquels elle a donné le jour. L'âme d'Erling est insaisissable.

— Tu as sans doute raison, répondit Jan. J'ai souvent constaté, moi aussi, l'indifférence d'Erling à certaines de nos conversations, à certains de nos projets. Sans dire qu'il est loin de nous, j'ai l'impression parfois qu'il reste un peu étranger à notre vie familiale. Il faut probablement en accuser une certaine formation intellectuelle qui lui apporte une vision du monde qui n'est pas la nôtre. Mais est-ce bien particulier à notre fils? Le rêve est l'apanage des adolescents et je ne pense pas que nous ayons le droit de nous immiscer dans ce domaine.

— Je sais... Mais, vois-tu, Jan... Je ne voudrais pas que tu l'abandonnes complètement à lui-même...

Le docteur Yvarsen éclata de rire.

— Il faut comprendre, ma chérie, que notre fils est maintenant un homme et qu'il est difficile — qu'il serait regrettable même — de lui imposer certaines disciplines.

— Bien sûr. Ce n'est pas là ce que je veux dire. J'aimerais que tu le questionnes quelquefois. Moi, je ne m'en sens pas le pouvoir, et je n'en aurai jamais l'audace. Professionnellement, vous êtes sur un terrain qui peut donner lieu à certaines confidences. Nous avons tous besoin de conseils... Erling comme tout le monde, et ceux qui viennent de toi ne peuvent que lui être profitables.

Jan enlaça la taille souple de sa femme. Du même pas, ils firent une longue promenade dans le parc. Les yeux levés vers l'horizon, Jan se dit que, jusqu'à son dernier jour, il ne se lasserait pas de contempler les teintes de leur ciel. Puis, revenant au sujet qui préoccupait sa femme :

— Ma chérie, dit-il, nous ne sommes pas autorisés à exiger que, même ceux qui sont issus de nous, nous ressemblent. Je te promets de continuer à suivre notre fils. N'aie crainte. Je suis pour lui, j'en suis certain, son meilleur ami.

— Je le sais.

Jan regarda sa femme :

— Je suis convaincu qu'Erling n'est pas une nature banale et qu'il est plein de courage...

— Comme toi...

— Droit, honnête et franc... Il a le sens de son devoir et de ses responsabilités. Je sais qu'il ne trahira pas la mission qu'il s'est donnée.

Thérèse chercha la main de son mari :

— Comment le pourrait-il, ayant toujours eu ton exemple? Ne souris pas, Jan... mon admiration et ma ferveur pour toi sont demeurées les mêmes qu'au temps de mes vingt ans... Je ne cesse d'être étonnée de mon bonheur...

Ils traversèrent le petit bois de sapins. Au loin, le torrent mugissait... Le ciel, soudain, se fonçait et l'air immobile semblait annoncer un orage. Thérèse se serra plus fort contre son mari. Ils hâtèrent le pas.

Quand ils rentrèrent, l'eau chantait dans le samovar. Thérèse beurra les toasts et versa le thé. Jan suivait des yeux le geste gracieux de son bras. Elle surprit ce regard et, de ses lèvres rapprochées, fit la moue aimable d'un baiser. L'immense pièce, simplement éclairée par le feu de cheminée, était l'image de la quiétude. Les vieux meubles de chêne luisaient dans la pénombre.

— Il y a huit jours, cette maison était pleine de rires..., s'exclama Thérèse, et sa voix laissait deviner son regret des heures joyeuses.

— Et celui de notre fille dominait tous les autres, répondit Jan, sans s'apercevoir que le visage de sa femme s'était assombri.

Il n'avait certes aucune préférence pour l'un ou l'autre de ses enfants, mais l'humeur primesautière d'Ide l'enchantait. Sa perpétuelle gaieté lui avait été un véritable bain de jouvence. Lui, dont chaque geste était mesuré, attendait presque avec impatience les mouvements spontanés de sa fille, ses étreintes brusques, alors qu'il revenait de la ville et qu'elle se précipitait dans ses bras. Ide ne cherchait en rien à refréner une exubérance native. Elle aimait les jeux violents, avait des audaces masculines, alors que son frère, même enfant, s'était toujours montré réservé. Pendant de longues heures, il pouvait rester assis devant la cheminée à savourer quelque livre. Tous deux pourtant s'entendaient à merveille et s'aimaient beaucoup. Erling avait eu un réel chagrin lorsque sa sœur était partie pour le Transvaal. A tel point que ses parents durent taire leur propre peine pour consoler l'adolescent à qui l'on semblait avoir ôté l'essentiel. Chaque semaine, Ide écrivait à son frère, plus souvent même qu'à ses parents. Et Thérèse s'en félicitait : Ide demeurait à ses yeux une force pure qui ne pouvait être que bénéfique à Erling.

La nuit était définitivement tombée. Au loin, des éclairs zébraient le ciel noir. Thérèse et Jan s'étaient rapprochés du foyer et, silencieux, regardaient les flammes. Peut-être évoquaient-ils un passé, à la fois lourd de chagrins, éclatant d'espérances et de joies? Peut-être s'élanceraient-ils vers l'avenir, tâchant de dessiner le destin des deux êtres qui leur tenaient à cœur?...

III

Dans sa clinique Jan avait réuni tous les perfectionnements de la technique chirurgicale moderne. Elle était un modèle du genre. Ses collaborateurs s'inspiraient de leur maître et se façonnaient à son image. On pouvait dire que, du monde entier, des malades venaient demander au docteur Yvarsen de guérir leurs souffrances.

— Mon fils est-il là? demanda Jan à l'infirmière qui s'approchait pour le débarrasser de son pardessus.

— Oui, Docteur. Il vous attend depuis une dizaine de minutes.

Jan entra dans son bureau. Près de la haute fenêtre, il vit la silhouette blanche d'Erling, le front appuyé contre la vitre. Au bruit que fit son père, il se retourna brusquement.

— Oh!..., le taquina allègrement celui-ci, mauvais réflexe nerveux pour un chirurgien!

Il frappa sur l'épaule du jeune homme et le détailla d'un regard soudain préoccupé :

— Ma parole, tu es livide!

Erling baissa la tête :

— Dans un quart d'heure, père, commencera ma première opération... je veux dire la première officielle... et...

— Tu as peur? demanda Jan en fronçant les sourcils.

— Ce n'est pas le mot exact...

— Il faut en effet s'entendre sur le terme. Avoir peur, c'est-à-dire sentir en soi une angoisse à l'approche d'un acte qui vous engage, est fort compréhensible. C'est presque une forme d'honnêteté morale. Mais craindre de ne pas réussir est infiniment plus dangereux. Je ne voudrais pas que cette crainte expliquât ta pâleur.

— N'est-ce pas la même chose?

— Absolument pas. On dit d'un grand artiste qu'il ne saurait entrer en scène sans éprouver ce qu'on nomme le « trac », et cela ne l'empêche pas de donner le maximum... Regarde-moi, Erling. Donne-moi ta main... Ma parole, elle n'a pas sa fermeté habituelle.

— Pardonne-moi.

Une infirmière entra, se tourna vers le jeune homme.

— Docteur?...

Erling leva la tête. Il demeurait pâle. Pourtant, c'est d'un ton ferme qu'il répondit :

— Je viens, Mademoiselle.

Jan suivit son fils. Ce dernier se retourna en entendant le pas de son père, et, le visage soudain détendu :

— Tu m'assistes? demanda-t-il plein d'espoir.

— Non... je veux simplement te voir à l'œuvre.

Les deux médecins entrèrent dans la salle d'opération. En ce lieu, Jan avait sauvé des centaines de vies humaines. Là, il avait lutté contre la mort de toute sa volonté et chaque victoire lui avait apporté une richesse intérieure nouvelle. Dans la salle blanche, Jan, en vérité, se sentait éternellement jeune, doué de forces illimitées. En vingt années d'apostolat, aucun de ses collaborateurs ne l'avait entendu formuler un mot de lassitude ou de découragement, ne l'avait vu dans une attitude abandonnée. Jamais une défaillance d'autorité ne l'avait fait descendre du piédestal où sa haute valeur l'avait élevé.

Le malade était déjà anesthésié. Jan fit un signe. Les aides s'approchèrent d'Erling, lui passèrent tablier, masque et gants. Les regards du père et du fils se rencontrèrent. Dans ceux de Jan passa un éclair de volonté et d'encouragement. Les yeux du jeune médecin s'abaissèrent une seconde, comme incapables de recevoir tant de lumière; puis soudain, il leva la tête, plein de reconnaissance et de confiance.

Lorsque Erling, un peu plus tard, entra dans le bureau de son père, une de ces minutes qui comptent dans la vie s'écoula pour les deux hommes. Erling s'était affirmé le digne fils du célèbre chirurgien et le cœur paternel se dilatait de fierté.

La secrétaire, qui arriva tout aussitôt les mains chargées de plis administratifs à signer par le « grand patron », ne vit rien que de coutumier. Elle glissait une à une les feuilles sur le sous-main. Après une rapide vérification, Jan, de sa main fine et nerveuse, traçait le paraphe ascendant.

Erling Yvarsen, assis dans le grand fauteuil, de l'autre côté du beau meuble d'acajou, semblait suivre avec nonchalance la fumée bleue de sa cigarette. Ses aspirations étaient peut-être un peu trop rapides.

Ce que la secrétaire ne percevait pas, c'est qu'en réalité les deux hommes étaient aussi près que possible l'un de l'autre. Avec la même lucidité, ils savaient que cette heure leur apportait la réalisation d'une grande espérance, l'achèvement d'un rêve patiemment poursuivi. Avec une même exaltation, Jan et Erling pensaient, l'un : « Mon fils continuera mon œuvre »; l'autre : « Père est content de moi. Je lui donnerai la joie de l'égaler un jour. »

La plume d'or crissa légèrement sur le papier et, comme passe un souffle qui ride d'une ombre la surface d'un lac illuminé par le soleil, ce bruit suscita une évocation fugace dans l'âme de Jan :

— Nils!... Aurait-il été médecin, chirurgien, l'enfant d'Ide-la-Douce, s'il avait vécu?

Ce ne fut qu'une onde rapide. Le père revit en pensée la précision parfaite, l'efficace sobriété des gestes, le doigté instinctif, infaillible déjà, d'Erling. Il faisait bon vivre quand on avait un pareil enfant.

Lorsque Jan et Erling quittèrent la clinique et déambulèrent côte à côte dans la rue, on eût dit deux frères. Ils étaient de même taille, de même allure. Comme son fils, Jan allait tête nue.

— Nous allons déjeuner tous les deux en garçons; et puis, en route pour la maison. Ça te convient?

Pour toute réponse, Erling prit amicalement le bras de son père et le passa sous le sien. Alors qu'Erling était interne, son père s'était toujours montré un professeur exigeant, avare des félicitations qu'il prodiguait volontiers à ses autres élèves. Lorsque Thérèse s'étonnait de tant de sévérité professionnelle, il répondait que de son fils il attendait le maximum. « A cet instant, il n'est plus mon fils, le sang de mon sang, il est un homme dont l'avenir ne m'appartient plus. Dès qu'il revêt sa blouse blanche, il n'est plus mon enfant, mais un homme dont la tâche peut être un jour surhumaine. Je ne me souviens qu'il est mon fils que pour exiger de lui ce qui frise l'impossible... »

Erling avait hérité de la santé et de la robustesse paternelles. Il mangea de fort bon appétit. Se souvenant du souci, sinon de l'inquiétude de Thérèse, quant au comportement de leur fils, Jan voulut immédiatement créer un climat propice aux confidences.

— Aimes-tu notre profession autant que je l'aime?

— En doutes-tu, père? répondit Erling avec véhémence.

Jan fit semblant de ne pas avoir entendu, et enchaîna :

— Bien souvent, les parents ne s'interrogent pas assez sur ce que peuvent penser leurs enfants. Il leur semble qu'ils doivent avoir les mêmes goûts comme les mêmes ambitions. Je suis médecin, il m'a semblé tout naturel de te faire faire les études qui avaient été les miennes... Mais peut-être aurais-tu aimé tenter autre chose?

Il sourit — de ce sourire resté, malgré les années, si séduisant :

— Il est vrai qu'il est un peu tard pour te poser une telle question! Et comme tu nous as donné pleine et entière satisfaction dans ce domaine, il me paraît ridicule, en fait, de supposer un instant que tu aies pu rêver d'accomplir autre chose. Me suis-je trompé?

— Assurément pas. Vois-tu, Doc (quand Erling était ému, il appelait son père par cette abréviation familière), je suis profondément heureux et fier d'avoir essayé de suivre tes traces. Mais j'ai la sensation que maintenant commence mon anxiété. Serai-je assez fort? Aurai-je ton courage, ta science, ta volonté?...

— Il ne faut rien exagérer, Erling. Je suis semblable à beaucoup de mes confrères. Chacun sait son devoir avec le meilleur de lui-même. Ce qu'il faut, c'est être sincère jusqu'au bout, et ne jamais faiblir. Manquerais-tu de confiance en toi?

Erling haussa imperceptiblement les épaules. Mais ce mouvement n'était pas un signe de désinvolture, d'indifférence. C'était, et Jan le comprit, comme une sorte d'approbation à la conclusion de la phrase paternelle.

— Il ne faut jamais douter, Erling, poursuivit Jan. En aucune façon. Le doute intérieur, c'est-à-dire celui qui touche à nos opinions sur autrui, est logique... Mais dans nos actes, nous devons ne pas marquer d'hésitation. Tu as appris un métier, tu dois avoir confiance dans ce que tu sais.

Puis, sans transition, il questionna :

— Es-tu heureux?

— Que veux-tu dire par là?

— Tu le sais très bien. Être heureux, c'est respirer à fond, sans contrainte. Ta vie d'homme commence. Sens-tu en toi des aspirations, des désirs, des inquiétudes?

Erling ne répondit pas. Son regard se perdait au loin, pardessus l'épaule de son père. Jan l'observait à la dérobée, brusquement étreint d'une vague angoisse. Comme le silence devenait pesant, il heurta légèrement le bras de son fils.

— Ne crois pas que je veuille te confesser. Ta vie intérieure t'appartient. Non, je veux... nous voulons simplement que tu sois sans contrainte vis-à-vis de nous, sans hypocrisie comme sans détours sur la façon dont tu entends mener ta vie. Je trahis un peu une confidence, mais ta mère regrette que tu ne te sois jamais livré à elle. C'est un tourment fort légitime... et très loin de toute curiosité...

— Je sais.

Jan alluma une cigarette.

— A dire vrai, Erling, j'ai parfois la sensation que tu crains de me prendre pour confident... Ce serait une grande peine pour moi. Je veux la vérité, toujours, quitte à ce que la tienne ne ressemble pas à celle que j'ai choisie.

Erling se leva avant que Jan l'y invitât.

— Non, père, ne crains rien... J'aime ce grand métier qui est le tien. Ce qui est en moi, je ne peux encore te le dire...

Ces derniers mots furent prononcés lentement, gravement, appuyés par un regard lourd. Jan ne se sentit pas le droit de questionner davantage.

Ils sortirent du restaurant et allèrent chercher la voiture de Jan.

— Conduis, dit celui-ci à son fils.

Erling prit le volant. L'automobile fila, gagna très vite la campagne.

Jan aimait ces retours vers le home. Il respirait à pleins poumons l'air du soir chargé d'effluves balsamiques. Erling conduisait avec maîtrise. Un sourire se dessinait sur ses lèvres.

Pourquoi ce sourire, qui justement aurait dû réjouir Jan, fit-il courir en lui un léger frisson? La vie lui avait apporté tant de violentes émotions, de troubles profonds qu'il lui avait fallu dissimuler sous une apparente sérénité sa sensibilité toujours en éveil.

La trahison de Sigrid, sa splendide fiancée, avait, sans qu'il en fût conscient, laissé dans l'esprit de Jan une trace indélébile. Il est des chocs psychiques dont l'être souffre tout au long de ses jours. Seule la conviction de très bien connaître ceux que l'on aime confère une heureuse stabilité aux affections humaines. Jan éprouvait un choc à la moindre possibilité d'incertitude dans ses interprétations. Aussi s'interrogeait-il sur le sourire d'Erling. Comme il était étrange! Ce n'était pas une expression de bonheur.

« Pourtant, pensait Jan, un jeune praticien a rarement la chance de porter un nom qui lui assure d'emblée la considération de tous et, avant même d'avoir affirmé son savoir, la confiance des malades. » Erling avait tout : la beauté physique, la fortune, la tendresse exclusive de parents d'élite, la réussite sans combat... Et pourtant, Jan en était sûr, Erling manquait de cette joie irradiante qui est l'apanage de la jeunesse.

« L'amour m'a été si cruel, se dit le père. Pourvu que... »

Sa phrase muette resta en suspens. Un fantôme glissa devant ses yeux. Une femme d'une beauté fascinante et secrète : Sigrid.

Jan pensait :

« N'est-ce pas ce même sourire chargé d'indéfinissable anxiété, que l'on aurait pu découvrir sur mes lèvres lorsque à l'âge qu'a aujourd'hui Erling, je rêvais autrefois de Sigrid? »

Instinctivement, il chercha parmi les jeunes filles qu'Erling avait pu rencontrer. Il n'en trouva aucune qui lui rappelât assez Sigrid pour qu'il la supposât capable de susciter une passion dévastatrice dans le cœur de son fils.

Des blondes, des brunes... des corps encore menus d'adolescentes... Oui, quelques-unes étaient charmantes, deviendraient plus séduisantes encore...

Mais devant Jan restait un regard clair, intelligent, intense. A qui appartenait-il? Les yeux errant dans l'atmosphère, interposés entre le paysage véritable et Jan, semblaient continuer à le fixer, mais ils étaient tellement détachés de toute chair que le docteur était incapable d'imaginer la figure qu'ils embellissaient, la tête et le corps auxquels ils appartenaient.

L'automobile approchait du but.

La tendresse pour celle qui les attendait et qui serait doublement fière, et comme femme et comme mère, en écoutant le récit de la journée, dissipa les ombres.

Juste au moment où il ouvrait la portière, Jan pensa encore :

« Pourquoi continuellement découvrir en moi des angoisses? Pourquoi la vie ne serait-elle pas toute simple, toute facile pour Erling? Pourquoi Erling ne trouverait-il pas sa Thérèse sans avoir auparavant à souffrir mort et passion? »

Un bon feu flambait dans la cheminée. Le grand fauteuil attendait Jan avec, sur le guéridon, des revues aux pages coupées, déjà annotées par les soins de Thérèse. Jan prit place avec un soupir de satisfaction, et Thérèse s'installa dans la bergère proche de sa table à ouvrage d'où émergeaient les aiguilles d'un tricot qui complétait sans doute le trousseau d'un bébé. Thérèse en distribuait tant dans les plus pauvres rues de Stockholm! Jan ne toucha pas aux revues; Thérèse prit le tricot, mais le nombre des mailles de la brassière « en train » de se faire n'augmenta pas beaucoup.

La chaise d'enfant cannée de grosse paille, sur laquelle Ide aimait encore s'asseoir, alors même qu'elle était fiancée, se trouvait dans son coin habituel et suggérait la présence de la jeune femme plus encore que la photographie dans le cadre de cuir sur le manteau de la cheminée.

Erling resta debout, le coude posé sur le coin du marbre. Il fumait... Les yeux de Jan et de sa femme se rencontrèrent. Le père se dit : « Thérèse pense comme moi que ce sourire qu'arbore, encore en ce moment, notre fils, a quelque chose d'incompréhensible. »

Le docteur était si rarement ainsi en famille au cours de la journée qu'il se sentit envahi par un vague malaise. Il fut soulagé quand un coup de téléphone réclama sa présence à la clinique. Il promit à Thérèse d'être promptement de retour, et s'embarqua dans une phrase qu'une exclamation d'Erling coupa dès les premiers mots.

— Que penserais-tu, Thérèse, pour fêter ces débuts d'Erling à la clinique, si tu invitais à dîner...?

— Oh! pourquoi, père? s'écria Erling en lançant sa cigarette parmi les bûches incandescentes. Le docteur Goran Longen est certes un homme admirable, mais il va encore parler de la clinique ou de ses études... Pourquoi ne pas dîner tous les trois? Je comptais d'ailleurs aller au théâtre, si vous n'y voyez pas d'objection.

Jan fut sur le point de déclarer qu'il n'avait pas pensé à son ami et collaborateur le docteur Longen, mais bien à des jeunes filles avec lesquelles Erling aurait pu danser. Mais une idée le traversa : « Erling a peut-être un rendez-vous avec une femme? Il est bien en âge de conduire sa vie à sa guise. »

En fait, le nom qu'il allait prononcer était celui de Flavie Verneuil.

La jeune fille avait déjà été invitée dans la propriété des Yvarsen. Très bonne joueuse de tennis, elle avait fort honorablement tenu tête à Jan. Erling lui avait proposé des leçons d'équitation, mais elle s'était révélée cavalière émérite, presque aussi sûre en selle qu'un cow-boy.

Thérèse avait renouvelé son invitation :

— Venez vous reposer ici de votre travail, avait-elle dit, aussi souvent que vous le désirerez.

Cependant, après trois dîners chez les Yvarsen, Flavie avait trouvé des prétextes pour ne pas répondre à l'affectueuse insistance de la maîtresse de maison.

Thérèse avait observé son fils et s'était imaginé que son caractère s'assombrissait. Elle en avait fait la remarque à Jan, qui en avait souri.

— Erling éprouvant un sentiment quelconque pour Flavie Verneuil? Je ne crois pas. Et la réciproque m'étonnerait tout autant. Pas une fois ils ne m'ont donné l'impression de vouloir rester seuls lors de nos promenades à cheval dans la forêt.

— Alors pourquoi ne vient-elle plus? interrogea Thérèse.

Un voyage de trois semaines pour assister à deux importants congrès médicaux avait tenu Erling éloigné de Stockholm. Or, pendant ce temps-là, Flavie avait accepté un déjeuner en tête à tête avec le docteur et Mme Yvarsen...

En roulant, seul cette fois, vers sa clinique, Jan repensait aux paroles prononcées alors par Thérèse.

Lorsque, trois mois plus tôt, le docteur Yvarsen avait engagé Flavie Verneuil, il était bien loin de supposer que des liens quelconques pouvaient exister entre cette inconnue et lui-même.

Elle avait fait ses études au Canada. Ses notes de faculté étaient extrêmement brillantes. Elle semblait surgie tout exprès pour remplir un office que Jan entendait créer dans sa clinique.

Il voulait avoir, à lui, sous son contrôle et sa direction, un laboratoire de recherches. Il ne s'agissait pas seulement de prises de sang, d'analyses classiques, mais d'études très précises, méticuleuses, de graphiques à établir. Il voulait des évaluations chiffrées sur les effets de nouveaux médicaments.

En s'appuyant sur les observations de Flavie Verneuil, Jan avait appliqué un traitement nouveau et sauvé une femme déclarée perdue par tous les médecins qu'elle avait consultés.

Le jour où il put annoncer à sa patiente qu'il répondait de sa guérison, Jan Yvarsen avait entraîné sa collaboratrice chez lui.

C'est également ce jour-là qu'il avait interrogé sa femme. Il s'était écrié avec entrain, après le départ de Flavie Verneuil :

— Thérèse ! Que dis-tu de mon chef de laboratoire ?

Thérèse, occupée à garnir de fleurs fraîches un vase de cristal, ne répondit pas immédiatement.

Jan connaissait trop sa femme pour ne pas noter ce retard alors qu'il s'était attendu à un compliment spontané et sans aucune restriction. Il insista avec un léger agacement :

— Notre biologiste aurait-elle fait trop bon marché de quelque sacro-sainte règle de la bienséance mondaine ? Tu pensais pourtant beaucoup de bien de cette jeune fille, à ce que je croyais ?

Thérèse n'interrompit pas le minutieux ramassage des feuilles tombées sur le piano à queue. Ce fut seulement quand elle eut achevé qu'elle leva vers Jan ses yeux calmes :

— Flavie est exceptionnellement attirante, Jan. Chaque nouvelle entrevue avec elle me confirme dans cette opinion. Mais j'ai en face d'elle une impression bizarre de déjà vu. As-tu remarqué sa façon de relever la tête en faisant valoir son buste ? Ce n'est pourtant pas chez elle un mouvement de coquetterie. Elle a aussi une manière tellement à elle de se présenter. Elle marche... comme une déesse. Elle parle peu, seulement à bon escient. Ses répliques sont vives, mordantes. Je suis persuadée que si elle ne se surveillait pas sans cesse, elle serait une brillante causeuse, fort capable d'entraîner toute une assistance. Une telle femme est une rareté... et un danger...

Jan avait écouté, surpris. Sa femme se contentait d'ordinaire d'un mot bienveillant pour définir son opinion sur tel ou tel invité de son mari.

Il pesa rapidement le bien-fondé des observations de Thérèse. Ses sourcils eurent une crispation nerveuse et son beau visage une expression plus dure. Est-ce que soudain Thérèse, si raisonnable, si certaine de l'amour que lui portait son mari, deviendrait jalouse? Ide autrefois avait si souvent fait planer entre son mari et elle une atmosphère pesante à cause de cette jalousie qu'elle était incapable de dominer.

Jan n'était pas de ces gens qui, pendant des jours, des années parfois, ne regardent jamais les êtres qui les entourent et que pourtant ils aiment. Il observa avec une attention nouvelle la silhouette restée si jeune de Thérèse et ce visage aux traits réguliers que les grands yeux sombres rendaient si doux. Au-dessus du large front, les cheveux mordorés étaient parsemés de quelques mèches blanches; on aurait pu les croire décolorés tant ils étaient brillants.

Il la prit dans ses bras et inclina sa haute taille — et les mots qu'elle allait prononcer furent arrêtés par un baiser.

— Ma tendre épouse me ferait-elle l'honneur d'être jalouse de moi? fit-il d'un ton léger. Cette Flavie Verneuil a l'âge de notre fils...

Thérèse eut un rire léger, aussi frais qu'à l'époque où, jeune fille, là-bas, à Krittelwerk, avant son premier mariage, elle avait déjà voué sa vie à l'amour de Jan.

— Aurais-tu cent ans que tu séduirais les femmes, Jan! Je ne te fais pas de compliment, je constate : l'âme lumineuse du docteur Jan Yvarsen a de plus en plus pris possession de ses traits; il n'a jamais été plus beau.

Jan la regarda, interloqué, et le rire de Thérèse reprit, contagieux dans son attendrissement. Comme il était touchant, son grand homme, dans cet étonnement! Qui serait entré eût été bien surpris de voir Jan et Thérèse dans les bras l'un de l'autre, et riant parce que c'était là une saine expression de leurs sentiments. Ils étaient heureux de se sentir si proches l'un de l'autre. Ils retrouvaient intacte en eux la tendre ferveur de leur amour.

Ils reprirent leur sérieux pour conclure que Flavie n'excitait en rien la jalousie de Thérèse, mais bien plutôt son admiration... compte tenu pourtant d'une étrange inquiétude.

Jan crut avoir mis le doigt sur la vérité :

— Sais-tu ce qu'elle a, cette fille intelligente, studieuse, intuitive, bourrée de toutes les qualités nécessaires pour l'emploi que je lui ai donné? Elle ne ressemble pas, comme tu le crois, à quelqu'un que nous aurions connu, à quelque star mondialement prisée, mais bien à un animal sauvage. Elle a la noblesse d'une biche marchant sur un champ de neige. Sous son apparence de calme, elle est sans cesse prête à fuir. Elle est très secrète, mais je sais néanmoins qu'elle a vécu des mois entiers dans la forêt au Canada. C'est là qu'elle a cultivé, sans le savoir, son originalité. Il faudra lui faire rencontrer Ide dès qu'elle sera de retour de Krittelwerk.

IV

Assise devant un microscope Flavie semblait entièrement absorbée par la contemplation de ces masses infinitésimales qui dansaient dans une goutte liquide, au bout de l'objectif.

Soudain elle releva la tête et Jan, s'il l'avait vue, aurait une fois de plus remarqué ce que ses mouvements avaient d'étrange. Il avait vu juste : Flavie réagissait à des signaux inconnus du commun des mortels, mais courants chez les bêtes du Grand Nord. Ses sens vivaient autrement que ceux des hommes normaux. A force de s'intéresser, depuis son enfance, aux animaux sauvages, elle avait acquis une extraordinaire acuité de perception.

« Le « doc » est inquiet », se dit-elle avec un serrement de cœur. Et c'était exact.

Dans son bureau de consultation, Jan, qui venait d'examiner un malade, fumait une cigarette. Une seule consultante attendait encore. Ensuite, il pourrait, comme il l'avait promis à Thérèse, rentrer de bonne heure à la maison.

« Erling me dépassera », se répétait le célèbre praticien. Il fut surpris de découvrir que son orgueil de père comportait un rien de mélancolie... Il étendit le bras et secoua nerveusement la cendre de sa cigarette. Quelque chose, obscurément, continuait à le tourmenter.

Derrière la porte, la secrétaire s'étonnait de ne pas voir apparaître le signal rouge qui lui réclamerait le dernier client.

Maintenant, Jan marchait, sans fumer, les mains réunies derrière le dos. Il détestait l'obscurité. Le grand maître du diagnostic, comme l'avaient baptisé ses confrères, était devant plusieurs points d'interrogation.

Et voilà que l'homme occupé au point de n'avoir pas le

temps de lire son journal ni d'accorder une minute à ses intérêts personnels voyait se dérouler le passé devant lui...

Il avait souhaité, voulu que son fils s'engageât dans la même voie que lui. Erling avait suivi son désir. Magnifique vocation certes, fertile en joies, mais aussi démesurément absorbante. Thérèse, sa Thérèse si parfaitement sienne, Jan était si peu à elle! Il mesurait quelle abnégation était celle de sa femme. Jamais elle ne sortait le soir, par crainte d'être absente du logis au moment où son mari rentrerait, harassé par une trop longue journée. Elle ne sortait guère non plus dans la journée, car il n'avait pas souvenir d'avoir jamais lancé vers son chez-lui un appel téléphonique sans trouver Thérèse au bout du fil. Elle lui répondait de sa voix calme et pourtant toujours chaude de tendresse, comme aux premiers jours de leur union.

Quelle chance il avait qu'elle fût cultivée, intelligente! C'est elle qui avait surveillé, guidé leur fils, sans une défaillance. Dépourvue d'égoïsme, elle n'avait manifesté aucune objection au mariage de leur petite Ide qu'ils verraient si rarement maintenant.

Et qu'allait-il advenir d'Erling? Était-il souhaitable, pour un père et un fils, d'exercer dans la même clinique? Le bon sens foncier de Jan lui affirmait en cet instant que ce serait une grave erreur.

Arrêté au milieu de la pièce, Jan entendit une voix que toujours il refoulait quand il se surprenait à l'écouter, une voix chargée de passion, celle de Sigrid :

— Tu es trop sûr de toi, Jan; dès que tu agis, tu crois avoir réfléchi. Plus d'une fois dans ta vie, tu seras blessé par ta faute.

Jan serrait les mains au point que ses ongles s'imprimaient dans ses paumes. Il avait autrefois, par pur réflexe d'homme primitif, condamné Sigrid, fui celle qu'il aimait. Avait-il réfléchi davantage en épousant Ide? Certes non, il le voyait bien maintenant, avec le recul des années, il avait obéi à une impulsion...

Une lueur sinistre éclairait des profondeurs qu'il n'avait jamais sondées. Certains êtres s'analysent trop, d'autres pas assez; Jan se rangeait subitement lui-même parmi ces derniers.

Méritait-il cette atmosphère d'adoration dans laquelle il avait vécu sans jamais s'étonner? La plus belle créature qui se puisse voir, Sigrid, l'avait idolâtré jusqu'à devenir criminelle par amour pour lui. Ide lui avait indéfiniment pardonné toutes ses fautes. (N'avait-il pas laissé sans réponse le pathétique appel à la tendresse des plus doux yeux qui se fussent jamais ouverts sur la terre?) Plus tard il s'était cru grand et généreux en contraignant Thérèse à épouser un brave homme qu'elle n'aimait pas... Avait-il même été assez reconnaissant à Thérèse, devenue veuve, du don qu'elle lui avait alors fait de son âme? Assez d'inconscient oubli du bonheur des autres, il fallait qu'Erling pût épanouir sa personnalité!

Est-ce que par hasard Erling, plus perspicace que son père, avait, dès avant leur essai de collaboration, pressenti les inévitables heurts? Le halo de tristesse ou d'inquiétude que Jan avait décelé autour de son fils provenait-il de là? Les clientes ne seraient-elles pas très vite attirées par le charme juvénile d'Erling? La « consultation » d'Erling ne serait-elle pas, à brève échéance, plus suivie que la sienne propre?

Jan avait dit à son fils :

— J'espère que ta présence décongestionnera mon salon d'attente au bénéfice du tien!

Il s'entendait encore prononcer ces paroles qui, alors, avaient bien exprimé un sentiment de soulagement... Oui, mais si sa solide réputation d'opérateur-miracle retenait les clients autour de lui, Erling ne serait-il pas découragé?... En cas de réussite d'Erling comme en cas d'échec, Jan savait que l'un ou l'autre, ou plus exactement l'un et l'autre, ils auraient à souffrir dans leur tendresse ou dans leur orgueil le plus sacré : l'orgueil professionnel.

Jan fut sur le point de téléphoner à Thérèse, de lui demander de venir au-devant de lui jusqu'à la clinique. Sa main resta en suspens au-dessus de l'appareil. Un sourire ironique contracta sa bouche : allait-il agir une fois de plus en égoïste? Thérèse croirait qu'il avait voulu lui faire plaisir, alors qu'il cherchait tout simplement à retrouver sa propre paix... Et puis, parmi ces jugements portés par lui-même, il devait prendre le temps d'effectuer un choix. Il n'éprouvait pas le désir de tout révéler à un autre être; surtout pas à Thérèse. Il tenait plus que jamais à la fervente admiration de sa femme. N'est-ce pas d'abord dans le cœur de ceux que nous aimons que nous voulons nous voir purs et grands?

Avant d'alerter l'infirmière, il fit à pas lents le tour de son bureau et s'assit dans son fauteuil. Quelque chose le tracassait encore : pourquoi venait-il avec tant d'intensité de penser à Sigrid, de voir distinctement se dessiner sa silhouette comme surgie du passé? Il se posa la question : quelle impression insolite est-ce que je viens de ressentir? J'ai déjà éprouvé une sensation pareille... quand? Je sais : j'étais interne à l'hôpital. Nous avions deux camarades très entichés de recherches psychologiques. Ils nous soumettaient à des expériences de transmission de pensée. C'est quelque chose de semblable qui m'arrive en ce moment. Quelqu'un doit penser fortement et avec sympathie à Sigrid et ce mystérieux individu me contraint de loin à penser avec lui... Si tel est le cas, je me demande un peu qui cela peut bien être!

Jan appuya sur le bouton d'ivoire... Quelques secondes après, l'infirmière introduisait le dernier patient.

C'était un homme, un inconnu, un individu assez fruste. Jan eut quelque peine à se concentrer sur le seul problème qui dût en l'occurrence absorber son esprit : diagnostiquer la cause exacte des souffrances ressenties par son client. Et il surprit beaucoup le malade en lui posant une série de questions inattendues.

Le soir, rentré auprès des siens, le client du docteur Yvarsen expliqua avec force exclamations laudatives à quel point la médecine avait fait des progrès. Ce docteur Yvarsen était capable de détecter des indications lumineuses sur l'état viscéral des gens en leur faisant énumérer les hommes et les femmes qu'ils avaient rencontrés des années et des années auparavant! La renommée du maître y gagna encore parmi les humbles, pour qui il avait toujours des bontés et des générosités très grandes.

Si, à la fin de la journée, en consultant les fiches établies avec une intelligence et une compétence indiscutables par Mlle Verneuil, le « grand patron » avait posé à la jeune fille une série de questions analogues sur les êtres qui avaient compté dans sa vie, il aurait découvert d'où pouvait émaner la fameuse transmission de pensée...

Il était écrit, eût affirmé quelque sage, que Sigrid serait vraiment le leitmotiv de la vie de Jan Yvarsen.

Il avait adoré Sigrid. Il avait épousé Ide par fureur contre Sigrid. Il avait perdu Ide et l'enfant qu'ils attendaient par la faute de Sigrid. Sans le vouloir il avait torturé Ide, dominé qu'il était pas un inexorable regret de Sigrid. S'il avait épousé Thérèse après la mort d'Ide, c'est parce qu'il aimait la jeune femme de tout son être, mais aussi parce que Thérèse avait dénoncé Sigrid.

Tout cela, il pouvait le formuler; mais ce qu'il ne savait plus, c'était que son « chef de laboratoire » — comme il l'avait nommée — Flavie Verneuil était venue du Canada à Stockholm uniquement à cause de Sigrid...

V

Flavie, en se rendant ce matin-là au laboratoire, était restée en arrêt devant de nouvelles photographies annonçant un film. Il s'agissait de neige, de sapins, de courses en traîneaux, d'immenses étendues glacées. L'histoire se déroulait au nord du Canada.

Elle était entrée dans le hall pour prendre un billet d'avance, mais une rapide réflexion lui avait fait retarder la date de ce plaisir. Elle était absorbée, depuis quelques jours, par la recherche d'une meilleure présentation de ses observations. Elle avait inventé un nouveau graphique, et était tenaillée par le désir de mettre son idée au point. Le docteur Yvarsen serait content de cette initiative.

A son insu, elle avait été vue. Erling passait en ce moment et la silhouette de Flavie l'avait immédiatement frappé. Il avait ralenti, arrêté sa voiture; et, comme il n'avait pu deviner le changement dans les résolutions de la jeune fille, aussitôt Flavie sortie par la porte vitrée et repartie, arpentant le trottoir à longues foulées souples, élégantes, en direction de la clinique, il avait à son tour pénétré dans le hall du cinéma.

Le petit carton qu'il mit dans la pochette de son veston, n'était-ce pas une chance qu'il se donnait de retrouver la jeune fille, comme par hasard, à la séance du soir, et de passer un long moment auprès d'elle? Il aurait bien mérité cette joie après l'opération délicate qui marquait son entrée officielle dans la clinique de son père.

Il avait réussi, en maître, l'opération audacieuse, déjeuné

avec son père, revu sa mère, dîné avec ses parents; puis il avait roulé à très vive allure pour se trouver dans le hall du cinéma avant le début de la dernière séance qu'il supposait avoir été choisie par Mlle Verneuil.

Pendant qu'il attendait, incertain, malheureux, anxieux, que Flavie parût, elle était, elle, dans une douillette robe d'intérieur, chaussée de mocassins, fraîche et délicieusement jolie dans cet ensemble d'un rouge que lui permettait son teint éclatant. Elle avait aménagé son studio avec une recherche, une sûreté de goût, un luxe, qui eussent bien surpris le « grand patron ». Quand il lui avait demandé si elle avait trouvé à se loger, Flavie avait répondu que tout était pour le mieux à ce sujet.

Jan Yvarsen avait perçu un rien de plaisanterie dans cette réponse, mais c'était si nuancé qu'il ne pouvait s'en formaliser; et pourquoi eût-il demandé des précisions? La compétence scientifique de sa jeune collaboratrice l'intéressait seule. Elle possédait au plus haut point les trois qualités qu'il exigeait de son personnel : la bonne éducation, la régularité et surtout la compétence.

Mlle Verneuil s'était bien gardée de laisser supposer à son « employeur » qu'elle eût volontiers travaillé même sans toucher de salaire, pourvu qu'il l'admît dans son proche entourage.

Flavie Verneuil était riche; et la famille Yvarsen eût été stupéfaite si elle l'avait appris. Mais ce qui eût bouleversé Jan, c'eût été de savoir que cette richesse, Flavie la tenait en grande partie de Sigrid.

Peu après le suicide dramatique de Sigrid, Jan avait reçu d'un notaire inconnu de lui une convocation urgente « pour affaire le concernant ». Intrigué, il s'était rendu à l'étude, loin de supposer que — depuis des années — Sigrid Lindval avait déposé là un testament en bonne et due forme désignant Jan Yvarsen comme devant être éventuellement son légataire universel, si elle mourait la première.

Jan avait ressenti comme un nouveau coup du sort ce geste de Sigrid qui, par-delà la mort, avait voulu agir sur lui.

« Je lègue tout ce que je possède à Jan Yvarsen, qui fut mon fiancé, et pour qui j'éprouverai jusqu'à mon dernier souffle un inébranlable amour. »

Jan, raidi par une sorte d'horreur, était devenu si pâle que le clerc qui se tenait près du notaire avait ébauché un geste pour le soutenir.

Le notaire, persuadé qu'on ne saurait, sans joie, recevoir une fortune importante, s'était éclairci la voix d'un discret raclement de gorge, avait rajusté ses lunettes sur son nez, tout en préparant le compliment mitigé de condoléances qu'il entendait adresser à cet important client. Mais le docteur Yvarsen, d'une voix rauque, avait arrêté son discours en disant d'un ton glacé :

— Veuillez, je vous prie, me permettre de régler cette situation.

Il avait alors, avec un visage qui excluait toute envie de contrecarrer ses projets, saisi d'autorité un papier sur le bureau même du notaire. De son écriture nette et décidée, il avait écrit : « Je refuse formellement l'héritage de Mlle Sigrid Lindval. » Il avait signé avec une fureur désespérée, et la plume avait tracé si durement la barre dont il soulignait son nom que l'encre avait jailli, éclaboussant la feuille.

Le notaire, stupéfait, désolé de renoncer à un client dont il se faisait par avance honneur, s'était perdu en exclamations. Jan, si maître de lui d'habitude, avait eu bien du mal à ne pas briser quelque chose. Il avait donc fallu que, de cette magnifique et monstrueuse créature, il reçoive, même alors qu'elle n'était plus, des émotions bouleversantes...

Il avait marché, halluciné, pendant des heures. La voix de Sigrid le poursuivait : « Jan, je t'ai toujours aimé! Jan, comment peux-tu être si cruel envers moi? Jan, je suis si belle, tu me regretteras toujours! Jan, accepte au moins cela de moi! » Il lui semblait que ce testament écrit après la disparition d'Ide, après le crime accompli au cours d'une crise d'aberration, était une tentative de rachat. Le calvaire d'Ide, la vie gâchée de la douce créature, la mort de l'enfant tant espéré, Jan avait l'impression que Sigrid lui en faisait porter sa part de responsabilité en le supposant capable d'accepter ce legs.

Il s'était retrouvé au bord du « Trollhättan », bien loin du point de départ de sa course. Sigrid avait été emportée par ces eaux mugissantes. Jan était tellement bouleversé qu'il revoyait, aussi nettement que le soir fatal où la malheureuse avait tiré sur Thérèse, la silhouette sculpturale de la beauté faite femme, s'élançant, sans un regard en arrière, vers une mort violente. Même en tombant, même roulée, noyée, elle était restée belle. Un instant Jan fut habité par le désir d'en finir avec les souvenirs, de se laisser à son tour emporter de rocher en rocher.

Mais le fantôme d'Ide avait surgi et aussi l'image de Thérèse. Il l'aimait toujours aussi tendrement, aussi profondément.

Lentement, il avait repris le chemin de la vallée et regagné la ville. Thérèse n'avait jamais rien su. Jamais non plus il n'avait su lui-même ce qu'il était advenu de cet argent ni même à combien se montait la somme.

Mais un notaire, s'il est en général très lent, est en même temps tenace et patient; et celui-là l'était tout particulièrement. Il retrouva les « ayants droit » : M. Lindval, père de Sigrid, avait des neveux et des nièces au Canada.

Flavie était cousine issue de germaine de Sigrid.

Ce fut dans une solide et confortable cabane faite de troncs d'arbres bien ajustés, que le courrier, qui arrivait en traîneau une fois par mois, atteignit la famille Verneuil.

Les cousins de Sigrid faisaient le commerce des bois. Ils aimaient leur mode de vie très rude. Aucune envie ne les hantait de troquer les forêts de sapins, les lacs aux eaux si claires, les immensités enneigées des mois durant, le splendide isolement dans le silence que rompaient seulement les cris d'animaux et les hululements du vent, pour la sécurité des villes. « Des endroits où l'on étouffe », déclaraient-ils. La fortune même était bien le cadet de leurs soucis. Mme Verneuil était une mère de famille active et pleine d'entrain, qui attendait toute joie de son mari et de ses enfants.

Il se trouva que la nouvelle de ce legs fantastique arriva exactement le jour où leur naissait une petite fille. Son nom était décidé d'avance, mais à « Flavie » on adjoignit « Sigrid », en souvenir reconnaissant. Flavie Verneuil, troisième enfant du couple, fut baptisée Flavie Sigrid Verneuil.

Son frère aîné Erik, garçon de sept ans aux épaules déjà carrées, et Norbert, dit Bertie, le cadet de cinq ans, se disputèrent ferme, car Erik, avec l'entêtement qui le caractérisait, décida qu'il appellerait le bébé, non pas Flavie, mais Sigrid. Et le plus beau fut qu'il se tint à sa décision.

Il avait ses raisons. Il connaissait Sigrid et elle avait été la première passion de sa vie. Au cours de son errance désolée à travers le monde, Sigrid était un jour arrivée chez ses cousins. Si petit que fût Erik, il avait été ébloui.

L'altière Sigrid savait être délicieuse, avec les petits aussi bien qu'avec les grands. Elle avait partagé, plus de six mois durant, leur existence dans la nature sauvage.

Ce fut là que s'écoulèrent, pour la jeune fille meurtrie, les seuls jours de détente nerveuse et de bonheur qu'elle vécut après sa dramatique rupture avec Jan Yvarsen.

Le désespoir d'amour de Sigrid s'était pourtant chargé à ce moment-là d'une amertume inattendue.

« Je ne voudrais pas avoir d'enfant! » avait-elle souvent affirmé à ses compagnes de classe et à sa mère. De plus en plus consciente de son exceptionnelle beauté, elle avait senti se renforcer en elle la conviction que c'est de l'amour-passion qu'une femme doit recevoir toute l'ivresse : les enfants ne pouvant être qu'une gêne entre deux êtres enivrés l'un de l'autre.

Ce qu'elle n'eût avoué à personne, c'est qu'en berçant Norbert, alors bébé, en jouant avec Erik, elle avait découvert un monde nouveau. Plus tard, lors de son séjour à Krittelwerk, elle avait d'autant plus âprement couvert Ide de sarcasmes sur sa silhouette déformée, qu'au fond de son cœur les deux fils de ses cousins Verneuil avaient fait vibrer la fibre maternelle. Elle dut s'avouer qu'elle eût été très fière de porter un fils qui serait né de Jan.

Le petit Erik était sans cesse en extase devant Sigrid. Le poète qu'est naturellement chaque enfant bien doué trouvait des images délicieuses pour exprimer son ravissement. Elle riait en l'écoutant, mais un sanglot retenu brisait ce rire grelottant quand la voix fraîche prononçait des déclarations inattendues :

« Sigrid, tu es plus jolie que la neige. Tes joues sont blanches, mais tout de même roses comme le soleil d'hiver. On a chaud en te regardant, comme le rouge-gorge qui dit merci au soleil.

» Quand je serai grand, je t'emporterai, je serai le vent qui arrive comme un fou et nous entortille sans qu'on puisse lui échapper.

» Sigrid, si tu rencontres un ocelot ou un ours, regarde-les seulement, ils ne pourront pas te faire de mal et viendront te lécher les pieds.

» Si ma maman n'était pas justement comme elle est, je voudrais que toi, Sigrid, tu sois ma maman! » Mais au printemps reprise par sa hantise, Sigrid avait fui les bras menus qui tentaient de la retenir. Elle se refusait à guérir de son trop grand amour pour Jan Yvarsen, et avait continué sa vie errante.

Mme Verneuil avait poussé un soupir de soulagement. Certes elle aussi admirait Sigrid, mais une silhouette aussi magnifique, une pareille allure, des yeux aussi grands, clairs et énigmatiques, des traits aussi parfaits ne pouvaient laisser les hommes indifférents. Mme Verneuil avait peu tendance à la jalousie; tout de même, il est déprimant pour une mère de famille énergique, charmante de simplicité, nantie d'ailleurs d'un teint éclatant, d'une jolie bouche, d'une paire d'yeux bruns rieurs et d'épais cheveux châtains, de sentir que tous les agréments physiques que l'on possède sont éclipsés par ceux d'une nouvelle venue.

Une lettre de Sigrid était arrivée, puis quelques cartes adressées à Erik et à Bertie, et Mme Verneuil, malgré son courage, avait ressenti un pincement au cœur en voyant briller subitement les yeux de ses fils et de son mari devant ces messages qu'on n'attendait plus.

Quand plus tard, la mère aimante mais ferme qu'elle était avait vu sa petite Flavie devenir de plus en plus belle, elle s'était inquiétée. La vie présente déjà de tels pièges aux femmes qui ne sont que plaisantes; combien une grande beauté de corps et de visage peut se révéler plus périlleuse encore!

M. et Mme Verneuil envoyèrent leurs fils au collège, puis ce fut le tour de Flavie.

Mais eux ne purent se décider à quitter la maison des bois et des neiges, et les trois enfants étaient aussi fous de joie les uns que les autres dès qu'ils pouvaient rejoindre le pays de leur enfance. Chose étrange, leur passion pour la neige, les sapins, les espaces libres, les animaux magnifiques, dont ils avaient apprivoisé de nombreux petits, s'était cristallisée en un personnage idéal qui n'était autre que Sigrid. Et Sigrid était devenue la Reine des Neiges, un génie tout-puissant, une créature plus digne d'appartenir au monde divin qu'à la vulgaire humanité.

Flavie n'avait pas cinq ans qu'elle réclamait, en glissant ses doigts encore potelés dans la main de son frère :

— Erik, raconte Sigrid !

D'année en année, Erik, mais aussi Bertie, puis Flavie elle-même, avaient ajouté des épisodes à ce conte merveilleux issu d'un éblouissement d'enfant. Une véritable saga s'était constituée. Quand, devenus jeunes gens, les deux garçons emmenaient leur sœur en barque ou en excursion, ils se répétaient la grande histoire dans laquelle s'étaient amalgamés leurs plus beaux souvenirs.

Leur Sigrid était très grande, souple comme une silhouette formée par des envolées de neige soulevées par le vent. Ses pas étaient si légers qu'ils ne laissaient nulle trace. Ses cheveux flottaient si blonds qu'ils éblouissaient comme une lumière sur la glace. Sa voix était telle que les oiseaux se taisaient dans le grand bois sombre, et le torrent sur les rochers, et les fauves dans leurs cavernes, pour l'écouter. Si l'on se perdait en traîneau, il fallait garder confiance, car soudain l'attelage dressait les oreilles; Louski, chef de file, poussait un joyeux aboi (les chiens ne voient-ils pas des choses qui échappent aux yeux des humains?). Devant eux, le fantôme de la Reine des Neiges avait surgi : inutile dès lors de les encourager, de faire siffler le fouet; ils filaient droit vers le gîte, guidés par Elle.

Un épisode de la légende tenait surtout au cœur de Flavie : Sigrid lui avait sauvé la vie! Lorsque Flavie, qui avait alors sept ou huit ans, leur avait en grand mystère fait la confidence de ce qu'elle tenait pour la réalité la plus incontestable, les deux garçons avaient décidé que ce n'était pas là un secret à partager avec des grandes personnes. Ils le garderaient pour eux. Maman serait fort capable de découvrir des objections qui certes avaient leur poids, et entre autres celle-ci, qui ne se pouvait nier : Flavie n'avait jamais vu Sigrid. Mais les nécessités de concordance avec les dates du calendrier, les heures des pendules, ont si peu de poids en face du rêve...

Assis en plein soleil, Erik juché sur une souche, fumant avec délice une de ses premières cigarettes, Bertie mâchonnant des fleurs, Flavie installée par les soins de ses frères sur une fourrure contre un arbre, ils se sentaient parfaitement satisfaits. Les deux garçons, les yeux perdus dans le lointain, avaient écouté Flavie. Avec ses frères seulement elle extériorisait ses fantasmagories. Douée d'une forte imagination, elle vivait ce qu'elle disait :

« J'étais encore petite et j'aimais déjà la neige. J'avais mis mon manteau de fourrure blanche. Mon capuchon me tenait chaud à la tête. Seulement mon nez commençait à piquer. Je le frottai fort avec mes moufles. J'avais fixé sous mes pieds les raquettes que papa avait fabriquées. Maman ne savait pas que je courais chercher un ourson qui ne soit pas en peluche. J'en voulais un vrai. Papa avait raconté qu'il y avait une maman ourse dans la caverne du grand bois. Je voulais lui demander de me donner un de ses petits. Elle consentirait parce que je lui promettrais de très bien le soigner. Je brosserais sa fourrure, je le coucherais avec moi, son museau sur mon oreiller. Et il aurait beaucoup à manger.

» J'emportais le gros pot à miel dans mes bras pour montrer à l'ourse comme son petit se régalerait chez moi! Le jour des crêpes, on en ferait sauter pour lui. »

Le sens commun s'insurgea chez Bertie :

— Le pot à miel, Flavie! Tu peux à peine le soulever maintenant, tu n'aurais pas pu en supporter le poids!

Flavie balaie cette objection mesquine et reprend avec plus d'autorité encore :

« J'avais quatre ans ou peut-être seulement trois. C'était défendu de sortir de la clôture que papa avait construite à cause de moi. Mais bah! Si je rapportais un beau petit ourson, il ne me gronderait certainement pas! J'avançais vite, seulement, voilà, c'est fatigant de glisser tout en étant si chargée. Je m'assieds contre un sapin et je hume les odeurs qui nous plaisent tant. Un écureuil saute juste au-dessus de ma tête. Il ne veut pas descendre sur mes genoux. Je vois pourquoi : un lynx le guette. Je me relève vite! Le lynx me regarde de ses grands yeux brillants. Cela me donne un peu froid. J'attrape une baguette et je lui crie : « Va-t'en, lynx! Si tu approches, je te cinglerai, et cela te fera mal! » Le lynx ne se presse pas. Il n'a pas faim. Il est étonné. Juste au moment où je le vois qui, tout de même, se ramasse pour bondir, il entend quelque chose, des branches cassées et un grognement : c'est la maman ourse!

» Soudain, j'ai peur! Comprendra-t-elle que je veux seulement l'ourson? Je devrais lui tendre le pot de miel. Je voudrais parler poliment et... je me mets à pleurer, pleurer de toutes mes forces. »

Erik ne fume plus; Norbert s'est mis à genoux dans l'herbe fleurie. Eux aussi sont pleins d'imagination. Ils ont beau avoir devant eux leur petite sœur, fraîche, pleine de santé, ils sont rétrospectivement épouvantés pour elle. Ils ne réfléchissent pas que Flavie invente, que rien de tel n'a pu se passer puisque le pauvre bébé, seul dans les bois, eût certainement été dévoré. Leurs mâchoires sont serrées. En même temps, ils protestent pour se rassurer :

— Mais voyons, Flavie! Comment étais-tu allée si loin toute seule?

La fillette étend la main pour leur imposer silence :

— Si vous parlez, le reste de l'histoire va s'envoler de ma tête! dit-elle.

Erik affirme encore, le souffle court :

— Une mère ourse, elle a bien deux mètres de haut quand elle se dresse.

Bertie fait signe à son frère de se taire. Il veut entendre la suite, c'est un vrai conte de fées...

Flavie est un peu plus pâle qu'à l'ordinaire, tant elle est prise par ce qu'elle croit se rappeler.

« Cette ourse n'a pas l'air gentille. Menaçante, elle avance sur ses quatre grosses pattes. Je sens déjà le chaud de son souffle. Je vois ses dents si pointues, les deux crocs qui déchirent. J'ai maintenant terriblement peur. Elle s'arrête, et regarde autour d'elle, renifle en tournant son museau; et ses petits yeux cherchent je ne sais pas quoi. »

Erik intervient :

— Pardi! les ourses sont très intelligentes. Elle sait que les petits des hommes ne circulent jamais seuls dans la forêt. Elle croit que papa va surgir avec son fusil pour te défendre!

La petite fille, les yeux dilatés, continue comme si elle revivait une scène du passé et n'avait pas entendu les interruptions de ses frères.

« L'ourson boule et roule tout contre moi. Il est tellement gentil que cela me rassure. Je lui tends mon pot de miel. Il est content, le pousse avec son museau, et le renverse! Le pot cogne une pierre, se casse. Le miel sent très bon malgré le froid. Les bêtes ne s'occupent plus de moi. La mère a vu que je n'ai pas de fusil. Je suis si petite, dans ma fourrure! Elle me prend peut-être pour un animal?...

» Avec ses longues griffes, elle écarte les morceaux de poterie. Il y a un gros tas de miel. Ils m'ont oubliée. Ils lèchent, ils lèchent. On dirait presque qu'ils ronronnent.

» Vous croyez, peut-être, que j'en ai profité pour me sauver? J'étais comme paralysée et je ne pouvais pas bouger. »

— Et puis? questionna Bertie impatiemment.

« Et puis... je n'avais rien remarqué, rien entendu, quand un bras me saisit. Je m'envole en l'air. »

— C'était papa? demanda Erik, passionné par l'histoire.

Mais Flavie s'écrie, triomphante :

— Non! c'était Sigrid! Elle avait suivi la trace de mes raquettes! Personne ne peut aller plus vite que Sigrid sur ses skis!

L'enthousiasme vibre dans sa voix; elle presse son débit :

« Sigrid ne remonte pas le bout de pente que j'avais descendu en cherchant la caverne. Elle me tient d'un bras, et glisse vers la vallée. Je suis lourde et pourtant nous filons comme le vent.

» C'est Sigrid! Je n'ai plus peur... »

Flavie a des larmes qui glissent sur ses joues; elle balbutie, tant ce souvenir rêvé l'émeut.

« Je sens encore ma joue contre la joue de Sigrid. Sa peau est plus douce qu'un pétale d'églantine, et chaude. Je la tiens de toutes mes forces. Je suis très contente! Le bout du lac est gelé, mais pas encore solide. Sigrid n'hésite pas : elle vole sur la glace comme sur la neige et nous traversons d'une glissade.

» Remontée sur la terre ferme, Sigrid s'arrête un instant. La glace s'est fendue derrière nous. Sur l'autre bord, la grosse bête, qui nous a suivies, est très fâchée de ne pas me donner comme joujou à son fils. Sigrid me prend sur son dos et nous repartons. C'est le plus beau voyage que j'aie fait de ma vie! Sigrid! C'est ce jour-là que je l'ai su : elle est la Reine des Neiges. »

Erik murmura :

— Moi, je le savais le premier, bien avant toi!

Bertie en écho continua :

— Sigrid est la plus belle reine du monde.

Flavie conclut, très grave :

— Sigrid ne m'a pas grondée pour avoir pris le grand pot

de miel. Quand on vous a sauvé la vie, on dit que vous êtes un héros. On ne gronde pas les héros, même s'ils ont fait une grande sottise pour l'être.

L'épopée « Sigrid » venait de s'enrichir d'un nouveau chapitre. Combien n'en avaient-ils pas contés tous les trois!

Les parents Verneuil n'étaient pas bavards et ne mettaient guère leurs enfants dans leur confidence. Cependant, les jeunes oreilles avaient, à l'occasion, glané des détails qu'ils avaient fortement métamorphosés au cours des années.

L'héritage arrivé d'une façon si inopinée n'avait pas été sans provoquer dans l'esprit de ces protestants intègres et réfléchis qu'étaient M. et Mme Verneuil, de profondes réflexions.

D'une phrase assez énigmatique du notaire, ils avaient déduit que leur belle cousine s'était suicidée. Un geste considéré comme un crime par la religion était l'indice évident d'un état d'âme antichrétien. Qui sait quels remords avaient pu pousser Sigrid!

Ils consultèrent longuement un pasteur de leurs amis.

La conclusion fut qu'ils ne bénéficieraient pas eux-mêmes de cette aisance. Eu égard aux qualités indéniables de la disparue et surtout à la tendresse qu'elle avait manifestée bien plus aux enfants qu'aux parents, ces derniers devaient, en toute charité, conclure à une crise d'aberration mentale, et conserver l'héritage pour leurs trois enfants.

De ceci, Erik avait vaguement saisi quelque chose : un climat de mystère et de réprobation qui s'accordait mal avec le culte que le jeune garçon avait voué à Sigrid.

Mais chaque fois qu'il avait cherché à louer l'objet de sa passion enfantine, il s'était heurté à une froideur qui révoltait son jeune cœur.

Petit à petit, le nom de Sigrid s'était comme assourdi. Personne, pourtant, ne l'avait oublié.

Un soir, Erik et Bertie tendirent une oreille attentive. Ils étaient à ce moment-là des adolescents. Leur père avait levé les yeux au-dessus du journal qu'il lisait avec lenteur, et avait fixé sa femme avec tant d'étonnement qu'elle l'avait interrogé. M. Verneuil tendit alors le journal. Moins maîtresse d'elle-même que son mari, Mme Verneuil s'était écriée :

— Ciel! mais ces actions ont follement monté!

Très grave, M. Verneuil avait répliqué :

— N'est-ce pas une condamnation des soupçons qui nous

ont tourmentés, Nelly? Il semble que le ciel veuille favoriser toutes les entreprises auxquelles Sigrid avait fait confiance. Une pareille réussite dans le choix de ses placements ne peut être un effet du hasard...

Sa femme émit timidement l'idée que, peut-être, Sigrid avait suivi des conseils éclairés.

M. Verneuil n'avait pas caché sa réprobation. Il tenait, quant à lui, à une illumination venue d'En-Haut. Nelly baissa la tête vers la reprise qu'elle effectuait avec minutie et soupira discrètement. Son acuité féminine lui disait tout bas que son mari avait gardé un tendre sentiment à leur belle et désirable cousine.

Erik et Bertie échangèrent un clin d'œil. Dès que possible, les deux grands garçons, têtes accolées, se plongèrent pour la première fois de leur vie dans des comptes rendus financiers. Leur père avait encadré deux articles au crayon rouge. Les fils Verneuil étaient assez avertis des affaires pour comprendre les multiplications effectuées en marge par leur père, et dont le total s'exprimait par millions.

Nouveau chapitre de la saga de Sigrid : la Reine des Neiges avait été d'une générosité sans limite; dans sa grande bonté, elle faisait confiance aux hardis pionniers, aux chercheurs de mines. Ceux qu'elle avait ainsi favorisés avaient fait des trouvailles stupéfiantes. Il s'était ensuivi une réussite à nulle autre pareille...

Sigrid n'avait rien à envier aux merveilleuses Walkyries du *Niebelungen lied.* Durant les nuits de tempête, les enfants Verneuil l'entendaient chevaucher autour de leur foyer de bois; elle jetait dans l'espace des cris d'enthousiaste tendresse; elle protégeait ceux qui lui avaient voué un culte juvénile.

VI

Et pourtant l'ouragan était passé, meurtrier, sur la maison des bois. — Un jour d'hiver, on retrouva M. et Mme Verneuil sans vie, frappés l'un et l'autre d'un mal foudroyant dont on ne put déterminer la nature.

Erik, Norbert et Flavie découvrirent alors qu'ils seraient très riches et que Sigrid avait vraiment été pour eux la protectrice de leurs rêves d'enfants.

Ils améliorèrent leur train de vie, mais aucun des trois ne songea à renoncer à travailler. Leur éducation faisait pour eux de l'oisiveté un vice.

Erik prit la suite du commerce de bois dans lequel son père s'était fait un nom réputé. Il épousa une pieuse et charmante Canadienne qui eût été une bru d'élection pour M. et Mme Verneuil.

Norbert avait tenu cachée une vocation éclose en lui depuis longtemps. Il n'en avait jamais rien dit de crainte de grever au détriment de son frère aîné et de sa sœur, le budget familial. Il serait sans doute incapable de se suffire avant longtemps, car il désirait être artiste. Puisque la question matérielle était réglée, il partit pour l'Italie, voulant s'imprégner là des grands modèles du passé. Ensuite, il s'installerait à Paris et s'adonnerait à la peinture et la sculpture.

Quant à Flavie, elle déclara :

— Je sais ce que je veux faire. J'irai en Suède. Je suis bonne chimiste, biologiste; je trouverai à m'occuper là-bas. Je veux tout savoir de Sigrid. Nous lui devons bien cela!

Sa profession de foi ne rencontra pas chez ses frères — et spécialement chez Erik — l'accueil chaleureux qu'elle attendait. Elle mit l'évidente réticence de son aîné sur le compte du chagrin qu'il éprouvait par avance. Craignait-il qu'elle ne s'éloigne du Canada comme Bertie, où ils avaient jusque-là vécu si unis? Leur trio se dispersait et c'était triste.

Et pourtant Flavie était décidée. Ce désir de comparer leur fiction avec ce qui subsistait de réel s'était, certain jour, transformé en un désir harcelant de « savoir ». En Suède, ce n'était plus seulement le décor dans lequel Sigrid avait grandi que Flavie s'obstinerait à connaître, mais un homme jusque-là ignoré d'elle : Flavie voulait retrouver Jan Yvarsen!

Comment Jan Yvarsen était-il entré dans la vie imaginative de Flavie Verneuil?

Après la mort brutale de leurs parents, c'est très naturellement leur sœur à qui Erik et Bertie avaient confié le soin de mettre un ordre définitif dans la vieille maison de bois. Toucher chacun des objets qui se trouvaient là réveillait dans l'esprit de la jeune fille mille et une versions des chers disparus. Cependant, le travail devait être fait. On décida de laisser là tout le nécessaire pour vivre, afin qu'aussi souvent qu'ils en auraient envie, les uns ou les autres pussent se replonger dans l'atmosphère heureuse de leur jeunesse.

Il fallait seulement supprimer d'une part les vêtements, propres à attirer insectes et rongeurs, d'autre part les papiers, afin qu'ils ne tombassent pas sous les yeux d'indifférents ou d'indiscrets.

Tout était si bien classé, catalogué, que c'eût été un jeu pour la jeune fille de faire ce tri, si tant de tendresse rappelée du fond du passé ne lui eût mis les larmes aux yeux.

Seule dans la grande salle commune, elle avait allumé un grand feu dans la cheminée et elle n'avait, depuis des heures, pensé qu'à ses parents, qu'aux jours où leurs cinq vies étaient tendrement mêlées.

Elle ouvrit le dernier tiroir du bureau de son père. Sur un dossier, fermé par une ceinture de tissu élastique, elle lut : « Sigrid Lindval. »

Flavie aurait dû s'attendre à la trouvaille, mais son esprit était loin de la « Fée des Neiges » de son enfance. Elle prit le dossier, le soupesa. Il n'était pas épais. Sur une balance, il n'eût pas fallu un grand poids pour l'équilibrer, mais Flavie sut, de donnée certaine, qu'il était très lourd moralement.

Elle vint s'asseoir dans le fauteuil rustique qui avait, depuis aussi longtemps qu'elle pût se souvenir, été le siège de son père. Et elle eut soudain, d'une façon presque intolérable, l'impression de la présence spirituelle de ses parents. Le cartonnage beige devint de plomb, au point de lui paraître tirer sur ses bras et ses épaules.

Elle pensa :

« Je ne devrais pas prendre connaissance de ceci, sans qu'Erik et Bertie soient avec moi. Ils me rejoindront dans une heure. Il faut les attendre. »

Mais en même temps, elle sentait très bien qu'une curiosité éperdue ne lui permettrait pas de surseoir.

Elle attira un tabouret bas, tendu de fourrure, et s'assit, dos au feu.

Soigneusement épinglés par ordre d'arrivée, elle trouva les lettres du notaire, les doubles des réponses expédiées par ses parents, tous les documents officiels concernant l'héritage, les comptes rigoureusement tenus par leur père, de l'état de la fortune année après année. Il n'en avait pas distrait la moindre somme. Pourquoi? Enfin, la seule lettre envoyée par Sigrid après son passage au Canada et les quelques cartes postales adressées à Erik et à Norbert.

Restait le plus mystérieux, une enveloppe non seulement scellée, mais cachetée à la cire d'un large sceau, sur laquelle on lisait distinctement les initiales « S. L. » : Sigrid Lindval. Cette enveloppe avait été laissée intacte par leurs parents.

L'envie d'ouvrir, de lire, serra la gorge de la jeune fille. Tous ses nerfs étaient tendus comme ceux d'un fauve en alerte. Son pouls accéléra ses battements. Le rouge lui monta au visage. Pour tenter une résistance, que sa clairvoyance lui affirmait par avance devoir être vaine, elle disposa l'enveloppe devant elle sur le siège du fauteuil paternel. Puis, elle se leva et alla jusqu'à la fenêtre : peut-être ses frères seraient-ils en avance?

Flavie n'acheva même pas mentalement le : « Pourvu qu'ils viennent... » ébauché. D'un élan, elle revint vers son tabouret.

Une lumière étincelante avait ranimé brusquement un souvenir proche : une réunion d'étudiants. Ils sont sept, Flavie comprise. On discute « réalité du monde extérieur », valeur toute relative de l'espace et du temps. On en vient aux dons de télépathie, de clairvoyance, de « voyance ». Tout y passe : la Pythie, Cassandre, les prophètes, les tireuses de cartes, les tables tournantes, la lecture extra-oculaire, etc.

Flavie a été déclarée douée de médiumnité évidente, et soumise à des épreuves. Elle a, rien qu'en promenant ses mains sur une enveloppe fermée et en concentrant son esprit, lu, sur une feuille incluse, des noms inscrits par les camarades. Naturellement, l'interprétation des expériences a fait l'objet de véhémentes discussions.

Seule devant le dossier « Sigrid Lindval », Flavie s'excusa elle-même par l'impérieuse nécessité d'obéir à « un ordre que lui transmettait quelque esprit supérieur »! Elle *devait* ouvrir cette enveloppe. Le contenu de ce pli cacheté aurait, dans sa vie, une importance primordiale. C'est à *elle* que ce message, certainement confié autrefois par Sigrid au notaire, était adressé. C'est à *elle* qu'il appartenait d'en prendre connaissance.

Aucune inscription sur l'enveloppe. Le papier était épais. La cire se craquela. Nerveusement Flavie saisit les feuillets contenus dans l'enveloppe, et reconnut immédiatement l'écriture droite, élégante, orgueilleuse de Sigrid.

Dès les premières lignes, elle ressentit une si violente émotion qu'elle crut que la vie se retirait de sa poitrine. Elle avait fait pire que violer une tombe : elle avait violé le secret d'un cœur.

Mon bien-aimé, avait écrit Sigrid, *si tu lis ces lignes, c'est que je serai morte. Le monde entier et toi le premier, hélas, affirmez que je n'ai pas le droit de crier ma passion. Peu m'importe! Je me sens devant toi dévoilée d'âme et de corps. Je suis tellement à toi que c'est folie de vouloir dissimuler quoi que ce soit entre nous deux : nous nous appartenons comme nuls amants encore n'ont pu s'appartenir...*

Flavie lâcha les feuillets qui, poussés par le vent chaud de la cheminée où dansaient de hautes flammes, s'envolèrent et se posèrent au hasard, éparpillés sur le tapis de fourrure.

La jeune fille tomba, plus qu'elle ne s'assit, sur le coin d'un divan. Elle avait lu beaucoup de romans, surtout depuis qu'elle étudiait à Ottawa, mais les plus tendres déclarations échangées par les personnages imaginaires n'avaient jamais bouleversé son âme comme ce cri de désespoir, ce cri d'agonie d'une femme jeune et faite pour le bonheur.

Flavie voyait osciller les objets autour d'elle. Elle eut le réflexe d'atteindre un flacon de liqueur que son père et ses frères déclaraient très réconfortante et but à même le goulot. Une gorgée lui inonda la bouche. Elle n'avait aucune habitude de l'alcool; elle toussa, mais la secousse fut salutaire, elle reprit son aplomb.

Si cette passion avait émané d'une autre que de son héroïne tant aimée, elle n'eût pas réagi avec cette violence; elle eût peut-être taxé l'auteur de cette lettre d'exagération, de romantisme. Mais c'était Sigrid qui avait écrit!

— Comment a-t-elle pu tant souffrir par un homme?

Soudain le cerveau de Flavie reprit son fonctionnement normal. Ses frères allaient rentrer. Elle voulait tout lire avant leur arrivée. Elle déciderait ensuite si elle leur en parlerait ou non.

Un genou à terre, pieusement, un à un, elle ramassa dix

feuilles de papier à lettres. Le soir tombait, mais les flammes étaient si lumineuses qu'elle lisait sans aucune peine.

Était-ce bien à un homme réel que Sigrid avait ainsi consacré son cœur? Est-ce qu'un homme pouvait posséder toutes les qualités dont l'amoureuse éperdue le parait?

Sigrid parlait d'une faute commise par elle. Son héros avait été intransigeant, mais elle ne doutait pas que ce fût là une preuve de la passion qu'il éprouvait pour elle depuis l'enfance.

Flavie évoqua le *Cantique des Cantiques*, la Religieuse portugaise, les cris les plus forcenés poussés vers le ciel ou vers un être désiré au nom d'un amour absolu : rien n'atteignait au délire de Sigrid amante.

Elle passait sans cesse de l'admiration la plus exaltée pour « Jan », aux reproches les plus amers.

Elle ne doutait pas le moins du monde qu'à sa passion eût répondu une passion égale. Ces deux êtres écartelés avaient vécu déchirés...

Et Flavie, qui n'avait jusque-là jamais entendu parler de Jan Yvarsen, voyait se préciser l'image d'un homme d'une puissance d'attraction sans égale.

Tu fais tant de bien sur la terre, Jan, mais ne fais-tu pas plus de mal encore? Tu soulages des souffrances, mais celles que tu déchaînes, ne te seront-elles pas comptées au jour du Jugement?...

Et il n'y a rien à faire! Partout où tu passeras, les femmes seront attirées vers toi comme par un aimant tout-puissant. Serais-tu, par quelque horrible aventure, défiguré, que resteraient encore ton esprit, ton âme lumineuse, ta bonté inépuisable, ton dévouement! Jan... Oh! Jan!...

Une clameur avait empli la pièce, une symphonie de volupté et d'horreur. Flavie n'avait jamais entendu musique plus déchirante ni plus enivrante.

Elle respirait à petits coups haletants, mais son souffle resta totalement en suspens quand elle lut ces mots :

Jan! Pour ce que j'avais fait à Ide, tu m'as chassée une seconde fois! Tu crois sans doute que je suis dévorée de remords, que je me repens comme une misérable pécheresse? Connais mieux ta Sigrid! Mon seul déchirement, c'est de ne pas m'être assurée qu'elle ne reviendrait jamais, car alors le bonheur absolu eût été le nôtre!

Jan, comment la vie d'une femme épousée par toi sur un coup de dépit, pourrait-elle compter en face de notre passion? Même si tu y ajoutes l'enfant innocent qu'elle portait en elle?

« Qu'est-ce que Sigrid a pu faire à cette Ide? » s'interrogeait intérieurement Flavie.

Elle était prête à considérer Ide comme une intruse qui, par le seul fait qu'elle séparait deux êtres voués l'un à l'autre, méritait la mort.

La dernière page... c'était la dernière page...

Des mots flamboyèrent à nouveau, devant les yeux de Flavie :

Au moment où je t'écris, je suis une fois encore décidée à tout! L'infirmière-chef de ta clinique m'a révélé, à coups de perfides sous-entendus (celle-là aussi t'aime et se désespère parce qu'elle n'obtiendra jamais une parcelle de ton amour), que dans la maison qui fut le décor de notre amour, une jeune et séduisante veuve t'attend. Cette Thérèse, Jan, serait-elle la perle de l'humanité, je la hais! *Tu es à moi, et personne ne se mettra entre nous deux. Il faudra bien enfin que tu avoues que, seule sur terre, je puis représenter pour toi le bonheur.*

J'emporte une arme, Jan, et je saurai, s'il le faut, m'en servir contre cette Thérèse. Si je devais, une seule seconde, croire que tu ne seras jamais à moi parce que ton cœur a chassé mon image, je n'aurais que faire d'une arme pour cesser de vivre moi-même.

Jan! Même si je disparais, je sais, aussi sûrement que s'il m'était donné de voir l'avenir avec les yeux de Dieu, que, d'une façon quelconque, je surgirai, encore et toujours devant toi.

Par-delà la tombe je trouverai celui ou celle qui comprendra que notre amour nous plaçait au-delà du crime. C'est toi *qui aurais dû balayer Ide de ta vie! C'est* toi *qui vas chasser cette Thérèse inconnue, mais abominable à coup sûr puisqu'elle tente, la folle, de te prendre à moi!*

Jan, je t'adore. Chaque fibre de mon être, chaque goutte de mon sang est à toi. Jan, morte ou vivante, mon âme ne te quittera jamais.

Bouleversée, Flavie lisait et relisait ces lignes délirantes quand, soudain, elle entendit la porte s'ouvrir. Erik était debout dans la pièce, plein d'entrain, suivi de près par Bertie, qui attachait leurs chevaux dans la cour.

Comme s'il s'agissait pour elle de sauver sa propre vie, avant d'avoir eu le temps de la moindre réflexion, Flavie prit lettre et enveloppe et se pencha si brusquement vers l'âtre, que sa main blanche plongea dans le cercle infernal des flammes bleues. Elle lâcha les feuillets. Rien ne devait en subsister.

La jeune fille avait agi par pur réflexe. Leur idole, Sigrid, était une criminelle! Impossible! Il fallait la sauver de cette horreur, supprimer toute trace de ses forfaits...

Erik ne comprit pas ce geste insensé. Il s'élança, croyant sa sœur cruellement brûlée. Mais le mouvement de la jeune fille avait été si rapide que seuls quelques poils superficiels de son lainage avaient roussi sur son poignet. Pourtant, la secousse morale, la tension nerveuse, l'étonnement, avaient été trop rudes. L'élan d'Erik ne fut pas vain : il reçut Flavie évanouie.

Les deux frères ne savaient que faire, bouleversés à leur tour. Flavie jouissait d'une parfaite santé et d'un équilibre nerveux sans défaut.

Elle reprit d'ailleurs très rapidement connaissance, et, s'accrochant au cou d'Erik, se serra contre la poitrine du grand garçon. Agenouillé contre le divan, très maladroitement, il lui tapotait les épaules, lui plaquait des baisers sur le front, sur les joues, en lui répétant des :

« Mais Flavie, Flavie, qu'est-ce que tu as? Qu'est-ce que tu as découvert que tu as voulu nous cacher? Tu risquais de te brûler gravement! Voyons, voyons! calme-toi! »

Norbert s'était précipité vers l'ancienne chambre de leurs parents et revenait avec de l'alcool pour friction et un verre d'eau dans lequel il avait versé de l'eau-de-vie.

Entre ses deux frères si affectueux, Flavie reprit enfin possession d'elle-même. Elle poussa de petits soupirs qui, après la violente secousse, leur firent un tel plaisir que les deux garçons s'exclamèrent à qui mieux et qu'enfin la jeune fille sourit, presque rassérénée.

Erik aussi bien que Bertie furent très soulagés quand ils arrachèrent enfin à leur sœur la précision qui les intéressait au plus haut degré : il ne s'agissait pas de quelque événement concernant leurs propres parents.

Erik était marié. Bertie avait éprouvé plusieurs passions, aussi décisives et éternelles d'intention que fugaces en réalité. La légendaire Sigrid avait pris pour eux la place qu'elle méritait dans leur souvenir. Ils lui avaient une profonde reconnaissance pour le bien-être dont ils jouissaient grâce à elle, mais, moins naïfs que leur sœur, ils avaient judicieusement supposé que cet héritage leur était très certainement échu par le seul fait de leur degré de parenté avec la disparue.

Leur superbe saga, ravissement de leur adolescence, n'éveillait plus en eux qu'un bref attendrissement pour la fertilité d'imagination dont ils avaient fait preuve tous les trois.

Enfin, les deux garçons avaient glissé quelques interrogations à leur père et à leur mère. Les deux sons de cloche ne concordaient que sur un point : ni leur père ni leur mère n'avaient souhaité que leur Flavie si pure, si fière d'allure, si saine et belle, ressemblât jamais à Sigrid.

Et Flavie naguère s'était étonnée de ne plus jamais s'entendre nommer « Sigrid » par Erik. Son aîné avait refusé de lui donner une explication. En fait, il avait, un jour, décelé une nette expression de tristesse sur le visage de sa mère alors qu'il appelait sa sœur par ce nom. Il avait alors étendu son bras, devenu aussi long que le bras paternel, pour entourer les épaules de cette mère chérie, et lui avait chuchoté à l'oreille :

— Est-ce que ton fils aîné se trompe, Mammie chère? Cela te chiffonne que j'appelle Flavie « Sigrid »?

Une sorte de mélancolie avait recouvert le visage maternel.

— Ce second nom que nous avons accolé à celui de Flavie sur son acte de naissance ne doit jamais signifier qu'une analogie pourrait s'établir entre Flavie et Sigrid. Dieu fasse que Flavie ne puisse jamais être comparée ni physiquement ni surtout moralement à cette si belle femme...

Erik comprit que sa mère n'en dirait pas plus, mais que ses quelques paroles étaient lourdes d'inquiétude.

Et c'est pourquoi les deux frères n'avaient demandé aucune explication à leur sœur, mais avaient rassemblé le dossier ouvert sur le fauteuil devant le feu. Ils y trouvèrent la confirmation de leur supposition : si la fortune de la cousine de leur père leur était échue, c'était non par l'effet du testament mais par ordre de plus proche parenté. Un certain docteur Jan Yvarsen avait refusé le testament. Il s'était montré, écrivait le notaire, d'une brutalité et d'une intransigeance telles qu'il avait refusé d'écouter le moindre mot. Il n'avait même pas voulu prendre une lettre, sans suscription, mais qui lui était de toute évidence destinée par Mlle Lindval. Cette lettre, l'homme de loi ne croyait pouvoir mieux faire que de la leur transmettre.

Bien entendu, M. et Mme Verneuil, si soucieux de la moralité, avaient cherché à obtenir des éclaircissements. Le notaire leur avait formellement déconseillé de se mettre en rapport avec le docteur Yvarsen. Il s'était à coup sûr passé des faits graves, entre lui et Mlle Lindval [1], et tout rappel du passé ne pouvait être pour le médecin célèbre, maintenant établi à Stockholm, qu'une cause de chagrin ou de colère. Mieux valait laisser agir la loi et accepter ce que la Providence apportait.

Erik et Bertie furent beaucoup moins surpris que Flavie ne s'y attendait. Ils vinrent encadrer leur sœur sur le vieux divan; et la berçant, la cajolant comme du temps où elle était bébé ou fillette, ils la prièrent avec instance de renoncer à tout ce qui pourrait être une suite à ce passé tumultueux.

— Je comprends maintenant pourquoi papa et maman souhaitaient tant que tu ne puisses jamais être comparée à Sigrid. Si nous avions su la moitié de la vérité qui doit être très pénible, à coup sûr, nous n'aurions pas inventé notre légende.

Flavie se laissa câliner, dorloter, mais elle était tenace et n'écoutait guère les paroles prononcées par ses frères. Elle était profondément troublée par ce nom qui revenait avec des louanges sous la plume du tabellion. Et puis, ce que ses frères ignoraient, elle avait été très frappée par le passage à forme prophétique de la lettre de Sigrid, jetée au feu :

Quelqu'un surgira qui te forcera à remettre en balance mes péchés et mon incommensurable passion pour toi! Grâce à ce messager posthume, un jour viendra où tu me pardonneras...

Flavie croyait avoir retenu exactement les termes de la lettre. Ils étaient beaucoup plus vagues. Inconsciemment elle les adaptait à ce désir si nouveau, mais terriblement prévu : connaître Jan Yvarsen.

1. Voir *Torrents*.

Elle laissa donc parler ses frères, et reprit sa bonne mine et sa gaieté coutumières. Mais quand, quelques semaines plus tard, ils lui demandèrent ce qu'elle comptait faire, elle fut très nette :

— J'ai pu obtenir des renseignements par la Faculté de médecine. Ne sautez pas en l'air, votre bond ne changerait rien à mes projets. Le docteur Yvarsen est très connu. Il a une grande clinique. On vient de l'Europe entière pour se faire soigner et opérer par lui. Il est très vraisemblable que je pourrai utiliser mes connaissances sous ses ordres. Mes titres le décideront, je l'espère, à m'engager.

Pour rompre un silence lourd de réticences, elle avait malicieusement ajouté :

— Vous pensez bien que je ne lui avouerai pas que nous possédons une mine très féconde dans l'Alaska, et autres valeurs. Je n'arriverai pas couverte de bijoux et de fourrures... Je serai sage, modeste et effacée.

Erik s'exclama :

— Mais qu'est-ce que tu lui veux, à ce malheureux? Il en a déjà assez vu avec Sigrid! Si c'est pour lui parler d'elle, que tu veux travailler chez lui, je trouve que tu manques pour le moins de tact, ma petite!

Quand ses frères l'appelaient « ma petite », c'est qu'ils réprouvaient totalement ce que leur sœur entreprenait. Mais elle était bien trop hantée par l'irrésistible docteur Jan Yvarsen, pour prendre en considération cette opposition.

Flavie avait donc traversé le Canada, puis l'Atlantique, la Manche, la mer du Nord, pour gagner la Suède.

Elle avait su manœuvrer avec l'adresse que donne la curiosité quand elle habite l'esprit d'une femme. Elle avait été modeste, sans pourtant cacher ses talents, et Jan Yvarsen l'avait engagée sans hésitation.

Elle n'oublierait jamais ce froid matin, l'air piquant dans les rues de Stockholm. La voix de la secrétaire, tout administrative, lui avait accordé un rendez-vous « non médical ».

La clinique était très belle, très moderne. Mais, même si Flavie s'était trouvée devant un vieil établissement démodé, elle l'eût trouvé superbe. Son cœur battait trop fort et trop vite dans sa poitrine. Elle allait donc enfin être en présence de cet homme « idole des femmes »! Elle imagina soudain des yeux qui parcouraient sa silhouette, une intonation insidieuse, teintée de moquerie. Pour un peu, elle se fût enfuie. Mais, là-bas, ses frères feraient des gorges chaudes des résolutions définitives qui tournaient court... Et puis était-ce seulement la curiosité qui la rendait si nerveuse? Elle se serait récriée bien fort si quelqu'un le lui avait dit, mais, tout comme autrefois Thérèse Ehrhardt avait aimé Jan après avoir lu les cahiers d'Ide, Flavie après avoir lu la lettre d'amour de Sigrid, sans connaître Jan, avait été envahie par un sentiment qui intéressait non plus son esprit, mais son cœur.

Soudain, elle entendit une infirmière qui accourait sans bruit sur ses semelles feutrées, en appelant à voix retenue :

— Docteur Yvarsen, voudriez-vous passer au secrétariat avant de gagner les salles?

Les jambes de Flavie lui refusèrent leur office. Elle vit passer devant l'immense baie ouverte sur le hall un grand jeune homme blond. Il avait des yeux clairs, un sourire séduisant et une voix harmonieuse. Il partit aussitôt sur les pas de l'infirmière qui l'avait arrêté, sans même jeter un coup d'œil à Flavie.

Une chose que cette dernière avait totalement négligée, c'était de faire des suppositions sur l'âge du docteur Yvarsen. En tout cas, la stupeur l'avait clouée sur place. C'était le docteur Yvarsen, puisque la jeune fille l'avait nommé ainsi... mais... comme il était jeune! Son esprit troublé restait pourtant assez lucide pour faire des additions. Si le docteur Yvarsen, qui s'était marié, avait exercé au Transvaal, avait perdu sa première femme, s'était remarié, avait conquis une réputation mondiale, avait cet aspect, c'est qu'il avait découvert le secret de Jouvence! Ce très bel homme, séduisant certes, qu'elle avait vu arrêté devant ses yeux ébahis ne semblait pas plus vieux qu'elle, plus jeune qu'Erik et même que Bertie!

Les pensées tourbillonnèrent dans sa tête pour en venir à l'idée qui la frappa comme une balle : le médecin qui venait de passer n'était pas le bien-aimé de Sigrid. Il n'était pas davantage un frère de l'homme de ses rêves...

Elle fut quand même un peu chagrinée d'avoir à conclure que ce devait être là « le fils de Jan Yvarsen »!

Le pauvre Erling ne se doutait pas qu'une jeune fille pensait à lui avec si peu de sympathie. Ce n'est pas à celui dont elle avait, presque inconsciemment, fait son idole, que Flavie reprochait d'avoir eu un fils qui ne lui était pas né de Sigrid; c'est, avec un illogisme aussi juvénile que féminin, à lui-même qu'elle adressait des invectives. Quelle pâle copie du grand homme ce devait être, que ce long garçon! Chacun savait que les fils des grands hommes n'égalaient jamais leur père. Tout au plus pouvait-on espérer qu'ils ne leur fassent pas honte!

Enfin, elle avait été appelée par son nom, introduite dans le bureau et, tout de suite, elle avait adressé un *mea culpa* au fils de Jan : il ne vieillissait pas son père. Jan Yvarsen était encore plus beau qu'elle ne se l'était figuré. Elle eut soudain une envie de rire qui fit briller ses yeux et s'entrouvrir sa bouche aux lèvres fraîches et bien ourlées. Un élan de gratitude lui gonflait la poitrine.

Jan, en levant les yeux pour observer la nouvelle venue, fut malgré lui ému, par la beauté rare de la jeune fille qui lui faisait face, mais surtout par ce sourire d'enfant heureuse. Heureuse de quoi? Il fut sur le point de le lui demander, mais... si souvent, dans sa vie, il avait rencontré un sourire arraché par l'admiration qu'il ne posait plus de questions semblables.

Il pensa seulement :

« Si son intelligence est accordée à la grâce de sa personne, cette jeune fille est vraiment exceptionnelle. »

Flavie avait une voix à la fois douce et sonore, claire et tendre, qui ne pouvait laisser insensibles ceux qui l'écoutaient. Jan fut agréablement surpris.

Tandis qu'il l'interrogeait sur ses études, le docteur savait déjà qu'il était décidé à lui accorder un emploi. Très heureusement, elle s'adaptait exactement au dessein qu'il avait, de doter sa clinique d'un laboratoire beaucoup plus important.

Et c'est ainsi que Flavie Verneuil avait été attachée à la clinique de Jan Yvarsen et qu'elle y vivait dans un état d'esprit chaque jour plus bouleversé. Elle n'avait qu'une base d'équilibre : son travail. Une raison aussi de chercher à plaire à Jan Yvarsen sans se créer de remords : se montrer digne de la confiance qu'il lui avait témoignée. Sur ce point, elle avait réussi plus encore qu'elle ne le supposait. Jan était tout simplement émerveillé par les dons qu'elle révélait.

Avec sa bonté coutumière, il avait posé à sa jeune

collaboratrice des questions sur ses études, et aussi sur sa famille. Là, il avait rencontré la seule obscurité qui pût planer autour de cette jeune fille lumineuse.

Chaque fois, Flavie avait éludé la question. Jan était trop discret pour insister. Chacun est libre de fermer les rideaux de sa demeure particulière, à plus forte raison de garder pour soi ses souvenirs et ses sentiments.

Le psychologue qu'était le médecin avait pourtant conclu que ce ne devait pas être un amour déçu qui pouvait expliquer la sagesse — presque l'austérité — de la vie de Flavie.

Et quand Thérèse avait émis la supposition que peut-être Flavie était amoureuse d'Erling, il avait nié cette possibilité avec véhémence. Il y avait là pour lui quelque chose qui le choquait, sans qu'il comprît pourquoi.

VII

Et les mois passaient. Au Canada, Erik recevait des lettres assez bizarres de Flavie. En les lisant, ses sourcils se fronçaient. Si sa femme, fatiguée par une prochaine naissance, n'avait pas eu besoin de sa présence, il eût pris le chemin de Stockholm. Ses sentiments fraternels étaient teintés de paternité en face de Flavie. Il l'avait tant choyée qu'elle manquait beaucoup à ce rude homme du Nord, très ferme en apparence mais très tendre au fond.

A des demandes d'explications réitérées, Flavie répondit enfin.

C'est vrai, Erik. Comme tu l'as deviné, je suis assez misérable ; non pas certes au point de vue professionnel, mais — oh ! cher confesseur — au point de vue spirituel. Jan Yvarsen est, il est impossible de le nier, une sorte de surhomme. On ne peut le juger avec les mêmes mesures que l'humanité en général. Le don de présence qu'il a auprès des malades dépasse tout ce que je pourrais te dire. C'est proprement de l'idolâtrie qu'il éveille en eux. Les plus jeunes enfants avalent n'importe quoi s'il le leur demande. Il paraît qu'il en fut toujours ainsi.

Les infirmières ont un rendement très supérieur à ce qu'elles auraient dans une autre clinique ; elles y sont entraînées par leur passion pour « le maître ». Il doit souvent prendre le ton du commandement pour leur intimer l'ordre de se reposer durant les heures dévolues à la détente. On leur offrirait deux fois plus d'argent ailleurs qu'elles ne feraient que rire... Tu vois d'ici l'atmosphère! Une chapelle et un dieu présent! Parfois, j'ai envie de rire. Le ton sérieux avec lequel on débite des : « Le docteur a dit... le docteur préfère », à longueur de journée, a quelque chose d'exaspérant. Et puis je me surprends à me dire à moi-même, dans le silence blanc de mon laboratoire : « IL sera content! » et cet « IL » est capable de m'entraîner à passer une nuit entière en discussions intimes avec des réactions chimiques!

Et dire que cet « IL » me retient enfermée... Tu vois ce que je veux dire, Erik. Enfermée! Ce dont nous avons toujours eu la plus grande horreur. Ouvrir en grand des verrières qui ne doivent être soulevées qu'en plein été ne saurait faire que je ne sois pas enfermée... Il m'arrive de passer les mains le long de mon corps, tout en arpentant mon laboratoire, comme si j'allais découvrir sous mes doigts des liens qui me garrottent.

Tu te souviens, Erik, de ce chien, né à coup sûr du mariage d'une mère coyotte et d'un véritable chien, que nous avons trouvé pris dans un piège et que nous avons sauvé? Et si je te criais, comme la pauvre bête le faisait si clairement avec ses yeux éperdus : « Au secours, Erik, libère-moi »? Je sais que ce serait sottise insigne car, ainsi qu'elle, je commencerais par essayer d'échapper à ton étreinte pourtant libératrice. Je suis prise au piège, mais je ne puis être délivrée que par moi-même. Je suis venue ici pour tout savoir de notre Fée des Neiges, et le bilan de mes recherches est actuellement ceci : personne n'en souffle mot. Elle n'aurait jamais existé ailleurs que dans nos imaginations qu'il en serait de même. Et pourtant elle a existé!

Qu'elle ait aimé Jan Yvarsen à la folie, rien de plus facile à comprendre. Si j'avais été fiancée à un homme pareil et l'avais ensuite perdu, si j'avais su qu'il épousait une autre femme, je me demande de quoi je n'aurais pas été capable pour le reprendre. Comme elle a dû avoir envie de mourir, Sigrid! Mais comment, aussi, Jan Yvarsen a-t-il pu renoncer à la plus belle des femmes?

Les deux questions accessoires sont : Thérèse, sa femme actuelle? Pour ce qui est de Jan, je suis incapable de ne pas lui chercher toutes les excuses du monde pour quoi que ce soit qu'il ait fait. Pour Thérèse, c'est autre chose.

Jan Yvarsen est par-delà toute idée d'âge. Il est admirable. Thérèse, pourtant beaucoup plus jeune que lui, me semble vieille.

Elle me manifeste une sympathie qui... je ne sais comment qualifier ce que cette sympathie me fait éprouver. Parfois je crois avoir envie d'y répondre, mais entre elle et moi il n'y a jamais — de mon côté, tout au moins — un contact direct : je vois Sigrid, notre Sigrid, qui me sépare d'elle.

J'ai été rendre visite au notaire. Pour lui, l'histoire de notre héritage a vingt ans. Il est vraiment peu lucide. Sais-tu ce qu'il a insinué? Que je ferais beaucoup mieux de m'écarter de la famille Yvarsen dès lors que j'ai des liens de parenté avec les Lindval.

Le brave homme, dans un inénarrable veston gris poussière, la figure ridée comme nos pommes de reinettes conservées jusqu'au printemps, a retiré, remis trente fois une antique paire de lunettes. Il en a fourbi précautionneusement les verres d'un coin de mouchoir avant de se hasarder à me confier : « Mlle Lindval avait un caractère... nous dirons... outrancier, chère mademoiselle Verneuil. Je vois, grâce au ciel, que vous êtes très différente, sans quoi je me ferais un cas de conscience d'avertir le docteur Yvarsen de votre parenté avec sa cousine. Des femmes semblables sont un danger public. »

Tu me vois d'ici, Erik. Le brave homme m'avait énervée. Je suis partie d'un éclat de rire. Et je riais, je riais! Notre Sigrid, « dangereuse »! Pour elle-même, peut-être, mais pour les autres elle était la bonté même.

Après les avoir de nouveau astiquées, le notaire a paisiblement remis ses lunettes et a ri à son tour. Il m'a alors tapoté la main (il n'entendait pas que je grognais comme le faisait l'ourson élevé par toi quand une autre main que la nôtre se hasardait à toucher sa toison).

Nous nous sommes quittés sur cette énigmatique conclusion sortie de ses lèvres :

— Cela me fait du bien de vous entendre rire, mademoiselle Verneuil. Quand on a vu tant et tant de choses, et le plus souvent pas belles — comme en voient toutes les études de tous les notaires du monde — on est heureux de constater qu'il existe encore des âmes claires qui se moquent de ce qui n'est pas leur pure jeunesse. Votre rire ramène les choses à leur véritable valeur en face de l'éternité... Une fille qui tire sur la fiancée d'un homme parce qu'elle ne peut pas supporter que cet homme appartienne à une autre qu'elle, cela ne vaut après tout qu'un éclat de rire... des années après.

Impossible, bien entendu, de l'amener à s'expliquer davan-

tage. Alors j'ai eu envie de mettre un foulard devant ma figure et d'aller cambrioler la villa des Yvarsen! Qui sait si je ne découvrirais pas, dans quelque tiroir, un revolver ancien modèle? La traduction du notaire met peut-être l'arme dans les mains de la victime au lieu de la voir au bout du bras qui s'en est servi.

Est-ce que la somme des haines, des jalousies que la beauté de Sigrid a fait naître autour d'elle n'a pas abouti à un coup de revolver qu'elle aurait reçu, elle, et non pas donné? Son corps a été retrouvé en bas de la montagne. Le torrent n'avait-il pas...?

Avoue que ta petite sœur ne manque pas d'imagination! Quoi qu'il en soit... je n'ai pas confiance en Thérèse. Et pourtant... elle a l'air de la meilleure créature qui se puisse rencontrer.

En tout cas, oui, en tout cas, il m'est impossible de soupçonner cet être unique et admirable dénommé Jan Yvarsen.

Mais je m'aperçois que je ne t'ai rien dit du fils de Jan! Où est-il donc, ce garçon? Il est dans la clinique, certes, il y est! Reconnaissons objectivement qu'il opère aussi bien que son père, qu'il a un diagnostic aussi sûr, qu'il se dépense avec une ardeur, un dévouement qui devraient lui attirer l'admiration générale. « Devrait », mais ce n'est pas le cas.

Il a été depuis sa naissance habitué à n'être que le fils d'un grand homme. Comment supposer qu'il aura un jour le courage de fuir cet admirable mais écrasant voisinage?

Tu me connais : je n'ai pas tendance à parler beaucoup ni à me mêler des affaires d'autrui, mais, en face d'Erling Yvarsen, je me découvre une véhémence intérieure que j'ai peine à contenir. J'ai envie de le prendre par les épaules et de le secouer. Avoir tant de valeur et se contenter d'être une ombre. Avoir tant de talent et rester un second! Je t'assure, Erik, ce garçon-là, s'il était seul dans une ville, ou n'importe où, il se ferait une réputation magnifique.

Ce qu'il lui faudrait, c'est un bel amour pour le forcer à sortir de sa gangue. C'est exactement cela. En écrivant, on découvre des idées au bout de sa plume : ce qui manque à Erling pour être un « crack de grande classe », c'est une passion comme celle qui a brûlé le cœur de son père.

Par malheur, si toutes les infirmières sont des anges de dévouement, elles n'ont pas ce quelque chose d'enivrant qu'avait notre Sigrid.

Nous frayons peu ensemble, Erling et moi. On dirait que je lui fais peur. Du plus loin qu'il m'aperçoit, il change d'attitude. J'ai une fois cru qu'il était amoureux de moi, mais il doit bien sentir, le pauvre, qu'il lui faut, ou tout casser, ou se contenter de rester dans son noble rôle de doublure. Et une doublure n'est guère ce qui me plairait...

Ne va pas croire que je mène une existence triste. J'assiste à presque tous les concerts. J'ai une voisine dans ma maison, une jeune veuve qui m'a fait force sourires, et déjà nous en sommes au tutoiement. Celle-là ne comprend pas pourquoi je ne suis pas éperdument amoureuse d'Erling! Comme elle ne vit pas à la clinique, elle ne peut en deviner l'atmosphère. Quand je lui ai dit : « Pourquoi ne me supposez-vous pas plutôt amoureuse du plus bel homme de la ville? », elle m'a regardée sans comprendre. Il a fallu que je précise : « Jan Yvarsen. » Celle-là a encore la naïveté de croire que l'âge compte quand il s'agit des surhommes. Elle s'est écriée : « Mais il est bien trop vieux pour toi! »

Erik, si tu n'avais pas ta femme et que tu rencontres la Belle Hélène, Sémiramis, ou quelque autre illustre beauté ressuscitée d'entre les morts, je suis certaine que ton sang ferait deux fois le tour de ton système circulatoire avant que tu reprennes ton souffle! Sigrid devait les surpasser toutes *et Jan Yvarsen est digne d'elle.*

Enfin, je suis allée reconnaître la tombe de Sigrid. Une pierre de marbre blanc la couvre. On y lit les noms de son père (notre arrière-cousin), de sa mère (qui fut la tante par alliance de Jan) et puis : SIGRID LINDVAL, sans aucune date ni de naissance ni de mort. J'espère que c'est Jan Yvarsen qui a eu l'idée de cette suppression. Sigrid devait, par définition, appartenir à tous les temps.

Erik, je suis sûre que, pour Jan Yvarsen, la mort de Sigrid redevient, par moments, aussi proche que ce qu'il a pu vivre la veille...

Mon frère chéri, je t'embrasse. Écris-moi souvent. Je plaisante, mais tu sais bien que papa nous a toujours dit que c'était là une forme du courage.

FLAVIE.

P.-S. *Je ne suis pas tellement pleine de courage. Si je te disais que j'ai parfois une envie terrible que mon grand homme soit beaucoup moins imbu de principes moraux qu'il ne l'est, et... chut! Je ne veux pas que tu me grondes!*

Si je pleure cette nuit, je sais que tu en seras fâché, et pourtant, je pleurerai peut-être si le docteur n'est pas venu se pencher sur mon travail, si je n'ai pas entendu sa voix qui me trouble plus que je ne saurais le dire. J'aime qu'il me félicite ou m'encourage... au moins cela! Il a une façon unique de mettre le doigt sur le point faible d'une recherche. Suppose par exemple que, depuis quelques jours, un problème reste obscur pour moi et que je ne puisse franchir le cap difficile. Il faudrait user d'un réactif... mais lequel? Le docteur arrive, il lit mes notes, s'installe sur mon tabouret, met l'œil au microscope, regarde... et puis me suggère :

— Ne pensez-vous pas, mademoiselle Verneuil, que telle substance mise en contact..., etc.!

Il a vu en quelques minutes ce que je me morfondais à découvrir depuis des jours!

La constatation de mon insuffisance devrait me navrer, mais je suis trop féminine. Il ne me déplaît pas que mon maître me surpasse, m'écrase même de sa supériorité. Je suis ravie qu'il soit si vertigineusement intelligent.

Seulement... je ne suis pas tranquille, car... Mme Thérèse Yvarsen s'entête à m'inviter et je sens, comme le castor sent le lynx qui le guette, qu'elle voudrait me tenir dans un coin pour me faire parler de moi... J'ai horreur d'être acculée dans un coin et je ne peux supporter de parler de moi!

Et si ce n'était que Mme Yvarsen! Mais le maître a quelque chose en tête à mon sujet, une idée qui ne correspond pas aux phrases qu'il prononce. Ma sensibilité en éveil me l'affirme.

Enfin, Erling, qui serait plein d'éclat, s'il n'était pas éclipsé par son père, rumine des discours que je préfère ne pas entendre.

Inutile de te tourmenter pour la conduite de ta sœur. J'ai force soupirants, mais suis de première force pour les conserver prêts à me mener au cinéma ou vers quelque autre réjouissance, telle que la danse, tout en les tenant à distance. C'est un sport si naturel que ces passes d'arme entre hommes et femmes! Pour peu que vos parents ne vous aient pas construite crochue ou bancale, on est contrainte de les pratiquer. Je m'efforce d'en bannir la cruauté. Notre enfance qui a connu les animaux dangereux m'aide beaucoup à apprivoiser mes amoureux.

Je vous aime bien. Bertie est indigne, il ne m'écrit pas!

Flavie croyait indéfiniment pouvoir éluder les conversations délicates, mais viendrait pourtant un moment où elle serait forcée de répondre.

De jour en jour, Erling était plus malheureux. Certes il ne pouvait se refuser de voir qu'il réussissait magistralement dans la voie où il s'était engagé. Si Flavie n'avait pas été dans la maison, il est probable qu'il n'eût en rien été troublé par cette place de second qui était normalement la sienne. Mais la présence de Flavie changeait tout.

Erling ressemblait beaucoup à sa mère par le visage, à son père par la stature. Son caractère n'était pourtant pas uniquement un composé des qualités ou des défauts de l'un et de l'autre des époux.

Parce qu'il était seul fils, et très choyé, il avait moins que ses camarades amorti un excès de sensibilité amoureuse trop naturel à son âge. Flavie avait été pour lui un éblouissement. Il ne l'avait pas aimée lentement, il l'avait idolâtrée à première vue. Devant elle, il s'était découvert un besoin frénétique de tendresse.

S'il avait rencontré Flavie ailleurs qu'à la clinique, il aurait agi autrement. Il aurait eu confiance en un physique qui lui attirait en général les bonnes grâces des jeunes filles. Il aurait eu une confiance, instinctive encore, en son intelligence, en son savoir, et surtout en la puissance attractive que porte en soi un grand amour.

Mais il était à la clinique! Il ne s'était jamais, auparavant, comparé à son père autrement que pour souhaiter l'égaler, le remplacer un jour et le plus tard possible. Mais, quand on aime comme il aimait maintenant, comment ne pas prendre ombrage d'une supériorité, même passagère, puisqu'elle était due à leur différence d'âge!

Le temps s'écoulait sans que jamais Flavie lui donnât la possibilité d'un moment d'intimité. Lors des promenades à cheval en compagnie de leur père, elle était trop bonne cavalière pour se laisser distancer par Jan. Erling montait très bien, mais Flavie était capable de véritables acrobaties équestres. Jan Yvarsen riait de son beau rire juvénile quand, en plein galop, elle montait debout sur sa selle, puis reprenait sa position assise, aussi aisément que si c'eût été là se lever ou s'asseoir dans un salon. Ou bien elle lançait son feutre au loin, revenait bride abattue et ramassait son chapeau, avec une souplesse incroyable.

Elle avait commencé à monter à cheval alors qu'elle marchait à peine. Son père la prenait devant lui sur sa selle, ou bien ses frères la promenaient sur leurs chevaux nains, en tenant à la fois le cheval par la bride et l'intrépide bambine par une jambe.

Un jour vint où Erling s'exaspéra de voir sans cesse Flavie converser gaiement avec son père, sans qu'en toute innocence ils semblassent se douter de son existence, un peu en arrière d'eux dans le sentier étroit du bois. Il voulut les dépasser et fuir sa peine. Son cheval, nerveux, eut peur en se sentant fouetté par les branchages et s'emballa. Flavie jeta un cri très féminin, puis sa science équestre lui montra en même temps quel danger courait l'imprudent. Il devait maîtriser l'animal, sinon il courait le risque d'être incapable de l'arrêter si un obstacle se présentait. Elle lança à Jan :

— Je vais le dépasser! Il ne saura pas...

Elle n'eut pas le temps de mettre son projet à exécution. Jan tenait déjà par la bride la monture de sa voisine.

— Laissez-le, Flavie.

Les yeux de la jeune fille flamboyèrent. Toutes ses anciennes préventions contre Jan Yvarsen, « qui avait été si cruel pour Sigrid », lui revinrent en mémoire. Elle se redressa indignée :

— Vous voulez qu'il se tue, lui aussi! cria-t-elle.

Jan fut saisi par « lui aussi », mais ce n'était pas le moment de discuter. Il répondit d'une voix soudain dominatrice :

— Voulez-vous le vexer?

Flavie hésita une seconde puis elle comprit. Le cœur plein de remords pour avoir douté un instant de son héros, elle soupira :

— Pardonnez-moi... Vous avez raison... J'ai des frères, je sais qu'ils aimeraient mieux se casser dix fois la tête, plutôt qu'être secourus par une femme! Les hommes sont absurdes!

Son cœur battait lourdement. Le cheval d'Erling avait disparu au tournant du sentier. Elle respirait à petits coups et brûlait d'envie de se mettre à la poursuite d'Erling. Mais déjà Jan ajouta, la voix cette fois très troublée :

— Nous ne pouvons pas nous permettre de galoper; vous

savez bien que nous ne ferions qu'aggraver la folie passagère de l'animal emballé.

Elle tourna timidement, malgré l'angoisse qui la tenaillait, son visage vers ce père si maître de lui, et ce qu'elle vit fit fondre en elle tout ce qui pouvait y rester d'inquiétude sur la puissance des sentiments paternels de Jan Yvarsen. Il était pâle au point que ses lèvres mêmes semblaient décolorées. Il souffrait d'une angoisse égale à celle de Flavie.

Quel soulagement ils éprouvèrent tous deux en retrouvant Erling occupé à bouchonner l'indocile animal encore parcouru par des tressaillements nerveux qui faisaient plisser sa peau, le long de son échine.

Flavie mesura quelle faute eût été la sienne. La figure d'Erling s'éclaira comme elle ne l'avait encore jamais vue, quand elle s'écria :

— Concurrence déloyale, Docteur! Vous m'avez fait tellement peur que j'en tremble encore. Quand vous voudrez vous livrer à des tours de force pareils, prévenez vos compagnons. Ouf!...

Flavie s'était inquiétée, et pourtant elle et son père avaient eu confiance en lui! Erling était radieux. Ce fut lui qui proposa, avec entrain, de s'arrêter dans une petite auberge pour se rafraîchir. Le souvenir de l'émotion avait balayé l'atmosphère comme un grand vent purifie l'air. Ils passèrent une heure délicieuse.

Jamais Flavie n'avait été si librement elle-même. Elle fit rire et rire encore aussi bien le père que le fils, en leur racontant, à sa façon primesautière, des aventures de sa vie à l'orée des bois, au bord des lacs, au milieu des neiges.

Et puis, soudain, un silence s'établit. Jan Yvarsen avait été traversé par une idée étrange :

« Depuis le temps où Sigrid animait le monde de son exceptionnel élan vital, je n'ai jamais éprouvé un ravissement pareil. Quelle chose étrange, cette Canadienne française m'est proche comme une sœur de race! »

Ses yeux avaient en même temps été frappés par ce mouvement si féminin signalé par Thérèse : Flavie faisait valoir un buste admirable en lançant en arrière, comme pour secouer son abondante chevelure, une tête d'une proportion harmonieuse. Quelle assurance altière avait ce geste!

« Seule, Sigrid avait de ces mouvements-là », pensa Jan.

Cette jeune étrangère était — à ce qu'il croyait — venue d'un autre monde jusqu'à lui, par le seul fait du hasard. Qu'il pût exister une relation quelconque entre elle et Sigrid Lindval traversa si rapidement son esprit qu'il oublia aussitôt sa supposition. Mais le nom de Sigrid évoqué en lui avait suffi pour mettre un voile sur tout ce qui l'entourait.

Flavie, elle, s'était arrêtée au moment où, emportée par son récit, elle allait, sans plus réfléchir, faire allusion à la légende créée par elle et ses deux frères.

Un froid courut le long de sa moelle épinière. Ses yeux, un instant auparavant si pétillants de jeunesse joyeuse, lancèrent un coup d'œil inquiet vers Jan Yvarsen. Elle vit aussitôt que l'amertume sur son visage avait reparu. Certains mots de la lettre de Sigrid résonnèrent aux oreilles de Flavie : « Les sillons de tristesse que tu as laissés se creuser aux commissures de tes lèvres se creuseront plus encore... »

Flavie fut sûre alors que « Sigrid » avait agi.

Erling, stoppé net dans un élan de bonheur comme il n'en goûtait jamais, déjà rempli de l'espoir d'avoir enfin touché celle qu'il aimait, vit le coup d'œil inquiet de Flavie, la soudaine tristesse de son père.

Un amoureux ramène tout à son inquiétude. Erling, pour la première fois, éprouva, non de l'inquiétude, mais de la fureur. Les idées se pressèrent, en lui, si tumultueuses que ses mâchoires se crispèrent violemment. Sans réfléchir, sans un mot d'excuse ou d'explication, il sortit ses longues jambes bottées de sous la table rustique, se leva du banc. En trois enjambées, il gagna la porte et sortit. Après avoir détaché son cheval comme s'il était poursuivi par quelque ennemi, il sauta en selle et reprit le chemin de Stockholm.

Il souffrait au point que, s'il avait pu crier ou pleurer, il en eût éprouvé un immense soulagement. Il prit un chemin différent de celui que devaient emprunter son père et Flavie.

Les projets les plus insensés traversaient son esprit. Il voulait forcer Flavie à s'expliquer!... Mais tout de suite, il fut saisi par une angoisse inexprimable : « S'expliquer sur quoi? » Avait-il des droits sur elle? Avait-il quelque raison que ce fût de la forcer à répondre à son amour?

La rage l'étranglait, une rage si douloureuse que des crispations secouaient les muscles de sa figure. Tous ses sentiments étaient en déroute. Une jalousie féroce, insensée, furieuse, contre son père, se faisait jour comme une lave incandescente et dévastatrice. Il se sentait pris dans un piège, bloqué dans une impasse. Peu lui importait que son père fût déclaré le premier chirurgien de Suède. Il comprenait soudain qu'il ne pourrait jamais, du fait du profond respect qu'il avait toujours éprouvé pour ce père, tenter de le détrôner et foncer vers la gloire avec les moyens qu'il possédait. S'il agissait ainsi... ce n'était plus seulement son père qu'il blesserait, mais sa mère tant aimée.

Il se savait beau... mais Flavie semblait ne voir que la beauté de son père. Erling allait-il chercher à supplanter son père sur ce plan aussi? Telle avait été jusque-là sa dévotion filiale qu'il avait toujours trouvé naturelles les faveurs dont les femmes étaient visiblement prêtes à faire profiter le chirurgien. Son père était, en principe, bien au-dessus de pareils mouvements. Quand même, se pouvait-il qu'un homme qui, sa vie durant, a été placé plus haut que tous les autres, accepte sans souffrir de céder le rôle de séducteur (même involontaire) à la génération suivante?

Erling se reprochait les mauvais sentiments qui le labouraient intérieurement. Par moments, il retrouvait sa tendresse filiale, mais aussitôt après, il était à nouveau secoué par une vague de désespoir.

Il arriva au bout de la forêt. Au sortir de l'ombre, il respira mieux. Lentement, il récita un texte de l'Écriture sainte qui lui avait souvent servi, enfant, à dominer ses colères, et il en éprouva une sorte de soulagement.

Il mit son cheval au pas et, quand il parvint à la maison, il avait choisi un plan.

Comme il aimait Flavie! Sans elle, la vie ne lui semblait pas valoir la peine d'être vécue. Il voulait son amour et qu'elle devienne sa femme.

Mais Flavie était une créature beaucoup trop étrange, beaucoup trop originale, pour qu'on pût lui offrir une vie banale, qui eût donné satisfaction à nombre de femmes. Il fallait pouvoir lui dire que, pour elle, il était capable de monter au sommet de son art; que, pour elle, il était capable de s'élever au-dessus de lui-même, de réaliser l'impossible.

Avant tout il fallait savoir où Flavie aimerait qu'Erling allât s'établir. Là-bas, où que ce soit, il se révélerait être un médecin digne de l'avoir pour épouse.

Continuer à exercer auprès de son père était au-dessus de ses forces. Il était trop intelligent pour ne pas voir que toutes les affections humaines peuvent à la longue se corrompre, s'affaiblir, et qui sait même, céder la place à la haine...

Erling aurait voulu se meurtrir lui-même pour avoir seulement supposé qu'il pourrait en venir à haïr son père et pourtant, il lui fallait bien convenir que la haine seule avait pu le soulever au point où il venait de l'être.

Son adoration pour Flavie décidait de son avenir : il quitterait la clinique, la ville même — non du jour au lendemain, mais prochainement. Une rivalité docteur Erling Yvarsen contre docteur Jan Yvarsen était inconcevable. Une autre ville en Suède, alors? Non! Partir... Loin! dans un autre pays, un pays neuf. Sa passion lui donnait envie de se recréer de corps et d'esprit; d'être, par sa propre volonté, un homme digne de l'aimée.

Son père et sa mère seraient navrés, mais... peut-être pas aussi désolés qu'il le pensait? Sa mère était si proche de lui! Erling savait très bien qu'on cache peu de choses à une mère. Depuis quelques mois, il avait surpris bien des regards inquiets. Thérèse aurait dû s'en tenir au « satisfecit » que le grand chirurgien et médecin décernait, presque au cours de chaque repas en commun, à son fils. Mais elle avait vu plus loin...

En face de Jan, Erling cessait maintenant d'être seulement un fils. Il se rappelait des réflexions, il se remémorait des phrases lancées par des camarades au sujet des succès de son père. Certes, personne n'attaquait sa moralité : Jan savait quel poids la réputation d'une parfaite dignité a dans la carrière médicale en particulier, et il ne prêtait pas prise aux soupçons. Tout de même, on plaisantait les délires d'enthousiasme de tant et tant de ses clientes.

Mais est-ce que jamais les pensées de son père avaient trahi la tendresse qu'il portait à sa femme?

Erling se traita de goujat. Il aurait voulu demander pardon à son père d'avoir été effleuré par des idées aussi saugrenues... Et cependant elles lui faisaient encore mal, car parmi ces femmes amoureuses du grand homme, ne fallait-il pas en ajouter une nouvelle? Pour ce nom-là seulement, un soupçon resta, telle une épine, dans l'esprit du jeune homme : pour être tant aimé, ne fallait-il pas que Jan Yvarsen y mît quelque complaisance?

Que toutes les femmes viennent donc se rouler aux pieds du docteur, c'était naturel après tout! Mais que Flavie pût ne pas être découragée d'aimer son « grand patron », par une attitude de froideur professionnelle qu'il lui opposerait, voilà ce qui faisait bourdonner le sang dans les oreilles du jeune homme, lui mettait le feu aux joues. Ce n'était plus seulement une peine possible pour sa mère qu'il entrevoyait, mais un crime contre lui.

Erling se remémorait chaque louange adressée en toute bonne foi par son père à Flavie. Il entendait des nuances insolites dans la voix que jusque-là il avait préférée à toute autre voix d'homme. Pourquoi cet élan à la féliciter? Et pourquoi semblait-elle boire les compliments du maître?

Non! Ce n'était pas possible!

Et pourtant, pourquoi le docteur avait-il éprouvé brusquement cette nécessité de créer un laboratoire? N'était-ce pas pour garder cette magnifique créature auprès de lui?

Les gestes les plus naturels de son père devenaient maintenant suspects à Erling. Pourquoi inviter Flavie Verneuil chez eux? Pourquoi insister pour qu'elle accepte? N'était-ce pas parce que les minutes qu'ils avaient à passer ensemble au cours des journées si occupées à la clinique ne leur suffisaient plus?

Pourquoi, en particulier, était-elle venue plus souvent à la maison pendant que, lui, Erling, était absent de Stockholm?

Heureusement, ce ne fut qu'une tornade. Erling reprit son bon sens à l'instant précis où il aperçut sa mère qui, le sécateur à la main, circulait à pas lents dans son jardin. Il se jeta avidement sur les moindres détails de la chère silhouette.

Thérèse portait une robe bleue. Sur ses beaux cheveux si brillants elle avait jeté une écharpe de laine mousseuse comme un duvet. Un jour, Erling lui avait raconté avec enthousiasme la vision d'une paysanne coiffée d'une écharpe semblable. Thérèse n'avait rien dit, mais un soir, Erling l'avait trouvée, ravie de la surprise qu'elle lui faisait, emmitouflée « comme un oiseau ». Tant qu'elle serait prête à ouvrir les bras à son grand garçon, il y aurait un refuge pour lui sur la terre, une certitude, une paix.

Il gagna rapidement l'écurie, confia son cheval au palefrenier et courut, comme il le faisait autrefois en rentrant du lycée, se jeter dans les bras de sa mère. Comme il était beaucoup plus grand qu'elle, il la prit dans ses bras et la souleva en l'air pour l'embrasser. Il riait, la bousculant, ne consentant pas à la lâcher et l'entraîna vers le home sans lui permettre d'achever sa moisson de fleurs.

Thérèse devina, aussi sûrement que s'il avait parlé, que son fils était bouleversé.

Elle ne lui demanda rien pourtant, se contenta de simuler un vif intérêt pour ce qu'il lui racontait de sa promenade et ne marqua pas de surprise du fait qu'il rentrait seul. Mais son oreille était tendue vers l'extérieur et elle retint un soupir de soulagement quand elle entendit le pas paisible du cheval de Jan qui franchissait le porche.

Le retour de Jan et de Flavie n'avait pas été moins tumultueux que celui d'Erling. En voyant le jeune homme se lever et les quitter sans s'excuser, Flavie redressa le buste. Elle regarda par la fenêtre en face de sa place, au-delà de Jan, et constata l'extrême hâte avec laquelle Erling rassemblait ses guides et sautait en selle.

« Il se sauve, se dit-elle. Et comme s'il n'avait pas la moindre envie que l'un de nous se lève et le rappelle. »

Jan, plus surpris encore que la jeune fille, vit rosir les joues fraîches, et les yeux sombres jeter un éclair.

Il se demanda si c'était de colère ou de chagrin. Et quelle mouche avait piqué Erling, d'ordinaire d'humeur si égale? L'emportement de son cheval l'avait-il secoué nerveusement plus qu'il n'avait bien voulu le dire?

Mais de tout cela Jan ne dit rien. Il consulta seulement son bracelet-montre et, après avoir proposé à sa jeune compagne de boire encore quelque chose, et avoir essuyé un refus assez sec, il donna le signal du départ.

Jan aurait voulu profiter de ce retour pour aiguiller la conversation sur ce que Flavie pensait de lui. Mais il n'avait encore jamais eu l'occasion de se mesurer avec elle lorsqu'elle était occupée par une pensée qu'elle se refusait à partager. Après deux ou trois essais infructueux, il renonça à l'interroger. Le jeune visage, si ouvert d'ordinaire, était fermé, durci. La bouche serrée elle conduisait par les seuls réflexes de l'habitude.

Dès que la route le permit, ce fut elle qui prit le trot, et Jan suivit sans commentaires. Il avait assez de sujets de réflexion. Il n'hésita presque pas à conclure que Flavie aimait Erling et qu'Erling répondait à ce sentiment. Mais pourquoi avait-il fui?

Jan n'était pas toujours aussi psychologue que sa femme. Pourtant, lui aussi sentit son cœur se serrer, en entrevoyant une hypothèse : Erling avait-il été blessé par l'attention exclusive que Flavie avait paru accorder à lui-même, Jan?

Ce fut comme un monde nouveau qui s'ouvrait devant lui. Un univers dont le soleil était moins chaud, moins rayonnant. Cette idolâtrie dont il était l'objet, depuis aussi longtemps qu'il se souvînt, de la part des femmes, était devenue partie intégrante de sa vie. Il n'y pensait même pas. Tant de femmes sont ainsi un objet de désir pour les hommes qu'elles rencontrent, sans pour autant en ressentir le moindre trouble!

Du temps de son mariage avec Ide, cette attitude des femmes lui avait procuré bien des heures d'agacement. Pendant ses secondes fiançailles avec Sigrid, toutes les concurrentes s'étaient, d'un mouvement instinctif, effacées : Sigrid était trop belle pour qu'on luttât. Depuis son mariage avec Thérèse, il avait eu tant de satisfactions sentimentales à son foyer, et il était tellement occupé par son travail, qu'il avait répondu aux sourires par des sourires mécaniques. Il nous faut prêter une certaine importance aux hommages d'autrui pour qu'ils déclenchent en nous un sourire conscient. Il n'avait pas le loisir de tant réfléchir! Et finalement, passant en revue les années passées, il se dit qu'il n'avait pas été aimé par une seule femme avec laquelle il eût désiré avoir des rapports plus intimes.

Mais Flavie était venue et pour Flavie, ses sentiments n'étaient pas aussi nettement indifférents.

Jan comprit avec certitude que, de jour en jour, l'image de Flavie avait chassé en lui l'image de Sigrid. Par quel mystère en était-il venu à tenir profondément à Flavie? Elle était pour lui comme une Sigrid ressuscitée et qu'il pouvait chérir en toute quiétude, sans aucun désir charnel.

Il ne s'était pas comporté avec Flavie comme avec une collaboratrice quelconque. S'il allait le soir vérifier ses travaux, c'était surtout parce que cette visite était pour lui un moment délicieux. Il ne se sentait pas coupable envers sa femme; son amour pour Thérèse n'avait en rien faibli, mais Flavie était comme une rose nouvellement éclose dont il respirait avec une ivresse désincarnée — croyait-il — le capricieux parfum.

Jan Yvarsen eut bien de la peine à retenir une exclamation de détresse, car, avec sa loyauté et sa lucidité habituelles, il était certain d'avoir vécu les plus beaux jours de son existence. Et voilà qu'il allait falloir troubler cet état idéal...

Il s'était interrogé sur le bien-fondé d'une collaboration avec Erling, mais rien dans le comportement de son fils ne lui avait permis de supposer que le jeune docteur souffrît de la proximité trop brillante de son père.

Il avait donc eu Erling constamment auprès de lui. Sa clinique lui avait donné dès lors beaucoup moins de fatigue et de soucis. Chaque intervention réussie par Erling lui avait apporté une joie plus grande qu'une opération exécutée par lui-même.

Et son foyer était toujours un lieu de parfaite quiétude. Il avait partagé avec sa femme ses enthousiasmes sur les dons médicaux de leur enfant. Elle était souriante, charmante comme aux premiers jours. Ils ne sentaient pas le poids des ans.

Mais Flavie avait été comme un ferment nouveau qui exaltait la valeur de tous ses autres trésors. Allait-il falloir une fois de plus subir des tiraillements, des souffrances? Si... Mais oui! Pourquoi Erling n'épouserait-il pas Flavie? Ne serait-ce pas là le bonheur idéal solidement fixé?

Sur la campagne le vent s'était levé. Flavie trottait non loin de lui. Chacun poursuivait son idée. Il essaya de reprendre un rythme parallèle. Les montures elles-mêmes n'y mirent pas de bonne volonté.

A peine eurent-ils atteint la ville que Flavie, en le remerciant de la promenade qu'il venait de lui être donné de faire grâce à lui, demanda la permission de se hâter. Elle était déjà partie avant qu'il ait eu le temps de répondre.

VIII

Le dîner entre Jan, Thérèse et Erling se passa, en apparence, dans le calme habituel. Erling se retira très tôt, prétextant une étude qu'il désirait poursuivre dans sa chambre avant de se coucher.

Mais Thérèse devina que ni le père ni le fils n'étaient dans leur état normal. Et comme ni l'un ni l'autre ne firent allusion à Flavie, elle eut vite fait d'en conclure que le remous qu'elle pressentait venait d'elle.

Erling était bien incapable de lire ou d'écrire. Il marcha de long en large, fumant « à la chaîne », puis, avec cette brusquerie qui étonnait si souvent ceux qui en étaient témoins, ce grand garçon paisible fut entraîné par la véhémence de ses sentiments. Il remit son manteau, descendit l'escalier, passa devant la porte fermée du salon où étaient ses parents, sans leur laisser le temps d'émettre le moindre appel. Il sortit sa voiture et fila vers Stockholm.

Impossible d'attendre davantage. Il voulait voir Flavie. Il voulait lui parler. Tant pis pour la correction. Il se nommerait derrière la porte close, et saurait bien la décider à sortir avec lui. C'était pour lui une question de vie ou de mort.

Erling connaissait bien entendu l'adresse de leur « Directrice du laboratoire », mais il n'était jamais allé chez elle. Il fut surpris par l'élégance de la maison. Le nom était inscrit sur un tableau au rez-de-chaussée. Une installation toute moderne du téléphone permettait de demander d'en bas aux locataires s'il leur agréait que l'on montât les voir.

Son impatience était telle qu'il eût sans doute forcé la consigne si elle l'avait prié de remettre sa visite au lendemain. Au lieu de prendre l'ascenseur il grimpa une volée de marches. Mais son sang-froid lui revint, et il retourna au téléphone intérieur pour demander le numéro indiqué.

La voix de Flavie répondit immédiatement; elle devait avoir l'appareil auprès d'elle.

« Pourvu qu'elle ne soit pas couchée! » pensa-t-il.

Et l'angoisse, à la seule idée de ne pouvoir la joindre, fit perler des gouttes froides sur son front. Erling perçut une nuance de surprise dans la voix de Flavie qui prouvait que les visites nocturnes n'étaient pas dans ses habitudes :

— Qui est là?

Quand il se fut nommé, il y eut à peine une seconde d'hésitation. Puis elle s'enquit avec une inquiétude non dissimulée :

— Docteur! Ah! Mon Dieu, il n'est rien arrivé de fâcheux à votre père?

La mâchoire d'Erling se contracta de colère. Son père! toujours son père! Le nom du docteur Jan Yvarsen était donc toujours sur les lèvres de Flavie? C'est donc à lui qu'elle pensait toujours en premier lieu?

Il éclaircit sa voix avant d'affirmer que son père était en parfaite santé, mais que lui, Erling, serait très heureux si elle consentait à sortir avec lui.

Il y eut un rire soulagé au bout du fil et la jeune fille s'écria :

— Sortir! En avez-vous vraiment envie? Nous avons pourtant pris l'air cet après-midi! Pourquoi ne monteriez-vous pas? Un seul inconvénient : l'ascenseur est en réparation... Cinq étages!

Erling se sentit soudain si heureux qu'il prétendit avoir une sympathie particulière pour les immeubles sans ascenseur. Il montait. Fallait-il attendre? Ne la contraignait-il pas à...?

Il fut arrêté par une cascade de rire si désinvolte qu'il rit à son tour. Elle disait, et il parut à Erling que sa voix était un chant :

— Montez donc, voyons! Je ne me couche pas comme les poules, et si je suis en robe d'intérieur, qu'est-ce que cela peut faire?

Flavie l'avait entendu escalader les marches quatre à quatre. Elle lui ouvrit la porte au moment même où il allait presser le bouton de sonnette. Elle le fit entrer en simulant une grande solennité que démentait l'éclat malicieux de ses yeux.

Erling traversa à sa suite un couloir qui embaumait l'encaustique, entra dans un studio spacieux et resta sur place, médusé.

Elle se retourna vivement et demanda avec un peu d'inquiétude :

— Qu'est-ce qui vous arrive? Mon chez-moi ne vous plaît pas?

Erling s'était attendu à trouver un meublé correct et

trouvait un intérieur où rien n'était ni médiocre ni banal, chaque objet étant choisi, sans que l'on pût douter, par une personne douée d'un sens artistique très averti.

Il resta muet un moment. Ses regards parcouraient la pièce, puis il dit :

— C'est ravissant, chez vous! On dirait que ce cadre a été spécialement créé pour vous. Quelle chance vous avez eue de trouver une sous-location aussi agréable!

Et comme il trouvait Flavie si séduisante qu'il devait se contraindre pour ne pas la prendre entre ses bras, il se mit à s'extasier devant les meubles et les tableaux.

Mais c'est Flavie qu'il voyait. Elle était moulée dans une robe d'intérieur de fine laine blanche bordée d'hermine, et portait un collier de perles qui ornait gracieusement son cou d'un triple rang d'un admirable blanc rosé. N'étaient-ce pas des perles véritables?

Il était venu vers une jeune savante riche de science mais certainement sans fortune, et découvrait une princesse des Mille et Une Nuits. Car... oui, tous ces tableaux étaient de maîtres. Pas un meuble qui ne fût de prix. Ce n'était certainement pas là sa chambre à coucher. Le divan recouvert de superbes fourrures n'était pas fait pour être transformé le soir...

Elle s'était installée, neigeuse, légère et si précieuse; bien calée contre des coussins et elle souriait en le regardant. Elle s'amusait visiblement d'un étonnement qu'il ne cherchait pas à dissimuler.

Il répéta :

— Je suis ébloui. Il faut que le propriétaire de l'appartement soit un artiste de classe, à coup sûr. Mais je le connais peut-être?

Flavie riait :

— Et pourquoi cet... artiste ne serait-il pas moi-même? Vous ai-je donc donné l'impression de ne pas avoir de culture artistique, ou de manquer d'éducation, ou de mal m'habiller?

La stupeur d'Erling était totale. Flavie s'en amusait avec une nuance d'attendrissement qui la surprenait elle-même. Erling lui semblait tellement sympathique en cet instant! Elle était trop femme pour ne pas lire en lui aussi clairement que s'il s'était longuement expliqué : il l'admirait de toute son âme, et trouvait que cette atmosphère de luxe intelligent lui convenait exactement. Il ne pouvait douter qu'elle ne fût là dans le costume qu'elle mettait pour se plaire à elle-même. Il lui avait fallu si peu de minutes pour monter, et elle avait paru si vite à la porte, que l'idée d'une mise en scène était inconvenable. Il redit :

— C'est vous qui avez installé ce studio? toute seule?

Elle protesta gaiement :

— Mais non! J'ai trouvé à Stockholm des ouvriers très qualifiés. Vous ne pensez pas assez de bien de vos compatriotes. Ils m'ont parfaitement comprise et j'ai été ravie de leurs bons offices.

Erling ne s'était jamais enquis des émoluments que son père allouait à Mlle Verneuil, mais ils n'étaient sûrement pas assez élevés pour permettre à la jeune fille de s'installer un tel logis. Une souffrance aiguë le traversa : « Qui avait payé ce luxe? »

Comme s'il avait parlé, elle répondit :

— Allons! Reprenez vos esprits, Docteur. Les hommes de science ne doivent pas laisser errer leur imagination! Ce n'est en effet pas mon traitement qui a suffi, vous avez raison. Mais pourquoi serais-je fatalement débarquée du Canada sans ressources personnelles, et même sans emporter de là-bas des objets qui m'étaient chers? Venez vous asseoir et racontez-moi ce qui vous amène. Il faut vous y résigner : mon pain quotidien ne dépend pas de mon travail.

Des questions se pressaient sur les lèvres du jeune homme. Tout l'intéressait de ce qui touchait Flavie. Il éprouvait un regret, car chaque homme de cœur a une joie instinctive à se sentir fort, généreux, tout-puissant en face de la femme qu'il aime. Une Flavie qui, brusquement, se révélait posséder une fortune personnelle n'avait plus un besoin, qu'il eût voulu trouver pressant, de protection.

Tandis qu'il s'avançait pour prendre place auprès d'elle, il eut une crispation qu'il ne maîtrisa pas assez vite, en voyant une fort belle et énergique tête d'homme jeune, dans un cadre de cuir. Avant qu'il ait eu le temps de chercher le moyen de savoir le nom de ce personnage, la jeune fille s'écria :

— Oui! Regardez de plus près la photo d'Erik. Je vous en ai déjà parlé. Là-bas, c'est Norbert. Il est aussi blond que notre aîné est brun. N'est-ce pas que mes frères sont de beaux garçons?

Ses frères! Comment n'avait-il pas immédiatement pensé

que c'étaient là ses frères? Il aurait voulu la soulever dans ses bras, comme il l'avait fait pour sa mère en revenant de leur promenade à cheval.

Il se planta au milieu du tapis de Chine beige et déclara :

— Mademoiselle Verneuil, je voudrais vous dire tant de choses à la fois que je ne me suis jamais senti aussi sot de ma vie. Mais, en tout cas, je suis à demi fou de joie de connaître le cadre où vous vivez, les choses que vous aimez, les traits de ceux qui vous sont chers! Je voudrais tout connaître de vous!

Mais l'enchantement d'Erling ne rassurait pas Flavie.

Au lieu de rougir en pressentant une déclaration inévitable ou bien de parler à tort et à travers pour cacher son émoi, elle se redressait, comme aux aguets, et prête à bondir loin de lui s'il tentait la moindre approche.

Erling avait subi trop d'émotions variées au cours de la journée : il perdit son sang-froid et se lança dans les phrases décisives. Si Flavie avait été plus avertie de l'amour, elle aurait eu pitié de cet homme, déjà si savant dans son art, doué de tant de qualités exceptionnelles, et qui, pour la première fois, désirait attacher son destin à celui d'une femme. Mais Flavie, si elle était forte pour écarter les soupirants dont les sentiments manquaient de profondeur, fut prise au dépourvu devant le déchaînement de passion qui brusquement se faisait jour.

Erling parlait, parlait, sans qu'elle fût capable de l'arrêter. Elle n'avait jamais été aussi troublée par une déclaration. Mais ses sentiments étaient loin de s'être clarifiés. Elle était tout à fait incapable de se répondre franchement, clairement à elle-même quand elle se demandait qui elle aimait — et même si elle aimait...

Au lieu de se montrer attirée vers celui qui lui disait avec véhémence, avec maladresse, mais avec tant d'ardeur qu'elle était son idole, elle se raidissait, comme offensée. Au lieu d'être heureuse de s'entendre répéter ce que tant d'autres jeunes gens lui avaient affirmé : qu'elle était à leurs yeux la plus belle du monde, la plus intelligente, la plus conforme à leurs aspirations, elle semblait prête à fuir. Et c'est bien là, en effet, l'intention qu'elle avait : fuir l'étreinte qu'elle devinait proche.

Ses mouvements n'avaient pourtant pas la sûreté habituelle chez cette fille des grandes solitudes blanches. Pour qu'un être ait toute sa vivacité naturelle, il est nécessaire que les ressorts physiques soient en plein accord avec les ressorts psychiques : ils ne l'étaient plus en elle.

Flavie écoutait mal. Est-ce qu'une femme écoute jamais le détail d'une déclaration d'amour? Mais en même temps elle pensait très rapidement.

Un attrait violent, inattendu, lui faisait souhaiter l'enlacement de ces bras d'homme, la rencontre avec ce grand corps élégant, mais... Si l'appel était vibrant et correspondait inopinément à des sentiments dont elle ne se doutait guère qu'ils existaient dans son cœur, l'opposition à cet abandon était trop frénétique pour céder à la tendresse.

Le studio, organisé avec tant d'amusement et de joie, cessa d'exister. Flavie eut soudain devant elle la plaine infinie, la neige blanche qui se perdait à l'horizon lointain dans une brume neigeuse. Elle filait en traîneau avec ses frères et ils étaient unis, radieux. Puis ils rentraient au logis, Erik la tenant accrochée d'un côté et Bertie de l'autre. Ils avaient parlé de leur Fée.

« Sigrid ! » Sigrid, bloc inamovible, mur de glace, entre Erling Yvarsen et Flavie Verneuil.

Il y avait eu entre Sigrid et Jan Yvarsen des événements que la jeune fille n'avait plus cherché à préciser, tant l'admiration qu'elle avait éprouvée pour le grand chirurgien avait été intense, mais qui n'en étaient pas pour cela moins dramatiques.

Ce luxe autour d'elle, ce charme de la vie, c'est à Sigrid qu'elle le devait. Elle n'avait aucunement renoncé à sa juvénile admiration. S'allier avec Erling Yvarsen, c'était passer dans le camp de ceux qu'elle considérait comme les ennemis de la plus belle, de la meilleure des femmes.

Erling n'avait jamais été audacieux avec les jeunes filles. Et maintenant qu'il aimait de tout son être, qu'il désirait ardemment obtenir le consentement de Flavie, il était trop bouleversé pour trouver les mots qui convainquent.

Devant le silence de Flavie qu'il devina hostile, il perdit soudainement tout son courage et comprima sa figure derrière ses mains pour qu'elle ne puisse lire en lui.

Ce fut cette minute qui permit à Flavie de se reprendre. Elle sut qu'elle était la plus forte. Et n'est-ce pas toujours celui des deux qui aime le plus qui est le plus faible?

— Docteur Yvarsen, dit-elle doucement, je suis très émue par ce que vous venez de me confier...

Erling perçut immédiatement ce que ce début avait de négatif. Jamais une jeune fille sensible comme Flavie n'aurait employé ce ton réfléchi si elle avait répondu à son ivresse. Il eut une sorte de gémissement :

— Comme vous êtes calme!... Ne me dites pas le mot qui écraserait en moi toute espérance. Peut-être que plus tard...

Il continua, comme malgré lui, emporté par une amertume qu'il n'avait pas sondée entièrement lui-même : « Je ne suis qu'une ombre auprès de mon père... Mais pour vous, Flavie, pour vous je puis être... »

Des larmes montèrent brusquement aux yeux de la jeune fille et jaillirent, rondes comme les perles qui entouraient son cou. N'était-ce pas justement ce qu'elle avait supposé, écrit à Erik : « Si seulement le docteur Erling était seul... »

D'être justement choisie par lui pour l'aider à cette ascension avait fait courir en elle une ivresse inconnue. Avec sa vive imagination, Flavie, en un éclair, avait été fière d'Erling. Elle était sûre qu'il avait en lui l'étoffe nécessaire pour faire non seulement un grand chirurgien, mais encore pour imprimer à la recherche médicale une nouvelle impulsion.

Ce serait bon de l'aider... Ce serait bon de... Mais aussitôt, la réaction était venue.

Elle était venue au nom de Sigrid. Sigrid dont personne ne soufflait mot chez les Yvarsen. Sigrid la réprouvée. Elle se vit se glissant dans cette famille unie pour y apporter le trouble et en même temps elle sut qu'elle ne pouvait pas épouser Erling dans des conditions pareilles. D'autant plus qu'elle ne comprenait soudain plus très bien ce sentiment tendre si brusquement révélé au son de la voix mâle. Et puis... oui, comment voir clair en elle-même? Comment savoir avec certitude que ce qui soudainement l'attirait vers Erling n'était pas seulement parce qu'il était « le fils de Jan »? Tout était confus en elle et trouble. Seule, dans le chaos de ses pensées surnageait la conviction qu'elle devait partir.

Mais perdre la passionnante occupation qui était la sienne au laboratoire, et qui lui manquerait terriblement, et aussi les émotions qu'elle éprouvait à vivre dans le sillage du grand maître — n'était-ce pas au-dessus de ses forces?

Faire une demi-promesse à Erling — essayer de gagner du temps? A quoi bon... Sa vie au Grand Nord lui avait enseigné la décision. Rien ne ferait qu'elle ne fût plus demain la petite cousine de Sigrid. Rien ne ferait qu'elle consentît à haïr celle qui avait été l'admiration de sa prime jeunesse. Rien ne ferait qu'elle fût totalement sûre de ne pas apporter à Erling un cœur incertain de sa véritable passion.

Tout ce qu'elle savait de la famille Yvarsen était que de graves erreurs sentimentales avaient entraîné de terribles malheurs : elle n'en apporterait pas de nouveaux.

Flavie secoua la tête d'un brusque mouvement nerveux. Ses cheveux fins voltigèrent. Elle était trop énergique pour rester dans l'indécision. Lentement, elle vint vers Erling. Elle avait approché ainsi des rennes, après les avoir patiemment attirés par des offrandes faites à distance. Il s'agissait non seulement de ne pas déterminer la fuite de la bête sauvage, mais aussi de ne pas risquer qu'elle s'élançât dangereusement en avant. Elle ne voulait pas qu'Erling la prît dans ses bras.

Il la regardait, hésitant encore à chasser un dernier reste d'espoir.

— Docteur, dit-elle, et sa voix était rauque de toute son émotion contenue, je suis très triste de vous blesser. Je suis absolument certaine que votre destin n'est pas de rester en second et que vous devez égaler, sinon surpasser, votre illustre père... mais pas avec moi à vos côtés. Je ne suis pas celle qu'il vous faut.

Et comme il crispait ses paupières en fermant une seconde les yeux, elle insista, presque comme si la réflexion s'adressait à elle-même :

— Le docteur Jan Yvarsen n'admettrait guère que son fils, le fils de Jan et Thérèse, épousât Flavie Verneuil...

Les mots frappèrent Erling comme un coup : ainsi c'était bien à son père qu'il devait son chagrin. Il ne comprit pas le sens de cette phrase. Il ne pouvait pas le comprendre. Pour lui, elle était l'aveu de l'amour que Jan portait à Flavie.

Il fut envahi par une violente fureur et ses traits se durcirent.

Il ne pensa même pas à demander une explication à la jeune fille. Qui donc est plus capable de la plus atroce injustice, de la plus totale aberration, qu'un amoureux?...

Flavie s'était arrêtée, inquiète. Erling eut un sourire méprisant qui ne s'adressait pas à elle :

— N'ayez crainte, Mademoiselle, l'admiration et... la passion que j'ai pour vous vous protégeraient contre moi, si l'éducation que j'ai reçue ne suffisait pas à contenir mon élan. Je ne vous importunerai plus.

Il s'inclina très bas, cassant sa haute taille, et gagna la porte d'un pas ferme. Flavie, saisie, ne pensa pas à le retenir.

Puis soudain elle eut une telle envie de le revoir, de discuter ouvertement avec lui des chances de bonheur qui pouvaient leur rester et qu'elle n'avait peut-être pas su découvrir à elle seule, qu'elle bondit jusqu'à la porte. Mais avant d'avoir touché la poignée, elle s'arrêta : Erling descendait si vite l'escalier qu'il devait déjà avoir atteint le palier deux étages au-dessous.

Si Flavie avait oublié les colocataires du respectable immeuble, oublié qu'elle était en costume d'intérieur et que toute sa pudeur de jeune fille se hérissait à l'idée qu'elle pût avoir l'air de héler, à une heure tardive, un homme par-dessus la rampe, pour le faire remonter chez elle, son destin et celui du fils de Jan eussent sans doute été bien changés. Il était totalement impossible à Erling de deviner la nature réelle de l'obstacle qui l'écartait de lui.

Flavie revint lentement vers le divan. Elle contempla le coussin qui portait encore la trace du corps d'Erling et eut un geste bien féminin. Elle avança sa fine main blanche, l'effleura doucement et ce contact lui fut si cher que sa bouche eut une moue d'enfant triste et qu'elle se mit à pleurer.

Mécaniquement, elle fit le tour de son domaine, relevant ici un objet, en repoussant là un autre à sa place. Puis après avoir pris une douche presque froide elle gagna à pas traînants sa chambre à coucher. Celle-ci était arrangée avec tant de goût par elle que, chaque soir, y pénétrer lui apportait un réconfort, comme celui de la présence d'une personne amie. Mais cette nuit-là, les meubles n'étaient que des objets.

Elle laissa les rideaux ouverts devant la large baie qui donnait sur le ciel et s'allongea sous les couvertures. Elle aimait d'ordinaire saluer les étoiles par leur nom, s'endormir en les regardant scintiller, ou bien en admirant les clartés lunaires d'une variété infinie. Ce soir, les étoiles étaient loin,

loin, et la lune ne paraissait pas. Flavie était seule, toute seule et elle resterait seule, définitivement.

Elle pleurait sans même s'en rendre compte. La situation était sans issue. Elle crut, malgré la fatigue de la longue journée fertile en émotions vives, pouvoir diriger clairement sa pensée. Mais c'est de plus en plus vaguement qu'elle ressassa son admiration pour Jan et son attrait, dont elle était incapable de mesurer la profondeur, pour Erling.

Ses paupières descendirent sur ses larmes; elle geignait comme une enfant.

« Sigrid! Tu étais si belle! Quand on est belle, il faut être bonne plus que personne. As-tu été bonne? Est-ce que c'est seulement du bonheur que tu m'as apporté?... Sigrid... »

Flavie Verneuil se tourna inconsciente sur le côté droit. Sa tête ravissante tassa d'un mouvement animal l'oreiller de fin duvet. Nichée comme une chatte frileuse, elle s'endormit.

Erling avait pris le chemin de la campagne. Il ne pensait pas du tout à ce qu'il faisait. Ses gestes étaient automatiques. Inconsciemment il désira un accident qui l'aurait délivré de sa souffrance. Il ne ressemblait guère au fils respectueux, reconnaissant, affectueux, qu'il avait toujours été. Son univers était remué, détruit de fond en comble; il n'en restait que ruines.

Mais il passa devant la clinique et ce lui fut soudain un réconfort inattendu. Quelque chose surnageait dans le chaos de ses idées fiévreuses : il était chirurgien, il était médecin, et il avait la certitude de pouvoir accomplir sans défaillance la mission qui était la sienne.

Une taverne encore ouverte le tenta et il but un grog chaud qui lui fit, physiquement tout au moins, un bien réel.

Le lendemain matin, il devait assister son père dans une opération extrêmement risquée. Le patient avait très peu de chances de survie si la main qui tiendrait le scalpel ne faisait pas preuve d'une assurance totale. Impossible de troubler son père avant un effort pareil. Il fallait que lui, Erling, reprenne tout son sang-froid. Accepter d'être le second d'un chirurgien tentant une intervention aussi délicate, c'était se déclarer prêt à continuer l'opération, instantanément, pour peu que l'opérateur manifestât la moindre faiblesse.

La force de caractère d'Erling, sous une apparence paisible, était grande. Il avait eu peu d'occasions de faire preuve de cette puissance morale. Il se démontrerait, à lui-même tout au moins, qui il était, en restant impassible.

Il rentra au logis familial et absorba un soporifique qui le forcerait à ne plus penser à sa peine.

Le lendemain matin, Jan était déjà parti quand Erling descendit. A son accoutumée, sa mère l'accueillit tendrement dans la salle à manger. Ensemble, ils burent le rituel café au lait, accompagné des toasts beurrés et de la confiture confectionnée, saison après saison, par Thérèse.

Une fois encore, elle ne fut pas dupe du calme de son fils. Elle sentait que quelque danger planait sur ceux qu'elle aimait d'une tendresse si profonde. Mais Erling se borna à évoquer avec émotion mais assurance la terrible intervention que son père allait tenter dans une heure à peine. Quant à lui, n'étant pas le médecin-chef de la clinique, il préférait rester à son rang de second. « Les empiétements d'autorité ne sont bons, expliqua-t-il, qu'à troubler les infirmières. Or, autour des malades, personne ne peut se permettre d'être troublé. »

Ce que Thérèse et Erling ne pouvaient deviner, c'est qu'en ce moment même, Jan, qui avait un si grand besoin de tout son calme, recevait un coup propre à lui faire perdre une partie de sa puissance.

En arrivant à la clinique, une bonne heure plus tôt qu'à l'ordinaire, il avait eu la surprise d'apercevoir Flavie Verneuil qui, dans un élégant tailleur, coiffée d'un chapeau qui faisait valoir la beauté de son visage, arrivait de son allure de jeune déesse.

Jan Yvarsen ne pensa plus aux ombres qui avaient attristé leur promenade à cheval, la veille. Il fut ravi et charmé. Il attendit la jeune fille, et fit même quelques pas en souriant pour lui serrer la main.

Il remarqua à quel point elle était élégante dans sa sobriété, et pensa qu'elle portait ses costumes avec autant de chic que Sigrid ! Quelle belle créature !

Elle leva vers lui ses yeux intelligents et lumineux et répondit à son sourire.

Jan l'interrogea gaiement sur la raison d'une arrivée aussi matinale. Il ne fallait pas abuser des meilleures choses, même de la passion scientifique qui la faisait se précipiter ainsi vers ses graphiques, ses calculs et ses cultures microbiennes.

Elle l'étonna beaucoup en répondant, avec sérieux, qu'elle avait espéré, en arrivant très tôt, avoir l'occasion de lui parler quelques instants.

Jan ne montra pas sa surprise et lui proposa de faire une courte promenade, mais elle refusa : ce qu'elle avait à lui communiquer était important et elle préférait que ce fût dit dans le bureau directorial.

Aussitôt Jan retrouva son inquiétude. Il hâta le pas, se laissa débarrasser de son pardessus par le groom de service et précéda Flavie dans son cabinet.

Si Flavie avait été au courant de la gravité de l'opération qui allait avoir lieu une heure plus tard, elle n'eût certainement pas choisi un tel moment pour s'expliquer, mais elle était absorbée par son labeur très particulier. La plupart du temps, elle n'échangeait que des paroles d'amitié sur des questions générales avec les infirmières et n'était souvent pas au courant des interventions en préparation.

Jan ne s'attendait guère à ce qu'elle voulait lui dire. Très gracieusement, mais avec une décision, une netteté qui ne laissaient aucun doute sur le fait qu'elle prononçait des paroles réfléchies et n'agissait pas par boutade, Flavie dit calmement :

— Je viens vous prier, Docteur, d'envisager mon remplacement au laboratoire. J'espère ne pas vous mettre sérieusement dans l'embarras en vous demandant de me libérer le plus tôt possible de mes engagements envers vous. Le laboratoire est maintenant en ordre de marche. J'ai tout consigné par écrit. Je me suis efforcée de ne rien laisser dans l'ombre des méthodes que j'ai employées sous votre haute direction. Je suis certaine que d'autres chercheurs vous rendront les mêmes services que moi. Et vous pouvez être certain que celle ou celui que vous désignerez pour me succéder sera enchanté! Ce laboratoire restera dans ma mémoire comme un endroit merveilleux.

Jan s'était assis dans le grand fauteuil derrière son bureau. Il avait pris entre ses mains un large coupe-papier, et Flavie remarqua que les mains du chirurgien étaient presque aussi blanches que l'ivoire qu'il serrait.

Elle avait parlé avec une émotion contenue, mais trop

intense pour ne pas être manifeste. Le visage de Jan avait pâli, et ses traits s'étaient tirés. Les fameuses rides que Flavie avait baptisées par-devers elle « les rides de Sigrid », vieillissaient soudain cet homme fort.

Flavie voulait le quitter. N'avait-elle donc rien compris? Certes, sa compétence était nécessaire pour lui, mais combien plus nécessaires encore sa silhouette, sa voix, ses yeux, son ardente jeunesse. Le départ de sa fille, Ide, avait été pour Jan un très profond chagrin. Son exubérance primesautière lui avait terriblement manqué. Dès qu'il voyait Flavie Verneuil, sa peine devenait moins lourde. Un charme subtil avait rendu la jeune fille profondément précieuse à son cœur. Le matin même, en roulant, il avait pris conscience de l'attrait qu'elle exerçait sur lui et il s'était, pour la première fois, nettement dit qu'elle lui rappelait Sigrid. Pourquoi? Il ne pouvait se l'expliquer. Mais c'était indéniable. Sigrid, qu'il avait tant aimée — tant haïe — tant méprisée — mais à laquelle une partie secrète de lui-même restait attachée à jamais.

Il se sentit soudain très las. Il essaya de se raccrocher à ceux qu'il aimait : « Thérèse... Erling... et puis le travail. »

Pourtant l'amertume resta la même. Si Flavie disparaissait, ce serait pour lui comme une nouvelle adaptation, une pente à remonter. Il allait retrouver les anciennes tristesses, celles que les années ne supprimeraient jamais complètement.

Il regarda Flavie, et la trouva belle. C'eût été fou de le lui dire. Flavie n'était qu'une étrangère, d'après les conventions sociales : on n'est pas désespéré parce qu'un membre de votre personnel éprouve le besoin de vous quitter. Comme il se sentait désespéré pourtant et l'âme lourde de trop de renoncements!

Flavie attendait, très pâle elle aussi. Jan rencontra les yeux embués de larmes. Le silence fut meublé par un dialogue pathétique qu'aucune oreille n'aurait pu percevoir.

Jan posa avec précaution le coupe-papier sur son bureau. Il poussa un soupir très léger, mais que Flavie immobile perçut pourtant. Il redressa le sous-main, un carnet prêt pour y inscrire des ordonnances et s'appuya sur le bord de la table, ce qu'il ne faisait jamais. De son visage, Flavie ne voyait plus le nez droit, la bouche toujours ferme, le front haut, le menton volontaire : elle était accrochée aux yeux d'un bleu si clair, si pur.

Les yeux de Jan Yvarsen, bleus comme le ciel de Suède, et les yeux dorés de Flavie Verneuil se livrèrent un instant leurs plus secrètes pensées. Combien un baiser d'amour eût été moins intime et moins tendre que ce contact immatériel!

Jan s'efforça de sourire.

— Eh bien! Flavie, c'est ainsi, dit-il à voix basse. Vous avez été beaucoup pour moi. Je ne vous oublierai pas. Si un jour vous désirez revenir, n'oubliez pas que ce laboratoire est à vous.

Flavie voulut répondre, mais les mots s'arrêtèrent dans sa gorge. Deux larmes roulaient sur ses joues tandis qu'elle cherchait à sourire.

Jan Yvarsen, avec un effort encore plus marqué, acheva :

— Vos travaux me sont précieux. Veuillez mettre, autant qu'il vous sera possible de le faire, la jeune fille qui vous aidait parfois, au courant de vos recherches en cours. Je demanderai à la Faculté qu'on me désigne un garçon capable afin qu'il vous succède.

Flavie comprit : « Il ne veut pas reprendre une femme. » Et son émotion en fut aggravée.

Elle inclina la tête, prête à sortir de la pièce.

Au moment où elle levait la main pour tourner la poignée de la porte, Jan, toujours debout, immobile derrière son bureau, demanda, de cette même voix blanche qu'il venait d'avoir :

— Ne me répondez pas si vous le préférez, Flavie, mais j'aurais aimé savoir pourquoi vous me quittez ainsi.

Tout le visage de Flavie se crispa, elle eut l'air d'une petite fille éperdue. Elle revint vers la table et dit, comme si Jan aurait dû connaître sa réponse à l'avance :

— Mais, voyons, Jan Yvarsen... parce que je ne m'appelle pas seulement Flavie Verneuil, mais plus exactement Flavie-Sigrid.

Elle ne le regarda pas, elle se sauva plus qu'elle ne sortit; elle aurait éclaté en sanglots s'il avait exigé des explications supplémentaires.

Il fallut l'entrée de l'infirmière-chef, inquiète de ne pas entendre Jan remuer dans son bureau, pour tirer le chirurgien de son immobilité. Il ne répondit pas aux paroles que cette femme prononça; il ne les entendit même pas. Il avait interprété la phrase de Flavie d'une façon fausse. Il croyait qu'au cours de ses années d'errance à travers le monde, Sigrid avait eu une fille, et que Flavie était cette fille-là. Il vit dans cette explication la raison du charme qui l'attirait vers la jeune fille.

D'une voix troublée, il réclama une tasse de café noir. Une vie humaine allait dépendre de ses mains, de son cerveau. Cela seul, maintenant, devait compter pour lui.

Une demi-heure plus tard, Jan Yvarsen et Erling masqués étaient penchés sur un corps ouvert. Les pinces venaient serrer les vaisseaux sectionnés, le mal était extirpé; encore un effort, tout laissait prévoir que l'opéré allait bénéficier du miracle, quand Jan s'affaissa inanimé, sans que rien ait pu faire prévoir sa faiblesse.

Erling n'hésita pas. Les infirmières s'occuperaient de son père. L'homme étendu sur la table opératoire avait remis son existence entre leurs mains. Derrière les portes, une jeune femme attendait dans l'angoisse.

Il prit la place de son père. Son autorité, son calme absolu arrêtèrent les assistants, prêts à tout lâcher pour porter secours au grand maître et l'opération continua : il n'y avait pas eu vingt secondes d'interruption.

Quand Jan Yvarsen, transporté dans la salle voisine, étendu sur un lit et soigné par un médecin de service qu'on était allé chercher dans une salle, reprit conscience, il chercha à se redresser. Il comprit alors qu'il avait eu une syncope et retomba sur les oreillers en gémissant :

— Je suis un assassin.

A cet instant précis, Erling entrait, terriblement inquiet de l'état dans lequel il allait trouver son père. Ce fut lui qui répondit :

— Rassure-toi, père, l'opéré s'en tirera. Tu as magistralement travaillé; une des plus extraordinaires réussites de ta carrière.

Jan Yvarsen leva les bras et, sans fausse honte, les deux hommes s'étreignirent. Jan avait compris le rôle joué par son fils.

Dans toute la clinique on commençait à dire que le maître était toujours Jan Yvarsen, mais que son fils le valait.

IX

Le repos de Jan Yvarsen était gravement troublé, comme si les auteurs du tumulte s'étaient concertés. Pourtant Flavie n'avait dit mot à âme qui vive de la décision prise et Jan n'avait pas réclamé de précisions sur la cause de la démission de Flavie. Enfin il ignorait la scène qui s'était déroulée entre elle et Erling. Chaque soir, comme si de rien n'était, il passait au laboratoire pour prendre connaissance des travaux du jour. Mais, dès le lendemain, il trouva la seconde biologiste qui, rougissante de timidité et d'orgueil, dut s'entraîner à exposer elle-même les résultats obtenus.

Un jeune chimiste fut convoqué, sur la recommandation de ses professeurs à l'Université. La semaine s'écoula.

Le samedi après-midi, Jan arriva de bonne heure, et trouva cette fois Flavie seule. Elle avait fondu et son visage semblait amenuisé.

Plusieurs fois, elle dut reprendre son souffle avant de parvenir à articuler :

— Je crois que le choix de la Faculté est très bon. M. Lindbau vous servira efficacement... Si vous voulez bien me tenir quitte du reste du mois de préavis que je vous dois légalement, je...

Jan lui prit la main. Il mit toute sa bonté et sa résignation dans ses paroles :

— N'y a-t-il pas quelque chose de comique à parler de préavis légal entre nous, Flavie? Pourquoi pas d'indemnité aussi? J'ai signé pour vous un chèque; vous le prendrez quand il vous plaira à l'économat. Ce que vous avez été pour moi depuis des mois ne saurait se payer.

— Oh! mais si! répliqua Flavie, les yeux brillants de larmes. Ce n'est qu'un échange entre nous... et j'ai tellement plus reçu de vous que vous de moi. Excusez-moi si je préfère abréger mon séjour. Il m'est pénible de mentir par omission, en n'avertissant personne... même pas votre fils, de mon proche départ. Et pourtant les questions dont je serais harcelée me sont insupportables.

— Oui... je comprends, dit Jan, sans lâcher la main qu'elle ne cherchait d'ailleurs pas à lui retirer.

Il hésitait à poser sa question, mais elle l'avait harcelé durant ses dernières insomnies. Il reprit donc doucement, afin que Flavie comprît bien qu'il ne questionnait pas par curiosité, mais par sympathie profonde :

— Flavie, je ne vous ai pas demandé d'autres certificats que ceux qui concernaient votre savoir... (Il nota que les beaux yeux dorés attendaient avec curiosité la suite de sa phrase, mais sans aucune inquiétude. Son esprit rapide lui fit immédiatement espérer s'être trompé quant à la possibilité que la jeune fille fût la fille de Sigrid.) Je ne vous ai jamais demandé votre passeport, votre acte de naissance. Vous vous appelez bien Flavie Verneuil?

La jeune fille sembla retrouver sa jeunesse et sa gaieté. Impossible de supposer une seconde qu'elle voulût mentir, tricher, dissimuler quoi que ce fût :

— Oh! Maître! Me prendriez-vous pour un... espion à la solde de quelque puissance étrangère? Comme c'est amusant! Bien entendu, je suis Flavie Verneuil, la sœur d'Erik et de Norbert Verneuil.

Sans que Jan le lui demande, elle lui dit la date exacte de sa naissance.

Pour Jan, la certitude était dès lors totale. Cette jeune fille n'avait rien à voir, directement en tout cas, avec Sigrid. Lorsque Flavie était née, Sigrid, enfin délivrée des passions de la terre, reposait dans le silence éternel. Il était même impossible qu'elle eût été au Canada au cours des deux années précédant cette naissance.

Jan fut tellement soulagé qu'il surprit beaucoup Flavie en affirmant qu'elle n'aurait pu choisir une meilleure année, ni un mois plus propice pour venir au monde.

Il prenait conscience de la torture rétrospective que lui eût été la certitude que Sigrid aurait pu appartenir à un autre homme qu'à lui. Quand Flavie avait déclaré : « Je m'appelle aussi Sigrid », la blessure que Jan croyait totalement cicatrisée avait saigné, comme rouverte par un coup de bistouri. Jan, une fois de plus, avait été contraint de reconnaître qu'il n'avait jamais aimé une femme avec l'ivresse que lui avait apportée son premier amour.

Jan regarda Flavie. Elle était si belle, si émouvante qu'il ne put résister à la tentation de la serrer dans ses bras. Il l'attira contre lui, et comme si elle comprenait qu'il y avait dans ce geste quelque chose de mystérieux qui retirait à cette étreinte ce qu'elle aurait pu avoir d'inavouable, elle se laissa faire. Comment Jan eût-il deviné que Flavie, le cœur battant, se serrait sans aucun remords contre la poitrine masculine, parce qu'avec une émotion profonde elle se disait qu'elle avait tout de même bien fait de suivre son instinct. Elle avait réalisé la prédiction de Sigrid : ce n'est pas Flavie Verneuil que Jan Yvarsen étreint, c'est une Sigrid revenue à l'âge où elle n'était pas encore une criminelle; une Sigrid à qui Jan peut, une dernière fois, avouer son amour, sans remords.

Il sembla à Flavie que le baiser que Jan posa sur ses cheveux descendait en elle comme une bénédiction, non pas seulement de Jan Yvarsen, mais du couple idéal à qui le sort n'avait pas permis de posséder sur terre le bonheur. Elle ne bougea pas, elle se refusa à être Flavie Verneuil : elle était, pour un instant, douée du pouvoir de ressusciter la femme qu'elle avait le plus admirée.

Lentement, les bras du chirurgien dénouèrent leur étreinte. Flavie aurait voulu retenir en elle l'âme de Sigrid qui la laissait diminuée en s'envolant à nouveau. Elle garda les yeux fermés. Elle ne voulait pas voir les larmes qui débordaient des paupières de Jan, ces larmes qui coulaient pour la morte.

Jan souleva la main de la jeune fille, l'effleura de ses lèvres en murmurant :

— Merci.

Puis caressant d'un effleurement la splendide chevelure châtain, il ajouta :

— Il y a plus de choses inexpliquées entre nous deux, Flavie, qu'il n'y en a d'ordinaire entre deux êtres qui ont travaillé ensemble, mais... il me semble que ce mystère sera un lien entre nous. De tout cœur, je souhaite que nos chemins se croisent à nouveau. Puissiez-vous être heureuse là où vous choisirez d'aller vivre.

Jan Yvarsen redressa les épaules. Son masque d'impassibilité recouvrit son visage. Il franchit la porte du laboratoire sans avoir demandé à Flavie pourquoi elle s'appelait « aussi Sigrid ».

En suivant le couloir, les pas du maître étaient aussi fermes que d'habitude. Pourtant, en lui-même il ressassait la question lancinante : « Pourquoi et comment Flavie était-elle liée à Sigrid?... »

Des besognes pressantes le requirent et la journée s'acheva sans lui laisser une minute pour songer au départ de Flavie.

Jan voulait avertir son fils. Mais Erling n'avait jamais été moins réceptif, moins filial en face de lui. L'occasion de parler ne se présenta pas. Erling ignorait donc que, dès le lundi suivant, c'est un chef de laboratoire qui remplacerait Flavie.

A huit heures du soir, Flavie Verneuil franchit la grande porte d'entrée vitrée, sans esprit de retour.

Elle ne vit pas Erling Yvarsen, mais lui la vit. Comme chaque soir, il s'était arrangé pour guetter son passage.

Depuis sa déclaration, Erling n'avait pas un seul moment retrouvé le calme. Il passait par les alternatives les plus contradictoires. Tout dire à son père? Savoir si réellement, et malgré sa loyauté, et malgré sa tendresse manifeste pour Thérèse, Jan avait pu se laisser aller à favoriser dans un cœur virginal, une passion née de l'admiration? Ou bien revoir Flavie en tête à tête, exiger d'elle des paroles, une explication? Pourquoi supposait-elle que le docteur Jan Yvarsen ne supporterait pas l'union de son fils avec une jeune fille aussi remarquable qu'elle? Ou bien tout briser, partir, donner une raison plus ou moins valable à son père et, pour un temps tout au moins, se faire attacher à un hôpital à l'étranger, en France peut-être...

Déjà Erling savait que sa vie serait gâchée s'il n'obtenait pas l'amour de Flavie.

Mais entre le travail journalier et les efforts qu'il faisait pour voir tout au moins passer devant lui celle qu'il aimait désespérément il avait laissé s'écouler la semaine.

Ce samedi soir avait lieu un bal donné par le recteur de l'Université. Erling savait que Flavie avait été invitée et il était persuadé qu'elle irait. Il y serait, lui aussi. Elle ne pourrait pas lui refuser une danse. D'ailleurs, elle n'avait pas dit qu'il lui déplaisait... Enfin, tenir dans ses bras Flavie Verneuil, évoluer avec elle aux sons d'un orchestre étaient devenus la suprême ambition d'Erling.

Jamais il n'avait autant réfléchi au costume qu'il arborerait pour une soirée mondaine.

Thérèse avait perçu cet intérêt vestimentaire très inaccoutumé chez son fils. Elle avait plusieurs fois deviné les passades amoureuses d'Erling, mais jamais encore il n'avait modifié son train de vie à cause d'une amourette.

Troublée par ce qui bouleversait les deux hommes, Thérèse s'inquiétait en secret de l'état d'âme de son mari et de son fils. Elle était perplexe. Jan était si bizarre tout à coup! En apparence, il écoutait avec son habituelle bienveillance mais, en fait, il n'entendait rien : ses réponses n'avaient aucun rapport avec les questions posées par Thérèse.

Ce bal du recteur avait été deux ou trois fois le sujet d'allusions désabusées, voire pessimistes, émises par Erling. Il ferait acte de présence, puis disparaîtrait. Il serait bien mieux dans son vieux costume d'intérieur, occupé à lire un roman, que dans ses « frusques d'apparat » à transpirer en faisant tournailler des « filles à papa » auxquelles il n'accordait aucun attrait, etc. Puis... silence sur le bal du recteur. Pas de : « Maman, puisque je dois subir la corvée, veux-tu être assez bonne pour passer mon smoking en revue? » Au contraire, quand, le mercredi, sa mère prévoyante avait posé la question : « Veux-tu que je vérifie si tu as bien tout ce qu'il faut au cas où tu te déciderais à aller au bal samedi soir? », Erling avait répondu d'un ton faussement désinvolte :

— Oh! que tu es gentille, maman! Mais... oui!... je n'y pensais plus... ce bal... en effet. Non... ne te préoccupe pas. Cela n'en vaut pas la peine. D'ailleurs, des camarades d'internat m'avaient indiqué un tailleur remarquable. J'ai voulu l'essayer. Je me suis commandé un costume... et un pardessus. Pour la lingerie, j'ai été tenté au passage par des occasions.

Et il s'était replongé dans la lecture d'une revue médicale avec une attention trop profonde pour être sincère.

Sa mère, intriguée, prit le prétexte — vis-à-vis d'elle-même — d'un rangement à effectuer dans le placard aux costumes. Elle monta jusqu'à la chambre de son fils pendant qu'il était en ville.

Quand elle vit le nouveau complet, les belles chemises et les cravates, elle fut persuadée que, cette fois, Erling était très sérieusement amoureux!

Les grands attendrissements, quand il s'agit pour une mère de voir son fils se marier, sont de rigueur. Mais, dans le secret des âmes, quelle tourmente! Surtout s'il s'agit d'un fils unique et très tendrement chéri. Traiter de jalousie l'anxiété qui étreint alors le cœur d'une mère est d'une psychologie bien grossière. Thérèse avait toujours pensé non seulement au bonheur présent pour son enfant, mais à la construction de son bonheur futur. Erling aimait et déjà il avait réduit le domaine dans lequel sa mère avait toujours eu libre accès. Au lieu de la consulter sur le tissu, la teinte, la coupe de son complet, il avait certainement voulu réserver ces menues joies à une autre. Le costume était là, tout était préparé...

Comment Thérèse eût-elle avoué à qui que ce fût qu'elle était cruellement blessée? Elle était trop perspicace pour ignorer que c'était là le début d'une chaîne de renoncements autrement graves... Elle se vit debout sur le tertre au bout du grand jardin, seule, glacée par un vent d'hiver, guettant au loin une voiture qui lui amènerait son enfant, son seul fils... en visite... Et il ne viendrait pas... Et, s'il venait, ce ne serait plus seul; et s'il avait quelque souci, il lui serait impossible de se glisser tout contre « maman » sur le canapé... pour lui parler de n'importe quoi. Même si son enfant souffrait, il ne viendrait plus se faire consoler...

Thérèse fut submergée par la détresse.

Dans son jardin, elle aimait spécialement un pêcher; elle le supposait heureux de l'épanouissement de ses bourgeons, de ses fleurs exquises de délicatesse, puis de ses fruits. De sa sève, il les nourrissait avec vigueur. Puis venait le déclin. Un à un, se détachaient de l'arbre courageux les fleurs et les fruits... enfin les feuilles... Comme il semblait désespérément triste et abandonné, alors! Comment lutterait-il, dépouillé de tout ce qui avait fait sa joie et sa gloire, contre le gel de l'hiver, qui peut-être signifierait pour lui la mort?

Thérèse sut cruellement qu'à partir de ce soir-là où Erling aurait voulu être le seul à décider de sa tenue de fête, les abandons pour elle allaient se succéder.

Elle chercha à parler de sa peine à Jan. Mais ce dernier, qui devait faire tant d'efforts pour paraître naturel alors qu'il était navré du départ de Flavie, ne réagit pas. Il sourit distraitement à sa femme, en l'assurant qu'il serait bien temps de s'affliger d'un amour d'Erling quand il l'aurait manifesté. Thérèse n'insista pas. Pour la première fois depuis leur mariage, elle se replia sur elle-même. Qu'avait Jan? Et Erling? Tous les deux allaient-ils lui échapper en même temps? Elle se retira dans sa chambre. Et là, seule, elle pleura longuement.

Ainsi ces trois êtres, si intimement unis, s'isolaient dans leur peine. Qui donc empêchait que cet amour, né au cœur du fils de Jan et Thérèse, fût une bénédiction et non l'annonce de nouveaux malheurs? Un seul nom expliquait cette malédiction : Sigrid.

Erling rentra très tôt chez sa mère. Il lui déclara avec beaucoup d'entrain qu'il allait au bal donné par le recteur. Ce qui donnait au jeune homme tant d'animation, c'est qu'il avait rencontré, par hasard, Flavie au détour d'un couloir, avant qu'elle eût quitté la clinique.

Ils avançaient en sens inverse. Erling avait eu l'air si profondément malheureux parce qu'elle s'était contentée d'incliner la tête sans lui faire un sourire au passage, que, prise de remords, elle n'avait pu résister au désir de se retourner prestement vers lui, après l'avoir dépassé. Ils avaient ri, malgré leur tristesse secrète, car Erling, au moment où elle s'était retournée, en avait fait autant de son côté pour la suivre des yeux. Il était là pétrifié dans l'attitude où il serait resté jusqu'à ce que la chère silhouette eût disparu au prochain coude du corridor.

Et dans son trouble il avait supplié :

— Cela me ferait tellement plaisir de danser avec vous, Flavie! J'avais tant espéré que vous viendriez ce soir au bal...

Et il ajouta d'un ton pitoyablement juvénile :

— Je m'étais commandé un costume neuf, pour ne pas vous faire honte...

Vraiment il était impossible à une jeune fille douée de sensibilité de ne pas être émue et attendrie devant cette naïve tendresse.

Flavie était jeune. Malgré ses études austères, elle aimait s'amuser. Très souvent, elle avait dansé au Canada. Ses frères et elle organisaient de petites « parties » avec des camarades. Danser était un aussi joyeux passe-temps qu'une excursion en traîneau ou le patinage.

Était-ce la jeunesse qui malgré tout reprenait le dessus comme un rameau vivace que l'on courbe mais qui cingle l'air en direction du ciel dès qu'on le relâche? Était-ce que Flavie n'était pas tellement sûre de ne pas aimer Erling? Toujours est-il qu'il n'y eut plus de départ prochain, d'attente d'un émouvant adieu avec Jan, de... Rien. Flavie eut un sourire si malicieux, si espiègle que l'amoureux transi en balbutia de surprise. Elle répondit :

— Mais oui! Il faut que nous dansions une fois ensemble... Tant pis si j'ai l'air d'une sauvage des forêts canadiennes! Je vous promets de venir ce soir.

Puis tout en filant d'une glissade sur la toile cirée fraîchement encaustiquée, elle fit à Erling un clin d'œil et un geste d'adieu du bout des doigts. Une infirmière, qui cultivait en vain un très tendre sentiment à l'égard du jeune docteur Yvarsen et qui surgit au même instant dans le couloir, poussa un petit cri de souris effarouchée. Elle continua sa route, en traitant intérieurement Flavie d'intrigante. Et elle se hâta sous le sceau du secret, bien entendu, de « tout révéler » à ses camarades.

Puis était venue la séparation d'avec Jan Yvarsen, si bien que, quelques heures plus tard, Flavie ne pensait plus à la promesse faite à Erling.

Flavie avait promis sans réfléchir qu'elle ne pouvait assister à cette élégante réception avec les robes qu'elle possédait. La question de toilette tenait peu de place dans sa vie et elle avait oublié ce côté, pourtant important, de la situation.

Elle quitta la clinique, bouleversée par les instants passés contre la poitrine de Jan. Et ce fut seulement une fois dans son studio qu'elle reprit totalement possession de ses esprits et se souvint qu'elle n'avait pas de robe de soirée. Sa surprise fut grande de n'y avoir pas songé plus tôt.

Si elle avait possédé une robe de soirée, elle n'aurait peut-être pas eu le courage de secouer son émotion. Mais l'obstacle inattendu la fouetta. Brusquement, elle voulut, de toutes ses forces, aller à ce bal, tenir la promesse faite à Erling.

Elle n'avait pas encore pris de décision pour ce qu'elle entreprendrait ultérieurement. La seule chose certaine, c'est qu'elle fuirait Stockholm.

A partir de cette minute où elle se vit « sans robe », le désir d'aller à ce bal prima tout le reste.

Elle sauta sur le téléphone. Trop tard! Les maisons de couture ne répondaient plus.

Flavie fouilla fièvreusement dans son armoire et étala sa

garde-robe sur son lit... Rien de possible... Quantité de costumes, de robes, charmantes, certes, mais pas pour un bal! Flavie n'était plus ni une savante, ni l'émanation d'une morte, ni l'admiratrice passionnée de Jan Yvarsen, ni rien de ce qu'elle avait paru être depuis qu'elle vivait en Suède, mais une grande petite fille désolée et exaspérée.

En désespoir de cause elle empoigna des ciseaux... mais une femme élégante ne saurait se résigner à paraître en public avec une toilette improvisée.

Elle était au bord des larmes quand la sonnette tinta timidement. On demandait du rez-de-chaussée la permission de monter. C'était une voix de femme, une voix humble, un peu cassée. Sans doute une pauvresse comme elle en avait déjà secouru. Malgré son impatience, Flavie lui dit de monter.

C'était une femme petite, tassée, non pas tellement par l'âge, mais par le travail. Elle était menue, vêtue de noir. Son visage n'était que rides, mais des rides qui souriaient comme ses yeux bleus. Des yeux d'un bleu invraisemblable, bleu de lin, que les années n'avaient en rien terni. Ses cheveux étaient coiffés en bandeaux plats et deux nattes d'un blanc de neige se croisaient sur le haut de sa tête ronde, allongeant un peu le visage et formant un diadème de tresses fines.

Heureusement Flavie, très douée pour les langues, parlait suédois; l'inconnue en effet ne comprenait que sa langue maternelle.

« On la dirait échappée d'un conte d'Andersen », pensa Flavie conquise.

Le manteau, et surtout le mantelet à capuchon, formant ruché, froncé autour de la tête semblaient avoir cent ans.

La femme entra, comme Flavie l'y incitait; elle serrait étroitement un grand carton contre sa poitrine, et n'osait plus guère parler. Pourtant elle semblait très heureuse de ce qu'elle avait à dire, et regardait la jeune fille comme une apparition divine.

Flavie intriguée et touchée chercha à la rassurer. Soudain, l'inconnue se mit à genoux sur le tapis, saisit, avant que Flavie ait pu prévoir son geste, le bas de la robe d'intérieur blanche bordée de fourrure qu'Erling avait trouvée si jolie, et la baisa avec ferveur. La jeune fille, stupéfaite, comprenait qu'elle l'appelait Sigrid Lindval et semblait positivement la prendre pour Sigrid.

Il fallut un moment pour que Flavie débrouillât l'histoire.

Partout où Sigrid avait passé, sa beauté avait excité les imaginations. Cette femme était la nièce de la vieille servante de tante Brita. Ane Mette avait eu un culte pour Sigrid. Tout ce qu'elle avait voulu semblait à Ane Mette les preuves d'un génie transcendant. Tout ce qui venait de l'enfant capricieuse était charme pour la servante. A cause de Sigrid, Ane Mette n'avait jamais consenti à se marier, à quitter tante Brita. Aussi, quand elle avait vu le désespoir de Sigrid, quand elle avait su le mariage de Jan Yvarsen avec une Hollandaise, Ane Mette avait haï Ide. Qu'un homme pût ne pas être l'esclave d'une jeune fille si belle lui paraissait impensable.

Sigrid avait été la vie même de cette âme fruste et ardente. Quand plus tard, tante Brita morte, Jan Yvarsen était venu se fixer au pays natal; quand Sigrid, au comble du désespoir, avait tiré sur Thérèse et s'était noyée, la fidèle servante avait manqué perdre la raison. Et Thérèse l'avait gardée comme si elle faisait partie du logis. Mais malgré la soumission montrée à la seconde femme du docteur, Ane Mette ne s'était jamais consolée, jamais elle n'était sortie du rêve éveillé qui lui faisait mêler Sigrid à tout.

Elle était morte âgée, et cette souriante Thécla, qui parlait comme une bergeronnette avance, en sautillant, en brusquant le récit pour revenir sur un fait spécialement adorable à ses yeux, avait grandi, avait été élevée dans le rêve de Sigrid, la plus belle Suédoise, la plus divine des créatures. La pauvre Thérèse eût été bien surprise et attristée, si elle avait compris à quel point ces silencieuses et actives servantes la tenaient pour détestable. Pour Ane Mette, pas de question : jamais sa Sigrid n'avait fait de mal à qui que ce fût; jamais elle ne se serait supprimée si la haine des étrangères n'avait fait d'elle une épave. Peu à peu, Ane Mette s'était persuadée que c'était Thérèse qui avait visé Sigrid. La merveilleuse Sigrid avait, plus ou moins directement, été assassinée, par Ide d'abord, pour être achevée par Thérèse!

Il va sans dire que Thécla avait trop souvent écouté, bouche ouverte et souffle coupé, cette autre légende de Sigrid, pour ne pas l'avoir faite sienne. Pour la nièce comme pour la tante maintenant morte, la pureté, la grandeur d'âme de Sigrid étaient article de foi.

Cette nièce avait un développement intellectuel très restreint. Elle avait achevé de mélanger imagination et réalité. La mixture était impossible à clarifier. Cette Thécla admirait malgré elle le grand docteur, détestait Thérèse, mais était en adoration devant Erling. Elle arrangea si bien les choses que, pour elle, le docteur Erling était uniquement le fils de Jan Yvarsen. Jan, selon ses vues, avait été une victime d'Ide, et surtout de Thérèse.

Thécla voulait le bonheur d'Erling.

Tout bonheur pour un homme consistait, bien entendu, à posséder l'amour de Sigrid... Or, dans la pauvre cervelle de Thécla, Flavie s'était lentement, vaguement identifiée avec Sigrid. D'où, naturellement, Thécla avait établi que Flavie devait épouser le fils de Jan afin que la beauté et l'amour triomphent enfin...

Flavie hésitait entre le rire et l'attendrissement. Par moments, la femme riait; à d'autres, elle pleurait. Elle parlait sans qu'il fût possible de l'interrompre.

Brusquement, elle se remit à genoux et tendit vers Flavie interdite un grand carton en excellent état et très bien ficelé. Elle la suppliait de prendre de ses mains ceci qui était une relique transmise par Ane Mette... Non, il ne fallait pas dénouer les rubans avant qu'elle soit partie... Non! non! elle ne voulait pas d'argent, elle n'en avait que faire!...

Elle voulait seulement que Flavie fasse sur son front ce qu'elle intitulait « un signe qui arrête le mal et met du soleil dans le cœur, si celle qui le trace est très belle ». Sur ce front pieusement incliné de la douce vieille, Flavie, qui avait dû céder à sa prière, traça, de l'ongle du pouce droit, un signe de croix en répétant, à la suite de la suppliante :

— Anges qui m'avez donné la beauté, faites que Thécla soit aussi heureuse que je suis belle et bonne.

Tel un farfadet, légère, sautillante, Thécla, après avoir embrassé l'ourlet de fourrure blanche, s'enfuit en couvrant la jeune fille de bénédictions.

Flavie était violemment intriguée. Elle avait été tellement distraite par cette visite imprévue qu'elle en avait oublié ses ennuis. Quel objet pouvait être enfermé dans cette boîte qui fleurait bon la lavande?

Ce fut un cri de stupeur et d'admiration qui sortit de ses lèvres. Dans le carton épais, précieusement recouvert de papier blanc moiré portant l'étiquette d'une grande maison parisienne, il y avait une robe de bal neuve.

La coïncidence de l'arrivée de ce cadeau avec le soir du bal était moins miraculeuse que ne le supposait la jeune fille. Thécla, la simple d'esprit, faisait des ménages. Cette soirée chez le recteur excitait toutes les maîtresses de maison chez qui Thécla travaillait régulièrement. A force d'avoir l'oreille frappée par ces mots inaccoutumés : « Le bal du recteur », elle s'était émue à son tour. La tête de la pauvre vieille fille se mit à être obsédée par ce fameux « grand bal, le plus beau de l'année ». Thécla tira la boîte du fond du placard où elle reposait en sécurité. Quel dommage que la robe de Sigrid n'aille pas danser!

Mais voilà que, chez Mme Yvarsen, elle avait entendu la cuisinière et la femme de chambre parler, elles aussi, du proche événement. Est-ce que le docteur Erling irait? Il lui eût fallu une cavalière attitrée digne de former couple avec le grand bel homme qu'il était devenu...

Thécla n'avait plus hésité. Si la splendide jeune fille qui ressemblait à Sigrid allait au bal, elle tomberait amoureuse du cher docteur Erling; lui, serait subjugué par la robe de Sigrid! Grâce à elle, Thécla, tout s'arrangerait comme dans un conte de fées.

Et c'est pourquoi elle avait couru chez Mlle Verneuil.

La robe était splendide. « Seule Sigrid peut se permettre de s'habiller ainsi », avait souvent pensé Jan Yvarsen, du temps où il admirait sa fiancée, ou bien, plus tard, quand la splendeur de Sigrid, venue s'installer à Krittelwerk pour tenter de l'arracher à Ide, faisait courir un feu dans son corps, et le hantait nuit et jour.

Un instant Flavie crut que ce cadeau somptueux venait soit de Jan, soit d'Erling. Mais non, à la taille, le nom de Sigrid Lindval était brodé à l'intérieur sur un ruban, et la robe avait été achetée chez un grand couturier de Paris. Selon toute apparence, elle n'avait jamais servi.

Flavie n'aurait pas été fille d'Ève si elle avait résisté à l'envie d'essayer cette merveilleuse création. Tout en se disant que la robe ne lui irait sûrement pas, que Sigrid devait être beaucoup mieux faite qu'elle, puisque tout le monde l'affirmait divine de formes, Flavie l'enfila avec émotion.

« Je vais paraître déguisée », pensait-elle amusée.

Mais une robe blanche, de forme princesse, faite de tissu admirable, à la fois collante et pourtant floue, artistiquement décorée de paillettes minuscules légèrement teintées de bleu et d'or qui donnaient l'impression de vagues fuyantes à chaque mouvement du corps, pouvait-elle se démoder? L'invitation au bal du recteur portait « robes de bal »...

Flavie était enchantée! Le fait que ses mesures coïncidassent exactement avec celles d'un modèle tant vanté, avait quelque chose d'exaltant.

Elle mit son collier triple rang de perles rosées, deux perles ovales admirablement montées en boucles d'oreilles — cadeau d'Erik — et un bracelet de perles... Flavie ne put s'empêcher de se trouver très attirante et s'envoya un baiser dans la glace.

« Heureusement que j'ai des escarpins et des bas présentables! » soupira-t-elle.

Son manteau de vison clair serait l'achèvement tout désigné. Elle aimait cette fourrure soyeuse, don de ses frères avant son départ du Canada.

Mais comment circuler seule, ainsi vêtue, dans les rues de Stockholm? Qui conduirait la voiture? Quel cavalier servant l'attendrait à sa porte?... Elle avait la tête en fête, comme au temps où, avec Erik et Norbert, elle courait, criant ou chantant, emportés par leur jeunesse ardente.

Elle ne médita pas plus avant. Bien entendu Erling serait ravi d'être cet accompagnateur! Qu'allait-il dire de la robe? Elle riait en manœuvrant le cadran du téléphone...

Dès le deuxième tintement, quelqu'un prit l'écouteur. Elle entendit « Allô », en même temps qu'elle s'écriait à l'étourdie :

— Oh! docteur Erling, je..

Au même instant, elle reconnut la voix qui avait dit « Allô » : c'était Mme Yvarsen! Avant de réfléchir une seconde, Flavie raccrocha. Ses deux mains vinrent se poser sur la barre transversale replacée, comme pour mieux étouffer les mots prononcés si joyeusement par elle. S'expliquer avec Mme Yvarsen? Impossible! Heureusement encore que ce n'avait pas été le professeur! Le cœur de Flavie battit, rien qu'à cette idée! Il eût été scandalisé qu'elle fût assez enfant pour courir au plaisir après leurs adieux. Peut-être même la jugerait-il inconsciente et insensible?

L'exaltation de la jeune fille était tombée. La tristesse

remontait en elle. Après tout, rien ne la forçait à sortir... Si ce n'est ce « oui » qu'elle avait dit au jeune médecin.

« Qu'est-ce qui chiffonne notre Flavie? Pourquoi fais-tu la moue? Tu ne tètes plus ton pouce! » se serait écrié Erik s'il avait vu sa sœur qui, tête basse, marchait en long et en large, et faisait, sans s'arrêter, sauter au loin ses fins escarpins, l'un après l'autre, au hasard, d'un balancement rageur du pied.

Chez les Yvarsen, Thérèse était restée perplexe, l'écouteur à la main. A l'autre bout du fil quelqu'un avait reposé l'appareil pour couper la communication. Ce n'était certainement pas par suite d'un mouvement maladroit, car on ne rappelait pas pour s'excuser. La voix était jeune, pleine d'entrain, joyeuse et même plus — oui, c'était cela, « affectueuse », en lançant son : « Oh! docteur Erling. »

Thérèse eût donné beaucoup pour identifier l'interlocutrice. L'appel n'émanait certes pas de la clinique. Prononcé sur un ton pareil, il ne pouvait concerner un malade. D'ailleurs, la clinique eût insisté!

Thérèse resta debout, immobile auprès de l'appareil. Elle ferma les paupières pour se mieux concentrer, et faisait un violent effort pour identifier la voix.

Cette voix devenait subitement pour elle la responsable du détachement de son fils! Cette voix! Cette voix tentait de lui arracher son fils!

Thérèse était très douce, mais elle avait souvent prouvé à quel point elle savait être ferme et tenace. Son esprit travaillait intensément sur ce simple « Allô, docteur Erling! », d'apparence inoffensif! Il y avait de l'intimité dans l'accent; de la joie et de la prière aussi. C'était quelqu'un de jeune qui s'apprêtait à demander quelque chose à son fils... En tout cas, ils n'en étaient pas à se tutoyer : elle n'aurait pas dit « Docteur ». Thérèse ne parvenait pas à imaginer, dans la phrase commencée, un terme amoureux en suspens. Erling venait de quitter la maison. Comme elle l'avait prévu, il n'était pas entré au salon pour « se faire voir ». Il n'avait pas eu envie de s'admirer dans le sourire de sa mère. Et il devait pourtant être si beau!

Il faut être mère pour comprendre à quel point il ne s'agissait pas là de futilités. Pour si peu que ce soit, collaborer à la joie de son enfant est un des seuls vrais bonheurs que vous laissent les années qui ont passé.

Thérèse connaissait maintenant la jalousie. Elle eût voulu que la voix, qui certainement comptait sur un acquiescement à la demande restée en suspens, appartînt à une jolie jeune fille. Mais sa souffrance instinctive lui faisait imaginer un danger pour son fils. Quel piège cachait cette voix?

Si quelque disque magique enregistrait, en les formulant en langage clair, les torrents d'idées qui s'amorcent dans notre inconscient, nous serions stupéfaits et souvent épouvantés. Le déroulement interne est bien trop rapide pour que nous gardions un souvenir exprimable de ce qui se déroule ainsi dans le secret de notre esprit. Il en fut ainsi pour Thérèse en cet instant.

Jan, qui lui-même rêvait, les jambes allongées vers la flamme, finit par percevoir ce qu'il y avait d'insolite dans l'immobilité de sa femme. Il tourna la tête et la vit, le coude posé sur la haute console qui portait le téléphone; la tête appuyée contre sa main, les yeux fermés. Il fut effrayé. Thérèse serait-elle malade? Aussitôt, il fut debout; sans parler, il se précipita vers elle. Il craignait de la voir tomber évanouie ou de lui donner un choc nerveux. Aurait-elle reçu quelque mauvaise nouvelle dont elle ne lui faisait pas part? Erling aurait-il eu un accident?

Il tenait Thérèse entre ses bras avant qu'elle eût compris l'émotion qu'elle lui causait.

— Qu'as-tu, Thérèse? demanda-t-il, très inquiet. Tu me fais peur, ma chérie!

Elle fut aussitôt remplie de cette tendresse incommensurable qui était la sienne en face de son mari. Secouant la tête pour en chasser cette autre chose qui l'avait accaparée jusqu'à lui faire oublier la présence de Jan, elle sourit. Mais la soutenant toujours, les yeux interrogateurs, Jan attendait une explication. Il fallait répondre. Pour une fois, elle se fût mordu la langue plutôt que d'avouer à son mari ses tourments maternels, qui eussent pu paraître insignifiants une fois révélés. Elle répondit au hasard... ce qui vint à ses lèvres, ce qu'elle venait peut-être d'imaginer au fond d'elle-même.

— Oh! Jan! — le fait d'avoir repris le « Oh! » de l'interlocutrice mystérieuse la troubla plus complètement encore et elle acheva, stupéfaite elle-même des mots qu'elle prononçait : j'avais envie d'aller à ce bal!

Jan fut tellement interdit qu'il desserra son étreinte pour observer sa femme. Sa Thérèse, qui avait toujours manifesté une véritable répulsion devant les mondanités, avoir envie de se rendre à ce bal qui réunissait tout ce que Stockholm avait de plus chic, mais aussi de plus snob! Il n'en croyait pas ses oreilles.

Comme elle était encore plus étonnée que lui, elle continua à parler au hasard, moitié riant de ce qu'elle s'entendait dire, moitié anxieuse de persuader son mari qu'elle exprimait bien là un désir sincère. Dans son désarroi, des réflexions, toujours tenues secrètes et qui dataient de loin, se faisaient jour.

Plus elle s'entendait parler, plus elle s'affolait de s'être ainsi lancée dans ce *no man's land* intime. Mais il était trop tard pour reculer. Le regard de Jan ne la lâchait pas. Pour s'arrêter, il eût fallu déclarer :

— Je souffre parce que je ne sais plus ce que notre fils pense, ce qu'il désire, qui il aime enfin. Je voudrais voir celle qu'il aime! Je donnerais des années de ma vie pour observer l'élue de notre fils.

Impossible! Aussi elle s'exclamait, maladroite pour une fois :

— Mais oui, j'ai envie d'aller à ce bal. Il y aura des gens très intéressants. Une altesse royale de Danemark en visite a exprimé le désir de s'y rendre. Qui sait si Leurs Majestés ne paraîtront pas? Et puis... oui, soudain j'ai honte d'avoir si étroitement gardé au logis mon admirable époux. Les sorties mondaines ne sont pas seulement une fatigue, comme je l'ai toujours prétendu, en petite bourgeoise férue de son délicieux chez-soi. Qui sait si je ne devrais pas m'accuser? J'ai craint de te paraître inférieure à quelques-unes de tes compatriotes qui savent si bien porter la toilette. Qui sait si je n'ai pas redouté de te voir, Jan, serrer contre toi une autre femme que moi?

Thérèse savait qu'autrefois Ide n'avait jamais accepté de gaieté de cœur que Jan sortît, assailli qu'il était alors par tout ce que Krittelwerk possédait de belles personnes amoureuses de lui. Tout comme Ide, Thérèse avait, sous prétexte de détente dans le calme, fait tout son possible pour que Jan ne...

Soudain, elle perçut comme un choc matériel la présence que ses paroles maladroites avaient évoquée : Sigrid.

Ce n'était pas n'importe quelle femme qui avait torturé Ide, puis Thérèse. L'une, puis l'autre, elles avaient lutté pour que Jan Yvarsen ne pensât jamais à l'incomparable mondaine, à la plus élégante des femmes, à la seule qui eût jamais été parfaitement assortie à lui physiquement, à Sigrid!

En cet instant elle fut sûre que Jan, son Jan, se disait que sa gêne, ce tremblement incoercible qui la parcourait, étaient dus au fait d'avoir évoqué Sigrid!

C'était exact, mais il fut ému d'éveiller encore en Thérèse un amour si jeune. Il l'attira à lui et l'embrassa doucement, pour l'apaiser, en disant, très tendre :

— Attends un instant, que j'aie le temps de revenir de ma surprise! Je suppose que ma paisible Thérèse se moque bien des altesses royales à contempler, mais que, peut-être, elle a été prise d'une terrible envie d'admirer notre fils? Savoir comment danse notre Erling! Il s'en tire très bien à la maison, mais dans l'immense salon, sous les lustres somptueux, les girandoles de lumière, il doit être... eh! fort propre à nous faire honneur! Et sais-tu bien, Thérèse, que nul ne peut se vanter de nous avoir admirés, toi et moi, traversant le fameux espace ciré pour aller saluer notre cher recteur? Sais-tu bien que je n'ai pas une seule fois été danser en société depuis... (Il eut une hésitation que Thérèse traduisit : « depuis la mort de Sigrid »), depuis que la perle des Thérèse a réussi à vaincre les scrupules que j'avais à l'épouser : elle, si jeune par rapport à moi.

Il se redressa, vit par hasard dans une glace sa tête fière sous les cheveux brillants. Il rit cette fois franchement et frappa ses deux longues mains l'une dans l'autre, avec un entrain de jeune homme, en s'écriant :

— Moi aussi j'ai maintenant envie d'aller au bal! Nous allons faire sensation! Le recteur a tellement insisté que j'ai dû promettre de venir « si mes obligations professionnelles me le permettaient ». Les obligations professionnelles ont bon dos! Eh bien! pour une fois, déchargeons-les du soin de nous servir d'excuses : allons au bal! Nous y passerons une heure ou deux. Nous arriverons vers onze heures et demie, minuit.

Thérèse, prise à un piège imprévu, tendu par elle sans s'en rendre compte, avait beau émettre des : « Mais Jan! Mais, Jan! » il était trop tard, Jan était réellement tenté par l'idée de se trouver dans une atmosphère de fête. D'ailleurs, les

« mais » s'arrêtèrent sur les lèvres de Thérèse tandis qu'elle se disait, le cœur serré :

« Autrefois, Ide était torturée en voyant, à travers les verrières du club de Krittelwerk, Jan, les yeux brillants, valser avec Sigrid. Combien il était naturel qu'un si bel homme éprouvât une ivresse à se mouvoir au milieu d'un concert de louanges et d'admiration! Jan était si naturel, si sain et si peu sophistiqué, que la danse aurait pu être très longtemps pour lui une magnifique évasion momentanée. »

Thérèse eut envie de s'effondrer en pleurant : comme elle avait été égoïste, en prêtant à Jan ses propres goûts! Comme elle avait été lâche, dans sa terreur secrète d'être comparée par lui à l'incomparable Sigrid!

Mais Thérèse avait beaucoup trop de caractère et de retenue naturelle pour se laisser aller. Elle prit son souffle, parvint à effacer de ses yeux l'affolement devant la difficulté pratique qui se présentait à elle : être prête! Un sourire détendit ses traits, elle passa du remords à une nouvelle admiration devant l'immuable jeunesse de Jan. Il était toujours supérieur aux autres hommes, dans toutes les manifestations de sa personnalité si riche. Elle rit avec lui et s'écria :

— Allons au bal!

Elle renonça à ce quelque chose d'un peu plus ralenti que ne l'eût voulu sa nature, à cette allure toujours calme qui plaisait tant à son mari... pour tous les jours. Ce n'était plus « tous les jours ». Ils étaient comme un jeune couple qui se rend à une fête! Tant pis pour le bon ordre de l'appartement! Tant pis si l'on bousculait les flacons, les brosses, les armoires, il fallait qu'ils fussent beaux!

Sous cette exubérance plus ou moins jouée par Jan aussi bien que par Thérèse, l'un et l'autre savait ce qui l'attirait là-bas : pour Jan, c'était ne plus souffrir du départ de Flavie, ne pas laisser Thérèse soupçonner à quel point c'était une épreuve pour lui. Thérèse eût donné une fausse interprétation à son chagrin, et Jan craignait de se montrer injuste avec elle, comme il l'avait si souvent été avec Ide, autrefois.

Thérèse, elle, voulait voir avec qui Erling danserait le plus. Cette jeune fille « ne pouvait pas être assez parfaite pour son fils! Il était inadmissible qu'elle le fût! » Elle saurait bien empêcher son enfant de « faire une sottise ».

Il était plus de onze heures quand Jan et Thérèse montèrent dans leur voiture.

X

Dans son studio, Flavie était assise sur le coin de son divan; elle faisait plus que jamais une moue d'enfant prêt à pleurer. Erling était vraiment sot de ne pas venir la chercher! Avec amertume elle s'enfonçait dans son injustice. Il avait précisément ébauché un « Si je... » gonflé d'espoir. Et Flavie ne pouvait douter combien il aurait été heureux de se mettre à sa disposition, et de passer la prendre avec sa voiture. Mais elle ne l'avait même pas laissé formuler une proposition qu'elle avait parfaitement comprise!

Elle était également indignée que Mme Yvarsen eût répondu à la place de son fils. Si elle avait gardé son sang-froid, elle se serait assurément bien moquée d'elle-même...

Flavie n'en était pas à une injustice ou à un illogisme près, ce soir-là. Et pour un peu, quand le téléphone tinta, elle se fût dispensée de répondre, tant était grand son mépris pour des êtres humains en général, et son aversion pour des objets tels que cet instrument, en particulier. Elle jetait un « Allô » très sec quand les mots qui frappèrent son oreille la firent bondir de joie : elle avait Norbert au bout du fil!

Son étonnement était si vif, que son frère dut insister pour qu'elle admît qu'il était, non pas à Paris, mais tout près d'elle à Stockholm.

— C'est moi, Bertie, disait-il. Que se passe-t-il? Erik prétend que tu sembles aussi lugubre qu'une bande de petits coyotes jappant au clair de lune. Comme Paris est tout de même plus proche de Stockholm que les grands lacs du Canada, c'est moi qui ai pris l'avion pour t'entraîner hors de ta turne de biologiste, et te faire prendre un peu d'oxygène. Puis-je venir, ou préfères-tu me rejoindre à mon hôtel?

Les réponses de Flavie furent d'abord assez peu compréhensibles. Le cadet des Verneuil eut bien l'impression « qu'elle y allait de sa petite larme », comme ils déclaraient autrefois, Erik et lui, quand ils étaient surpris par un des rares accès de « laisser-aller » de leur sœur. Il n'en manifesta que plus vivement son envie de la voir.

Mais il fut vraiment étonné quand elle hoqueta :

— C'est que je suis tellement contente que tu sois là, Bertie! C'est fou ce que je m'ennuyais de vous. Je ne pouvais pas vous l'écrire; je ne m'en étais presque pas rendu compte avant ce soir! Tu vas me croire folle : mais je suis justement en robe de bal! Et puis... enfin, je t'expliquerai... mais, j'allais me déshabiller et me mettre au lit. Pour un peu, j'en aurais pleuré, affirma-t-elle avec conviction. Viens vite! Tu m'accompagneras à ce bal ou nous resterons dans mon studio, comme tu voudras, pourvu que tu sois près de moi.

Peu de temps après, Norbert, en habit de soirée, fleur blanche à la boutonnière, embrassait sa sœur et la contemplait enthousiasmé! Que Flavie était donc belle! Certes, elle avait maigri, et pâli, mais sa tendresse fraternelle lui mettait du rose aux joues et faisait briller ses yeux. Et puis quelle robe! Où avait-elle déniché cette merveille?

Et déjà le jeune artiste se promettait de réaliser des tableaux capables de conquérir Paris : avec un modèle pareil, comment ne pas peindre des chefs-d'œuvre?

Le recteur avait eu une idée qui flattait particulièrement les couples d'âge mûr : jusqu'à minuit, l'orchestre jouerait des danses anciennes. Le bal débuterait par un ballet que danseraient des étoiles réputées. Puis se déroulerait une sorte de rétrospective de la chorégraphie mondaine, avec valses, tangos et slows.

La jeunesse avait d'abord un peu grogné. Mais l'organisateur était persuadé qu'au bout de quelques mesures, le tourbillon entraînerait les plus rétifs.

Il avait vu juste : depuis plus d'un mois, bien des couples s'étaient entraînés en grand mystère. Pour animer la réunion et l'empêcher d'être trop solennelle, les graves universitaires, les savants professeurs de lettres, de droit, de sciences ou de médecine avaient proposé de décerner des prix d'honneur aux danseurs exécutant les plus savantes figures du tango, et évoluant avec le plus d'élégance et de grâce.

Flavie ignorait tout cela; et Norbert encore plus bien entendu.

La jeune fille avait pensé à tout, sauf à prendre son invitation. Elle n'eut heureusement pas à la montrer. Il se trouva que son frère et elle arrivèrent en même temps que les hauts personnages dont Thérèse avait entendu parler.

Dans les salons, Erling, venu très tôt, se promenait comme une âme en peine. Il faisait l'impossible pour échapper aux camarades d'études, aux amis de sa famille qui voulaient tous lui présenter quelque danseuse. Elles étaient charmantes, ces jeunes filles... mais l'eussent-elles été davantage... Il attendait Flavie.

Dans l'espoir de la voir enfin apparaître et de ne pas manquer son arrivée, il s'apprêtait à descendre le vaste escalier d'honneur couvert d'un épais tapis, quand l'orchestre cessa brusquement de jouer de la musique légère... L'hymne national retentit.

Erling se trouva très bien placé pour contempler la montée, toujours imposante, des nobles arrivants.

Le branle-bas qui se produisit, les chuchotements, la précipitation des dames et des jeunes filles à s'aligner au premier rang pour faire une révérence plongeante à mesure que s'avançaient les couples princiers vinrent distraire Erling de son idée fixe.

La princesse était si aimable, si simple sans rien perdre d'une majesté naturelle, qu'elle avait conquis d'emblée toutes les sympathies et que les sourires s'épanouissaient sur son passage.

Soudain, le jeune chirurgien, qui venait de s'incliner avec respect au passage des premiers couples se dirigeant vers l'estrade réservée, ressentit une émotion violente. Flavie était devant lui, si belle qu'elle était comme une image irréelle, une vision de rêve! Flavie! était-ce possible que ce fût elle?

Il eût été incapable de proférer un seul mot. Sans même remarquer celui sur le bras de qui elle appuyait à peine le bout de ses doigts gantés, il se passa machinalement la main sur les yeux.

A ses côtés, un jeune interne des hôpitaux, aussi ébahi que lui, mais moins ému, lui donna un cordial coup de coude, en murmurant :

— Prodigieux! N'est-ce pas Mlle Verneuil, du laboratoire de ton père? Elle est resplendissante! Et sa robe, et ses perles! Sûrement pas du toc! Quel cachottier tu fais! Tu aurais tout de même pu nous la présenter à nos réunions amicales? Son cavalier, qui est-ce?

Erling entendait à peine. Il se répétait comme un fou : « Flavie... Flavie... »

Heureusement, il était auprès d'une colonne. Il s'y appuya. Le monde changeait plus dangereusement devant lui que si un tremblement de terre eût renversé les bâtiments. Il vivait l'émotion suprême dont tant de fois il s'était moqué avec ses camarades.

A la lueur qui incendiait l'espace autour de lui, lui apparut dans son intensité véritable un passé qu'il avait toujours cherché à ne pas juger, en fils respectueux qu'il était. Certes, il s'était souvent demandé comment son père avait pu être si passionnément épris d'une jeune fille, ainsi que la rumeur publique prétendait qu'il l'avait été de Mlle Lindval? Erling savait maintenant que l'on peut être ébloui, conquis par la beauté, au point de ne plus retrouver, jamais, quoi qu'il arrive, un enthousiasme pareil. Quelle que soit par la suite, la force d'un nouvel amour il comportera, inexorablement, plus ou moins de regret.

Son cœur fut envahi d'une onde de commisération pour sa mère et la première femme de son père.

« J'ai trouvé *ma* Sigrid, pensa-t-il, mais moi, je l'épouserai... »

Hypnotisé, il regardait la fine et haute silhouette, le visage aux traits exquis, tout ce qui faisait de Flavie une splendide fleur humaine. Puis soudain il vit le grand garçon qui accompagnait l'idole : un géant aux yeux bleu clair et brillants, au teint mat, aux traits réguliers, au visage souriant.

Le couple était arrivé près du recteur et de sa femme et Flavie s'inclinait. D'où tenait-elle cette grâce noble, cette fierté aimable qui la rendaient irrésistible? Avec une aisance royale, elle présentait celui qui l'accompagnait. Le recteur, aussi bien que son épouse étaient visiblement très surpris. Ils serrèrent avec effusion la main tendue et présentèrent la jeune fille et son frère à leurs invités.

Mais... avec qui était-elle donc? Erling était certain de n'avoir jamais vu ce garçon. Brutalement il pensa :

« Voilà pourquoi elle m'a éconduit! Il va nous l'enlever. (Il ignorait qu'elle avait d'ores et déjà renoncé à une situation qui pourtant la captivait.) C'est à cause de ce garçon qu'elle me repousse. Fiancé? Amant, peut-être? Non... tout en Flavie est tellement virginal. Et pourtant... son mari?... pourquoi pas?

Elle est d'une famille d'origine française, et lui, est très nordique d'allure. Un Suédois typique! »

Jamais Erling n'avait, avant ce soir-là, supposé qu'il souhaiterait un jour tuer l'un de ses semblables. Peut-être la fureur instinctive du mâle, à qui un autre cherche à ravir celle qu'il désire, est-elle impossible à freiner dans l'homme? Les muscles d'Erling se raidirent : ah! se battre avec cet inconnu! L'adversaire devait avoir près de deux mètres car Flavie, qui était très grande pour une femme, semblait petite auprès de lui. Et puisqu'elle semblait séduite par le géant blond et échangeait avec lui tant de sourires, Erling se sentait en infériorité avec un mètre quatre-vingt-cinq. C'était bien la première fois qu'il déplorait de n'être pas plus grand.

Il fut interpellé par plusieurs amis mais il n'entendit pas. Une dame s'efforça d'attirer son attention, bien décidée à parler au Docteur de quelque malaise : il fut à peine poli.

A ses yeux la salle était vide de ses occupants, un seul être comptait pour lui : Flavie! Le géant blond jetait une ombre dramatique sur son bonheur. Il supprimerait cette ombre.

En dépit les délires du malheureux Erling, la soirée n'en continuait pas moins, merveilleusement organisée. Les danseurs professionnels avaient dû être rappelés. Maintenant l'orchestre attaquait une valse.

« Est-ce que Flavie danse la valse? Alors elle m'est réservée... », se dit Erling.

Mais était-elle bien venue pour lui? Au moment où il l'avait suppliée, à la clinique, ne savait-elle pas déjà que, ce soir, elle irait à ce bal? Il fallait qu'elle l'eût décidé bien à l'avance pour être vêtue comme elle l'était! Une robe pareille ne s'improvise pas. Flavie s'était-elle moquée de lui?

Erling faisait l'apprentissage de l'amour et il souffrait comme un damné.

Il fallait s'avancer, l'inviter. S'il tardait, elle lui répondrait, en enveloppant sa moquerie d'un rire léger comme un chant d'oiseau, que toutes ses danses étaient retenues...

Erling parvint enfin à se décoller du mur... Trop tard : l'homme blond s'était incliné et déjà Flavie était dans ses bras, et se laissait entraîner. Impossible de réaliser un accord aussi parfait sans avoir souvent dansé ensemble...

La perfection ne saurait longtemps passer inaperçue. L'attention générale fut bientôt braquée sur ces valseurs émérites. Et tout naturellement, le vide se fit peu à peu pour leur laisser la place. Ils dansaient et la joie illuminait leurs visages. Norbert s'aperçut soudain de leur isolement sur le grand parquet ciré et de la haie qui s'était formée autour d'eux. Il ralentit pour s'arrêter. Mais un cri général retentit : « Non, non! Encore, encore! »

Et Flavie et lui repartirent, joyeux, rieurs, comme deux grands enfants s'élançant sur un lac gelé!

Aux dernières mesures de la valse, un tonnerre d'applaudissements fit vibrer les pendentifs de cristal des grands lustres de Venise.

On les félicita. Ce qu'il y avait d'exceptionnel, c'était non seulement la virtuosité, mais surtout la totale simplicité du couple. Ils donnaient à la soirée un ton de joie juvénile que les organisateurs n'avaient guère prévue.

Des chanteurs folkloriques offrirent un harmonieux intermède. Flavie, aussitôt assise, fut assaillie par des jeunes gens qui, pour s'attirer ses bonnes grâces et dans l'espoir d'obtenir un tour de danse, lui proposaient leurs services pour lui apporter une boisson fraîche.

Le chant populaire remplit l'espace. Les voix graves des hommes et les soprani des femmes s'unirent pour vanter l'églantine sur la haie, exalter les beautés du pays natal. Erling se répétait, désespéré, que Flavie ne pensait absolument pas à lui, qu'elle ne l'avait même pas cherché!

En quoi il se trompait fort. Flavie l'avait aperçu et elle était bien décidée à le relancer dans son coin, s'il ne venait pas de lui-même vers elle. Tout au plus, dans sa joie de danser, d'être belle, d'être admirée, oubliait-elle qu'Erling l'aimait, et que sa discrétion était justement due à cet amour.

Le chant finissait. La femme du recteur se déplaça pour aller vers Flavie. Mlle Verneuil dansait-elle le tango? Flavie avait ce soir-là toutes les audaces. Avec la même bonne humeur qu'elle avait mise à valser, « puisque cela faisait plaisir à ceux qui les regardaient », elle accepta de s'exhiber à nouveau. Mais Norbert, à Ottawa, n'avait pas suivi les cours de danse avec la même assiduité que sa sœur. Flavie riait en répondant :

— Je ne puis pourtant pas, malgré la meilleure volonté du monde, danser toute seule!

Alors une voix s'éleva timidement pour déclarer :

— Si le docteur Erling Yvarsen voulait bien... il est là-bas, près d'une colonne... Je l'ai vu danser magistralement le tango à une réunion d'étudiants, l'an dernier.

La discrète jeune personne qui avait ainsi parlé n'ajoutait pas, dans sa modestie, que c'était elle qui lui avait servi, et fort bien, de cavalière ce soir-là... Elle serait « morte de peur », s'il lui avait fallu faire montre de sa science devant une si brillante assemblée. Aussi se hâta-t-elle de s'effacer parmi les couples qui se pressaient autour de Flavie.

La femme du recteur désigna le jeune chirurgien à Norbert Verneuil et l'immense Bertie entreprit aussitôt de fendre la foule pour atteindre Erling dans son coin.

C'était précisément au moment où celui-ci avec désespoir se disait que la soirée s'écoulerait sans qu'il ait seulement abordé sa déesse. Erling comprit que c'était lui que cherchait le blond garçon. Sa colère atteignit son paroxysme. Flavie l'avait donc vu? Mais au lieu de prendre la peine de venir personnellement le rejoindre, elle agissait en princesse, et c'était une façon de le narguer. Ah! il allait bien recevoir cet ambassadeur! Norbert eut à peine le temps de lui exposer la requête « de la part de la maîtresse de maison », qu'Erling, les traits durcis par la colère, la voix étranglée, cherchait à lui décocher une insolence, quand Flavie surgit.

« Au diable le décorum, avait-elle décrété intérieurement. Erling est capable de ne pas reconnaître Bertie, qu'il a pourtant vu chez moi en photographie, et de lui chercher querelle! »

Elle arriva dans une glissade, en disant — et sa voix fit l'effet d'un chant de sirène sur les nerfs à vif du pauvre amoureux :

— Docteur! Enfin on vous découvre! Le reconnaissez-vous?

Erling, qui se reprenait avec effort, regarda attentivement Norbert, et faisant enfin trêve d'imagination, il lui sembla que son cœur reprenait un rythme plus régulier. Il aspira l'air à fond et ses traits se détendirent. Il tendit cordialement la main.

— Mais, naturellement, s'écria-t-il radieux, c'est l'un de vos frères, mademoiselle Verneuil? Lequel?

Flavie rétorqua, comme s'il était inconcevable qu'Erling pût ignorer une chose aussi importante :

— Erik noir, Norbert blond et Flavie châtain clair! La variété règne dans les familles où deux races ont fusionné!

Erling tout balbutiant de sa méprise avouait :

— Dire que je n'osais pas vous aborder! Vous aviez amené un cavalier inconnu et lui adressiez de si affectueux sourires!

Autant que sa mère, Erling avait horreur de se mettre en avant. En une autre circonstance, il eût par discrétion refusé l'honneur que l'on prétendait lui faire. Mais refuser, c'était laisser Flavie s'envoler aux bras d'un autre... Sans hésiter un seul instant, il accepta. L'eût-il fait, s'il avait su qu'à ce moment précis, son père arrêtait la Rolls Royce au bas du perron; qu'il aidait sa femme à en sortir? Même alors, Erling n'aurait pu refuser.

Flavie, inconnue d'à peu près tous les assistants, excitait au plus haut point la curiosité même des visiteurs princiers, dont la présence se prolongeait bien au-delà du temps prévu. Dans l'assistance, on parlait de princesse, d'Américaine milliardaire, de star de Hollywood. Ceux qui affirmaient que c'était là une savante et assidue biologiste se faisaient rire au nez.

Quand le recteur fut prévenu de l'arrivée du professeur Jan Yvarsen, il se dépêcha d'aller l'accueillir au haut de l'escalier. Puis il les présenta, lui et Thérèse, aux visiteurs princiers et place leur fut faite, à tous deux, à côté des personnalités éminentes du pays.

Jan Yvarsen était presque aussi ému que sa femme. Il ne s'attendait pas à un accueil si chaleureux de la part de ses compatriotes. Il était évident qu'ils n'obéissaient pas à un mot d'ordre, mais que chacun, individuellement, se réjouissait d'afficher son admiration pour un homme qui faisait tant de bien et qui illustrait glorieusement la science médicale suédoise.

Jan s'empressa de s'asseoir; il entendait ne pas interrompre la fête. Accaparé par les éminents personnages assis sur cette estrade surélevée de la hauteur d'une marche — ce qui assurait la tranquillité des gens importants et leur permettait de jouir pleinement du spectacle de la danse —, Jan n'avait pas encore cherché son fils des yeux. On lui expliqua l'idée de cette rétrospective de la danse qui se poursuivait maintenant par un tango.

L'orchestre préluda.

Jan ne pensait absolument pas à Flavie Verneuil. Des yeux

il cherchait Erling, et à voix basse il demanda à Thérèse si elle l'avait aperçu. Elle ne répondit pas. Elle regardait la large piste dégagée devant l'estrade, y observant avec une sorte d'horreur quelqu'un ou quelque chose qu'une dame, debout, cachait aux yeux de Jan. L'expression de Thérèse accusait une si intense épouvante qu'il se pencha immédiatement pour voir ce qui l'effrayait ainsi.

Jan eut un éblouissement presque aussi violent que celui qu'avait ressenti son fils une heure plus tôt. Un nom lui parut avoir été murmuré par la salle entière : Sigrid!

Là-bas, une femme merveilleusement habillée, grande, élancée, gracieuse, parée de perles, rayonnante de jeunesse, une femme qui ne pouvait être comparée qu'à une seule autre — et celle-là n'était plus de ce monde — se tenait debout, auprès d'un cavalier très beau lui aussi. Et ce cavalier n'était autre que son propre fils.

Jan se demanda s'il n'était pas le jouet d'une hallucination. Assistait-il à un bal, ou subissait-il un envoûtement? Les yeux de l'assemblée entière s'étaient tournés vers son fils et la divine créature.

La main de Thérèse vint se poser sur son avant-bras. Elle était bouleversée autant que lui : surgie du néant une nouvelle Sigrid, non pas blonde mais châtain doré, dans une robe « comme seule Sigrid pouvait en porter », s'était rendue maîtresse du cœur de leur fils.

Ni Jan ni Thérèse n'hésitèrent sur ce point : Erling était éperdument amoureux de sa danseuse. Or ils venaient de reconnaître en elle Flavie Verneuil, la même qui, quelques heures plus tôt, en blouse blanche, avait fait ses adieux au chirurgien. Mais de ces adieux-là, Thérèse ignorait tout.

La musique commença. Quatre couples s'étaient envolés. Les figures se succédaient, ramenant les danseurs près de l'estrade. Eux ne voyaient rien. Tout en Flavie disait la joie, l'amusement, le délice d'être belle, de danser, d'être aimée. Il était inconcevable qu'elle ne s'aperçût pas de la délirante ivresse qu'elle éveillait en son cavalier.

Si Thérèse n'avait pas détesté de se donner en spectacle, elle eût sans doute gémi de détresse. Aussi intense que pour Jan, le drame était double en son cœur. Sigrid! l'éternelle ennemie! Le fils, après le père, en devenait la proie! Cette douce chevelure ondée, ce cou délicat entouré de perles d'un rare éclat, ce jeune visage symbole de la perfection, cette bouche exquise, ces joues animées par la santé et le plaisir, le charme d'un décolleté qui laissait deviner des seins encore menus, la taille souple, les jambes longues, la démarche sûre et ferme dans sa féminité, les pieds petits pour la haute taille de la jeune fille : oui, Thérèse était certaine que son mari détaillait tout, que devant la sculpturale silhouette, il se répétait : « Sigrid! Sigrid! »

Si Flavie avait eu pour mission d'accomplir le souhait de la morte, et de réveiller en Jan un souvenir usé par les années et dépouillé de son amertume, elle avait réussi. Jan était retombé sous le coup de l'envoûtement. Et cela Thérèse le savait aussi sûrement que si Jan s'était écrié :

— A l'aide, Thérèse! Je n'oublie rien de ma tendresse pour toi, mais je suis écrasé par cet appel surgi d'un autre monde. Si Sigrid m'était rendue, je ne pourrais me séparer de toi, car tu m'es aussi indispensable que l'air, mais dans mes veines, je sens renaître le mal qui m'a rongé après tant d'années.

A peine Thérèse retrouvait-elle la force de sourire aux personnes qui se penchaient vers elle pour lui glisser un compliment sur la maîtrise dont son fils faisait preuve. Car pour Thérèse, il n'y avait pas seulement son mari. Il y avait peut-être pire : le bonheur d'Erling se jouait là. Tout en elle se révoltait et criait : « Non! Non! jamais plus une Sigrid dans le cœur d'un Yvarsen! Je suis pour eux la paix, la sécurité et le bonheur. Je hais l'aventure et l'ivresse folle de la passion et cette jeune fille est la duplicité même car Jan ignorait certainement qu'elle fût riche. Et pour porter de pareils bijoux, il faut qu'elle le soit. Qui est-elle en réalité? Canadienne? oui, mais cet immense garçon blond, si beau lui aussi que l'on dit être son frère, est brusquement Suédois. Quels sont ces mystères? »

Dans l'esprit surexcité de Thérèse se glissait l'idée qui avait déjà été celle de Jan : Flavie avait un lien quelconque avec Sigrid! Les joues de Thérèse brûlaient, ses lèvres étaient sèches. Elle entrevoyait, en des éclairs aveuglants, des dangers prêts à fondre sur son mari et son fils.

Mais Thérèse, la raisonnable, se domina vite. Pourtant tout en conversant, par phrases hachées, avec l'un ou l'autre des invités, elle construisait son plan : ne pas laisser Flavie Verneuil agir à sa guise. Voir clair était pour Thérèse un besoin vital; lutter pour défendre ceux qu'elle aimait, un devoir. Elle agirait directement. Selon sa manière. Dès le lendemain elle verrait, seule à seule, la biologiste qui se transformait en irrésistible séductrice.

Avoir pris une décision lui donna une force nouvelle. Elle désirait maintenant entraîner le plus tôt possible Jan vers leur home. Elle ne voulait pas qu'il fût tenté, qu'il réclamât une valse à la danseuse qui se faisait en cet instant même acclamer en compagnie d'Erling.

Elle se pencha vers son mari, et prétendit que, manquant d'entraînement, elle était très étourdie par la chaleur, le bruit, les conversations multiples, et désirait qu'il la ramenât à la maison. Mais Jan n'entra pas dans ses projets, et lui conseilla d'aller respirer l'air sur le balcon. Ils iraient ensuite, de compagnie, féliciter Flavie Verneuil. Thérèse ne fut que plus décidée à faire aboutir son dessein et insinua :

— Tu la verras demain au laboratoire, Jan! Demain, tu la féliciteras! Viens, je t'en prie, viens!

Jan Yvarsen n'entendit pas « Thérèse »; ce fut la voix d'Ide qui frappa ses oreilles. Ide, du temps où Sigrid ne s'était pas encore laissé entraîner à commettre un crime; Ide, du temps où Sigrid était tellement éblouissante, câline, douce, soumise, à Krittelwerk. Ide, qui, malgré sa patience, cédait à la jalousie qui la dévorait et cherchait, sous un prétexte quelconque, à entraîner Jan loin de la silhouette bien-aimée, loin des formes divines qui s'offraient à lui.

Jan Yvarsen retrouva soudain la nervosité qu'il avait manifestée jadis à Krittelwerk, et qu'il s'était tant de fois reprochée par la suite.

— Non, je ne féliciterai pas Mlle Verneuil demain, au laboratoire, dit-il d'un ton sec. Elle a quitté la clinique. J'ai pris pour la remplacer, tant bien que mal, un garçon qui ne l'égalera pas, mais pourra néanmoins continuer les recherches commencées par elle.

Thérèse, à cette nouvelle inattendue, aurait dû être soulagée. Elle fut, au contraire, atterrée sans bien tout d'abord s'en expliquer les raisons. C'est presque haletante qu'elle demanda :

— Elle s'en va? Mais pourquoi?... Pourquoi me l'avais-tu caché?

Jan Yvarsen, exaspéré parce que sa femme l'empêchait de

suivre les évolutions du corps admirable sur la piste de danse, répondit sans réfléchir, avec un brusque mouvement d'épaules :

— Mais je ne sais pas!... Parce qu'elle s'appelle « aussi Sigrid »!

Il retourna à sa contemplation, tellement comparable à toutes celles qu'il avait eues autrefois, tandis que Sigrid promenait autour de lui des robes « que seule elle pouvait porter ». Pourtant, très vite, il se reprit, regarda rapidement Thérèse devenue livide et compléta, presque avec méchanceté, comme s'il avait ainsi vengé Sigrid de l'injuste soupçon qui avait un instant effleuré son esprit :

— Rassure-toi, Flavie n'est pas la fille de Sigrid! Tu n'auras pas le plaisir de charger la mémoire de cette malheureuse d'un crime de plus.

Thérèse eut l'impression qu'un abîme s'ouvrait sous ses pieds. Une tendresse éperdue, un dévouement de chaque seconde, voilà ce qu'avait été sa vie auprès de Jan. Mais au fond de l'âme de son mari, à son insu peut-être, elle, Thérèse, était restée celle qui avait chassé Sigrid, celle qui l'avait dénoncée...

Sigrid pouvait être une criminelle, il n'en demeurait pas moins que Thérèse avait été l'instrument du destin. Sans elle, Jan aurait toujours ignoré le lâche attentat dont Sigrid s'était rendue coupable envers Ide. Thérèse avait tué toute possibilité pour Jan de s'unir enfin avec celle qu'il avait si désespérément aimée.

Il est des choses qui ne doivent jamais être dites! La parole est une arme, et souvent la plus dangereuse de toutes. Il ne fallait pas que Jan s'attardât à comprendre la signification exacte de ces paroles lancées dans un moment d'exaspération, et qui retomberaient dans son subconscient.

Avec un geste d'automate, Thérèse accepta le bras d'un professeur, collègue de son mari, pour atteindre le buffet et se réconforter en buvant une coupe de champagne.

Jan ne pensait plus qu'à une chose : tenir Flavie à son bras et danser avec elle comme autrefois il le faisait avec Sigrid.

Mais, le tango terminé, l'élection par acclamations ayant désigné, ainsi qu'il était facile de le prévoir, le couple Erling-Flavie comme roi de la danse, il s'ensuivit un bruyant et joyeux tumulte. Le professeur Yvarsen crut que son fils viendrait avec sa partenaire le saluer. Thérèse le croyait également. Cependant, Erling n'y pensa pas. Il ne voyait que Flavie et le reste du monde avait disparu pour lui. Avant de lâcher sa danseuse, ivre de l'avoir tenue si longtemps, si étroitement contre lui, ivre de l'ambiance, de l'harmonie, ivre d'amour, il lui avait dit avec un accent de passion farouche :

— Flavie, je vous adore. Peu importe ce que mes parents penseront ou ne penseront pas. Je vous veux. Sans vous, la vie ne m'est plus rien.

Il était beaucoup trop troublé pour apprécier sainement les réactions de Flavie. Il interpréta le silence de la jeune fille comme une porte ouverte sur l'espoir.

Un moment plus tard, il se trouva, malgré l'acharnement qu'il mettait à ne pas la quitter, séparé d'elle par un remous. L'orchestre entamait une danse moderne. Cet instant, Flavie l'avait cherché et saisi. Elle dit précipitamment à son frère, qui ne s'était pas écarté d'elle :

— Bertie! Emmène-moi. Vite. Sans adieux à personne.

Il est plus difficile de disparaître quand on est la reine d'un bal, et entourée de plusieurs centaines de personnes qui cherchent à vous approcher, à vous parler et à danser avec vous, que de se dissimuler dans une forêt du Canada! Mais Norbert percevait, avec cette acuité que les trois enfants Verneuil avaient acquise au contact de la grande nature, que sa sœur était anxieuse. Il avait suivi de loin les réactions du professeur et de sa femme, qu'un voisin complaisant lui avait désignés comme étant les parents du jeune docteur Yvarsen. Quelque chose l'inquiétait. Visiblement le docteur Erling avait perdu la tête. Qu'il fût amoureux de sa sœur ne surprenait pas Norbert. Chaque fois qu'ils avaient été à Ottawa invités à des réunions mondaines, le charme de Flavie lui avait attiré des hommages; ils en avaient souvent ri tous les trois. Mais, avec Erling, il en allait autrement. Sa passion lui retirait tout contrôle de lui-même. Il semblait exacerbé et prêt à quelque folie.

Flavie répondait-elle à cet amour véhément? Était-il souhaitable qu'elle y répondît? Norbert aimait profondément sa sœur et de plus Erik l'avait délégué pour veiller sur la « petite ».

Il réussit donc le tour de force de dérober en un rien de

temps Flavie à ses admirateurs. Il trouva le moyen de récupérer rapidement le précieux manteau de vison et sa propre pelisse. Flavie était déjà dans la voiture quand Erling qui s'évertuait à rejoindre sa bien-aimée entendit un danseur soupirer :

— Dommage! Le géant a enlevé la princesse! J'aurais tellement voulu danser avec elle.

Le sage docteur Erling descendit en courant l'escalier majestueux. Course vaine : la sœur et le frère avaient disparu.

Flavie avait perçu les regards que Thérèse faisait peser sur elle. Elle avait remarqué les yeux étincelants du professeur, et une fatigue soudaine s'était abattue sur elle : elle n'était pas prête à répondre à Erling. Par instants, elle avait cru que nul homme au monde ne lui plairait davantage mais la présence du père brouillait tout. Et aussi cette extraordinaire impression de ne pas être seulement elle, mais aussi Sigrid. Elle était certaine qu'il en serait ainsi, aussi longtemps que cette toilette la parerait.

Norbert était trop fin pour chercher à obtenir des confidences de sa sœur à une heure aussi avancée d'une nuit fertile en émotions. Mais si Flavie avait été envahie par l'âme de la disparue, Bertie ne manquait pas d'antennes, et désirait ne pas quitter sa sœur. Il décréta que le divan dans le studio lui convenait parfaitement. Puis il veilla à ce que la jeune fille fût rapidement dans son lit, lui fit boire du lait chaud, vérifia, comme autrefois le faisait « maman », si ses couvertures étaient bien bordées. Puis il éteignit la lumière et s'installa lui-même pour dormir dans la pièce voisine.

Jan Yvarsen, quand il eut la certitude que Flavie Verneuil avait définitivement quitté le bal, quand il fut enfin libéré de son obsession, s'inquiéta — non sans remords pour ce retour tardif à la réalité — de la fatigue de Thérèse. Il lui prit doucement le bras, comme on guide une convalescente, pour la conduire à leur voiture. Mais aucune parole ne fut prononcée entre eux, qui pût réveiller des émotions si proches. Jan avait besoin de la quiétude de Thérèse et de son pardon tacite. Silencieuse, elle le lui accorda en posant la tête sur l'épaule de son mari, pendant tout le trajet. Comme la voiture arrivait devant le portail de leur maison et que Thérèse s'écartait de Jan pour descendre, il la retint quelques instants et, toujours muet, la pressa ardemment contre sa poitrine en effleurant son front d'un baiser.

Thérèse réussit à téléphoner sans que Jan l'entendît. Elle était incapable d'attendre pour s'assurer de ce qu'elle avait décidé d'obtenir : une conversation avec Flavie.

Ce fut Norbert qui répondit. Elle insista :

— Mlle Verneuil n'a sans doute pas encore eu le temps de se dévêtir, je désire lui parler.

Bertie, amusé, affirma que sa sœur dormait profondément dans la pièce voisine. Leur mère leur avait appris à ne pas lambiner avant de se mettre au lit!

Thérèse n'hésita pas à le croire, le ton était trop franc. Elle pria le jeune homme d'avertir sa sœur qu'elle, Mme Yvarsen, viendrait le lendemain, ou plutôt le jour même, puisqu'il était maintenant deux heures du matin, s'entretenir avec Mlle Verneuil.

Quand Thérèse vit que Jan prenait un somnifère dont il avait pu, depuis longtemps, renoncer à user, elle frissonna en retrouvant dans sa mémoire les innombrables nuits où elle devinait son mari éveillé, bien qu'immobile. Elle était là, à ses côtés. Il l'aimait sans qu'elle en pût douter; et pourtant... Ne souffrait-il pas à cause de Sigrid?

XI

Flavie avait décidé de recevoir Mme Yvarsen. Norbert, pendant cette entrevue, irait faire des courses et visiter la ville. Il valait mieux que Flavie fût seule.

Le frère et la sœur ne comprenaient pas bien ce qui poussait Mme Yvarsen à cette visite, la première qu'elle ait jamais faite à Mlle Verneuil. Le docteur aurait-il chargé sa femme d'une mission? Retenir la jeune fille au laboratoire? Invraisemblable! Jan Yvarsen était au-dessus de pareilles combinaisons. Au souvenir de l'adieu échangé, le cœur de Flavie vibrait encore de tendresse pour le grand homme, « notre » grand homme. Ce pluriel l'associant à Sigrid.

Mme Yvarsen venait-elle faire pression pour la décider à épouser son fils? Plus incroyable encore! La découverte que les Yvarsen avaient faite de la fortune de Flavie ne pouvait entrer en ligne de compte chez des gens aussi désintéressés. Mieux, elle les aurait plutôt incités à la réserve. Si la mère venait, dépêchée par le fils, Flavie s'en sentirait profondément blessée. Pour elle, un homme qui aimait devait régler ses problèmes lui-même.

On verrait bien! La jeune fille avait dormi jusqu'à dix heures du matin. Plus trace de fatigue. Quelle magnifique soirée, ce bal du recteur! Des sentiments à laisser décanter. En tout cas, ce qu'elle avait fermement décidé avec Bertie, c'est qu'elle partait avec lui, le soir même, s'il obtenait des places dans l'avion. A Paris, on aviserait sur ce que Flavie entreprendrait ultérieurement. Elle avait besoin de recul pour juger sainement.

Pour l'instant, elle s'efforçait à n'avoir aucune prévention contre Thérèse Yvarsen. En embrassant son frère, Flavie avait comiquement soupiré :

— Quel dommage qu'il soit aussi nécessaire de compter avec l'opinion des femmes sur cette terre! Je m'entends tellement mieux avec les hommes.

Norbert avait éclaté de rire, ravi du compliment dont il prenait sa part et celle d'Erik, estimant qu'un souhait aussi imprévu dans la bouche d'une jeune fille le sous-entendait. En verve de galanterie, il avait lancé en passant la porte :

— Si toutes les femmes étaient aussi intelligentes et charmantes que certaine petite sœur, les hommes et les femmes s'accorderaient très facilement.

Mme Yvarsen se présenta très exactement à l'heure qu'elle avait fixée. Au coup de sonnette, Flavie bondit sur ses pieds. Elle passa rapidement l'inspection de son chez-elle. Pas trace de désordre. Disparition totale de tout ce qui rappelait le grand bal de la veille :

« Allons-y, se dit-elle. Montrons à Mme Yvarsen que Mlle Verneuil sait recevoir, même une dame importante. »

Un éclair malicieux brilla dans les yeux dorés, à l'idée que Mme Yvarsen, l'angélique Mme Yvarsen, pourrait être, comme une simple mortelle, poussée par la curiosité.

Par le téléphone intérieur, qui avait annoncé la visiteuse,

Flavie la pria vivement de l'excuser. La veille elle dormait, son frère aurait dû la réveiller. Elle eût prévenu Mme Yvarsen que l'ascenseur faisait grève et que cinq étages sont pénibles à monter. Mme Yvarsen répondit, avec froideur, qu'elle serait quand même venue.

La communication avec Mme Yvarsen à peine coupée, et tandis que celle-ci gravissait l'escalier, le téléphone de ville réclama Flavie. Ébahie, elle entendit Jan Yvarsen qui, de sa voix nette et pourtant toujours musicale, disait, impératif, comme s'il était parfaitement impossible que la jeune fille pût refuser :

— Je regrette de vous parler si rapidement, mais je suis attendu. Je vous demande de me consacrer votre heure de déjeuner. Je vous rejoindrai à treize heures... (Il donna l'adresse de l'un des meilleurs restaurants de Stockholm, assez éloigné de la clinique.) Excusez-moi d'être si péremptoire, mais je compte absolument sur votre acceptation. A tout à l'heure!

Flavie, stupéfaite, n'avait pu placer un mot. Déjà on sonnait à sa porte et elle se hâta d'ouvrir. Pas le moment de penser au grand homme... S'il y avait corrélation entre la visite de la femme et l'invitation du mari, elle saurait le deviner. Si, en revanche, rien ne lui permettrait de croire que Mme Yvarsen serait, elle aussi, au restaurant, elle ne soufflerait mot de cette communication téléphonique.

En voyant l'élégant studio, la surprise de Thérèse fut encore beaucoup plus vive que ne l'avait été celle de son fils. Mais la ravissante installation ne fut pas comptée par elle à l'actif de la jeune fille. Ses soupçons s'en trouvèrent au contraire renforcés : la situation sociale de Mlle Verneuil n'était pas claire, il fallait se méfier d'elle. Jamais Thérèse n'avait eu si peu le contrôle d'elle-même; jamais elle n'avait été moins capable de se dominer. Rien de plus bouleversant pour un être très sensible que de voir resurgir un danger que l'on croyait disparu à jamais. Or, pour Thérèse, Flavie figurait ce danger-là.

Elle s'arrêta sur le seuil, et sa désapprobation fut aussi clairement inscrite sur son visage que si elle l'avait exprimée à haute voix.

Pour rompre le silence, si pénible lorsqu'il s'établit dès

l'entrée d'un visiteur, Flavie, soudain intimidée, sourit et dit avec beaucoup de douceur :

— J'espère que les étages ne vous ont pas trop fatiguée? Veuillez donc vous asseoir, je vous prie.

Thérèse n'avait pas été plus bouleversée le jour inoubliable où, jeune fille encore, après avoir accusé Sigrid de meurtre, elle avait déposé entre les mains de Jan Yvarsen « les cahiers d'Ide ». Les émotions éprouvées jadis étaient plus supportables que celles qu'elle ressentait en ce moment. Autrefois, l'ardent amour qu'elle éprouvait inconsciemment — avant même de le connaître — pour Jan Yvarsen, la soutenait, lui donnait des forces. Elle était exaltée par son rôle de justicière. Mais la situation était tellement moins nette aujourd'hui.

Elle dut avaler plusieurs fois sa salive avant d'articuler :

— C'est en vérité une singulière démarche que j'entreprends auprès de vous...

Elle hésita à nommer la jeune fille « Flavie » comme elle l'avait fait chez elle, car la confiance était absente de son cœur.

Flavie avait pris place près d'elle, et Thérèse n'avait pu s'empêcher de remarquer avec quelle aisance elle se mouvait, aussi bien dans l'intimité qu'en représentation.

Les joues de Flavie s'empourprèrent, tant était grand l'effort qu'elle faisait pour deviner ce qui allait suivre. Elle était en règle avec sa conscience. Franchement Mme Yvarsen n'avait rien à lui reprocher, ni comme épouse ni comme mère.

La dernière des choses prévues par Thérèse était bien qu'elle pourrait avoir le trac devant cette jeune fille, à la beauté si pure, si émouvante. Et pourtant, le fait était là, elle ne trouvait pas ses mots. Ce qu'elle avait préparé lui semblait maintenant insuffisant. Comment Erling et Jan n'auraient-ils pas été bouleversés par cette petite merveille féminine?

Les hommes devaient en être fous. Mais qu'importaient les autres. Ce qui était essentiel, c'était les sentiments que son mari et son fils pouvaient éprouver envers Flavie.

Le silence devenait pénible. Flavie commençait à se sentir nerveuse. Elle finit par se pencher légèrement en avant pour dire, sur un ton respectueusement affectueux :

— Aurais-je, Madame, agi d'une façon qui vous ait déplu? J'avoue que je ne devine pas... mais je suis vraiment surprise...

Thérèse se leva, elle n'avait jamais été plus douloureusement perplexe de sa vie. Elle avait cru qu'en face de Flavie, il lui serait facile de parler. Et c'est le contraire qui se produisait.

La jeune fille était restée dans le coin de son divan, appuyée contre les coussins de fourrure, là où Erling l'avait trouvée si délicieuse. Pour retrouver un calme apparent, elle s'enfonçait les ongles dans les paumes. La tension devenait insupportable.

Flavie pensa qu'elle aurait dû deviner que cette femme, habituellement si sereine, ne l'était peut-être qu'extérieurement et précisément pour dissimuler une sensibilité excessive.

Enfin, Thérèse, ayant fait quelques pas, revint s'asseoir.

— Mademoiselle Verneuil..., dit-elle d'une voix haletante, que Flavie ne lui connaissait pas. Non, je n'ai rien à vous reprocher... Une chose, une seule pourtant m'inquiète, elle est extraordinairement grave pour moi, pour nous. Vous n'êtes pas seulement la charmante jeune savante, bien élevée, vaillante, intelligente, presque géniale dans sa science, à ce qu'affirme mon mari. Vous êtes bien autre chose encore. Et ce quelque chose, vous l'êtes avec excès.

Thérèse s'arrêta de nouveau, et Flavie, saisie par cet exorde, car les compliments prononcés l'étaient sur un ton de reproche, attendit la suite, en fronçant ses fins sourcils.

— Laissez-moi essayer de vous faire comprendre ce que j'éprouve devant vous, continua Thérèse, et cette fois son accent avait pris une intensité douloureuse. Vous n'êtes pas seulement « très jolie », vous êtes « belle », et les femmes belles sont dangereuses. Beaucoup se croient belles parce que leur maquillage fait valoir ce qu'elles ont de plus gracieux ou de plus séduisant; vous n'avez que faire du maquillage. Vous êtes... lumineuse... comme une apparition. Les êtres comme vous, mademoiselle Verneuil, sont un péril pour les autres femmes, qui n'existent plus quand vous paraissez. Leur charme, à elles, est fait de l'amour qu'elles portent à leur mari ou qu'elles tiennent prêt pour l'homme qui les aimera, qui les distinguera parmi la foule de leurs pareilles. Aucune n'est parfaite. Mais vous... Flavie! Vous avez tout, Flavie! Tout!

Brusquement la tension nerveuse, que Thérèse supportait depuis des jours, et qui avait atteint son paroxysme la veille au bal, fit qu'elle ne put retenir ses larmes. Ce qu'elle avait souffert par le fait de la beauté de Sigrid, et ce qu'Ide avait souffert, l'accabla. Les douleurs éprouvées dans le passé peuvent ainsi fondre d'un seul coup sur un cœur, et le ravager comme un torrent qui emporte tout.

Flavie était encore jeune; aussi fut-elle beaucoup plus exaspérée qu'attendrie. Elle dit, sans acrimonie, mais avec netteté :

— Je n'ai pas changé, Madame, ni de corps ni de visage, depuis que vous m'avez invitée chez vous avec insistance. Personne ne m'a jamais accusée d'être coquette et...

— Mais je n'ai jamais prétendu que vous fussiez coquette! se récria Thérèse. J'aurais beaucoup moins peur de vous si vous l'étiez. Les hommes très intelligents sont le plus souvent capables de dépister le cabotinage et de sentir ces efforts médiocres tentés pour leur plaire. Dès lors ils se tiennent férocement sur leurs gardes. Non certes, je ne vous accuse pas d'être coquette! Vous dansiez hier soir à la perfection, mais sans ostentation, en vous amusant, comme une petite fille; et c'est cela qui est horriblement grave pour moi. Vous êtes dotée d'une redoutable puissance, et elle vous est si naturelle que vous ne mesurez pas ses effets.

Flavie sentait monter en elle une extrême impatience. Ce qu'elle avait pensé au sujet des manœuvres de Thérèse pour supplanter Sigrid, pour l'écarter à jamais, lui revint en mémoire. Ce fut avec une nervosité mal dissimulée qu'elle s'écria :

— Mais enfin, Madame, je ne comprends plus! Vous reconnaissez que je ne cherche en rien à faire le mal. Vous admettez qu'hier soir je m'amusais. Est-ce que je n'ai pas le droit de m'amuser comme les autres? Est-ce qu'il faut être médiocre ou laide pour se permettre de bien danser? Est-ce ma faute si mes traits sont réguliers? Je ne pense jamais à l'effet que je produis, sauf au point de vue intellectuel. Quelle était votre intention en venant me voir? Je vous en prie, si vraiment vous avez contre moi un grief quelconque, exprimez-le. Je vous en serai obligée. Mais n'allez pas jusqu'à me demander de me vitrioler; mes frères en auraient une peine extrême... et moi aussi, ajouta-t-elle en retrouvant son délicieux et juvénile sourire.

Thérèse aurait facilement parlé avec une jeune fille si manifestement sincère, mais ce n'est pas à elle seulement qu'elle en avait! Là était le point douloureux. Flavie ressuscitait pour Thérèse un passé haï, et cela il était impossible de le lui dire... Si, pourtant... il fallait tenter de se faire entendre. Thérèse reprit donc, et son ton était plus ferme, car elle savait cette fois très bien de quoi elle parlait :

— Flavie, je ne viens pas en moralisatrice, et je ne suis pas folle : je ne vous demande pas de vous enlaidir, vous ne le pourriez d'ailleurs pas facilement, car votre intelligence et votre cœur vous attirent les sympathies. Je suis amenée ici par un souvenir qui est épouvantable pour moi : en quelques mots, mon mari a aimé profondément une femme aussi exceptionnelle que vous. Cette femme, sur le plan moral, était un monstre, une criminelle. Elle a tenté de supprimer la première femme de Jan et a voulu me tuer, moi, quand elle a su que j'allais épouser Jan devenu veuf.

Cette fois, Flavie perdit sa patience et sa douceur. La vibration de mépris intense qu'elle percevait dans les phrases de Thérèse la mettait hors d'elle. La voilà bien, la haine que ces femmes, moins douées que leur divine Fée des Neiges, avaient nourrie en elles! Voilà le venin qui avait empoisonné les relations entre Jan Yvarsen et celle qui s'accordait si bien avec lui! Si Flavie avait été la fille de Sigrid, elle eût peut-être été moins libre pour cingler en retour cette Thérèse, parfaitement indigne à ses yeux d'avoir accaparé le cœur de Jan Yvarsen. Flavie se dressa et dut se répéter avec force qu'elle avait en face d'elle Mme Yvarsen et qu'elle, Flavie Verneuil, ne voulait pas avoir à se reprocher la moindre insolence envers la femme du grand homme et la mère d'Erling. Elle retint les mots qui bouillonnaient en elle. Mais sa voix était glacée, dure.

— Je vous prierai, Madame, de ne pas insulter devant moi Mlle Sigrid Lindval. Elle est restée pour moi et les miens une figure merveilleuse. Je vous demande que son nom ne soit plus évoqué entre nous. Avec tout le respect que je dois à la femme du professeur Yvarsen, que j'admire plus qu'aucun autre homme au monde, je voudrais que vous me précisiez enfin ce que vous redoutez et ce que vous désirez de moi.

Flavie n'avait pas hésité à parler de Sigrid avec admiration. Thérèse fut désarmée, subjuguée par la calme autorité de la jeune fille. Ainsi dressée, tête rejetée en arrière, Flavie lui rappelait Sigrid dans la chambre d'hôtel de Krittelwerk, lorsque, elle, Thérèse, était venue lui révéler qu'Ide avait échappé à la mort et que le crime était connu, avéré, indiscutable. Mme Yvarsen renonça à interroger Flavie sur les raisons de la sympathie que les siens portaient à Sigrid. Elle n'était plus qu'une suppliante. Pour un peu, elle fût tombée à genoux ; elle y était moralement en sanglotant :

— Vous êtes encore une enfant, mademoiselle Verneuil ! Vous ignorez ce que c'est que d'être déchirée dans son amour. Vous ne comprenez pas le mal que vous pouvez causer, même sans le vouloir. Mademoiselle Verneuil, essayez pourtant de deviner à quel point j'ai pu être ravagée autrefois, comme la malheureuse Ide Yvarsen a pu souffrir, uniquement parce que Sigrid était trop belle et, de ce fait, s'imaginait que ses droits primaient tous les autres ; que seul son amour était sacré.

La patience de Flavie était à bout. Elle s'écria :

— Je ne vous ai rien fait, Madame ! Pourquoi vous imaginer que je vais vous attaquer ? En quoi ? Votre mari est, je l'espère, hors de cause dans votre esprit ! D'ailleurs, soyez rassurée, j'ai donné ma démission et je ne reparaîtrai jamais à la clinique.

Thérèse pleurait.

— Je sais, gémit-elle, Jan m'a dit que vous quittiez la clinique, mais ce sera pire, il vous saura en ville. Comprenez donc, enfant ! Vous n'êtes pas « vous » pour lui. Je l'ai trop bien vu, vous êtes Sigrid revenue sur terre. Et une Sigrid pure, sans tache — la Sigrid d'avant leur séparation, celle qu'il a aimée follement, sans être obligé de haïr par amour. Non, je ne crois pas, je ne fais pas à mon mari l'injure de le croire animé de sentiments qui pourraient normalement exciter ma jalousie. Je suis sa femme et il m'aime mais vous, vous êtes la réincarnation de son rêve de jeunesse. Et, comme si ce n'était pas assez, mon fils est fou de vous ! Devrai-je vivre un nouveau supplice ? Et qu'après le père, le fils soit déchiré par une même torture ? Votre image s'est inscrite, comme burinée par une pointe de feu, en Erling. Ce qu'il aimait avant a perdu toute valeur ; rien n'existe maintenant pour lui qu'en fonction de sa passion pour vous. Ne comprenez-vous pas mon désespoir ? Est-ce que je sais, moi, si vous répondrez à son amour ? N'est-ce pas une malédiction pour un homme, d'idolâtrer une femme avec l'ardeur qu'a eue Jan pour Sigrid, qu'aurait Erling pour vous ? La vie de mon fils ne va-t-elle pas en être bouleversée, détruite... ?

Flavie était devenue très pâle. Elle était trop sensible pour ne pas regretter les affres qu'elle faisait involontairement souffrir à Mme Yvarsen, mais elle était aussi soulevée d'indignation. Ce droit, que cette mère s'arrogeait, d'intervenir dans la vie sentimentale de son fils, semblait à la jeune fille un abus d'autorité. Elle avait éconduit Erling, mais elle tenait à ce qu'on laissât au jeune chirurgien ainsi qu'à elle-même, la liberté de décider de leur avenir. Personne ne pouvait se substituer à eux. A chacun incombait le devoir de supporter seul sa propre expérience. Cela s'appelait « vivre ». En définitive, Thérèse n'aurait pu faire mieux si elle avait voulu servir les intérêts de la passion dévorante d'Erling.

Heureusement, Flavie avait reçu une excellente éducation. Ce fut avec une parfaite politesse qu'elle chercha à clore un entretien qui la blessait profondément.

— Je regrette, dit-elle avec douceur, je regrette beaucoup, Madame, de vous avoir laissé prononcer ce que vous venez de me dire. Mon père nous apprenait que les paroles cristallisent souvent des sentiments qui se seraient peut-être dissipés d'eux-mêmes si elles n'avaient pas été dites. Mon frère est, en ce moment même, occupé à obtenir des places d'avion pour notre retour au Canada. Dois-je vous avouer que je suis venue à Stockholm pour connaître l'homme que Sigrid Lindval comparait à une divinité? Je pars, ayant compris pourquoi elle l'avait placé si haut. Elle avait raison. J'ai cherché de mon mieux à le servir et suis grandement honorée si j'ai pu y réussir.

» Quant à votre fils... j'éprouve pour lui de l'admiration et de la sympathie; il est le digne fils du docteur Yvarsen. Le vôtre aussi, Madame. Mais vous admettrez que je ne saurais me sentir responsable des sentiments qu'il éprouve pour moi. Mes parents nous ont appris encore à être difficiles avec nous-mêmes. L'examen de conscience était pour eux une pratique régulière. Sans vouloir me leurrer moi-même, je ne vois pas ce que je pourrais me reprocher. Laissez-moi, je vous en prie, quitter — avec tristesse mais le front haut — la Suède où repose la malheureuse Sigrid et où vit la famille Yvarsen.

Elle ajouta cette précision, que Thérèse ne cherchait pas à lui demander :

— Sigrid était une cousine de mes parents. Pendant son séjour au Canada elle a habité chez nous. Votre mari ayant refusé l'héritage qu'elle lui a laissé, c'est nous qui en avons bénéficié.

Thérèse s'était relevée de son siège. Ce que la jeune fille lui révélait avait séché ses larmes. Certes, elle comprenait d'emblée quels sentiments avaient pu être ceux de Jan en face de ce testament; elle éprouvait néanmoins un choc nouveau, car Jan ne l'avait jamais mise au courant. Pourquoi? Elle voyait là une preuve de plus de l'intensité de l'attachement conservé par son mari pour Sigrid. Jamais Ide n'avait porté avec tant d'acuité, en elle, la jalousie contre Sigrid que Thérèse éprouvait en ce moment.

Elle cessa alors d'être juste et bonne et sa haine contre Sigrid éclaboussa l'innocente Flavie. Elle ne put retenir les phrases qu'entre toutes elle n'eût jamais dû prononcer :

— Quoi que vous pensiez de la disparue, sachez bien, Mademoiselle, que mon fils, le fils de Jan Yvarsen, n'épousera pas une parente de Sigrid Lindval. Je souhaite de toutes les forces de mon âme qu'il ne puisse pas vous revoir et que le destin vous écarte à jamais des miens.

Ce ne fut pas un départ : Thérèse se fuyait beaucoup plus qu'elle ne fuyait Flavie. Il lui semblait sentir son cœur heurter douloureusement ses côtes. Elle descendit l'escalier en pressant une main contre sa poitrine. Ses larmes coulaient de nouveau irrésistiblement. Elle se sentait misérable, faible, désespérée. Elle savait qu'elle n'avait pas atteint son but. Elle était venue pour s'assurer que Flavie ne continuerait pas à voir son mari et son fils à son insu, et peut-être à l'insu l'un de l'autre. Mais au lieu d'une enfant, elle avait rencontré un esprit en éveil, une jeune fille pleine de caractère et difficile à déconcerter. Malgré le proche départ de Flavie, Thérèse restait tourmentée et anxieuse. Elle devinait bien que si, par malheur, Erling apprenait l'ostracisme promulgué contre sa bien-aimée, il éprouverait une terrible colère contre sa mère. Car jamais Erling n'admettrait qu'elle fût intervenue pour s'opposer à son amour.

« Heureusement, pensa-t-elle, Jan ne rentre pas à la villa pour le déjeuner; j'aurai le temps de me remettre d'ici ce soir. »

Et Thérèse rentra chez elle. Mais elle ne pouvait se faire d'illusions : matériellement présente ou absente Flavie était là, pour Jan comme pour Erling. Si Thérèse n'avait pas outrepassé ses droits, elle aurait pu circonvenir son fils, mais, indéfiniment, elle s'entendait lançant les mots malencontreux : « Jamais le fils de Jan n'épousera une parente de Sigrid Lindval. »

Quand son frère rentra, à l'heure convenue entre eux Flavie était dans un état d'énervement pénible. Elle lui rapporta les étranges propos de Mme Yvarsen. Norbert, fumant lentement, essayait de démêler le vrai sens des propos échangés.

Tout en parlant, Flavie avait mis un élégant tailleur gris, qui seyait à son front clair, et posé sur ses cheveux un béret de même teinte. Elle était adorable de simplicité élégante, et ses yeux brillaient d'excitation et d'indignation. Bertie la regarda avec admiration. La beauté ne peut laisser insensible et il n'était pas étonnant que Flavie suscite l'amour et la haine. Flavie, immobile, entendait que malgré la grande tendresse que lui portait son frère sa réponse fût réfléchie et dénuée de toute partialité en sa faveur.

Pourtant il ne répondit pas directement.

— Il y a longtemps, dit-il d'un ton calme, que nous n'avons pas lu ensemble un verset de la Bible. Il me semble que papa et maman aimeraient que nous le fassions en cet instant.

Sans plus attendre, il inspecta la pièce et découvrit ce qu'il était certain de trouver : un exemplaire de la Bible, exactement semblable à celui que possédait Érik et à celui qu'il possédait lui-même.

Flavie, sans discuter, saisit un coupe-papier, en introduisit la pointe entre les feuillets du livre fermé. Ils allaient chercher, ensemble, à interpréter le verset désigné ainsi au hasard pour y trouver une inspiration; qui sait même, un ordre occulte et sacré. Norbert ouvrit le volume et lut :

Il y a six choses que hait l'Éternel,
Et sept qui sont l'abomination de son âme :
Les yeux hautains, la langue menteuse,
Et les mains qui répandent le sang innocent;
Un cœur qui médite des projets pernicieux,
Des pieds empressés à courir au mal;
Celui qui, faux témoin, profère des mensonges,
Et celui qui excite des querelles entre les frères.

Le livre de la sagesse avait été éloquent en cette heure décisive. Ce message était tellement conforme à ce qu'auraient pu prononcer leurs parents, que le frère et la sœur se regardèrent, soudain très graves. Puis Flavie se lança dans les bras de son frère et ils s'embrassèrent tendrement.

— Retiens cela, ma chérie, dit Norbert, tu ne dois pas abuser des dons que le ciel t'a octroyés. Mme Yvarsen est dans le vrai sur ce point. Pour ce qui est d'être hautaine, je te décharge de cette accusation, ainsi que de celle qui concerne la langue menteuse. Seulement attention! Nous, et toi en particulier, avons peut-être été trop facilement indulgents pour celle qui semble bien avoir versé ou voulu verser le sang des innocents...

— Peut-être! s'écria Flavie. Mais en cherchant bien, nous découvririons une autre phrase qui nous dirait : « Vous ne jugerez point! »

— Oui, Flavie, mais « pas plus en bien qu'en mal ». Conclusion : je vais interpréter à ma façon le message d'En-Haut : ma petite sœur est actuellement un brandon de discorde entre les membres d'une famille très unie jusqu'à son intrusion chez eux. Si son cœur n'a pas consciemment médité des projets pernicieux, il n'en reste pas moins qu'elle a pénétré chez les Yvarsen sans faire connaître ouvertement son... numéro matricule, et son but. La petite sœur... oui, je le crois... la petite sœur a découvert l'amour... Chut! fillette. Tu n'as pas encore la parole. Donc elle a mal commencé son aventure, et maintenant son cœur est déchiré par un amour incarné en deux hommes : celui qui lui est interdit se présente nimbé de « l'auréole du martyre », et l'autre a le tort de tenir de trop près à son grand homme de père. Mais il a ce tort supplémentaire qui m'émeut : il est, lui, sans aucune défense, car il aime sans retenue, sans mesure, comme un insensé!

Et arrêtant un geste de protestation de Flavie, Norbert s'empressa d'ajouter :

— Non. Ne dis rien encore. Quand on donne la parole à un frère conscient de ses responsabilités, il faut l'écouter jusqu'au bout. Ce n'est pas si souvent que je prononce un discours! Tu ne dois pas laisser tes pieds « courir avec empressement vers le mal »! Il faut donc les faire marcher dans la voie du bien et t'écarter de cette famille trop secouée par ton passage... Attendez, impatiente! Jan Yvarsen va continuer, grâce aux tourments secrets que lui a causés, sans le vouloir, notre Flavie, à s'élever dans l'atmosphère raréfiée qui est celle des très purs esprits. Pas question de l'y rejoindre. Le beau docteur Erling, quant à lui, sera contraint de se dominer. Il devra prendre le temps de filtrer ses émotions, de clarifier ses sentiments. Qui sait jamais ce que demain apporte à l'homme! Sur ce point, attendons la suite! Bon. Encore un mot et c'est la fin : le passage de la petite sœur aura, j'en suis persuadé, servi le but qu'elle se proposait : ne pas laisser s'éteindre le souvenir de la plus belle Suédoise qui fût jamais. J'entrevois même, inspiré par le livre sacré, quelque chose d'inattendu de tous. Flavie, peut-être te seras-tu ici manifestée comme « l'instrument de la Providence », pour parler comme maman. Et grâce à toi, le jugement porté, hors la justice officielle, sur Sigrid, sera-t-il revu? Qui sait si, grâce à la tendresse juvénile que nous avons vouée à Sigrid, les excuses que lui eût trouvées un avocat ne surgiront pas d'un examen rendu plus impartial par le recul du temps? Elle avait blessé un homme trop jeune et trop intransigeant. Il n'a pas voulu pardonner et l'a condamnée au désespoir sans l'entendre. C'était peut-être là une faute plus lourde que celle commise par Sigrid. En tout cas, Flavie chérie — je parle très sérieusement — je crois que les Yvarsen doivent pardonner à la mémoire de Sigrid. La première femme de Jan, si quelque contact existe entre les âmes au-delà de ce monde, aura accueilli l'égarée avec des paroles de pardon. Je crois qu'un jour viendra où la plus irréductible elle-même, Thérèse Yvarsen, sera, grâce à toi, convertie à son tour. Et elle cessera de haïr Sigrid et tous ceux qui tiennent à elle par le sang... Laisse faire le temps, Flavie... Thérèse Yvarsen est mère. Je l'ai observée cette nuit, couvant des yeux son fils. L'amour maternel est souvent aveugle, mais ce sont des cécités momentanées quand la femme est aussi bonne et intelligente que Mme Yvarsen.

Norbert se tut. Il serrait sur sa poitrine une Flavie en larmes, décidée à s'en remettre à la Providence, et à ses frères.

Et puis, elle ne l'eût certes pas avoué tout haut, mais elle avait été bouleversée de joie en entendant Bertie affirmer si tranquillement qu'elle aimait d'un double amour capable de se transformer en une seule et unique flamme heureuse...

Norbert était contrarié de l'invitation à déjeuner faite de façon si brusque par le professeur Yvarsen. Pourtant, il ne fit pas part de ses pensées à sa sœur et il la déposa, à l'heure dite, devant le restaurant indiqué par Jan. Puis, après avoir fait un tour dans le quartier, il revint s'installer dans un café d'où il pouvait surveiller l'entrée du restaurant... On apprend la prudence dans le Grand Nord. Malgré le ton confiant qu'il avait employé pour calmer Flavie, l'humanité inspirait à Norbert rarement une confiance absolue. Sa sœur n'avait été que trop secouée. Il était navré de la trouver amoureuse dans des conditions aussi paradoxales.

Jan Yvarsen attendait déjà Flavie. Comme autrefois Sigrid, la jeune fille avait toujours à ses yeux une éblouissante splendeur. Elle avait la grâce extraordinaire de Sigrid et peut-être encore davantage : une étonnante pureté.

Flavie sut immédiatement qu'il ignorait la démarche de sa femme. Il avait à dire à Flavie quelque chose de totalement imprévu pour elle et qui ne s'accordait guère avec le souhait véhément de Thérèse : « Puissiez-vous être éloignée des miens à jamais! »

Pour que la question du repas ne les gênât pas, avec les interventions parfois malencontreuses d'un maître d'hôtel, le professeur avait passé sa commande dès son arrivée. C'est donc, presque tout de suite qu'il tendit une lettre à Flavie.

Elle parcourut rapidement les lignes et leva des yeux interrogateurs. En quoi la demande, issue du Transvaal, la concernait-elle? On réclamait un biologiste « très savant et consciencieux ».

— Ce n'est pas le premier S. O. S. que je reçois de Pretoria, dit Jan gravement. De nombreux enfants meurent là-bas. Il faut déceler d'urgence l'agent responsable du mal. C'est assurément un infinitésimal, vivant dans les eaux polluées par le bétail, qui empoisonne ces malheureux petits. Je voudrais que vous partiez là-bas!

Les yeux dorés rencontrèrent les yeux bleus. Flavie ne se sentait pas flattée mais sacrifiée : le professeur ne savait pas encore qu'elle allait le soir même quitter Stockholm. Ignorant la démarche de sa femme il n'en poursuivait pas moins le même but qu'elle : la jeune fille traitée par eux en animal dangereux devait à tout prix être écartée de leur fils. Le moyen imaginé différait, mais, dans l'aveuglement de leur amour pour Erling, leurs deux volontés se rejoignaient. Bien plus, Jan Yvarsen, avec la dernière des lâchetés, voulait être délivré lui-même de la tentation!

Flavie rougit de colère et Jan perçut du mépris dans sa voix :

— Vous aviez préparé pour moi un chèque trop généreux, professeur. Vous n'aviez pas à me payer les trois mois de traitement que vous avez ajoutés. J'ai endossé ce chèque au bénéfice de votre œuvre de secours pour les membres retraités de votre personnel. Je crois donc que nous sommes quittes. D'autre part je ne vous ai nullement prié de me trouver une nouvelle situation. Il ne saurait être question pour moi de m'expatrier dans des conditions aussi rudes, si loin de mes frères.

Elle eut le geste altier, si naturel pourtant, qui lançait sa fine tête en arrière en faisant valoir son buste parfait, et conclut :

— Je regrette de vous décevoir. Si vous m'aviez prévenue tout à l'heure au téléphone, je vous aurais tout de suite renseigné. Vous eussiez ainsi pu nous épargner cette entrevue... inutile.

Jan avait compris. Son regard devint si profondément triste qu'il était plus émouvant que des larmes. Il ne répondit rien, mais tira de sa poche un grand portefeuille. Déjà Flavie, de plus en plus inaccessible et rebelle et croyant qu'il voulait acheter son départ, sentait une vraie rage s'emparer d'elle.

Mais Jan lui tendit des photographies. Sa main tremblait légèrement, et il semblait tenir les images avec un tendre respect. Flavie vit un adorable bébé : blond, rond, les yeux immenses, souriant avec entrain, tendant les bras à un être que l'objectif n'avait pas eu dans son champ; et puis le même enfant, appuyé sur des coussins, amaigri, souriant encore, mais avec ce quelque chose de pathétique dans la physionomie qui poignarde les parents... Enfin le bel enfant intelligent, rieur, n'était plus qu'une statue d'ivoire parmi des fleurs.

Jamais Jan n'avait pu contempler ces photos de son premier fils sans que sa gorge fût étranglée par le désespoir. Il dit, à mi-voix, en se forçant :

— C'est Nils, mon premier fils... Des semaines et des semaines, j'ai lutté au bord de ce berceau. J'ai espéré, désespéré... Tout ce que le Transvaal comptait de médecins s'est efforcé de me secourir... On n'a pas pu déceler la cause de la maladie pernicieuse. Mon beau petit Nils est mort.

» Le même mal mystérieux emporte chaque année d'autres enfants. Et à chaque mort il me semble que je perds à nouveau Nils. C'était le fils d'Ide. Je n'ai pas su les défendre, ni lui ni elle. Je n'ai pas obéi, en pensant à vous envoyer là-bas, aux mobiles infamants que vous avez dû me prêter, car vos joues se sont empourprées, Flavie. J'ai cru simplement que ce lien mystique que je sens entre nous me permettait de faire appel à vous, en pareille circonstance.

Flavie avait oublié ses préventions et tout ce qui devait l'écarter de la famille Yvarsen. Elle ramassa lentement les petites photos, les tint au creux de sa main puis les serra contre sa poitrine.

Avec le même respect que si elle avait tenu un objet sacré, elle les rendit à Jan Yvarsen en disant — et il n'y avait en elle plus aucune trace de révolte :

— Mais... si vous n'avez pas trouvé, vous... si d'autres savants ont échoué dans leurs investigations, comment voulez-vous que, moi, pauvre novice à qui vos avis apportaient si souvent la lumière, je réussisse?

Les yeux de Jan Yvarsen regardaient loin, très loin, bien au-delà de Flavie et des choses visibles à l'entour, tandis qu'il affirmait :

— Je suis sûr que vous trouverez.

Flavie eut beaucoup de mal à percevoir la suite, et ne fut même pas certaine d'avoir bien compris. Comme dans un rêve, ou comme s'il se parlait à lui-même, Jan disait :

— Les actions humaines dépassent parfois de beaucoup le sens que nous leur prêtons à l'origine. J'ai retrouvé dans ma mémoire, enfoui très loin, que tante Brita avait des parents au Canada. Vous êtes du sang de Sigrid. Vous êtes aussi belle que Sigrid... Qui sait si les morts ne peuvent pas réparer les actions insensées, odieuses, qu'ils ont commises sur terre... réparer par le truchement d'un être qu'ils inspirent. Si Flavie Verneuil découvrait le remède, empêchait les petits Nils d'être arrachés à leurs parents, je pourrais de nouveau être fier de Sigrid...

Cela fut dit dans un souffle, mais Flavie, qui avait fermé les yeux pour entendre, perçut :

— ... Et mon cœur trouverait enfin la paix, avant la fin du voyage.

Ni Jan ni Flavie ne rompirent le silence qui suivit, jusqu'au moment où, tournant sa petite cuillère dans un café que l'on venait d'apporter, Flavie Verneuil demanda, comme si la chose eût été toute naturelle :

— Quand dois-je partir, professeur?

XII

Un mois plus tard, Flavie Verneuil était au Transvaal. Norbert avait regagné Paris. Entre Jan et son fils, entre Erling et sa mère, s'était installé le fantôme d'un être vivant.

Si Jan avait autrefois souffert en surprenant sa fiancée Sigrid « bouche à bouche, corps à corps » avec son meilleur ami, il avait tout au moins trouvé dans l'immédiat un dérivatif à son tourment : organisation de son départ pour le Transvaal, mariage, sur annonce matrimoniale, avec Ide.

Pour Erling rien ne pouvait apporter un soulagement.

Il avait voulu provoquer une explication avec son père. Quelle incroyable façon d'agir! Quelle extravagante idée d'expédier Mlle Verneuil dans l'hémisphère austral! Mais plus forte que tout avait été l'habitude du respect. Comme il lui était impossible de lui parler sur un ton sans agressivité, Erling s'était tu.

Il n'avait pas une seule minute trouvé Flavie seule jusqu'à l'heure de son départ. Norbert avait, avec fermeté, joué les chiens de garde; un Norbert indigné, d'ailleurs, et qui ne pardonnait pas au professeur d'avoir usé, auprès de son imaginative petite sœur, d'arguments qu'il taxait durement de chantage sentimental.

Erik, dès qu'il fut au courant de la situation, n'hésita pas plus que son frère à douter, non de la loyauté de Jan Yvarsen, mais de sa clairvoyance sur ses sentiments, sur les véritables motifs de son intervention auprès de Flavie. Pour ces deux garçons précis et positifs, Flavie avait réveillé par sa beauté l'ancienne passion assoupie dans le cœur du grand homme. Dès lors, par un mécanisme mental facile à démonter, Jan s'était senti des droits sur Flavie. L'envoyer là-bas, la convaincre de poursuivre des recherches commencées par lui, de les poursuivre avec ferveur, c'était encore la conserver. C'était aussi, instinctivement, ne pas la laisser auprès de son fils.

Les deux frères Verneuil n'en avaient pas moins été, l'un et l'autre, incapables de détourner Flavie de son projet. Tout au plus avaient-ils obtenu une promesse, réfléchie, solennelle : si dans un an ses recherches de laboratoire n'avaient pas abouti, elle reprendrait le chemin du Nord.

Tout débuta mieux que les frères ne l'espéraient. Flavie avait été ravie du voyage et très fêtée tout au long du parcours, qu'elle avait préféré faire par mer. Elle avait trouvé un accueil attendri auprès du monde médical de la capitale du Transvaal, et un logement prêt à la recevoir dans des conditions fort agréables, avec jardin et comme servante une négrillonne joyeuse et preste.

Chaque semaine apportait quelques lignes. Les premiers mois passèrent et les inquiétudes des Verneuil s'apaisaient quand, brusquement, tout changea.

Le drame se déchaîna d'abord à Stockholm.

Il avait été convenu entre Jan et Flavie qu'elle lui enverrait de fréquents comptes rendus de l'état de ses recherches. Jan lui avait communiqué le dossier rassemblé autrefois par lui, lors de la longue et inexorable maladie du petit Nils.

Par un accord tacite, jamais un mot concernant leurs sentiments personnels n'était ajouté, ni par l'un ni par l'autre, à leur correspondance. C'était une recherche en commun, où chacun des deux mettait au maximum son intelligence à contribution.

Plus de trois mois s'étaient écoulés, quand une grande nouvelle arriva : l'agent d'infection était isolé. Plusieurs chercheurs sud-africains avaient frôlé de près cette découverte ; Flavie ne s'en faisait pas mérite à elle seule, loin de là.

Au cours de ces trois mois, Erling était devenu un autre garçon. Lui, si gai, si exubérant, si tendrement expansif envers ses parents, n'affichait maintenant qu'une froide politesse. Il les fuyait le plus possible. Avec une persévérance, une ardeur de tous les instants, il s'acharnait à suivre les travaux de Flavie. Toutes les heures qu'il pouvait prendre sur son travail à la clinique, il les consacrait à la biologie, à la microbiologie. Son père le trouvait observant au microscope, ou surveillant des réactions dans des éprouvettes, presque chaque fois qu'il entrait lui-même au laboratoire.

Les seuls sujets de conversation qui permettaient aux deux hommes, jadis si proches, d'être naturels, étaient la santé des malades et les recherches de ce qui, au Transvaal, avait depuis longtemps été dénommé « le mal de Nils Yvarsen ».

Jan Yvarsen avait pourtant fait un grand effort pour susciter les confidences de son fils. Erling, aussitôt raidi, crispé, lui avait jeté un coup d'œil empreint d'une telle fureur, que son père en avait été profondément blessé. Jan avait compris ce jour-là à quel point Erling aimait Flavie. Combien Thérèse avait été plus clairvoyante que lui! Tout le comportement de leur fils était motivé par cette passion secrète, et son père était dès lors devenu « celui qui lui avait arraché sa bien-aimée ».

L'homme — même le meilleur — traite souvent avec une désinvolture un peu facile la passion sentimentale d'un autre homme. Il ne reconnaît d'intolérable que sa propre souffrance. Jan Yvarsen n'était pas éloigné de se féliciter d'avoir écarté Flavie.

Cependant, navré de constater que l'hostilité de son fils s'étendait à sa mère et ne semblait pas s'apaiser avec le temps, il avait cherché un terrain de conciliation. Chaque fois qu'il recevait les fiches scientifiques expédiées par la jeune fille, il les communiquait avec empressement à Erling.

Quand Jan avait poussé un exultant : « Elle a trouvé! », Erling lui avait presque arraché des mains la note, cette fois soulignée d'un : « J'espère, professeur, que vous serez satisfait d'apprendre... »

Erling ne dit rien, il quitta la pièce avec précipitation. Il ne voyait qu'une chose dans cette découverte : Flavie allait revenir en Europe.

Le soir, autour de la table familiale, Jan, qui avait retrouvé son sourire, entama la conversation par un :

— Ah! Thérèse! Cette fois, j'ai une excellente nouvelle à te transmettre! qui fit sursauter sa femme.

Elle, si souriante, avait, depuis ces derniers mois malgré ses efforts, désappris la joie. Son mari pensait à autre chose : certainement à l'absente. Son fils desserrait à peine les dents, l'embrassait par habitude, sans mettre dans son geste la moindre tendresse, et Thérèse était très malheureuse.

Erling qui l'observait la vit poser ses deux mains sur le bord de la table, comme pour y chercher un appui. Elle prévoyait que la bonne nouvelle de son mari pourrait très bien ne pas être un bonheur pour elle.

Jan raconta alors, pour la première fois, avec quel dévouement Flavie avait consenti à gagner le Transvaal pour y aller au secours des enfants en danger.

Thérèse, la gorge sèche d'angoisse, jeta un bref coup d'œil à son fils et vit qu'il la guettait. Elle parvint à articuler un très banal :

— Oh! comme c'est bien! Et... tu sais ce qu'elle a l'intention de faire, maintenant?

Jan n'eut pas la possibilité de parler le premier. Erling s'écriait d'un ton qui disait clairement l'intensité de son désir :

— Ce qu'elle va faire? Mais revenir en Europe, bien sûr!

Les dents serrées, il tenait son père et sa mère sous son regard. Thérèse crispa ses mains l'une contre l'autre et le navrement se peignit sur ses traits.

Mais déjà Jan, très surpris, s'écriait avec vivacité :

— Tu n'y penses pas, Erling! Le plus long reste peut-être à faire! Il s'agit maintenant de trouver le remède.

Aussitôt Thérèse se détendit. Un sourire s'épanouit sur ses lèvres, et elle ne put retenir un soupir de soulagement.

Erling fut debout d'un coup.

— Ah! cette fois, c'en est trop! jeta-t-il, en lançant sa serviette sur la table.

Thérèse poussa un faible cri d'angoisse, tandis que Jan, très pâle, s'efforçait de conserver le contrôle de la situation. La domestique entrait avec le café. Sans laisser son fils continuer à exprimer ce qui visiblement se pressait en lui, Jan dit avec sa calme autorité coutumière :

— Thérèse, si tu le veux bien, nous prendrons le café au salon. Puis, sans paraître avoir remarqué le visage convulsé d'Erling, il quitta la pièce.

Thérèse était si tremblante de l'orage qu'elle devinait inévitable qu'elle dut faire un effort considérable pour le suivre.

Erling frottait nerveusement ses deux mains l'une contre

l'autre. Il lui fallait une explication sans délai; il ne laisserait pas, cette fois, son père et sa mère se dérober.

— Et alors! lança-t-il, d'une voix dure, la porte est close! Pas de scandale devant les domestiques, n'est-ce pas, mais le chagrin de votre fils vous importe peu! La tranquillité de la maison d'abord. C'est ça que vous voulez à n'importe quel prix?

Jan était resté debout, tandis que Thérèse, jambes fauchées, avait cherché le refuge d'un fauteuil. Erling n'écouta pas les paroles de sagesse que son père cherchait à lui faire entendre. Il étranglait positivement de colère et de désespoir.

— Assez, père! assez de bonnes paroles! Je ne suis plus un enfant! Je me reproche chaque jour de t'avoir laissé faire! Toute cette histoire de recherche scientifique, balivernes! La vérité est que tu as voulu éloigner Flavie de moi! Pourquoi? Pas une femme ne la vaut! Je l'aime et j'arriverai bien à forcer son amour. Tant pis si je blesse ta dignité paternelle, mais j'ai tout deviné... Consciemment ou non, tu l'as éloignée parce que tu n'as pas pu supporter l'idée de me laisser le champ libre! Autrefois tu as gâché ta vie; tu ne t'es jamais consolé de ne pas avoir possédé la femme de tes rêves! Tant pis pour toi! Comment peut-on ne pas pardonner un moment de faiblesse ou d'égarement à celle qu'on idolâtre? Est-ce que l'orgueil ou la justice comptent en amour? Père, tu n'as pas su garder, tu as repoussé, tu as laissé se suicider Sigrid Lindval! Je ne suis pas de la même génération que toi. Je n'ai ni tes scrupules ni tes complexes. J'aime une jeune fille, c'est elle que je veux et pas une autre! Si elle doit encore rester au loin, rien ne pourra m'empêcher d'aller la rejoindre! Et pourquoi lui as-tu défendu de m'écrire? Pourquoi?

Jan, déchiré par cette véhémence, fut tellement étonné de cette dernière question qu'il s'écria :

— Erling! Tu es insensé! Jamais je n'ai cherché à te séparer de Flavie! Si j'avais pensé qu'elle t'aimât, j'aurais été trop heureux de te la voir épouser! Je ne lui ai jamais défendu de t'écrire!

Erling savait que, fût-ce pour sauver sa tête, son père était incapable de mentir. Alors?

Il sortit de sa poche une lettre qu'il avait dû lire et relire, si l'on en croyait l'état du papier. Fébrilement il brandit un feuillet de l'enveloppe, et d'un accent où vibrait le désespoir, il clama, sans regarder le texte de cette page dont il avait pesé chaque mot et qui le crucifiait :

Cher docteur Erling, merci de m'écrire avec tant de régularité bien que je ne réponde pas. Je suis persuadée que vous suivez avec votre père les efforts patients qui me tiennent penchée sur mes bouillons de culture. Ne savez-vous donc pas que « le fils de Jan Yvarsen n'épousera jamais une parente de Sigrid Lindval »? Dorénavant, ne l'oubliez plus. Il est tellement vain de cultiver la souffrance, surtout lorsque l'on est, comme vous et moi, voués à soulager celle des autres! Croyez, cher docteur Erling, que je fais de tout mon cœur les souhaits les plus fervents pour que vous trouviez le bonheur.

Jan Yvarsen répéta machinalement, tant était grande sa surprise :

— « Le fils de Jan Yvarsen n'épousera jamais une parente de Sigrid Lindval... » Mais pourquoi t'écrit-elle cela?

Avec un mépris écrasant, poings contractés, Erling, dressé de toute sa taille pareille à celle de son père, martela :

— Parce que tu le lui as dit!

Le « Jamais! » fut lancé avec la rapidité et la puissance d'une balle.

D'un même mouvement, les deux hommes cessèrent de se braver, et tournèrent la tête vers le fauteuil où Thérèse, appuyée de tout son poids au dossier, livide, figée, trop bouleversée pour réussir à parler, les regardait, les yeux pâlis tant était grande sa détresse.

Il y eut un silence, tragique, prolongé.

Pendant qu'Erling, soudain glacé par une stupeur incommensurable devant ce qu'il appelait dans son cœur : la trahison de « maman », articulait lentement : « Ma mère, qui prétend aimer son fils, a signifié à la femme que j'aimais qu'elle ait à renoncer à tout amour pour moi! Voilà pourquoi Flavie a si facilement accepté de partir au loin, malgré l'opposition de ses frères! Voilà pourquoi, malgré mes prières réitérées par lettres à ma sœur Ide, à Krittelwerk, je n'ai pu obtenir qu'elle se rende à Pretoria avec mon beau-frère pour faire là-bas sa connaissance : Ide a certainement reçu à Krittelwerk, sinon une défense nette, au moins une prière d'avoir à se tenir éloignée de celle que notre mère s'est crue libre de décréter « Danger Public »! Croyez bien, tous les deux, que si les enfants causent parfois de pénibles surprises à leurs parents, il est des cas où découvrir ce que cache la douceur quotidienne de ceux que l'on aimait du meilleur de soi-même est une rude épreuve pour un fils. »

Erling se rua hors du salon. Ses dernières paroles avaient été dites d'une voix rauque, alourdie par les sanglots qui lui montaient à la gorge.

Derrière lui, Jan Yvarsen n'eut pas la possibilité de s'occuper plus longtemps de son fils; sa femme avait glissé, totalement inconsciente, sur le tapis.

Chez Jan Yvarsen, le sentiment dominant était l'étonnement de découvrir son fils si semblable à lui-même. La brutalité qu'Erling venait de montrer n'était-elle pas le pendant de celle que lui-même avait déployée au bord du « Trollhättan »? Il s'était rué sur son meilleur ami, avait failli le précipiter dans le torrent. Oui! mais personne alors n'était venu ensuite à son secours pour faire la lumière dans la nuit et remettre l'ordre dans le chaos. Personne n'avait été là pour le calmer, l'aider à déchiffrer la vérité en lui-même. Si une âme éclairée l'avait arrêté, il n'aurait pas épousé Ide, il aurait pardonné à Sigrid... Ce qu'il fallait retenir de ces épreuves douloureuses qui se renouvelaient, c'est qu'il ne se montrerait jamais un père assez tendre pour un fils aussi passionné.

Tout en soignant Thérèse avec une tendresse inquiète, il décida qu'une totale sérénité vis-à-vis de Flavie aiderait les deux jeunes gens à mieux savoir ce qu'ils désiraient l'un et l'autre. Car la question restait entière pour lui : est-ce que Flavie aimait Erling? Ce n'était aucunement certain...

Qu'un homme aime une femme; qu'une jeune fille s'éprenne d'un homme, ne suffit pas pour faire un couple heureux. Il faut un double et même amour, c'est-à-dire, des deux côtés, un élan fait tout autant d'attrait physique que sentimental. L'estime, la loyauté peuvent créer la stabilité, la sécurité, mais non pas la joie. Jan Yvarsen avait appris à ses dépens que toute erreur au départ se paie.

Dès que Thérèse reprit ses sens, elle voulut se lever, courir vers son fils, le supplier de lui pardonner. Elle désirait fébrilement écrire à Ide au Transvaal! Ide avait en effet reçu lettre sur lettre de sa mère, la conjurant de ne pas entrer en contact avec la parente de Sigrid. Thérèse avait fait redouter à la jeune femme une séduction possible de cette irrésistible beauté sur son mari. Si Ide n'avait jamais répondu sur ce point aux lettres pressantes d'Erling, c'était, comme son frère venait de le deviner, pour se conformer aux avis maternels.

Jan eut beaucoup de peine à calmer sa femme, à la convaincre que rien dorénavant ne pourrait être préférable à une attitude de bienveillante expectative. Il se chargeait d'écrire à leur fille et de remettre les choses au point.

Très doucement, très tendrement, il berça la pauvre Thérèse, éperdue, dans ses bras, en lui affirmant à mi-voix qu'elle ne devait surtout plus jamais suspecter son mari. Si elle n'avait pas, dans le passé, et sans doute un peu dans le présent, douté de lui, elle n'aurait pas éprouvé un pareil désir d'écarter Flavie.

Il eut beaucoup plus de mal encore à la retenir le lendemain, quand elle sut qu'Erling était rentré subrepticement, qu'il avait emporté une valise pleine de vêtements et que, par écrit, il avait demandé au « professeur Jan Yvarsen » de lui accorder un congé d'une semaine.

— Laisse-le faire, ma chérie, répétait Jan à sa femme. Sois assurée qu'il entre une bonne part de honte dans ce départ subit. Il souffre du mal qu'il nous a fait. Il souffre de n'avoir pas su se modérer. Il n'a pas encore repris le contrôle de lui-même; laisse faire le temps! Il n'a demandé que huit jours de congé; il n'a donc pas actuellement l'intention de se rendre au Transvaal.

Frappée dans ce qu'elle avait de plus cher, Thérèse ne retrouvait pas ses forces. Elle eût été bien en peine de courir à la recherche de son fils. Elle ne pouvait se soutenir assise dans son lit.

Erling avait pris le rapide pour Paris. Trouver quelque personne qui puisse le renseigner sur sa bien-aimée, voilà ce qu'il voulait. Et tout naturellement il avait pensé à Norbert. Il ignorait son adresse, mais Paris a beau être immense, quand un garçon de la stature de Norbert s'y est installé pour étudier les Beaux-Arts, il n'est pas douteux qu'on puisse le retrouver.

Deux jours suffirent. Le géant blond avait loué à Montmartre un atelier aussi inconfortable que magnifiquement esthétique et pittoresque.

Erling ne découvrit pas seulement Norbert, mais aussi Erik, de passage à Paris pour affaires. Les deux frères Verneuil reçurent le jeune docteur Yvarsen avec une réserve qui en disait long sur leurs préventions contre la famille Yvarsen tout entière.

Mais les difficultés s'aplanirent bientôt et la lumière se fit. Erling avait devant lui exactement l'auditoire qu'il lui fallait pour parler de Flavie. Norbert eût-il été seul que la colère d'Erling contre son père et sa mère eût peut-être monté d'un ton. Erik figura la modération et le respect dus à ceux qui se sont peut-être trompés en croyant vous servir, mais n'en ont pas moins été toute abnégation pour leur fils depuis sa naissance.

Un parfait accord se fit entre les trois jeunes gens : le total des erreurs psychologiques et sentimentales était élevé. Le départ avait été très mal pris pour préparer un avenir conforme aux désirs de l'amoureux Erling, mais en agissant maintenant avec pondération, on pouvait l'aider à retrouver le bonheur.

Erling voulut prendre les voies les plus rapides et rejoindre Flavie au Transvaal. Il fallut l'éloquence et toute la sagesse d'Erik pour le persuader que ce serait faire une fois de plus fausse route.

Les lettres de Flavie à ses frères étaient courtes, mais lourdes de tristesse. Seul, le sentiment du devoir la retenait là-bas. Le pas magistral qu'elle avait fait vers la découverte d'un vaccin non seulement préventif, mais curatif, l'avait de nouveau réconfortée, enthousiasmée, cependant... — et ceci fut malgré tout la voix de l'espoir pour Erling — elle répétait :

En tout cas, Norbert, je ne transgresserai pas la promesse que je vous ai faite. Si au bout d'un an je n'ai pas trouvé le remède, je rentrerai quand même, considérant que j'ai tenu ma parole envers le professeur Yvarsen... Il sera très déçu, puisque, selon lui, Sigrid ne m'aura pas suffisamment inspirée, mais le règne de la féerie et du mysticisme sera clos... Vous me manquez terriblement... et pas seulement vous.

Erling, soudain aussi délirant d'espérance qu'il l'avait été de désespoir, compléta sans hésiter la phrase : « Pas seulement vous, mais aussi le docteur Erling... » Il retrouvait la foi en l'avenir — et l'avenir c'était Flavie.

Réconforté par les frères Verneuil, Erling reprit le train de Stockholm. Il obtiendrait par la tendresse et non par la violence un assentiment de sa mère, car... si Flavie, à son retour, avait la certitude que Mme Yvarsen lui ouvrait son cœur de mère et ne la considérait plus comme un danger, tous les espoirs lui seraient permis.

Il fut bien décidé que les trois jeunes gens se partageraient mutuellement les nouvelles reçues du Transvaal et que les deux frères communiqueraient avec Erling, par les moyens les plus rapides, si quelque chose les inquiétait.

Cette inquiétude ne devait pas tarder à naître et même avec un caractère d'extrême gravité.

Erling regagna Stockholm et la maison de ses parents, sans donner d'explication. Comme son père avait convaincu Thérèse de ne rien manifester au sujet de la terrible scène, la vie eût semblé se ressouder, semblable au passé, si Thérèse avait retrouvé un calme intérieur et des forces physiques. Erling fut contraint de constater son amaigrissement et sa pâleur. Sa rancune fondait de jour en jour davantage. N'était-ce pas par amour pour lui qu'elle avait outrepassé ses droits?...

XIII

Une fois encore, le bateau avait donc emporté vers le Sud africain un être lié à ce roman écrit dans la chair vive de la vie par le docteur Jan Yvarsen.

Rien n'avait pu arrêter Flavie. Remontrances, supplications d'Erik, par lettres et par téléphone, n'avaient pas ébranlé sa résolution. Norbert déclara finalement à son aîné :

— Laissons-la faire! On n'arrête ni un torrent dévalant les montagnes ni un croyant courant à la croisade! Elle prétend se dévouer afin que le cœur orageux du docteur Jan Yvarsen recouvre enfin le secret d'une sérénité parfaite. Et surtout, ayant chaussé les cothurnes de la Science, elle s'en va jouer le noble rôle de « Rédemptrice de Sigrid ». Ce n'est pas une humble mission! Les fillettes ne doutent de rien! Quand on a vécu dans l'orbe d'un surhomme, que n'oserait-on pas tenter? *Quo non ascendam,* portait la dangereuse devise de Fouquet. Où ne monterait pas l'écureuil? « Jusqu'où ne m'élèverai-je pas » est devenu l'inconsciente devise de Flavie, subjuguée par Jan Yvarsen. Si seulement elle comprenait le mobile qui la pousse? Je la crois très amoureuse d'Erling, mais elle l'ignore. Son admiration pour le père trouble sa clairvoyance, et elle se leurre elle-même sur ses sentiments réels. Et puis elle a trop de probité pour ne pas fuir une famille unie, dès lors que sa présence doit y semer la discorde. Tant que Mme Yvarsen n'aura pas, de son propre mouvement, rapporté l'interdit injuste et cruel prononcé par elle contre Flavie, notre petite niera toute passion pour Erling. Espérons que le long voyage qu'elle entreprend d'un cœur si généreux, et la courageuse recherche qu'elle va poursuivre lui gagneront son droit au bonheur!

Après deux jours d'adaptation, Flavie prit plaisir à la traversée. Comme autrefois Sigrid, la jeune fille fit la joie des passagers par son caractère enjoué et son esprit de repartie, le tout allié à une beauté si rare. Le passage de l'Équateur, avec les réjouissances et les surprises que cela comporte, l'amusa. Elle oublia un peu son inquiétude, ses doutes et le chagrin d'avoir quitté une tâche qu'elle aimait. Elle pensait à la famille Yvarsen, sans amertume. Même les recherches arides qu'elle allait entreprendre ne l'effrayaient plus.

Et puis, c'est l'hôpital de Pretoria... Flavie se sent étreinte d'une soudaine angoisse. Une angoisse incoercible devant le travail qui l'attend. Mais ce n'est plus le moment de reculer : elle entre.

Le directeur est un homme aux cheveux blancs, aux traits énergiques. Des rides profondes disent les soucis qui l'assaillent depuis plus de vingt ans : la lutte sans trêve contre la souffrance humaine l'a usé. Un sourire d'extrême bonté illumine souvent ce visage d'apôtre. Son regard est pénétrant.

Après un premier salut très officiel, il considère Flavie. L'étonnement s'empare de lui. Il marmonne :

— Vous êtes si jolie et si jeune! Ma pauvre petite, pourquoi cet exil?

Ce n'est pas du tout protocolaire, mais Flavie sourit, réconfortée par cette présence qu'elle devine amicale.

Elle affirme doucement qu'elle est pleine de bonne volonté et que personne ne lui a encore fait le reproche de manquer d'assiduité au travail.

Une fois de plus, le directeur l'observe. Il est attendri par l'air d'extrême jeunesse de Flavie, par le regard où transparaît une âme pure et courageuse. Quelle intelligente bonté émane de cette biologiste extérieurement si peu « femme savante »! « Il lui faudrait tant de qualités, pense-t-il. Mais les a-t-elle? Et pas de sensiblerie, surtout, rien que la sensibilité des êtres forts. »

Escorté par plusieurs internes et par le pédiatre spécialement chargé des malades du pavillon Yvarsen, il entraîne directement l'arrivante vers ceux dont la vie est suspendue à la rapidité avec laquelle Flavie aboutira dans des recherches restées vaines jusque-là.

Flavie doit immédiatement prendre pleine conscience de la terrible mission qui lui incombe. En effet, à peine est-elle dans la vaste salle très claire, où chaque petit lit ou chaque berceau est en partie isolé par des cloisons mobiles, que tout change à ses yeux.

Au-dessus de la porte, elle a lu en entrant : « Salle Nils ». Dix enfants de un à cinq ans sont couchés, et tous sont en traitement pour le terrible « mal de Nils ». Certains depuis peu, les autres depuis des semaines.

Le cœur de Flavie est pris dans un étau : à chacun elle voue spontanément un total dévouement. En elle-même, elle s'insurge : il est impossible que ces bambins soient tous condamnés à mort!... Ce serait trop atroce! Comment le professeur Yvarsen avait-il pu l'envoyer ici, et cultiver l'espoir qu' « elle », justement « elle », pourrait trouver un remède? Avait-il donc tant de confiance dans ses capacités? Un sanglot de gratitude, mais aussi de révolte, lui monta à la gorge... Non! elle n'aurait pas la force de supporter pareille charge morale!

Péniblement, elle reprend son sang-froid, et c'est d'une voix presque dépourvue d'émotion qu'elle parvient à demander :

— Combien en avez-vous sauvés depuis la mort de Nils Yvarsen?

Le directeur et les autres médecins se regardent. Ils devinent quel coup ils vont infliger à cette radieuse jeune savante. Et Flavie sait que c'est par pitié pour elle que le directeur évite de répondre à sa question. Mais sa phrase est lourde de significations :

— Il y a plus de vingt-cinq ans que la maladie porte le nom du fils du professeur Yvarsen..., dit-il, comme à regret.

Flavie n'a pas besoin de précisions supplémentaires. Le « Mon Dieu! », qui passe ses lèvres comme un souffle, prouve qu'elle a saisi la portée de ces paroles, et qu'elle réalise par elle-même l'espoir qu'on met en elle. Le directeur l'entraîne d'alcôve en alcôve :

— Ce gros joufflu est dans une période de répit comme ils en ont tous; c'est une des caractéristiques du mal. Nous en profitons pour les fortifier... autant que nous le pouvons! Chaque fois, les parents espèrent, comme autrefois le docteur Yvarsen devant son fils, que les accès ne reprendront pas... mais...

Le dernier lit de la salle. Une jeune maman est assise prostrée, immobile, pétrifiée par sa douleur. Elle tient ses deux mains allongées sur ses genoux. Ses yeux sont rivés sur le lit blanc devant elle. Il y a des fleurs, des jouets sur le drap; mais sur l'oreiller, le menu visage creusé est à peine de ce monde. Les yeux candides, devenus trop grands, ne s'intéressent plus à rien.

Quel poids écrase les épaules de Flavie! Elle est pâle, et jusqu'à ses lèvres sont décolorées quand une infirmière ouvre la porte de sortie devant le groupe de visiteurs.

Le directeur l'avait bien deviné : c'est maintenant seulement que la jeune fille sait ce que l'on attend d'elle. Aujourd'hui, le corps médical, mais, très vite avec lui, tous les parents, tous espèrent qu'elle accomplira le miracle.

Elle parvient à réprimer des larmes de détresse. Mais en elle-même, les mots se pressent, véhéments : « Jan Yvarsen, qu'avez-vous fait? Une fois encore, votre exigence est sans limite. Vous auriez dû prévoir l'horreur qui m'accablerait! N'avez-vous pas pitié de ma jeunesse? Je ne suis pas digne de cette confiance folle que vous placez en moi. Je me sens plus faible que tous ces petits misérables. Et pourtant, c'est tout de suite que je dois prendre une décision... maintenant que je connais ma mission dans toute sa terrible grandeur. »

Flavie est prise d'une frénétique envie de fuir loin, bien loin, en un lieu où personne n'attendra d'elle un « coup de génie ».

Le vieux médecin lit en elle. Il prend paternellement la petite main glacée par l'agonie morale qu'endure la jeune fille :

— Vous êtes libre, mademoiselle Verneuil, affirme-t-il gravement. Nul d'entre nous ne sera surpris si l'épreuve vous paraît trop rude. Seulement, je connais bien le professeur Yvarsen; s'il vous a envoyée vers nous, au secours de notre détresse, c'est qu'il a de bonnes raisons pour croire que, justement vous, malgré votre jeunesse, vous pouvez réussir... Si vous restez, nous serons tous autour de vous, en toute sympathie et sans aucune vanité de savant, prêts à vous aider de notre mieux.

Flavie ne répond pas, elle est trop émue. Alors le vieux praticien chuchote :

— Ah! trouver, enfin, le remède qui sauvera ces innocentes créatures! Ne croyez-vous pas qu'il faut *tout* tenter?...

Le groupe s'est arrêté. Chacun de ces hommes est anxieux, plus encore qu'à l'ordinaire. Ils s'attendaient si peu à voir apparaître cette adorable jeune fille. Mais leur admiration pour le célèbre professeur Yvarsen est telle qu'ils ne doutent pas que ses raisons d'avoir foi en Flavie sont justifiées. Ils deviennent, devant elle, des croyants, prêts à devenir des fanatiques. « Celle-ci trouvera... », voilà la conviction de chacun.

Flavie les regarde, elle reprend courageusement son souffle; un sourire illumine peu à peu son visage exsangue. C'est d'une voix presque calme qu'elle demande :

— Voulez-vous me montrer le laboratoire, monsieur le professeur, je n'ai pas le droit de perdre du temps, n'est-ce pas?

Les jeunes internes ont envie de crier : « Hourra! »

Le directeur la prend par un bras et l'entraîne d'un pas allègre, tout en répétant avec émotion :

— C'est bien, ça, mon enfant! C'est bien!

En prévision de cette savante que leur envoyait Jan Yvarsen, on a disposé pour elle un laboratoire particulier. On ne songe pas à lui confier les analyses, ni tout ce qu'elle faisait à la clinique *Eden*. Une seule et unique tâche est la sienne : découvrir le virus du mal de Nils... et puis le remède!

En attendant, toutes les ressources de la pharmacopée moderne sont mises en œuvre. Le monde médical de tous les pays est alerté depuis des années, et pourtant, le problème reste entier. Et des bébés continuent à mourir...

Ceux qui sont déjà à un stade avancé de l'insidieuse infection, Flavie sait qu'elle les verra bientôt rigides sous les fleurs, mais... les autres, ceux qui peuvent sous peu être apportés à l'hôpital? Et ceux des années à venir? Flavie les sauvera-t-elle, aura-t-elle le temps de les sauver?

Si Erling Yvarsen pouvait voir son idole, comme il souffrirait! Elle prend sa mission tellement à cœur, que c'est un véritable calvaire qu'elle parcourt jour après jour.

Il n'y a plus qu'une seule chose qui compte à ses yeux : son travail. Tout le reste, vie personnelle, désirs et espoirs, est relégué à l'arrière-plan. Chaque semaine, elle envoie un compte rendu scientifique détaillé à Stockholm, et fait le point de ses recherches. Le professeur continue à collaborer avec elle. Mais elle se ronge intérieurement, car les bouillons de culture ne livrent pas ce secret qu'elle veut leur arracher.

Et voilà qu'une jeune mère apporte un nouveau petit malade. Par une coïncidence extraordinaire, il s'appelle justement Nils. Il est blond, avec de grands yeux clairs et interrogateurs. Dès le premier instant, il adopte Flavie et est adopté par elle.

Tous les matins, la jeune fille arrive à l'hôpital chargée de fleurs et de menus cadeaux destinés à ses petits protégés. Quand il n'a pas la fièvre et qu'il est levé, le dernier arrivé court vers Flavie du plus loin qu'il l'aperçoit, afin qu'elle le prenne dans ses bras. Et un jour, juste au moment où, agenouillée par terre pour être à la bonne hauteur, elle le serre contre sa poitrine et l'embrasse tendrement, elle se fait surprendre par le directeur.

— Mademoiselle Verneuil, lui dit-il un moment plus tard, je vous en prie, respectez le règlement : « Ne pas embrasser les enfants. » Nous n'avons encore jamais eu de personne adulte touchée par ce mal, mais peut-on savoir?... Je ne veux pas que vous soyez la première!

Flavie le regarde et, très sérieuse, répond :

— Être touchée moi-même, ce serait peut-être le bon moyen de trouver...

Le directeur sursaute. Et déjà elle regrette ces paroles jaillies du fond du cœur. Depuis des jours, cette pensée s'est insinuée en elle, mais à voir la réaction du directeur, elle comprend qu'il est encore trop tôt pour en parler.

— Mademoiselle Verneuil, je me vois obligé de vous parler très sérieusement, reprend le vieux praticien. Hier encore, j'ai reçu une lettre du professeur Yvarsen me priant de veiller sur vous. Il se rend parfaitement compte de la lourde responsabilité encourue par lui, et que ces recherches, qui nous passionnent tous, pourraient malheureusement avoir raison de vos forces. Donc, promettez-moi de prendre toutes les précautions prescrites et de ne pas vous laisser entraîner trop loin par votre idéal scientifique. Tant que vous ne tiendrez pas l'agent d'infection au bout de votre microscope, tant que vous ne saurez rien des moyens de propagation de la maladie, vous êtes tenue d'agir comme si le mal pouvait être transmis à vous-même aussi bien qu'à un enfant. Si vous ne me promettez pas une stricte obéissance sur ce point, je serai, à mon très grand regret, forcé de vous prier de quitter ma clinique.

Il faut bien promettre... mais deux jours plus tard, un garçonnet et sa petite sœur sont emportés. Et la nuit, le visage enfoui dans son oreiller, Flavie sanglote. Tout son jeune être généreux et vibrant d'amour se dresse contre ce mal sournois qui s'est infiltré dans l'organisme de tous ces petits enfants innocents. Elle se sent coupable, coupable de ne pas être à la hauteur de la tâche que lui a assignée le professeur Yvarsen, coupable de décevoir tous ces espoirs placés en elle. Devant son impuissance à découvrir la cause du mal, et partant, le remède, elle devient comme « enragée ». Et pour comble, l'adorable Nils, si plein de vie la veille encore, brûle de fièvre. La jeune fille ne s'en tient plus à ses recherches de laboratoire. Elle est à l'heure où il faut trouver en soi-même... Trouver!... Trouver!... Le jour, la nuit, durant ses courtes heures de repos, le mot sonne en elle comme une cloche en délire. Est-ce un glas pour ces petits sur lesquels on épuise vainement tous les nouveaux antibiotiques?

Ce matin-là, en entrant dans la salle, Flavie aperçut la mère de Nils, au chevet de son fils, qui la guettait. Elle se trouva accrochée par deux bras; à genoux, la jeune femme suppliait en sanglotant :

— Mademoiselle! Vous seule pouvez me le sauver! Je ne veux pas qu'il meure! Je ne veux pas! Sauvez-le! On m'a dit que tout dépend de vous.

Et Flavie pleure tout comme la malheureuse qui gémit :

— Et comment a-t-il pu tomber malade, Mademoiselle? Je le soignais si bien, je le dorlotais, je le couvais! Nous avons une grande et belle ferme, un important troupeau. Mon mari est sain, moi aussi! Pourquoi Nils est-il tombé malade?... Depuis que j'ai su qu'elle portait le nom de mon enfant, j'ai eu peur de cette maladie-là. Si Nils devait mourir, je ne lui survivrais pas. Et je sais que mon mari non plus ne surmontera pas son chagrin. On ne peut pas perdre un enfant pareil et continuer à vivre.

Pour la rassurer, et poussée obscurément par un espoir, Flavie l'interroge, s'intéresse à l'existence du bébé, avant cette fièvre.

La mère raconte : la vie de la ferme, la mare aux bestiaux autour de laquelle elle interdit à Nils de jouer... Mais les petits aiment tant « gagouiller »! Pour la mère, cette mare était une perpétuelle source de tourments, parce que Nils avait encore la manie de sucer son pouce.

Flavie sent s'accélérer les battements de son cœur. L'intuition, l'intuition créatrice tant attendue!

Elle demande au directeur :

— Est-ce que tous les petits malades sucent leur pouce?

Le vieux praticien la regarde, étonné, et répond sur un léger ton de réprimande :

— Auriez-vous déjà oublié vos cours de psychologie et de psychanalyse, Mademoiselle? Car enfin, vous devriez savoir que *tous* les bébés tètent leurs doigts, le pouce en particulier.

Flavie baisse la tête; elle se rend compte que son ardeur lui a fait poser une question sotte. Mais le directeur enchaîne déjà :

— Et naturellement, tous nos petits malades sucent leur pouce, tous sauf un, l'exception qui confirme la règle, un enfant précoce qui est toujours couché avec les bras croisés et qui a l'habitude de me regarder avec de grands yeux graves et solennels... Mais, revenons à votre question; je vous ai un peu réprimandée, il me semble, et pourtant, j'aime bien que vous nous posiez des questions de ce genre. Pourquoi? je vais vous le dire. Voyez-vous, quand on nous apporte ces enfants, le mal est déjà entré dans sa phase aiguë, les jeux sont faits, en somme. Pour être fructueuses, vos recherches devraient donc se situer à l'origine de la maladie. Oui, c'est cela, vous devriez concentrer toutes vos études sur la pathogénèse, délimiter les circonstances dans lesquelles le mal est apparu dans chaque cas particulier...

La jeune fille sourit, pleine d'espoir; l'intuition profonde du médecin-chef se rencontre avec la sienne...

— Ne restez pas enfermée dans votre laboratoire, continue le praticien, mais allez étudier la vie de ces bébés *avant* la maladie.

Flavie balbutie :

— J'allais justement vous demander l'autorisation de faire des recherches et des études à l'extérieur...

Un grand sourire s'épanouit sur le visage du directeur :

— Allez, dit-il, allez et laissez-vous guider par votre intuition, car maintenant je sais que, comme toujours, le professeur Yvarsen a eu raison de vous choisir pour cette mission!

La première enquête de Flavie est consacrée à la vie antérieure du petit malade précoce aux yeux graves et solennels qui ne suce pas ses doigts. Et c'est avec émotion qu'elle apprend de la bouche des parents que le garçonnet était tombé dans une mare avant de contracter le mal de Nils, comme autrefois le premier fils de Jan.

La jeune fille est successivement glacée et brûlante. Lentement, mais sûrement, l'intuition devient certitude. Flavie construit une histoire, tout comme elle le faisait autrefois en créant la légende de Sigrid-Fée-des-Neiges. La légende du mal de Nils, une légende qui, peut-être, n'en est pas une... Et l'imagination se révèle plus féconde que toutes les heures d'observation au microscope, de calculs, de dosages.

Il s'agit d'une vache, d'une belle vache, pleine de sympathie pour les bébés qui viennent jouer autour d'elle. Ils sont là, avec les poulets et les canards, plus souvent assis dans la poussière ou la boue que plantés sur leurs petites jambes qui se fatiguent tellement vite. Les mamans leur ont mis des sarraux fraîchement lavés; ils sont bien débarbouillés, coiffés. Mais... on est si bien au ras du sol! Ils aiment mouiller leurs menottes pour les sucer ensuite avec délice. Et ainsi, ils ingurgitent l'eau vaseuse, l'eau des mares où viennent s'abreuver les bestiaux de leurs parents.

Flavie a la tête en feu, elle sent qu'elle tient enfin la clef du mystère. C'est comme si un ciel recouvert de gros nuages sombres était soudain crevé par les dards lumineux du soleil...

Donc, le virus est localisé, il se trouve dans l'eau vaseuse! Mais la grosse vache la boit elle aussi, l'eau infectée, et pourtant elle n'est pas malade...

Elle n'est pas malade! Tout est là! Flavie est crispée comme une illuminée. Il lui semble qu'un grand déchirement se fait en elle, à la fois atroce et exaltant. La vache doit sécréter dans son organisme un antivirus qui extermine le monstre. Donc, le virus se trouve dans l'eau des mares sud-africaines et l'antivirus, le remède, probablement dans le sérum de la vache.

Flavie n'est pas allée chez le directeur, elle y a couru. Il lui faut deux assistants; il y a des prélèvements à faire, des analyses.

Dans l'espace, les astres colossaux obéissent au calcul de l'astronome comme si l'esprit commandait à la matière. Devant ses éprouvettes, les infinitésimaux obéissent — semble-t-il — à l'imagination de la jeune savante. Le virus, elle l'a trouvé là où elle avait prévu qu'il devait être. La première partie du problème est résolue.

Le vieux directeur a laissé couler sans honte de lourdes larmes de joie le long de ses joues ridées. Les jeunes internes porteraient Flavie en triomphe si elle se laissait faire.

Et, comme pour fêter avec elle cette découverte, stade essentiel vers le salut, le préféré de Flavie a de nouveau une température normale. Un répit! Puisse-t-il être long...

Pour ne pas retomber dans l'affolement désespéré qui a été le sien, Flavie se convainc avec force qu'elle déterminera maintenant assez vite la nature et la composition chimique de l'antivirus sécrété par les ruminants, et surtout, qu'elle le localisera, assez vite pour que Nils soit sauvé.

Et un grand cri de victoire s'envole vers Stockholm. Flavie est loin de se douter que sa magnifique nouvelle déchaîne un terrible orage chez les Yvarsen.

Elle a beau être jeune, solide et parfaitement équilibrée, après l'effort haletant et trop longtemps soutenu, vient fatalement la dépression. Elle aurait besoin d'une véritable détente, de sortir de cette continuelle obsession scientifique. Or le directeur ne lui parle que de l'hôpital. Quant aux jeunes internes, ils sont presque tous amoureux d'elle; mais, intimidés par sa beauté éclatante jointe à sa supériorité intellectuelle, ils croient lui faire plaisir en s'efforçant de discuter vibrions, bâtonnets, spires, etc...

Flavie souffre de cet emprisonnement professionnel, de cette solitude que lui créent sans le vouloir ceux qui l'admirent et qui voudraient tant, au contraire, l'aider.

Ses frères lui manquent. Également Jan Yvarsen. Combien il saurait la guider, la soutenir dans cette lutte si âpre! Mais plus que tout autre, c'est Erling qu'elle voudrait à ses côtés. Le désir de le voir, de lui parler l'envahit chaque jour davantage. Elle a la certitude que si Erling la serrait dans ses bras, si elle l'entendait lui dire les mots de passion qu'il avait prononcés au bal, à Stockholm, tout lui semblerait soudain plus facile. Oui... la présence d'Erling... ses bras autour d'elle...

Qu'est-il devenu depuis qu'elle a quitté Stockholm? Peut-être, dépité, est-il sur le point d'en épouser une autre, tout comme autrefois son père après la grande déception que lui causa Sigrid!

« Dire, pense Flavie, navrée, que la fille du docteur Jan Yvarsen habite à Krittelwerk et qu'elle n'est pas venue me voir! »

Elle ne trouve à cela qu'une seule explication : l'intervention occulte de Mme Yvarsen.

Mais un jour, alors que Flavie est assise dans le jardin de l'hôpital, occupée à lire les dernières lettres de ses frères, une jeune femme s'avance à pas rapides vers elle. Inutile de faire des présentations : Ide est le reflet féminin de son père et de son frère.

Elle est primesautière, vivante, joyeuse. Et Flavie est heureuse de cette détente inattendue. Ide est ravie, elle aussi, et le soir même, elle écrit à sa mère que Flavie Verneuil est la plus délicieuse jeune fille qu'elle ait jamais vue. Ide ne comprend pas pourquoi, pendant si longtemps, sa mère lui a recommandé de ne pas se rendre à Pretoria, pourquoi elle craignait tant un contact avec la jeune biologiste.

Thérèse s'est bien gardée d'avouer à sa fille qu'avant de comprendre l'erreur commise à l'égard de Flavie, elle avait eu avec Erling une scène terrible. Elle est anxieuse maintenant de ce que va lui écrire sa fille, impatiente de réparer ses torts avant qu'il soit trop tard. Flavie est si belle... Les soupirants ne doivent pas lui manquer. Si elle allait se fiancer avec un autre qu'Erling?

La visite d'Ide a permis à Flavie de reprendre courage, mais son désir de revoir Erling, de retourner vers l'Europe, s'en est trouvé singulièrement accru. Ide a beaucoup parlé de lui. La malicieuse jeune femme a deviné que, sous une réserve dont elle ne peut déceler les causes, Flavie cache une vive admiration pour son frère... Est-ce seulement de l'admiration? Ide sent que cette admiration est très proche de l'amour, que c'est peut-être *déjà* l'amour. Elle le souhaite pour Erling, qu'elle aime tendrement.

Flavie a suivi les conseils du directeur : sur une carte, elle a relevé l'emplacement de chaque ferme qui leur a envoyé un petit malade. Avec ses assistants, elle procède à des enquêtes, à des prélèvements, des analyses. L'histoire est maintenant claire : le virus n'est pas transporté jusqu'aux enfants, ce sont eux qui vont le chercher, en barbottant dans la mare et en suçant leur pouce.

Le bébé Nils a des hauts et des bas, mais il est indiscutable que si Flavie doit le sauver, il faut que ce soit bientôt.

Depuis une semaine, c'est à peine si elle sort de son laboratoire. Malgré les véhémentes semonces du docteur, elle se déclare incapable de vivre éloignée de la lignée d'éprouvettes dans lesquelles prospère maintenant le virus conservé dans des conditions conformes à son habitat coutumier.

Flavie s'est endormie de fatigue, la tête posée sur un coin de table. Elle se réveille en pleine nuit, glacée mais plus lucide que jamais... Qu'est devenu l'essai qu'elle surveillait?

Dans une éprouvette, le virus était en présence d'une parcelle de tissu vivant... et le virus a succombé...

La jeune savante n'en croit pas ses yeux. Une sorte de vide

se fait en elle; sa joie est passée au stade de l'extase : *Flavie a trouvé le vaccin.*

Elle sait qu'il va falloir batailler, discuter, démontrer, mais elle est prête à tout.

Impossible de rester seule avec une nouvelle aussi exaltante! Elle vérifie dix fois encore les résultats de l'expérience qu'elle suivait depuis des jours. Les résultats sont tout à fait nets : le remède est là.

Tant pis pour le repos du directeur.

Il est trois heures du matin quand elle lui téléphone. Et au premier moment, il la croit devenue folle, tellement ses phrases sont décousues et haletantes.

Il ne s'écoule pas un quart d'heure avant que le vieux docteur, qui a, au passage, alerté les internes de garde, soit auprès de Flavie.

Le vieux docteur et les jeunes médecins sont à leur tour bouleversés d'admiration et de joie. Flavie pleure sans retenue — autant de fatigue que de joie.

Le directeur l'emmène de force, et la vieille sagesse médicale s'exprime par sa bouche :

— Oui... mais ces piqûres intraveineuses que vous affirmez avoir déjà dosées, il est impossible de les employer.

— Impossible! s'écrie Flavie. Et pourquoi, Docteur? Il faut dès maintenant essayer d'arrêter le mal de ces pauvres petits. Il faut sauver Nils!

Hélas! Flavie est jeune, comme le lui a dit si souvent Norbert. Comment des médecins responsables oseraient-ils faire l'essai d'un remède sur des hommes — et à plus forte raison sur des bébés — sans qu'au moins la preuve ait été faite de l'efficacité du vaccin sur des cobayes? Or, particularité saisissante, et que Flavie a mise en évidence : les animaux domestiques ne sont nullement affectés par le virus.

Combien de temps s'écoulera, avant que les facultés médicales aient discuté, épilogué, décrété, homologué ou non le nouveau remède?

Flavie est atterrée. Le directeur a fermé le laboratoire à clef, sans quoi elle ne consentirait pas à en sortir, et la nuit est déjà très avancée.

Malgré son désarroi, l'épuisement est tel qu'à peine allongée sur son lit, elle s'endort, et bien entendu il se produit de curieuses associations d'idées entre les petits malades, le virus et elle-même...

Au réveil, après sa douche, devant son petit déjeuner solitaire, l'idée terriblement dangereuse s'insinue en elle : il faudrait qu'un adulte soit malade. Il pourrait alors réclamer sciemment que l'on fasse sur lui l'essai du seul remède qui paraît capable de sauver d'une mort lente mais inexorable. Les enfants résistent deux, trois mois, parfois quatre; un adulte résisterait-il autant? Le mal serait peut-être plus violent chez lui, comme c'est le cas pour les maladies dites « d'enfance ».

L'idée est vague mais tenace. Flavie la promène avec elle. Elle la promène surtout quand elle va faire sa visite aux bébés. Nils dort... mais est-ce un sommeil normal? Il flambe à nouveau de fièvre... Nils! Il faut sauver ce petit Nils.

Elle rédige pour le professeur le bulletin médical convenu. Mais elle n'a pas l'idée de lui préciser les dosages prévus, ni le rythme des piqûres intraveineuses à faire... Elle est trop accablée... et trop travaillée aussi par la pensée obsédante : il faudrait qu'un adulte...

Comment la nouvelle s'est-elle fait jour?... Une infirmière a chuchoté à ses camarades que Mlle Verneuil est certaine de tenir le remède, mais que le docteur se refuse à tout essai. On parle de Pasteur, sûr d'avoir découvert le vaccin de la rage, et torturé à l'idée de la responsabilité qu'il allait encourir en vaccinant un enfant, pourtant condamné à mort s'il n'intervenait pas.

Le problème serre le cœur du directeur, aussi bien que celui de Flavie. Si les piqûres préconisées par Flavie allaient tuer sur l'heure le bébé? Du point de vue médical, ce serait un assassinat dont le vieux docteur serait moralement et civilement responsable.

Les infirmières ne sont pas seules à avoir compris le drame qui se joue au laboratoire. La maman de Nils a l'oreille aux aguets, dès que le nom de Mlle Verneuil est prononcé. Pour elle, la situation se résume en ceci : Mlle Verneuil est certaine de pouvoir guérir son enfant, mais le vieux docteur s'embarrasse de responsabilités! Comme s'il n'était pas évident que celle qui promet la vie a raison!

Voici Flavie... Nils lui sourit, mais son petit corps est brûlant de fièvre. La mère n'a pas dit un mot; son souffle est court, elle observe; elle voudrait deviner ce que pense la jeune fille en qui elle a mis tout son espoir. Les yeux de Flavie sont cernés. Elle essuie furtivement les larmes qu'elle ne peut retenir.

Il est strictement défendu de circuler dans les couloirs menant vers le laboratoire, mais arrête-t-on une mère en détresse?

La porte du laboratoire s'ouvre sans bruit. Flavie, qui marchait de long en large, se retourne : la maman de Nils est là.

Elle ne pleure pas, ne gémit pas. Elle parle, au contraire, avec le plus grand calme.

— Mademoiselle, j'ai confiance en vous. Vous me comprenez : confiance comme en Dieu. On dit que vous avez le remède, mais que, faute de pouvoir d'abord l'expérimenter sur des bêtes, puisqu'elles ne contractent jamais cette maladie, il vous est interdit de l'utiliser. Mais moi, si j'étais malade comme mon petit, et que j'exige que l'on tente sur moi l'expérience?...

Flavie se sent soudain glacée et frissonne.

La mère presse son débit :

— C'est si simple, Mademoiselle : mon enfant va mourir, et moi je ne lui survivrai pas. Si par malheur vous faites erreur, si vos piqûres ne peuvent pas guérir, la fin sera la même, vous n'aurez rien à vous reprocher.

Flavie est bouleversée par cet amour maternel, par ce mépris de la souffrance, quand il s'agit de sauver son enfant. Elle tombe assise sur un tabouret et plonge son visage dans ses mains pour cacher sa torture.

La femme en profite. Elle sait que la biologiste ne peut pas enfreindre si dangereusement toutes les lois qui lui sont imposées. Qu'à cela ne tienne! Cette responsabilité, c'est elle qui va la prendre. Elle regarde, hagarde, à l'entour, ces éprouvettes... Sur la plus grande est inscrit : « Vaccin Pr. ». Sans hésiter, à l'insu de Flavie, la femme saisit la fiole, en arrache le bouchon et boit le liquide.

Alors, simplement, la mère de Nils dit, souriante, apaisée :

— Mademoiselle Verneuil, dans combien de temps est-ce que j'aurai la fièvre?

Flavie a bondi sur ses pieds. Elle a immédiatement compris ce qui s'est passé. Elle regarde la femme maintenant rayonnante d'espoir. Affolée, la jeune fille saisit le téléphone intérieur : le directeur... vite, qu'il sache !

Mais l'expérience, pour risquée qu'elle soit, n'est pas celle que l'héroïque femme voulait permettre. C'est le vaccin préventif qu'elle a absorbé.

— ... Pourtant, dit le vieil homme à la jeune fille atterrée, si votre vaccin préventif ne cause aucun mal à cette femme, ce sera un commencement de preuve...

Le lendemain, après une légère montée de température, prouvant qu'il y a eu réaction de l'organisme, la fermière a recouvré toute sa santé.

Alors, seule devant ce remède poursuivi si âprement, sûre que les vérifications, les discussions, dureront trop longtemps pour que le petit Nils soit sauvé, Flavie pense à Pasteur qui avait eu une si furieuse envie de s'inoculer la rage pour prouver que son vaccin la guérissait.

Elle est à bout de nerfs. Jamais elle ne se consolerait d'avoir été incapable de sauver ce petit-là. Elle est avant tout une femme au cœur débordant de tendresse.

D'ailleurs, désormais, sa vie est vide. Elle n'a plus de nouvelles d'Erling depuis qu'elle l'a prié de ne plus lui écrire. S'il l'aimait vraiment, n'aurait-il pas dû comprendre que, malgré cette interdiction, ses lettres étaient attendues ? Erling épousera quelque autre femme. Au moins, que sa vie n'ait pas été vaine. Il faut que Nils vive !

Dans un état de demi-hallucination, Flavie, méthodiquement, soigneusement, précautionneusement, s'inocule le mal de Nils.

Elle a calculé que, durant les quelques jours qui précéderont l'apparition des premiers symptômes, elle aura tout le temps de communiquer au professeur Yvarsen les dosages exacts, indispensables à connaître, pour qu'on lui fasse les piqûres intraveineuses qu'elle a prévues contre le « mal de Nils ».

Elle se gardera bien de dévoiler son acte au cher directeur, avant qu'elle soit « bonne à coucher dans la salle des bébés ».

Justement, ce matin-là, il l'attend dans son cabinet avec le pédiatre. Elle se sent pleine de confiance et d'espoir.

Mais elle a fait une faute dans ses calculs de probabilités. Elle est très vite envahie par une sorte d'excitation cérébrale.

C'est d'abord très agréable : le docteur Yvarsen sera fier d'elle... Erling l'aimera, il sera très touché du haut fait qu'elle vient d'accomplir. Erling...

Dans très peu de temps, elle reprendra le chemin de l'hémisphère boréal : avec quelle joie!

L'exaltation monte, mais un certain malaise s'insinue. Elle est un peu haletante, même.

Et voilà que tout à coup une peur souterraine se glisse en elle, une angoisse. Il lui faut absolument raconter ce qu'elle vient de tenter à quelqu'un. Mais à Ide, bien entendu! Ide, la fille de Jan... la sœur d'Erling... Flavie demande Krittelwerk au téléphone et a la chance de trouver la jeune femme au bout du fil.

Pourtant elle ne répond pas du tout à son enthousiasme. Elle est même horrifiée. Et Flavie doit la supplier, pour qu'elle promette de ne pas alerter immédiatement le directeur de l'hôpital.

Ide entend pourtant venir la voir par les moyens les plus rapides.

Comme elle a eu raison de se hâter! Le mal de Nils, provoqué par une culture de virus en pleine activité, et sur un organisme mis en mauvais état de résistance par l'extrême tension nerveuse subie depuis des mois, s'est déclaré, foudroyant.

En entrant chez le directeur, Flavie se sentait « bizarre ». Après le repas, elle s'est écroulée.

Personne ne comprendrait rien à son état, si Ide, en larmes, n'expliquait immédiatement au personnel médical terrifié quelle expérience héroïque la biologiste a tentée...

Dans le laboratoire, tout est en ordre. Les notes sont numérotées, classées... mais indéchiffrables, écrites en abrégé et dans une langue qu'aucun des hommes présents ne peut traduire.

Bien entendu, personne ne pense à les soumettre à la fille du professeur, qui, elle, pourtant, aurait compris. Flavie a, d'emblée, employé le suédois : avec l'intention de communiquer, sans perte de temps, son travail au docteur Yvarsen.

La journée s'achève; la nuit se passe. La jeune fille délire et il est impossible d'obtenir d'elle une explication.

Un seul espoir reste aux témoins impuissants des progrès du

terrible mal : voir arriver le professeur Yvarsen qui, de loin, a suivi ces recherches.

Il y a un peu plus de cinq mois que Flavie est à Pretoria, quand survient ce bouleversement qui affecte tous ceux qui l'aiment ou s'intéressent à son sort. Le monde entier entend prononcer les noms associés de Flavie Verneuil et du professeur Yvarsen.

Dans son bureau, Jan vient de fouiller nerveusement la pile de lettres qui l'attendent. Encore une semaine sans bulletin de Flavie.

Il réfléchit, sourcils froncés, car il réalise que la jeune fille doit se trouver en proie à tous les retards qui ont torturé tant de savants, avant elle.

Brusquement, il arrive quelque chose d'extraordinaire. La porte s'ouvre avec fracas; deux infirmières, sans avoir frappé auparavant, font irruption dans le bureau du maître et se ruent vers le poste de T. S. F. pour le mettre en action.

Elles sont tellement sens dessus dessous qu'elles passent outre à l'interpellation de Jan, stupéfait de leur sans-gêne.

Aussitôt que le bourdonnement se fait entendre, elles se redressent et font impérieusement signe au « grand patron » de prêter attention. Il n'est plus question pour le docteur Yvarsen de blâmer ses subordonnées ni de s'étonner des piétinements précipités qui prouvent que d'autres infirmières écoutent derrière la porte :

... *Attention!* répète le poste. *Ici un message de l'hôpital de Pretoria, Transvaal. Prière à tous les postes de retransmettre.*

Mlle Flavie Verneuil, biologiste, après avoir fait une découverte admirable qui permettra de sauver chaque année d'une mort certaine des dizaines de bébés, a voulu, alors qu'un enfant était en danger, faire la preuve de l'efficacité de son vaccin. Elle s'est inoculé, à l'insu de tous, la maladie jusqu'ici inguérissable dénommée « mal de Nils ». L'héroïque jeune fille a perdu connaissance avant d'avoir pu diriger le traitement qui devait lui être appliqué, et selon ses travaux, la sauver ainsi que les enfants actuellement en traitement. L'hôpital de Pretoria supplie le docteur Yvarsen de venir sans délai, ou d'envoyer un collaborateur au courant des travaux de Mlle Verneuil.

Allô! Nous demandons que le professeur Jan Yvarsen soit averti sans aucun délai.

Nous faisons appel à la fraternité des peuples afin que toutes facilités soient données au professeur pour atteindre Pretoria de toute urgence.

Le speaker, de sa voix nette, spécifie encore :

Les émissions interrompues pour la retransmission de ce message vont reprendre. Un nouvel appel sera fait dans une heure. Prière à tout auditeur en mesure d'atteindre le professeur Yvarsen à Stockholm de le communiquer cet S. O. S.

Puis après cet appel, la musique reprenant, l'infirmière coupa l'émission.

Une minute de silence total suivit. Jan, qui s'était levé machinalement pour écouter le message, se rassied lourdement et dit d'une voix qui trahit à peine l'horreur qui le glace :

— Allez chercher mon fils, de toute urgence.

La secrétaire revient, courant, contre toutes les habitudes admises dans cette clinique où tout est si bien réglé.

— Le docteur Erling a été appelé de l'étranger. Il téléphone...

Les deux mains de Jan se crispent sur les bras de son fauteuil : ce doit être un appel de l'un des frères de Flavie. Elle les a certainement prévenus dès qu'elle a eu commis son acte de sublime folie.

Erling entre en trombe. Les deux hommes n'ont jamais échangé un mot cordial depuis la scène terrible qui les a opposés. Mais en face du danger, toute rancœur s'évanouit. Erling n'a pas entendu la radio. La lividité de son père le frappe d'effroi. Il s'arrête, bloqué sur place et demande d'une voix sans timbre :

— Elle est morte?

Jan proteste, véhément. Il se refuse à croire que la belle créature saine et forte qu'était Flavie ait pu être emportée plus vite que ne l'a été autrefois son premier enfant.

— Comment, pourquoi dis-tu cela. Erling? Qui vient de te téléphoner?

— Erik. Il est terrifié par la dernière lettre reçue. Flavie est brusquement tombée gravement malade. Son message à son frère est fiévreusement griffonné, presque illisible, et semble être un adieu. Mais pourquoi m'as-tu convoqué d'urgence?

Sans aucun commentaire, Jan répète le message que la rapide présence d'esprit des infirmières lui a permis d'entendre, alors qu'elles en avaient recueilli le début dans leur salle de repos.

Erling s'est appuyé sur le coin du bureau de son père. Les mots le déchirent. Flavie est en danger, et lui qui l'aime, il est ici à des milliers de kilomètres, incapable de la secourir!

Jan, devant la douleur de son fils, retrouve cette domination de lui-même qui a fait sa force tout au long de sa vie.

Il saisit le téléphone, donne des ordres à la standardiste : obtenir de toute urgence la communication avec l'hôpital de Pretoria, Transvaal.

Erling marche maintenant de long en large comme s'il avait perdu l'esprit. C'est maintenant que Jan doit reconquérir son fils, maintenant ou jamais. Il dit, presque durement :

— Erling! Arrête-toi.

Ce dernier braque sur son père des yeux hagards où se mêlent le désespoir et la haine :

— Norbert est parti pour Pretoria. Erik pense que toi seul peux la sauver. C'est toi qui l'as expédiée là-bas, si elle meurt, père, c'est toi qui l'auras tuée. Ne compte pas que je lui survive.

Avec toute la calme assurance qui lui a souvent permis de dominer des malades pris de panique ou des parents tremblant pour un être cher, Jan regarde son fils et, ses yeux dans les siens, il affirme :

— En face du danger, Erling, l'heure n'est pas au désespoir. D'abord le reconnaître, lui faire face, ensuite lutter et le vaincre. Écoute-moi : si Flavie est encore en vie maintenant, elle ne mourra pas.

Devant le sang-froid de son père, Erling sent sa panique décroître. Il est prêt à croire sans restriction tout ce que son père lui affirmera.

Jan ajoute lentement :

— Maintenant, Erling, il faut mériter Flavie en te montrant au-dessus de toi-même. Pas une minute ne doit être perdue.

Erling éprouve une reconnaissance infinie pour cet homme qui a la volonté d'en imposer au sort. Il dit — et c'est l'aveu de la confiance retrouvée :

— Que dois-je faire, D... Il hésite un peu à prononcer le diminutif oublié depuis des mois. Il reprend « Que dois-je faire, Doc? »

La voix de Jan n'est plus que tendresse quand il répond :

— Je vais tout régler par téléphone avec le docteur Starner, qui me remplacera ici pendant notre absence.

» Toi, va au laboratoire. Nous emportons la documentation, et les notes reçues de Flavie. Nous travaillerons tous les deux durant le trajet. Réfléchis aux médicaments rares que nous avons en pharmacie, et qui pourraient nous faire défaut à Pretoria. Ne t'inquiète pas pour l'organisation matérielle de notre voyage, je suis persuadé que tout va s'arranger immédiatement.

Comme le tournoiement d'un maelström s'amplifie, englobant un espace de plus en plus étendu, certaines nouvelles, semblables à ce déchaînement de la nature, se propagent à une vitesse folle.

La maladie trop audacieusement prise à sa charge par Flavie, dans un dessein humanitaire, concentre sur la jeune fille l'attention universelle.

Un sans-fil précise que Norbert approche du Cap. Lui aussi implore la présence du professeur auprès de sa sœur. De tout son amour fraternel, de toute la puissance de sa pensée, le grand garçon blond lance un constant message silencieux à sa sœur, comme s'il pouvait, malgré la distance, soutenir la malade.

Dans leur villa, Mme Yvarsen, incapable encore la veille de circuler, s'est dressée dans son lit en entendant l'appel adressé à son mari. Elle se fait apporter une boisson réconfortante. Puis, lentement, avec le secours de sa femme de chambre, elle s'habille.

Rapidement, elle prépare deux valises : une pour son mari, l'autre pour son fils. Vaillante et sans larmes, elle répète du fond de son cœur :

« Flavie! Pardon, petite fille que j'ai tellement méconnue. Pardon, Flavie! Vous vivrez! Je le sais... Ils arriveront à temps! Ils sauront vous rendre la santé. Flavie... s'il faut une victime au ciel impitoyable, que ce ne soit pas Vous. Non, non, pas Vous! Je veux que mon fils soit heureux. Moi, je suis prête au grand départ! Vous avez risqué votre vie pour le salut de bébés étrangers. Comme je voudrais pouvoir offrir la mienne pour que vous guérissiez! C'est peut-être la vie d'Erling qui est en jeu avec la vôtre. »

Ainsi que Jan Yvarsen l'avait prévu, il n'eut pas à s'occuper de trouver des places dans un avion de transport.

La solidarité internationale, qui se révèle parfois si magnifiquement généreuse, agit. Avant que la Suède ait rien demandé, le ministère reçoit sans-fil sur sans-fil pour proposer des relais d'avions.

Il ne s'est pas écoulé trois heures entre l'appel du Sud-africain et l'envol de Jan et de son fils vers Flavie Verneuil en danger. Le monde entier pense à Flavie.

XIV

Jan et Erling ont trouvé Thérèse au haut des marches du perron avec leurs deux valises toutes prêtes.

Aucune phrase n'est échangée, les cœurs sont trop pleins de tendresse et d'angoisse.

Dans les beaux yeux fidèles de Thérèse, Erling a lu une bénédiction éperdue, lancée vers Flavie. Plus rien ne subsiste de sa rancœur envers sa mère. Il la serre dans ses bras, et comme un petit garçon désemparé, il balbutie :

— Maman, maman... protège-nous pour que nous arrivions à la sauver. Protège Flavie. Maman...

— Flavie vivra! jette Thérèse avec force. Et il se dégage d'elle une telle conviction que Jan et son fils, soudain, se sentent inexplicablement apaisés. Et dans l'avion qui les emporte, ils répètent, comme pour forcer le destin : Flavie vivra...

Pas d'escales pour faire le plein de carburant. A Paris les attend un autre avion prêt à prendre son vol. Ils sont les seuls passagers à bord. Le temps de descendre la passerelle immédiatement adaptée à la carlingue, d'en remonter une autre et déjà ils sont repartis.

Il est difficile de décider Erling à absorber un peu de

nourriture. Pourtant, il faudra être en état de fournir un grand effort intellectuel à l'arrivée.

D'heure en heure, les radios du monde entier donnent la position de l'avion... et le bulletin de santé :

— Mlle Verneuil vit encore. Les bébés, état stationnaire.

Le dernier bulletin, que le radio du bord a fait déposer par écrit entre les mains de l'illustre voyageur, porte cette mention, qui fait serrer les dents à Jan et arrache un gémissement à Erling :

— Espérons rapide arrivée secours...

Enfin Pretoria.

Trois fois plus de bras qu'il n'est nécessaire fixent l'escalier de descente.

Aucune réception officielle n'a été autorisée pour accueillir le professeur Yvarsen. Le temps presse!

Ide les attend dans sa voiture, et Norbert est à côté d'elle.

Le directeur, lui, n'a pas voulu quitter le chevet de Flavie.

Ide eût été bien incapable de renseigner son père. Elle se jette dans les bras d'Erling qui, pour un peu, la repousserait avec la rudesse que prennent si souvent à des instants particulièrement pathétiques les relations entre frère et sœur; mais elle chuchote à son oreille :

— Sais-tu qui elle réclame sans fin dans son délire? Toi, Erling, toi...

Les mâchoires contractées pour cacher son émotion, Erling se tait. Mais son regard est tellement éloquent qu'Ide se met à pleurer.

Malgré la rapidité de la course en voiture, Jan Yvarsen obtient de Norbert des renseignements précis sur l'état de Flavie.

— Elle a un organisme très sain et son cœur tient bon. Mais depuis hier soir, elle semble plus... abattue. Je ne suis pas certain qu'elle voie ni entende. Et cependant je crois qu'elle m'a reconnu, car elle a agité lentement ses doigts sur ma main.

Tout le long des rues, le professeur constate avec émotion que des centaines de citoyens de Pretoria attendent le passage de la voiture. Dans les regards des hommes, des femmes, l'ardente supplique est la même : « Sauvez celle qui s'est sacrifiée pour le salut de nos enfants! »

L'hôpital de Pretoria.

Sur le perron, trois internes. Personne n'est en mesure de faire au professeur une réception correcte. Mais c'est beaucoup plus impressionnant : il entre, poussé par la foi d'un peuple, par l'espoir de millions d'habitants du monde entier.

L'interne-chef interroge :

— D'abord la malade, ou bien...?

Jan Yvarsen n'a pas une hésitation :

— Le laboratoire. Les notes de Mlle Verneuil. Ses préparations.

Au passage, Jan et son fils ont vu, dans le salon d'attente, se presser une foule d'êtres anxieux. Ils ne songent pas à leurs propres maux, entourant un pasteur qui leur lit à voix basse un texte sacré.

Norbert bifurque. Lui n'a qu'une hâte : tenir de nouveau la main de Flavie; essayer de lui communiquer sa force.

Erling enfonce ses ongles dans ses paumes, mais chez lui le sens médical l'emporte. Arriver démuni de tout moyen d'action auprès de Flavie serait une trahison.

Le directeur, prévenu de l'arrivée de la voiture, sait que ce professeur Yvarsen voudra avant tout gagner le laboratoire. L'arme est là, dont nul ne sait user.

Le vieux docteur a les lèvres qui tremblent en articulant :

— Professeur, tant que la vie est là, l'espoir reste. Il est entre vos mains.

Erling s'étonne lui-même, car il a soudain l'assurance que ce n'est pas son père, mais bien lui-même qui sera peut-être l'artisan du miracle; lui, avec son amour passionné; lui, qui retrouve toute sa présence d'esprit, sa force, comme s'il n'avait pas subi la moindre fatigue physique.

Jan, en revanche, a saisi ce que la formule générale du vieux praticien, ami d'autrefois, comportait de désespéré. Ils arrivent trop tard. L'excès de fatigue et de tension qu'il a supporté le mène aux frontières de l'évanouissement. Erling le voit. Il affirme :

— Monsieur le Directeur, il faut, coûte que coûte, une heure de repos à mon père. Je connais, moi aussi, la question. Mlle Verneuil vit encore : je la sauverai.

Ce sont les premières paroles prononcées par Erling depuis sa descente d'avion. Elles ont été perçues par les oreilles aux écoutes, et volent le long des couloirs.

Un immense souffle d'espoir emplit les cœurs. Il n'y a pas seulement le célèbre professeur Yvarsen qui est venu au secours de Mlle Verneuil, mais aussi son fils. Et celui-là est jeune, et il a confiance...

Jan allait protester, quand une exclamation de joie échappe à Erling.

— Père! C'est en suédois que Flavie a rédigé ses notes! Je comprends parfaitement... ses abréviations, et saurai facilement déchiffrer ses formules. Repose-toi, père. Il faut que tout à l'heure nous soyons tous les deux auprès d'elle pour lui administrer son vaccin.

La chambre où la malade a été couchée est proche de la nursery. Il n'y a plus ni règlement ni heures qui puissent arrêter les parents. Le long du mur, il y a une ligne de femmes immobiles, comme si un statuaire les avait ainsi figurées implorant le ciel.

De quelle émotion le cœur de Jan est étreint! Entre Norbert et Ide, l'adorable silhouette est totalement immobile. On pourrait presque croire qu'elle ne vit plus. Mais son regard n'est pas éteint.

« Comme Sigrid... », pense Jan. Rien ne peut altérer sa beauté.

Ide s'écarte pour lui faire place. Il étend sa longue main sur les doigts fins et émaciés; il sent la tiédeur de la peau comme un premier espoir.

Tout près de l'oreille de Flavie, il murmure :

— Me reconnaissez-vous, petite fille chérie? Je suis Jan Yvarsen. Erling et moi, nous allons vous appliquer votre vaccin...

Les yeux ont perdu leur dramatique fixité. Quelque chose vibre dans ces traits déjà figés. Les lèvres font effort. Jan se penche, et à sa grande surprise il perçoit un nom qu'il n'attendait pas. Flavie a dit :

— Nils!

Le directeur a perçu lui aussi le nom prononcé si bas. Il a un « Oh! » suffoqué. L'agonisante pense encore au bébé.

Norbert rougit d'émotion. Ide le regarde. Il déchiffre dans le regard de la jeune femme une si fervente admiration pour la grandeur d'âme de Flavie, qu'une étrange communion s'établit entre eux. Pour la première fois, il constate le charme de la fille du professeur Yvarsen, de la sœur d'Erling. Il aimerait l'attirer contre lui. Ils se soutiendraient dans l'affreuse épreuve.

Le directeur explique :

— Un des bébés s'appelle Nils. La radio l'a dit. C'est, avant tout, par tendresse pour lui que Mlle Verneuil a accompli son geste de folle abnégation, de dévouement sans limite.

Le professeur Yvarsen réplique aussitôt :

— Vous ne pouviez pas expérimenter sur un tout petit! Je comprends.

Il se redresse de toute sa taille. Ses yeux vont très loin, très haut dans le ciel bleu qui luit là-bas, sans un nuage. Quel dialogue suprême poursuit-il, et avec quel esprit invisible? Il fait signe à Ide. Elle vient reprendre la petite main devenue diaphane. Jan sort avec le directeur.

— Pas question d'hésiter à appliquer le vaccin à l'héroïque chercheuse, dit-il. Si elle s'est trompée... hélas, il n'y aura plus de recours! En tout cas, il serait monstrueux de notre part de ne pas lui permettre de bénéficier peut-être d'une trouvaille de génie. Mais, ce petit...

Il n'en dit pas plus. Le directeur gémit :

— Ah! Yvarsen! Je ne respire plus, je ne dors plus, tant ce débat de conscience me torture...

— Montrez-moi l'enfant...

L'instant est poignant pour Jan. Dans le petit lit blanc, il ne regarde pas un bébé étranger, mais il croit voir son propre enfant, son premier-né. C'est Nils Yvarsen tel qu'il était avec ses cheveux blonds et ses yeux bleus, si purs. Ce n'est pas une inconnue, qui enfouit la tête dans les draps pour ne pas montrer ses larmes : c'est Ide Yvarsen, qui, comme autrefois, gémit :

— Sauve-le!

Jan n'a pu autrefois sauver son petit Nils; mais aujourd'hui il prendra toute la responsabilité. Il regarde son confrère. Il sait que leurs cœurs sont à l'unisson, et c'est d'une voix nette et brève qu'il donne des ordres.

— Vite, à l'infirmerie! Prévenez mon fils d'avoir à préparer également une dose pour un enfant.

Il pose sa main sur la femme effondrée. Elle lève vers cet inconnu un visage ravagé. Il l'aide à se relever. Il articule lentement pour qu'elle comprenne bien :

— Madame, je suis le docteur Jan Yvarsen. J'arrive de Suède avec mon fils...

Il semble que l'air envahit soudain les poumons de la jeune femme. Elle croise les doigts les uns dans les autres; elle attend haletante. Elle a confiance jusqu'au fond de l'âme. Ce grand docteur ne va pas refuser, lui! Il osera!

— Le vaccin préventif que vous avez absorbé ne vous a fait aucun mal, Madame. Votre courage aura été infiniment précieux pour nous. Nous allons appliquer le vaccin à Mlle Verneuil. Mais elle a prononcé une seule parole : « Nils. » C'est le nom de votre enfant. C'était une prière, un ordre suprême.

» Il faut pourtant que vous compreniez bien le risque qu'il va courir : l'acceptez-vous?

La femme est transfigurée; elle prononce comme un cri de délivrance :

— Oui!

— Qu'on amène le petit lit dans la chambre de Mlle Verneuil. Vous permettez, Docteur?

On dirait que toute respiration humaine, toute pensée, toute sensibilité, est suspendue.

Erling a déchiffré les notes de Flavie. A dix heures un quart du matin, il l'a vaccinée, ainsi que le petit Nils, agonisant.

De trois heures en trois heures, on renouvellera la dose. Dix piqûres sont prévues.

Le monde est à l'écoute. A Pretoria, on dit des prières publiques dans plusieurs églises.

A l'hôpital, la présence d'Ide est comme un viatique. Sa foi est si absolue dans le salut par la découverte de Flavie, qu'elle réconforte tout le monde, à commencer par la mère du petit Nils.

Et pourtant quand, au bout de six heures, Erling intervient pour la troisième fois, l'aspect de Flavie et de Nils n'a pas changé. La maladie aurait-elle déjà atteint un stade trop avancé?

Soudain, après la cinquième piqûre, les yeux bleus et candides du petit Nils papillotent. Des gouttes de liquide tiède passent ses lèvres... Il avale! La paralysie décroît!...

En revanche, l'état de Flavie reste stationnaire, et Ide sent son espérance s'éloigner. Erling est tellement défait que personne, pas même son père, n'ose le réconforter.

Le bébé s'est endormi d'un vrai sommeil. Sa mère dort aussi : elle a retrouvé l'existence en même temps que son enfant.

Trois heures se sont écoulées. En intervenant pour la sixième fois, Erling n'a même pas réveillé Nils ni la mère écrasée de fatigue et de bonheur.

Mais devant Flavie toujours inerte, un tel désarroi s'empare de lui qu'il s'arrête. Il va vers son père étendu dans une pièce voisine. Il ne parle pas. Il est là, immobile.

Jan qui s'était enfin assoupi est tiré de son demi-sommeil par cette présence anxieuse. D'un seul élan, il est assis, jambes à terre. Il croit que tout est fini. Mais non, puisque Erling lui tend le tube de vaccin.

Alors Jan Yvarsen secoue la tête. Certes, il a souffert de ne pas agir lui-même. Il lui a fallu un grand effort pour ne pas réclamer l'honneur de cet essai si risqué. Maintenant il dit, et toute sa confiance en la puissance de l'amour s'exprime dans ces mots :

— Elle t'aime, Erling. De ta main, elle a double chance. Va! Tu la sauveras.

Et les heures se succèdent. On a ramené Nils dans la grande salle. Il est très faible, mais il a faim, il a soif. Il sourit, son cœur bat normalement, ses membres sont redevenus aussi souples qu'autrefois. Nils est sauvé.

Et pourtant, la joie n'éclate pas encore. Il faut que Flavie soit sauvée, elle aussi. Ce serait trop épouvantable si celle à qui revient le mérite de cette guérison payait de sa vie son amour pour les tout-petits!

Vingt-quatre heures se sont écoulées. Dans trois heures, la dernière piqûre... Ensuite... plus rien à faire qu'à attendre, qu'à souffrir, qu'à prier...

Erik, lui aussi, a franchi l'espace. Le trio Verneuil est reconstitué, mais dans quelles circonstances...

Soudain, presque en même temps qu'Erling aux aguets, les

deux frères tressaillent : Flavie... comme elle change! Un rien de couleur revient aux joues cireuses de la mourante. Le nez n'est plus pincé, les lèvres ne sont plus violettes. Doucement, lentement, elles redeviennent roses. Et les yeux, les beaux yeux dorés, regardent ceux qui entourent le lit, et les voient!

Minute après minute, l'âme reprend possession de ce corps merveilleux. Erling a saisi la main de son père, il l'étreint dans un geste passionné, et son regard interroge.

Et Jan, avec un sanglot dans la voix, affirme :

— Elle est sauvée!

Il a fallu près de six mois pour que Flavie Verneuil redevienne la superbe jeune fille, resplendissante de santé et de grâce, que Stockholm avait vue arriver plus d'un an auparavant.

Jan Yvarsen, dès que la santé de Flavie a été en bonne voie, a gagné le bungalow de sa fille, qui n'a été que trop heureuse de recevoir son père. Il ne lui est pourtant pas donné de profiter en paix de sa présence, car il est personnellement un pôle d'attraction très puissant. Krittelwerk entier défile chez Ide. Son jeune mari, qui n'a aucun goût pour les réceptions, est au suppplice.

Ce que le père ignorait, c'est que son fils était parfaitement décidé à ne pas continuer « en second ».

La tornade qui a failli emporter l'imprudente Flavie n'a pas fini de secouer de ses remous la famille Yvarsen.

Jan vient de dire à Ide :

— Ma chérie, je suis maintenant reposé, rassuré sur les suites de la trop généreuse initiative de Mlle Verneuil; j'ai hâte de rejoindre Stockholm. La santé de ta mère me préoccupe d'autant plus qu'elle ne répond pas à mes questions. Dans huit jours, je reprends le chemin du Nord.

Un domestique introduit le directeur de l'hôpital de Pretoria.

Il vient, non seulement en son nom mais à la demande du gouvernement, supplier le professeur Yvarsen d'accepter la direction de ce grand centre médical. On souhaitait depuis longtemps étendre les possibilités d'études et surtout adapter le nombre des hospitalisations possibles à la population du pays. Il y a là une œuvre digne du grand savant Jan Yvarsen.

Seul, un moment plus tard, devant l'un de ces paysages qu'il a tant aimés du temps où il était marié avec Ide, Jan sait que dans sa vie, fertile en changements de direction, en émotions violentes, une nouvelle phase se décide. Et il s'interroge. Est-il vraiment resté le même Jan Yvarsen que jadis, ou bien une autre personnalité ne s'est-elle pas, petit à petit, imposée? Il fait face à l'avenir avec une autre attitude qu'autrefois. La véhémence a déserté son cœur. Mais non le courage ni la pitié.

« Là où je pourrai servir » : telle sera désormais sa seule devise.

C'est dans cet esprit qu'il écrit à sa femme, s'en remettant à elle pour décider.

Moins de vingt-quatre heures après lui parvient la réponse :

Pourvu que je sois à tes côtés et que nos enfants soient heureux, je serai heureuse.

Le sort en est jeté. Jan Yvarsen restera à Pretoria.

Erling s'avance vers son père d'une allure si décidée que Jan, saisi d'une singulière intuition, pense : « Il a décidé de se séparer de moi et de quitter Stockholm. Soyons le premier à parler. Je m'épargnerai ainsi la déception de sa démission. »

— Erling, dit-il, Flavie aura été décisive dans notre vie. Je viens d'être pressenti pour assurer la direction de l'hôpital de Pretoria. J'accepte et te laisse la clinique Yvarsen à Stockholm.

Erling reste interdit, immobile. La joie ne se voit pas sur son visage comme son père s'y attendait. Ce n'est pourtant pas seulement la clinique, mais aussi le ravissant home, si douillettement installé par Thérèse, qu'il remet entre les mains de son fils! Une générosité royale, digne de Jan Yvarsen... Devant le silence d'Erling, le père insiste :

— Je pensais que tu serais heureux de cette nouvelle. Tu es de taille à continuer la tradition des Yvarsen en Suède...

Jan Yvarsen se raidit; il sent qu'un nouveau coup va l'atteindre. En effet Erling répond :

— Franchement, je suis très touché, très ému. Mais je refuse.

Douloureusement, Jan reprend :

— Est-ce que vraiment, Erling, tu ne pardonnes ni à ta mère ni à moi, l'attitude que nous avons eue à l'égard de

Flavie? Son exceptionnelle beauté, son charme nous rappelaient si étrangement Sigrid Lindval, et éveillaient en nous des sentiments d'une telle violence, que nous en étions épouvantés. Ne comprends-tu pas que toute sérénité nous ait alors quittés et que nous ayons essayé de fuir un rappel bouleversant du passé? Mais tout cela est oublié n'est-ce pas? Ta mère sera aussi profondément heureuse de ton bonheur que je le suis moi-même.

— Père... tu te méprends, dit Erling. Ce n'est pas cela du tout. Tu es « un grand homme » : un grand homme entre guillemets. En œuvrant auprès de toi ou même après toi, je ne serai jamais que « le fils du professeur ». Je suis fier de mon père, mais je souffrirais trop si j'étais limité à jamais par cette qualification : *le fils de Jan*. J'aime Flavie Verneuil. Mes fils seront les fils d'Erling et de Flavie; sans que la magnifique tâche de la femme illustre puisse faire reculer définitivement au second plan la personnalité de son mari. Celui-là saura prouver ce qu'il est capable de faire par lui-même. A leur tour, plus tard, nos enfants devenus des hommes cesseront de s'appuyer sur ce que je représenterai dans le monde — et je ne les en aimerai que mieux pour leur esprit d'indépendance... Me pardonnes-tu, père?

Jan ne répond pas. Certes il souffre, mais c'est du plus jeune que vient en ce jour la sagesse. Jan ouvre ses bras, et tandis qu'il étreint son fils retrouvé, il murmure :

— Tu as raison, Erling, c'est de ce que tu es par toi-même que je suis toujours le plus fier...

Ces profonds changements dans les destinées ont demandé des mois — des mois qui ont été terriblement remplis.

Thérèse a retrouvé sa joie et son équilibre en comprenant qu'elle n'a rien perdu de la tendresse de son fils. Elle quitte la Suède avec tristesse, mais son bonheur est grand de revoir sa fille Ide, et aussi le Transvaal.

La clinique de Stockholm passe entre les mains de l'un des premiers praticiens de Suède, qui se garde bien de changer le titre du fondateur. Le nom « Clinique Yvarsen » est à lui seul synonyme de confiance.

Au Canada...

Skoal! Skoal! Skoal! a retenti de nombreuses fois en l'honneur des nouveaux époux. Tout le monde est d'accord :

— Jamais plus adorable mariée n'a illuminé pareille fête!

Erling est fou de bonheur. C'est dans la vieille maison, à l'orée des grands bois, là où viennent parfois rôder les fauves qu'il emporte Flavie vers l'avenir.

Il n'est plus alors ni médecin, ni chirurgien, ni même un homme plein de projets pour se tailler un avenir glorieux dans la médecine, mais un amoureux, simplement un amoureux...

Dans la petite maison rustique, Flavie et son mari ne pensent plus à personne; plus rien n'existe au monde qu'eux-mêmes.

L'amour a ceci de sublime, qu'il ne tolère aucune pensée étrangère. Erling, à genoux sur les épaisses peaux de fourrure qui forment tapis, serre avec enivrement sa femme dans ses bras. Et les grands yeux de Flavie se perdent dans les siens. Elle n'est plus qu'une femme — simplement une femme amoureuse. Son admiration pour Jan, les paroles cruelles de Thérèse, même ses expériences professionnelles, poussées jusqu'à l'abnégation et à l'héroïsme — elle a tout oublié...

Avec une soumission passionnée, une angoisse délicieuse elle se blottit contre la large poitrine. Une bouche jeune écrase ses lèvres. Alors, dans une demi-inconscience, elle songe à la « Fée des Neiges ».

A-t-elle enfin trouvé la paix profonde?... L'amour d'une intensité presque surhumaine, dont Sigrid a rêvé en vain, Flavie sait qu'il existe — et cela est merveilleux...

LE DESTIN DES YVARSEN

Wie soll ich meine Seele halten, dass sie nicht an deine rührt?

Comment puis-je empêcher mon âme d'être unie à la tienne?

RAINER MARIA RILKE, *Liebeslied.*

PREMIÈRE PARTIE

I

Inquiets, curieux, les Noirs se pressaient vers la cabane du vieux Sammy.

— N'approchez pas! cria une voix dans la multitude, il vient de charger son fusil!

— Son fusil?

— Mais oui, il nous guette. Il va nous tirer dessus!

— Sottise! Il n'y a pas plus pacifique que le vieux Sammy...

— Puisqu'on vous dit qu'il vient de devenir fou!

— Fou?

— Oui, c'est de l'angoisse morbide ou obsessionnelle comme disent les médecins. Je ne sais pas exactement ce qu'il en est.

— Alors taisez-vous, si vous ne savez rien.

— Dites donc, vous...

Une voix autoritaire s'éleva au milieu de la foule :

— Silence, tous! *Here comes the boss!* Voici le patron!

Très grand, blond, le visage basané, James Starner s'approcha de son contremaître qui venait de parler.

— Que se passe-t-il, Tom? Que signifie tout cet attroupement?

— Old Sammy est devenu fou, Monsieur.

— Explique-toi!

Les Noirs s'écartèrent respectueusement autour d'eux. Tom désigna la cabane :

— Vous connaissez le vieux Sammy, n'est-ce pas, Monsieur?

— Bien sûr, c'est l'un de nos meilleurs ouvriers.

— Eh bien, voici... Cet après-midi, Sammy était occupé à réparer un tracteur en compagnie de Bill, le jeune mécanicien.

— Je sais, oui, et alors?

— Soudain, il s'est jeté sur Bill et a voulu l'étrangler. Il hurlait d'une voix aiguë : « Je ne veux plus voir personne autour de moi! Personne! Personne! » *We all heard him, he was yelling, yelling like a madman.*

— Et ensuite?

— Bill a réussi à se dégager, il se défendait avec une clef anglaise. Alors, Sammy s'est précipité vers sa cabane où il s'est enfermé. Et depuis, il ne cesse de hurler.

— Que dit-il?

— Qu'il ne veut plus voir personne autour de lui, qu'il abattra le premier qui passera devant sa maison. Écoutez-le. Vous entendez?

— Oui, j'entends...

Old Sammy vociférait dans un curieux mélange d'anglais, d'afrikander et de dialecte local. Le canon de son fusil, menaçant, était visible dans l'embrasure de la porte.

— Si Jan était là, il saurait lui parler, le calmer, murmura James.

— Mister Jan Yvarsen, le docteur? demanda Tom.

— Oui!

James réfléchit : cette situation ne pouvait pas durer. D'un moment à l'autre, Old Sammy pouvait décharger son fusil sur un passant inoffensif, une femme, un enfant. Il fallait agir, et au plus vite! Il avait déjà pris le pli commun à tous les membres de la famille Yvarsen : dès qu'il y avait des difficultés, un danger, il pensait instinctivement à Jan. Cependant, Jan et Thérèse étaient en vacances, en France, de même que son père et sa mère, Tom et Fanny, qui passaient quelques semaines dans la vieille Angleterre. James était seul maître à bord. Le contremaître n'avait-il pas dit : *Here comes the boss?* Maintenant, le patron, l'homme qui devait prendre les responsabilités, ce n'était plus Tom Starner, mais James.

Il se rappela que le jeune contremaître noir, brillant et capable, portait le même prénom que son père, parce que

Tom Starner avait été son parrain. Il y avait là toute une tradition à maintenir, un esprit d'équipe, de fraternité dans le labeur quotidien. James réalisa que tous les yeux étaient fixés sur lui, qu'il allait devoir « faire face ». Sa décision était déjà prise.

Il écarta Tom, qui voulait le retenir, et se dirigea d'un pas ferme et décidé vers la cabane d'Old Sammy. Il entendit des pas derrière lui et se retourna. C'était Bill, le jeune mécanicien noir, qui courait vers lui.

— Que veux-tu? lui demanda-t-il. Reste auprès des autres, Old Sammy est armé d'un fusil.

Bill était très pâle, il dit d'une voix suppliante :

— *Don't hurt him, Mister James, Sir, he doesn't know what he is doing!*

Comme les Noirs trouvaient d'instinct des phrases bibliques : « Ne lui faites pas de mal, Monsieur, il ne sait pas ce qu'il fait »! Et c'était Bill qui disait cela, l'homme que Sammy avait failli étrangler dans son accès de rage.

James se trouvait seul, maintenant, devant la petite barrière qui séparait le jardinet de Sammy de la route. Il savait qu'en ce moment même, il donnait sa mesure d'homme, que tous les Noirs assemblés sur la place le jugeaient, le jaugeaient. « Sera-t-il digne de prendre la succession du patron? Est-il un Starner véritable? »

James passa son bras au-dessus du portillon et glissa le verrou. Les jeux étaient faits! Il ne pouvait plus revenir en arrière, il fallait continuer, affronter le fusil de Sammy. Autour de lui, des fleurs roses, jaunes et violettes s'épanouissaient. Car Sammy adorait les fleurs. Son jardin était le plus beau de l'exploitation, et même Tom Starner lui enviait certaines roses qui avaient la couleur de l'émeraude et qu'il était le seul à savoir faire éclore.

James aimait les Noirs, ils étaient ses meilleurs amis. Il était né en Afrique; pour lui, l'Europe était une terre étrangère. Ses camarades de jeu avaient été des Noirs, et il avait tôt appris à estimer leur intelligence vive et intuitive qui s'étendait aux animaux et aux plantes, leur bonté naturelle, leur candeur, leur spontanéité. Ainsi, Old Sammy n'était pas un étranger pour lui, bien loin de là! N'était-ce pas lui qui l'avait bercé sur ses genoux quand il n'était encore qu'un petit gamin de cinq ans? N'était-ce pas Old Sammy qui lui avait inculqué l'amour des bêtes?

Car Old Sammy avait toujours voué un amour fanatique aux bêtes de la forêt et de la brousse. Ne disait-on pas, dans le village, que jadis, son meilleur ami avait été un lion qu'il rencontrait journellement, là-bas, très loin, auprès du ruisseau bleu qui serpentait au-delà des vertes prairies? Et James lui-même n'avait-il pas vu cette gazelle apprivoisée qui vivait dans ce jardin et qui mangeait des mains de Sammy?

Tous ces souvenirs lui revinrent à l'esprit. Les histoires de la forêt que Sammy aimait raconter à la tombée de la nuit. Sa grosse voix bourrue, la douceur contrastante de ses gestes. Fanny, elle aussi, l'aimait bien, et elle venait souvent se joindre à eux pour écouter ces vieux contes fantastiques issus de l'éternelle terre africaine. Quand le soleil se couchait, quand ses longs rougeoiements solennels illuminaient le ciel, et quand les bêtes nocturnes s'éveillaient dans le grand silence de la forêt.

James avançait entre deux rangées de roses. « C'est cela, la relativité du temps, pensait-il, depuis que je me suis séparé de la foule des curieux, deux ou trois minutes à peine se sont écoulées. Et pourtant, quelles pensées ne m'ont pas assailli depuis! »

Il vit le sourire d'Ide, de sa chère femme adorée. A ce moment même, il entendit Sammy qui proférait d'une voix démentielle :

— *Get out of here! Get out of here!* Allez-vous-en! Allez-vous-en!

Il répondit d'un ton très calme :

— C'est moi, James. Ne me reconnais-tu pas?

— *Get out of here!* râla le vieux.

— Personne ne te veut du mal, Sammy, donne-moi ton fusil.

— *My gun? Never! Here, get this!* Prends ça!

James perçut la détonation, puis quelque chose se déchira dans sa poitrine. Il tomba en avant et s'effondra dans les fleurs.

« Dommage pour ces roses. Mais, pourquoi suis-je tombé? Il a tiré sur moi. Qui? Old Sammy. Non, ce n'est pas possible. Pas lui. Ce poids sur ma poitrine, cette déchirure. Pourquoi? Étrange... Je ne veux pas que... Non... »

Des visages se penchèrent sur lui, des yeux inquiets le fixèrent.

« Que me veulent-ils tous, pourquoi sont-ils là? Ils piétinent les fleurs. Pauvre Sammy. Mais il a... Je ne... »

— *He is dying.*

« Quoi? Il est mourant? Qui? Moi? Mais non, tout cela est une erreur, je vais leur expliquer, leur dire. »

Il essaya de se redresser sur ses coudes, mais le poids subitement immense de sa poitrine le fit retomber.

« C'est de moi qu'ils parlent, c'est moi qui suis mourant. Qu'est-ce que ça veut dire, être mourant? La fin. Après, il n'y aura plus rien. Rien? Ah! non! Je ne veux pas! »

Tout près de lui, un homme pleurait. Il reconnut la voix de Sammy.

« Il pleure, le pauvre, parce qu'ils ont piétiné ses roses. Il va falloir arranger cela. Je lui donnerai un jour de congé pour qu'il puisse remettre de l'ordre dans son jardin. Mais... je suis mourant! Qu'est-ce que c'est, la mort? »

Il se sentait tomber au fond d'un entonnoir. Tout en haut, autour d'un cercle blanc de lumière, des têtes curieuses se penchaient vers lui.

« Ide! Où es-tu? Ce n'est pas possible! Je ne veux pas! Non, pas maintenant! C'est trop tôt! »

Il glissait de plus en plus vers le bas de l'entonnoir. Là-bas, très loin, les têtes devenaient minuscules, des têtes d'épingles, lointaines, inaccessibles.

« C'est fini... Je ne reviendrai jamais plus vers eux. La mort... »

Autour de lui, la sombre cavité devint brusquement lumineuse. Il se dilua lui-même dans cette douce lumière, mais continua à fendre l'univers, plus loin, toujours plus loin...

Sous la véranda ombragée, Ide était étendue sur une chaise longue. Le livre qu'elle venait de lire lui était tombé des mains. Elle rêvait, pensait aux êtres qui lui étaient chers.

Dans ses rêves, son père, Jan Yvarsen, tenait toujours la première place, avant son mari même. Elle aimait évoquer ce visage viril marqué par toute une vie d'altruisme, d'amour, d'abnégation, de joies et de souffrances. Ce visage noble buriné par de longues années d'expérience humaine. Son père... Cet homme qui, au sommet de la carrière la plus brillante, n'avait pas hésité à s'expatrier une nouvelle fois pour recommencer sa vie là où on avait besoin de sa science et de son talent d'organisateur. En compagnie de sa fidèle Thérèse, il avait quitté la Suède pour venir prendre la direction de l'hôpital de Pretoria. Grâce à son impulsion généreuse, cet établissement était devenu, en quelques mois, l'une des cliniques les plus modernes du monde. Cependant, la supériorité de l'hôpital de Pretoria ne résidait pas essentiellement dans la technique révolutionnaire de ses blocs opératoires et de ses installations sanitaires. Non, le pivot autour duquel gravitait tout ce monde de patients, de médecins, de chirurgiens, d'internes et d'infirmières, était Jan Yvarsen lui-même. Sa présence bienfaisante galvanisait jusqu'au malade le plus désespéré. Quand il passait dans les longues salles blanches à la propreté exemplaire, il avait pour chacun le sourire, la poignée de main, ou le mot qui réconforte, qui redonne l'espoir. Tel était Jan, ce père qu'elle chérissait.

Et sa mère, Thérèse... En accompagnant son mari en Afrique du Sud, elle avait dû abandonner la chère demeure de la tante Brita, ce foyer qu'elle n'avait cessé d'entretenir et d'embellir avec amour et dévotion.

« La maison, *notre* maison... » Ide pensa avec une secrète nostalgie à ce cadre enchanteur de son enfance. L'immense pièce de séjour, simplement éclairée par le feu de cheminée; les vieux meubles de chêne qui luisaient dans la pénombre. Elle entendait chanter l'eau dans le samovar et voyait Thérèse, souriante, qui beurrait des toasts et versait le thé.

« Le petit bois de sapins, et le torrent qui mugissait au loin. Mes longues promenades solitaires, tôt le matin, quand des perles de rosée scintillaient sur l'herbe fraîche et tendre. Le vieux saule près de la rivière, où j'aimais m'asseoir et écouter le doux murmure de l'eau claire et limpide qui fuyait vers les fleuves, vers les mers lointaines.

» Et quand je revenais vers la maison, j'apercevais papa qui rentrait de la clinique. Dès qu'il me voyait, un grand sourire illuminait son visage. Je courais vers lui et je me jetais dans ses bras. Papa... »

Puis les pensées d'Ide allèrent vers Erling et sa charmante épouse, Flavie. Après leur voyage de noces au Canada, ils s'étaient d'abord fixés pendant quelques mois aux États-Unis, à Boston, où Erling avait accompli un stage dans une clinique dont l'activité principale était la lutte contre le cancer. Ensuite, le couple avait fait le voyage jusqu'à Buenos Aires, en Argentine, où le jeune et brillant chirurgien avait pris du service dans un hôpital. Enfin, actuellement, revenus en Europe, ils résidaient à Hambourg, et Erling participait activement aux travaux d'un centre de recherches scientifiques. Amusée par tous ces déplacements, Ide les appelait maintenant, avec une malice affectueuse, « nos pigeons voyageurs ». D'ailleurs, Erling et Flavie n'étaient plus seuls. Après la première année de mariage, il leur était né un ravissant petit garçon qui avait reçu le nom de son grand-père : Jan. Il entrerait dans la vie avec ce nom prestigieux, ce nom qui était devenu le symbole d'un idéal de noblesse, de désintéressement et d'amour : Jan Yvarsen.

Soudain, alors qu'elle était plongée dans cette douce rêverie, son attention fut attirée par un petit Noir de dix à douze ans qui accourait vers la véranda. Elle remarqua avec étonnement son air grave et solennel, si peu habituel chez un enfant de cet âge. Saisie du vif pressentiment de quelque malheur, Ide se leva d'un trait et se pencha au-dessus de la balustrade. Arrivé à quelques pas, le négrillon s'arrêta et cria de sa voix fluette :

— *Ma'am! Ma'am! Something terrible has happened! Something terrible!*

— Qu'est-il arrivé? Raconte! *Tell me!*

Le petit garçon hésita, puis il devint très triste, baissa la tête, et dit :

— *Old Sammy has killed Mister James, Ma'am...* Le vieux Sammy a tué M. James, oui... Il était devenu fou, Sammy, subitement, et il avait déjà essayé d'étrangler Bill, le mécanicien. *When he realised what he had done, he dropped his gun and started crying like a baby.* Oui, Ma'ame, quand il a compris ce qu'il venait de faire, il s'est mis à pleurer, Sammy, à pleurer comme un petit enfant.

Ide entendait ces paroles étranges, mais leur sens lui échappait. Rêvait-elle? Était-elle la lamentable victime d'une monstrueuse hallucination?

« Que m'arrive-t-il? Mais enfin, tout ceci n'est pas... Je ne... Oui, c'est cela, je suis restée trop longtemps au soleil, ce matin. Je ne devrais pas... Fanny me dit toujours... Malade... Fièvre... Il faudrait que... »

Cependant, le négrillon était bien là, en chair et en os. Ce n'était pas une apparition mais un être vivant qui venait de parler, de proférer ces paroles insensées, impossibles... Ide descendit avec vivacité les quelques marches reliant la véranda avec le jardin, et courut vers le petit. L'ayant saisi par les épaules, elle le secoua et s'écria sur un ton angoissé :

— *You are lying!* Tu dis des mensonges, n'est-ce pas? Mais avoue-le donc! Des mensonges, des mensonges!

Les yeux de l'enfant se voilèrent de larmes; il répondit d'une voix tremblante :

— *No, Ma'am, I'm not lying... Mister James is dead...* Ils m'ont envoyé pour vous prévenir, Ma'ame, pour vous dire que... J'ai peur, Ma'ame, je n'ose plus! Mais c'est vrai, il est mort...

Ide le lâcha, et ses bras inertes retombèrent le long de son corps.

« Mais c'est vrai, il est mort... C'est de James qu'il parle, de *mon* James. » D'instinct, elle traduisit dans sa langue maternelle, en suédois : « Mort, *död...* »

Död, ce petit mot sec et définitif, tranchant comme un couperet, était l'épine dure et douloureuse qui s'enfonçait dans son cœur, qui le transperçait de part en part. *Död,* c'était l'irrémédiable, la fatalité qui faisait brutalement irruption dans une vie jusqu'alors gaie et insouciante comme celle d'un oiseau des champs. Jamais plus, James ne la prendrait dans ses bras; jamais plus, elle ne sentirait se poser sur elle son grand regard sincère et tendre. Jamais plus... Ide eut l'impression d'être emportée par une immense vague de fond, une vague de peine et de désespoir. Elle perdit connaissance et s'écroula aux pieds de l'enfant en pleurs.

Quand l'oiseau sent passer l'aile de la mort, il arrête son chant.

II

Quand Jan se réveilla, son mouvement premier et instinctif fut de chercher Thérèse à côté de lui. Il fut d'abord tout étonné de se trouver seul dans une grande et luxueuse chambre d'hôtel. Puis il se rappela qu'il était à Nice, au Ruhl, et que Thérèse était restée à Paris pour y terminer ses multiples achats.

Car lorsque Ide avait appris que ses parents passeraient leurs vacances en France, elle avait immédiatement dressé une longue liste d'emplettes où les parfums et les eaux de toilette voisinaient avec les soieries, les articles de maroquinerie et les livres. Elle remit cette liste à sa mère, non sans l'agrémenter de mille recommandations et indications au sujet de tel ou tel magasin de la rue Saint-Honoré ou de la rue de la Paix qu'il fallait *absolument* visiter.

Arrivée à Paris, Thérèse avait d'abord songé à satisfaire toutes les demandes de sa chère Ide. Une semaine s'écoula ainsi. A la fin, Jan observa :

— J'admire la bonne grâce avec laquelle tu fais toutes ces courses pour Ide, ma chérie, ce dévouement t'honore. Cependant, je pense que le moment serait venu de songer un peu à toi-même.

Thérèse répondit en souriant :

— C'est-à-dire que tu aimerais me voir dresser une liste semblable à celle d'Ide, mais destinée à mes propres besoins?

— Parfaitement!

— Donc, la tournée des magasins reprendra. Cela ne sera pas très amusant pour toi, Jan. Y as-tu réfléchi?

Il la prit par le bras :

— Oui, mon amie... Et voici ce que je propose. Tu vas poursuivre calmement tes achats pendant deux ou trois jours. Quant à moi, je vais retourner à Nice ce soir même, car vois-tu, j'ai besoin d'une détente, d'un repos, que je ne trouve pas ici, à Paris. Tu viendras me rejoindre là-bas dès que la rue Saint-Honoré n'aura plus rien à présenter qui puisse te séduire.

— Dans ce cas, j'ai bien l'impression que je ne quitterai jamais plus Paris! répliqua Thérèse, très gaie.

Mais elle ajouta aussitôt, sur un ton moins enjoué :

— Non, mon chéri, ne crains rien... Dans deux jours, j'en aurai fini ici, et nous nous retrouverons tous les deux au bord de la mer.

Jan revêtit sa robe de chambre de soie noire à filets d'argent et tira les rideaux. La fenêtre était entrouverte. Il écarta les deux battants complètement et se trouva face à la mer.

Elle était immense, imposante, envoûtante. Le soleil levant allumait des myriades de feux étincelants sur les flots cristallins qui s'étendaient à perte de vue. Le ciel se fondait avec la mer, formait avec elle une symphonie cosmique de couleurs et de nuances où le bleu et l'azur se mariaient avec l'or et l'argent.

Un grand silence planait sur ce spectacle grandiose de la nature virginale; silence rendu plus impressionnant encore par l'incessant clapotis des vagues qui venaient mourir sur les galets et le cri timide d'une mouette matinale.

Jan respira à pleins poumons l'air frais et pur de la brise marine. A ce moment, on frappa à la porte. Jan eut à peine répondu, qu'il vit entrer Erling, le visage hâlé, une mèche rebelle sur le front.

— Toi? s'exclama-t-il, stupéfait.

— Oui, papa, j'arrive tout droit de l'aéroport!

Les deux hommes s'embrassèrent. Puis Jan s'enquit :

— Et Flavie?

— Je l'ai laissée à Paris, avec maman. Voici, je vais t'expliquer. Sachant que vous étiez à Paris, nous avions décidé de venir vous y rejoindre...

— Il fallait nous écrire!

— Mais non, nous voulions vous faire la surprise. Quand nous sommes arrivés, Thérèse nous a appris que tu étais reparti la veille pour Nice.

— Que veux-tu, je suis devenu un vieil homme, les capitales me fatiguent.

Erling regarda son père avec admiration et répliqua vivement :

— Un vieil homme? Tu plaisantes, papa, je ne t'ai jamais vu en meilleure forme!

Jan sourit :

— Tu me flattes, ce n'est pourtant guère dans tes habitudes.

— Je n'ai pas changé, papa, je continue à toujours dire ce que je pense. D'ailleurs, tu sais mieux que quiconque que j'ai raison et que personne ne te donnerait ton âge.

— Et mes cheveux blancs?

— Ils ne sont pas blancs, mais argentés. Personnellement, je te trouve encore plus attirant qu'auparavant.

— Merci pour le compliment, mon cher fils !

— Je suis sérieux, papa, tu sais. Je suis persuadé que les femmes continuent à se retourner sur toi.

Malgré lui, Jan se redressa, et un éclair de fierté brilla dans ses yeux :

— Mais bien sûr, jeune blanc-bec, qu'est-ce que tu crois?

Estimant qu'ils avaient suffisamment badiné, Jan passa aux choses sérieuses :

— Tu sais, dit-il d'une voix où perçait un sourd reproche, au lieu de jouer les « pigeons voyageurs », comme dit si justement ta sœur, tu aurais aussi bien fait de t'occuper de la clinique de Stockholm.

Ces paroles produisirent un effet immédiat sur Erling. De gai et enjoué, il devint distant, presque hostile. Dès que leur profession était en cause, les relations entre le père et le fils redevenaient tendues. Parce que le fils craignait toujours de se laisser prendre dans les filets de la célébrité du père. Il avait décidé une fois pour toutes qu'il ne serait pas le « fils de Jan », mais le docteur Erling Yvarsen. Certes, il aurait pu choisir la facilité, se hisser sur le piédestal de la renommée de son père, s'installer confortablement dans la gloire d'un nom dont l'éclat était resté rayonnant. Mais une telle attitude n'était pas conforme à son caractère viril et dynamique. Il voulait conquérir sa propre célébrité à force de labeur acharné, bâtir sa vie sur un effort personnel et non point sur les longues années de travail désintéressé de son père. Aussi, chaque fois que Jan abordait ce sujet, Erling se rebiffait, se hérissait, redoutant l'emprise du célèbre chirurgien. Il répondit sur un ton cassant :

— Aurais-tu oublié la conversation que nous avons eue au Transvaal, le lendemain de la guérison de Flavie? Tu m'avais offert la direction de la « Clinique Yvarsen », et comme cadeau subsidiaire la maison de tante Brita. J'ai refusé en termes nets et clairs, et j'ai cru comprendre que tu admettais mes motifs. Pourquoi remettre en question notre accord?

Jan eut un geste d'humeur :

— Accord! Sommes-nous deux hommes de loi ou bien un père et son fils?

— Où veux-tu en venir?

— A ceci, que ta réaction de naguère, ton refus si

catégorique, n'était qu'un réflexe d'adolescent sans expérience!

Erling bondit :

— Justement, père, je voudrais que tu comprennes que je ne suis *plus* un adolescent maintenant, mais un homme!

Jan ne l'écoutait pas, il enchaînait :

— Bien sûr, à ton âge on veut partir à la conquête du monde, on veut tout réformer, et surtout, on ne veut rien devoir à autrui! Tu as refusé mon offre pour affirmer ta propre liberté face à la mienne.

— Exactement!

— Ces idées ne sont néanmoins que des enfantillages!

— Telle n'est pas mon opinion.

Jan se mit à déambuler nerveusement à travers la pièce, scandant ses paroles de gestes vifs et tranchants. C'était sa manière de s'exprimer quand un sujet lui tenait particulièrement à cœur.

— Ce n'est pas une question d'opinion, Erling, c'est là où tu fais erreur! Il s'agit au contraire d'une question de fidélité, de tradition, de pérennité d'un nom et d'un effort. Vois-tu, j'ai sacrifié la plus grosse part de ma vie à mon travail à la clinique, et ta mère en a bien souvent souffert. Toutes ces heures de recherche, d'étude, d'expérimentation... Ces nuits entières consacrées à l'établissement d'un diagnostic pertinent. Et puis les ennuis énervants avec les administrations, les discussions fastidieuses, les épineuses questions de crédits. Crois-moi, monter la « Clinique Yvarsen » n'a pas été une mince affaire! Je le dis sans fausse modestie.

— Je sais cela, père, et je serais le dernier à vouloir minimiser ton mérite.

— Mérite! Mérite! Comme s'il s'agissait de cela! Et d'abord, sache que tu ne sais rien du tout! C'est à partir de quarante ans qu'on commence à comprendre la vie, qu'on *commence,* tu m'entends?

— Mais...

— Et puis cesse de m'interrompre quand je parle! Tu me répondras quand j'en aurai terminé avec ce que j'avais à te dire. Donc, je t'expliquais que j'ai sacrifié les plus belles années de ma vie à la création du centre hospitalier que tu connais, sans parler de mon activité antérieure à Krittelwerk.

Tu me rétorqueras sans doute qu'étant médecin c'était normal, que la courbe de ma vie était tracée à partir du moment où j'ai fait le choix de cette profession. D'accord! Cependant, laisse-moi te dire que c'étaient surtout vous, ta mère, Ide et toi, qui me souteniez dans mon effort. Pensant à vous, j'étais conscient d'édifier un roc sur lequel mes enfants continueraient à bâtir. Cette clinique devait être *notre* clinique. Je te voyais prendre ma succession, puis tes propres enfants la tienne. Le départ d'Ide pour le Transvaal a été une première déception. Je ne lui ai jamais fait sentir, mais à toi je peux bien l'avouer. C'était déjà une rupture de notre cercle familial, un commencement d'effritement. Et plus tard, comme tu viens de me le rappeler, quand je t'ai offert la direction de *notre* clinique tu m'as répondu froidement : « Franchement, je suis très touché, très ému. Mais je refuse. » Cette réponse négative sanctionnait la ruine de mes projets les plus chers; elle signifiait l'effondrement de ce magnifique édifice familial que j'avais entrevu à travers mes rêves.

Jan s'immobilisa devant son fils et articula avec une certaine hauteur :

— Cependant, comme tu le sais, j'ai fait face!

Et il continua d'une voix où poignait une secrète mélancolie :

— Mais aujourd'hui, au soir de ma vie, je suis peiné de savoir la clinique entre les mains d'un étranger, la propriété de tante Brita désertée, et ma famille dispersée aux quatre coins du globe. C'est tout ce que j'avais à te dire... Maintenant, réponds-moi, persistes-tu dans ton refus?

Erling était à la torture. Le vibrant monologue de son père l'avait ému. Et pourtant... Il regarda Jan droit dans les yeux et répondit avec fermeté :

— Oui, père, je persiste.

Jan explosa :

— Tu es le plus têtu animal que je connaisse!

— Je suis ton fils, papa...

Cette remarque toucha Jan à son point faible, le fit sourire :

— Tu veux dire que nous sommes faits de la même étoffe, toi et moi, n'est-ce pas?

— Il me semble, oui.

— Dans ce cas, nous sommes de sacrés phénomènes!

— C'est ce que Flavie prétend toujours.

— Flavie? Ah oui... Parle-moi un peu d'elle! Raconte!
— Tu sais ce qu'on dit des peuples heureux?
— Qu'ils n'ont pas d'histoire.
— Flavie est dans le même cas.
— Ravi de te l'entendre dire. Et mon petit-fils, comment se porte-t-il? Vous l'avez amené avec vous, j'espère!
— Non, papa. Flavie estimait que Jan était encore trop jeune et trop fragile pour ces déplacements fatigants. Nous l'avons laissé à Hambourg, en bonnes mains.

Jan était devenu rêveur. Il murmura devant lui :
— C'est vrai... Il porte le même nom que moi, Jan Yvarsen... La roue tourne...
Puis il s'adressa de nouveau à Erling, un peu solennel :
— Vois-tu... Si j'ai abordé un sujet qui t'est pénible, c'est que j'avais une raison bien particulière.
Intrigué, Erling se pencha en avant :
— Je t'écoute, papa.
— Voici, j'ai décidé de me démettre de mes fonctions directoriales de l'hôpital de Pretoria.
Erling était déconcerté par cette nouvelle inattendue.
— Aurais-tu l'intention de retourner à Stockholm? demanda-t-il.
— Absolument pas! Je mets un terme à toute mon activité médicale.
— Comment, tu veux te retirer définitivement?
Jan appuya sur chaque syllabe :
— Dé-fi-ni-ti-ve-ment.
— Et qu'en dit-on à Pretoria?
— Personne n'est encore au courant de ma décision, même pas ta mère; je t'en ai réservé la primeur. J'avais l'intention de t'écrire; ta venue a simplifié les choses.
— Je ne sais vraiment quoi dire... Si, j'aimerais connaître tes motifs.
Jan fixa son fils, haussa les épaules et eut un geste de résignation :
— Mes motifs! Mais il n'y a pas de motifs! C'est tout simplement que je suis arrivé au terme de ma carrière. Sous ma direction, l'hôpital de Pretoria a été entièrement réorganisé et modernisé. Le gros travail est fait! Aujourd'hui, Pretoria peut rivaliser avec la « Clinique Yvarsen » de

Stockholm, et tout praticien capable pourra prendre ma succession. En Suède, ils ont pris l'habitude de se passer de moi, grâce aux jeunes générations qui montent, à ces étudiants qui suivaient mes cours à la Faculté. Donc, j'estime avoir fait mon devoir et être quitte envers la société. Les comptes sont arrêtés.

— Avec un solde en ta faveur!

Cependant, Erling ajouta, sur un ton d'incrédulité :

— Malgré tes explications, je ne te vois pas prendre une retraite définitive. Car enfin, tu n'es pas homme à cela, papa! Depuis que mes yeux se sont ouverts sur toi et que j'ai pu comprendre ce qui se passait autour de moi, je t'ai vu agir avec un but bien déterminé. Tu n'as jamais été un radeau qui se laisse porter par les vagues, mais un voilier qui cingle dans une direction fermement arrêtée.

— Tu es un fin psychologue, Erling. Effectivement, je n'aimerais point me laisser ballotter par les vagues. Non, si j'ai décidé de prendre ma retraite, c'est que j'ai encore une tâche très importante à remplir.

— Nous y voilà! J'en étais sûr!

— Oui, une tâche importante, impérative... As-tu jamais songé au destin de ta mère, Erling?

— Je ne saisis pas...

— As-tu jamais mesuré son dévouement, son abnégation?

Erling baissa la tête :

— Maman, oui... Elle nous a tout donné.

— Nous avons tous vécu de sa chaleur et de son affection. Qu'aurait été notre foyer sans ce trésor de tendresse qu'elle y avait accumulé, et dans lequel nous venions souvent très égoïstement puiser? Qu'aurait été notre famille sans la flamme vive de l'amour de Thérèse, cette flamme qui nous réchauffait quand la vie nous faisait grelotter, et qui nous indiquait le droit chemin quand nous errions dans les ténèbres. Le confort d'un foyer n'est pas seulement le résultat de l'heureux arrangement des meubles ou d'une décoration de bon goût, non, il est surtout dû à l'esprit qui y est diffus, et cet esprit tonifiant peut uniquement venir d'un cœur de femme. Comme tu l'as dit, ta mère nous a tout donné. Mais qu'a-t-elle reçu de nous? Ide et toi, vous avez quitté la maison et vous vous êtes mariés. Cela est normal, c'est la loi de la vie, et il serait ridicule de vous en faire un reproche. Mais moi, moi qui suis censé vivre à ses côtés, combien d'heures est-ce que je lui consacre en réalité tous les jours? Que dis-je, combien d'heures? parlons plutôt de minutes! Je me lève tôt le matin et je disparais pour passer ma journée à l'hôpital. Quand je rentre le soir, je suis tellement éreinté que je m'endors comme une masse aussitôt après le dîner.

— C'est le sort des femmes de médecin, papa.

— « Il est un temps pour tout », dit l'Ecclésiaste. Ta mère a tout un passé d'abnégation et de dévouement silencieux, de souffrance aussi. Car que n'a-t-elle pas souffert par la faute de cette malheureuse Sigrid et plus tard encore lors de ce déchirement provoqué par ton amour pour Flavie? Non, Erling, crois-moi, j'ai une dette envers Thérèse, et le moment est venu de la payer. La tâche dont je t'ai parlé, c'est d'assurer son bonheur, de ne plus penser qu'à elle, d'être toujours à ses côtés.

— Cette tâche est bien digne de toi, père... Mais que comptes-tu faire pratiquement?

— Dès que nous rentrerons à Pretoria, je me chercherai un successeur, je donnerai ma démission et je mettrai toutes mes affaires en ordre. Ensuite, nous nous achèterons une belle maison sous un climat tempéré, au bord de la mer peut-être.

— Dans quel pays?

— Ce sera à Thérèse de choisir, de décider, puisque ce sera surtout *sa* maison. Mais j'ai déjà trouvé le nom...

— Puis-je savoir?

— Bien sûr! Nous l'appellerons *Journey's End.*

— « La Fin du Voyage », c'est un peu mélancolique.

— Certainement, mais cela nous convient à tous les deux. Nous aurons un grand parc où Thérèse pourra élever les bêtes qu'elle adore. Moi, je disposerai d'une bibliothèque bien fournie pour mes lectures, et j'aurai deux ou trois chevaux pour pouvoir m'adonner à mon sport favori.

— Voici un programme bien tentant!

— *Journey's End* sera ceci et plus encore. Plus, parce que cette demeure sera aussi le symbole de notre amour. Vois-tu, Erling, à vingt ans on s'imagine volontiers qu'un amour est né dès qu'on s'est regardé dans les yeux et qu'on a échangé des serments enflammés. Illusion! Ce n'est là qu'un commencement, un timide début! Un amour entre une femme et un homme, c'est quelque chose qui se construit patiemment, qui ne s'édifie qu'avec l'aide et le soutien du temps. Chaque jour passé ensemble est comme une nouvelle pierre apportée à la maison de l'amour. Quelquefois, un geste maladroit peut faire s'effondrer tout un pan de mur. Alors, il faut recommencer, avec tendresse et persévérance. Et c'est seulement quand on arrive vers le sommet de la vie que l'édifice s'achève. Thérèse et moi, nous avons ainsi bâti une claire et lumineuse demeure. Maintenant, nous allons l'habiter.

Pendant quelques minutes, Jan resta silencieux, plongé dans sa rêverie. Puis il se tourna vers Erling et, le visage gai, lui demanda :

— Quand doivent-elles nous rejoindre, Thérèse et Flavie?

— Demain soir, papa. Je les ai précédées afin de pouvoir t'exposer calmement mes projets professionnels.

— Toi aussi, tu as des projets?

— Oui, et j'ai besoin de tes conseils.

— Voilà qui est bien. Nous parlerons de tout cela en prenant le petit déjeuner. Pendant que je vais faire ma toilette, tu descendras sur la terrasse et tu commanderas notre collation.

— Que prendras-tu, papa?

— Aurais-tu oublié mes habitudes?

Erling sourit :

— Non, attends une minute, je vais composer ton petit déjeuner... Là, j'y suis! Pour commencer, des œufs au bacon avec un jus de tomate. Ensuite, des toasts au beurre, à la confiture et au miel, arrosés d'un café au lait préparé avec beaucoup de café et peu de crème. Ma mémoire est-elle bonne?

— Infaillible!

Et les deux hommes se séparèrent d'excellente humeur. Jan entra dans la salle de bains en fredonnant un vieil air suédois.

La Promenade des Anglais était encore déserte. Avant de s'attabler en face de son fils, Jan contempla la mer et dit, pensif :

— Tu sais, Erling, j'ai vu bien des surfaces d'eau, sous toutes les latitudes, mais aucune n'est aussi belle que la

Méditerranée. C'est peut-être bien ici que nous nous fixerons, Thérèse et moi...

A ce moment, un chasseur de l'hôtel s'approcha de Jan et lui tendit un plateau d'argent sur lequel était posé un télégramme :

— Pour vous, monsieur Yvarsen.

Surpris, Jan décacheta la petite enveloppe bleue et lut :

Mari d'Ide mort accidentellement. Vous attendons à Orly pour prendre avion Afrique.

THÉRÈSE et FLAVIE.

Jan devint très pâle. Cependant, toujours maître de lui, il se tourna vers le chasseur et ordonna :

— Vous allez immédiatement téléphoner à l'aéroport pour me réserver deux places dans le premier avion en partance pour Paris!

III

Norbert jeta un regard admiratif sur la belle Cora. Leurs amis communs les avaient laissés seuls à cette terrasse de café de Montparnasse. Ils pourraient bavarder à leur aise.

— Vous me dévorez des yeux comme si vous vouliez faire de moi votre futur modèle, dit Cora avec sa franchise habituelle et son accent anglais très prononcé.

Norbert sourit, un peu gêné :

— Je travaille sans modèle, dit-il, pour donner à la conversation un tour moins brûlant.

— Donc, vous laissez agir votre inspiration, fit Cora.

Le visage de Norbert prit une expression sérieuse, presque grave. Dès qu'un entretien portait sur son art, le jeune peintre abandonnait son attitude habituellement gaie et enjouée et s'exprimait sur un ton presque solennel. Il se pencha vers son interlocutrice et proféra avec véhémence :

— L'inspiration, oui, parfaitement! Car l'artiste digne de ce nom doit obéir aux seules impulsions de son génie personnel, se laisser guider par son imagination.

— Et les règles, qu'en faites-vous?

— Sont bonnes pour les médiocres! Du moins, celles qu'on

enseigne dans les écoles. Un artiste ne devient véritablement grand qu'en élaborant sa propre théorie esthétique, en se pliant à un ordre qui ne vient pas de l'extérieur, d'autrui, mais de l'intérieur, du plus profond de lui-même.

Cora partit d'un rire cristallin :

— J'aime la chaleur avec laquelle vous défendez vos idées! Vous êtes déjà très Européen, savez-vous?

Norbert inclina la tête :

— Je vous remercie, chère amie, car ceci est le plus beau compliment qu'on puisse faire à un Américain. Quoique nous autres, Canadiens français, nous n'ayons jamais véritablement cessé d'être des Européens.

— Parlez-moi un peu de votre sœur, Norbert. Il paraît que c'est une fille absolument géniale... Une grande biologiste connue dans le monde entier?

Norbert sourit :

— N'exagérons rien! Il y a trois ans, avant son mariage, Flavie réussit à localiser le virus du mal de Nils, une fièvre mortelle qui sévissait en Afrique du Sud et qui emportait surtout de petits enfants. Après de longues et téméraires recherches qui faillirent lui coûter la vie, elle découvrit l'antivirus et mit au point le vaccin grâce auquel ce mal peut être efficacement combattu.

— Mais, c'est une performance extraordinaire pour une jeune fille!

— Je dois avouer que ma sœur est une personne qui sort assez de l'ordinaire...

Cora se pencha en avant, intriguée :

— Et comment est-elle? Le genre femme de science sévère, portant de grosses lunettes, et toujours absorbée dans de profonds calculs?

Ce fut au tour de Norbert de partir d'un grand rire amusé :

— Flavie? De grosses lunettes? Sévère? Mais vous n'y êtes pas du tout, chère amie!

Cora eut un mouvement d'impatience bien féminin :

— Alors expliquez-vous, dit-elle, brossez-moi un portrait de votre sœur, vous qui êtes peintre! Est-elle jolie?

— Jolie, c'est peu dire. Avant de vous rencontrer, je ne connaissais personne qui pût rivaliser avec son éclatante beauté.

Cora accepta le compliment avec un charmant mouvement de tête. Puis elle s'enquit :

— Et son mari, votre beau-frère, comment est-il?

— Un garçon très doué, intelligent et sympathique.

— Biologiste aussi?

— Non, médecin. Vous avez peut-être entendu parler de son père, Jan Yvarsen?

— Yvarsen, la célèbre sommité du monde médical? Bien sûr! Mais, dites-moi, Norbert, vous n'avez que des célébrités dans votre famille! Il va falloir vous efforcer de vous faire un nom, vous aussi.

Norbert eut un geste de modestie :

— Je ne travaille pas pour la gloire. D'ailleurs, j'ai encore *tout* à apprendre. Quand un Canadien débarque à Paris pour faire de la peinture, il se sent un peu gauche, un peu provincial. Beaucoup d'entre nous en sont restés à *la Joconde.* L'apprentissage est dur et long si l'on croit sérieusement à sa vocation. On peut évidemment choisir la facilité et suivre la mode, devenir un quelconque fumiste et bluffeur.

— Ce qui n'est pas dans votre caractère, n'est-ce pas? Car vous me paraissez être exactement le contraire d'un bluffeur.

— Je déteste toute espèce de mensonge et d'imposture! fit Norbert avec un mouvement énergique du menton.

— Vous m'amusez, Norbert! Si franc et sincère, presque candide, à une époque où il y a tant de jeunes vieux.

— Vous me trouvez naïf, Cora?

— Non, jeune! Dites-moi, est-il vrai que vous ayez un atelier absolument sensationnel à Montmartre?

Norbert secoua la tête :

— Non, je ne l'ai plus, j'ai déménagé. A présent, j'habite rue Bonaparte; c'est plus près de l'École, et puis, j'ai toujours préféré la rive gauche. Aimeriez-vous rencontrer ma sœur Flavie?

— *Of course, with the greatest pleasure!*

— Dans ce cas, je vais organiser une petite réception dans mon nouvel atelier. Flavie est justement de passage à Paris. Elle sera ravie de m'assister dans mes charges de maître de maison. Mais... vous viendrez, Cora, c'est promis?

— Promis!

Après avoir quitté Cora, Norbert rentra à pied à son atelier. En traversant le boulevard Saint-Germain, il faillit se faire renverser par une voiture. Car il était hanté par l'image de la jeune fille.

Ses charmantes boucles blondes et dorées. Son sourire ensorceleur. Ses yeux châtains où brillaient l'intelligence et la malice. Ses moqueries innocentes. L'ovale parfait de son visage, et la grâce de sa silhouette. Enfin, tous ces détails délicieux qui faisaient d'elle cet être exquis et ravissant dont il n'arrivait plus à détacher son regard intérieur. L'automobiliste qui l'avait frôlé lui lança quelques paroles hargneuses. Norbert se contenta de sourire... Il était si loin de la prose vulgaire des rues.

« Erik et Flavie sont mariés. Je suis le dernier célibataire de la famille. C'est normal, car je voulais me consacrer tout entier à mon art. Je me demande comment serait ma vie si j'étais marié...

» Marié? Mais oui, pourquoi pas? Grâce à la générosité de Sigrid, nous n'aurions aucun problème matériel. Sigrid..., étrange personnage, étrange destinée. Bonne fée pour certains, ange diabolique pour d'autres. Revenons à mon éventuel mariage! Bien sûr, ma femme serait un être sensible et cultivé. Il ne faut pas qu'il y ait un écart trop grand entre l'intelligence et la sensibilité esthétique de deux époux. L'idéal, c'est l'harmonie, l'union complète.

» Cora... Elle étudie l'archéologie. Trois années de grec à Oxford. Maintenant élève à l'École des hautes études. Plus tard, elle ira en Italie et en Grèce pour participer à des fouilles. Cela doit être passionnant...

» Après tout, l'archéologie est assez proche des beaux-arts. Pour pouvoir dater le fragment d'une poterie ou bien le chapiteau d'une colonne, il faut connaître l'histoire des styles, et pour les statues, savoir déceler l'empreinte de certains grands artistes de l'Antiquité. Pas de bon archéologue sans bonne culture artistique. Il est donc certain que nous nous compléterions réciproquement, Cora et moi.

» Ce temple grec que j'ai visité en Sicile... Au sommet d'une colline aux flancs arrondis, couverte de champs de blé. Les épis étaient jaunes, ou plutôt, ils ressemblaient à des pépites d'or. Et ils s'inclinaient légèrement, presque gravement, sous la brise marine. En haut, autour des colonnes brûlées par le soleil, des cigales faisaient entendre leur chant têtu dans de magnifiques oliviers au feuillage argenté. Oui, je me rappelle les moindres détails de ces pierres solennelles sculptées par les anciens artisans, les ravages du temps et les marques du stupide vandalisme des touristes.

» Je ressentis comme une sorte d'effroi en pénétrant dans l'enceinte sacrée. Là, des hommes avaient prié, là ils avaient imploré les dieux. Et en contemplant ces colonnes meurtries qui s'élevaient dans la luminosité du ciel, je compris que les prières des humains y avaient apposé la marque indélébile de l'esprit. Oui, je sentais vibrer l'âme de ces pierres antiques, de ces pierres que le commun croit inanimées.

» J'étais seul, seul sous l'enchantement de ce lieu. Au pied des marbres mutilés, les flots dorés des champs se hâtaient en larges ondulations vers les flots bleus et dansants de la mer. Haut dans le ciel, éternels voyageurs dont je percevais les appels incertains, des oiseaux migrateurs cinglaient en noirs triangles vers de lointains horizons. Un sentiment poignant s'empara de moi.

» Et c'est là, en Sicile, que nous aurions notre maison. Elle serait blanche comme la lumière et souriante comme le regard de Cora. Des balcons en fer forgé, de vastes pièces claires et confortables, meublées avec un goût sûr et sobre. J'aurais un atelier tout en soleil!

» Quelle serait la réaction de Flavie à mon mariage? Difficile à dire. Bien sûr, elle aimerait Cora, mais elle en serait aussi un peu jalouse. Pour elle, je suis resté Bertie. C'est l'instinct maternel des sœurs. Toujours heureuse de pouvoir mettre de l'ordre dans mes affaires. Mais... toutes ces pensées sont ridicules! Un mariage entre Cora et moi? Que suis-je donc pour elle? Une vague connaissance, pas plus! D'accord, cependant il y avait ce sourire... »

Quand Norbert pénétra dans son atelier, il y trouva Flavie qui l'attendait.

— Quelle agréable surprise! s'écria-t-il, justement, je pensais à toi.

— La concierge m'a ouvert la porte... Il est arrivé quelque chose de très grave...

— Je le vois à l'expression de ton visage, l'interrompit le jeune peintre. Que se passe-t-il? Rien concernant le petit Jan, j'espère? Ni Erling?

— Non, il s'agit du mari d'Ide, de James Starner. Il a été tué par un Noir.

— Comment? Tué par un Noir? Mais, ce n'est pas possible! Raconte.

— Plus tard, répondit Flavie, nerveusement. Nous n'avons pas de temps à perdre! Ma belle-mère nous attend à Orly où Jan Yvarsen et Erling doivent atterrir d'une minute à l'autre. Nous prendrons tous l'avion pour l'Afrique du Sud, les places sont déjà réservées. Car tu acceptes de nous accompagner, j'espère?

Norbert posa sa main sur l'épaule de sa sœur :

— Bien sûr, Flavie. *Ta* famille est aussi la mienne.

IV

La puissante machine survolait l'immense continent africain. Le bourdonnement grave et obstiné de ses moteurs semblait emplir tout le ciel. A la frange du Sahara, un officier méhariste de la Légion leva les yeux vers l'avion qui fendait la voûte d'azur. Il arrêta sa monture, et, pendant quelques minutes, resta rêveur. « Ils viennent d'Europe, de la France peut-être. La France... »

L'avion n'était déjà plus qu'un petit point noir fuyant vers le sud. A quelques pas de l'officier méhariste, une caravane s'ébranla pour affronter la traversée du désert. Hautains et flegmatiques, les chameaux s'en allèrent, sur ce rythme lent et balancé qui n'a pas changé depuis la nuit des temps.

Jan se pencha vers son fils :

— Tu peux me dévoiler tes projets, maintenant, Erling, nous avons tout le temps.

Erling jeta un dernier regard par le hublot, puis il se tourna vers Jan :

— Mais certainement, papa! Voici, en bref, de quoi il s'agit : je veux m'attaquer au cancer!

— Au cancer? Mais sais-tu seulement de quoi tu parles?

Es-tu au courant de ces recherches et de ces travaux innombrables et tenaces qui se poursuivent depuis de longues années, toujours sans résultats positifs?

— Tu oublies qu'à Boston le cancer était mon unique sujet de préoccupation. En fait, je suis au courant de tout ce qu'on a fait et publié sur ce sujet.

— Si je suis bien informé, le traitement le plus récent consiste à exposer l'organe malade à la radio-activité d'isotopes fabriqués dans une pile atomique. Ce n'est pas ça?

Erling eut un mouvement d'impatience :

— Ce n'est pas la thérapeutique du cancer qui m'intéresse, papa, mais sa pathologie. Je veux découvrir les agents pathogènes, les causes, monter à la source du mal.

— Comme si on pouvait étudier l'un et négliger l'autre!

— Je sais, je sais... D'ailleurs, j'ai consigné les premiers résultats de mes recherches dans un rapport que je te demanderai de lire aussi attentivement que possible, car j'ai besoin de tes critiques et de tes éventuelles suggestions.

Il désigna la grosse serviette de cuir qu'il tenait sur ses genoux :

— J'ai là tout le dossier. Tu pourras en prendre connaissance dès que tu voudras.

Jan fixa son fils avec une expression de surprise teintée de fierté paternelle et d'admiration :

— Te rends-tu compte, Erling, de la tâche colossale à laquelle tu t'attaques?

— Oui, papa, je sais, ce ne sera pas facile.

— Pas facile? C'est surhumain qu'il faut dire! Sais-tu combien de médecins pathologistes, combien de biologistes se sont déjà attaqués au cancer, et toujours sans succès?

— Rien de tout cela ne saurait me décourager.

— Tu risques de te casser les reins, mon garçon. Mais si tu devais réussir, tu aurais autant de mérite qu'un Koch ou un Pasteur.

— Je ne travaille ni pour la célébrité ni pour la gloire, je veux simplement vaincre le mal, dit Erling avec modestie.

Le vacarme du bolide volant effaroucha un troupeau de gracieuses antilopes qui s'enfuirent au galop. A leur tour, elles affolèrent un groupe de girafes, occupées à brouter des feuilles fines et tendres. Les girafes se joignirent avec hâte à la galopade effrénée. Saisis de panique quelques zèbres firent de même, et le sol trembla sous le martèlement de ces centaines de sabots.

Dérangé dans son somme par la course haletante de ces bêtes terrorisées, un jeune et puissant lion leva la tête et poussa un grondement de colère. Au contraire, toujours ravis de pouvoir faire du tapage, une bande de singes accompagna la folle ruée en bondissant, glapissant et vociférant dans les branchages.

Dédaigneuse et aristocratique, une panthère cachée dans un baobab regarda passer avec mépris cette piétaille sans courage.

Le bruit des moteurs s'était déjà évanoui au loin. L'avion continuait sa route dans le ciel, emportant avec lui la famille Yvarsen, que le malheur venait de réunir une fois de plus.

Outre le voyage dans l'espace, Thérèse faisait un voyage dans le temps. Elle se remémorait une certaine fin de journée, à l'époque où elle était encore la jeune épouse de James Corsen, durant laquelle elle avait vainement attendu son mari.

A l'heure du dîner, elle avait entendu mugir le vent, un vent de tempête, qui soulevait des rafales de pluie pour les jeter avec violence contre la façade du bungalow. Elle avait pensé que James attendrait la fin de la tourmente pour rentrer. Quand les éléments se furent assagis, elle avait ouvert les contrevents sur la nuit. La terre respirait après l'orage, exhalait des senteurs lourdes et des parfums sauvages. La chaleur étouffante de la journée avait été drainée par la pluie, et Thérèse dut se couvrir d'un châle pour demeurer à son balcon dominant le veld. C'était de là que la voiture de James aurait dû surgir. Cependant, ce fut en vain qu'elle scruta l'obscurité, que son regard fouilla la piste. Alors, l'angoisse était montée en elle.

Le lendemain matin, elle était partie à la recherche de son mari, dans une jeep, en compagnie de Tom Starner. La première, elle aperçut l'amas de ferraille, les débris de l'automobile de James. Tom, lui, découvrit le corps de Corsen, atrocement mutilé, déjà froid.

Et maintenant, le fils de Tom Starner, un autre James,

venait de mourir dans des circonstances également tragiques, abattu par le vieux Sammy devenu fou. James Corsen — James Starner, deux accidents, deux morts brutales, deux destins analogues...

Norbert traçait des esquisses sur son bloc à dessin; de temps en temps, ses pensées allaient vers Cora.

Fatiguée par les récents déplacements, bercée par le bourdonnement incessant des moteurs de l'avion, Flavie sommeillait.

Erling analysait mentalement les critiques, positives et fertiles, que son père venait de formuler à l'encontre de ses théories.

Jan continuait à tenir le dossier d'Erling sur ses genoux, mais il ne lisait plus. Ses réflexions avaient pris une autre direction : « Je croyais être arrivé à la fin du voyage. Déjà, je construisais notre *Journey's End.* Ide et Erling étaient mariés, casés; la courbe de leur vie s'était séparée de la mienne; ils se forgeaient leur propre destinée. Et voici que ma petite Ide se retrouve seule, qu'elle a de nouveau besoin de moi, de sa mère, de son frère... Tout recommence. »

V

L'orage éclata au moment où la dernière pelletée de terre fut jetée sur le cercueil. Et une pluie diluvienne, qui avait la violence d'une trombe d'eau, s'abattit sur le cimetière.

— Vite! s'écria Jan. Courons vers la sortie, dans nos voitures nous serons à l'abri.

Il prit Thérèse par un bras et l'entraîna avec lui. Erling fit de même avec Flavie. Déjà, la terre glaise du cimetière s'était transformée en une boue glissante, d'énormes flaques d'eau apparaissaient entre les pierres tombales.

Norbert se tenait auprès d'Ide quand les éléments se déchaînèrent. La jeune femme se penchait vers la fosse béante, une expression de détresse sur le visage. Norbert n'hésita pas; il enleva vivement sa veste, la jeta sur les épaules d'Ide, et lui cria :

— Venez! Appuyez-vous sur moi! Suivons les autres!

Elle resta d'abord figée sur place, et le peintre vit qu'elle remuait les lèvres, qu'elle parlait. Mais il ne comprit rien, car le vacarme de la pluie était devenu assourdissant. Enfin, elle se détacha de sa contemplation immobile et, après un dernier regard en arrière, le suivit sous la tourmente.

Ils se trouvèrent soudain devant une longue rangée de cyprès, ruisselants et courbés par le vent. Norbert ne savait pas s'il fallait tourner à gauche ou à droite, le cimetière lui étant totalement inconnu. Il jeta un regard apitoyé sur Ide. La bourrasque lui avait arraché son voile, ses cheveux trempés lui collaient contre les tempes; elle était très pâle. Elle leva les yeux sur lui, et il lut une question sur ses lèvres :

— Où est papa?

Il haussa les épaules en signe d'impuissance. Puis, avisant un imposant caveau de famille, construit en forme de petite chapelle, il cria :

— Abritons-nous ici! Vite!

Ils coururent vers le caveau. Heureusement, le portillon de fer forgé n'était pas fermé à clef. Ainsi se trouvèrent-ils bientôt au sec, sous une voûte étroite représentant une scène de l'Évangile : Lazare ressuscité des morts.

— Comment vous sentez-vous? s'enquit Norbert.

— Ça va mieux, merci. Mais je pense à mes parents qui doivent s'inquiéter à mon sujet.

Le peintre essaya de tranquilliser la jeune femme :

— Oh! non, je ne crois pas qu'ils se fassent du souci, car à un certain moment, votre père s'est retourné pour s'assurer que nous les suivions. Il a bien vu que j'étais à vos côtés.

— Comment se fait-il qu'ils aient tous disparu, tout d'un coup?

— C'est cette rangée de cyprès qui faisait écran.

Des larmes brillèrent dans les yeux d'Ide :

— C'est effroyable, balbutia-t-elle, un temps pareil, juste pour l'enterrement de James.

— Une simple coïncidence. J'avoue cependant n'avoir jamais assisté à un déluge de ce genre. Chez nous, au Canada, j'ai été pris souvent dans des tempêtes de neige; mais ceci est bien plus impressionnant.

— N'oubliez pas que nous sommes en Afrique, murmura

Ide. C'est une terre sauvage, toujours indomptée, souvent cruelle.

Un immense lac grisâtre se formait sur toute l'étendue du cimetière. Les croix de marbre et les monuments funéraires émergeaient de cette vaste surface d'eau toujours fouettée par la pluie. Ide et Norbert restaient bloqués dans le somptueux sépulcre, entourés de lourdes dalles sur lesquelles étaient gravés des noms et des dates. Le beau visage d'Ide restait marqué par la souffrance, par la douleur aiguë de cette perte brutale. Cependant, quand elle se tourna vers son compagnon, un pauvre et triste sourire anima ses lèvres :

— Je vous sais gré de vous être occupé de moi. Sans vous, je ne sais pas ce que je devenais. J'étais tellement désemparée...

Une silhouette noire surgit entre les tombes. C'était Jan Yvarsen. Il n'avait pas supporté de rester plus longtemps dans le doute. Il s'était fait prêter, par le gardien du cimetière, une espèce de ciré de marin, et n'avait pas hésité à affronter cette pluie martelante pour aller à la recherche de sa fille.

Lorsqu'il aperçut Ide et Norbert, Jan leur fit signe, puis se dirigea vers eux, à travers l'eau boueuse qui lui montait jusqu'aux chevilles. Quand il entra dans le caveau, Ide éclata en sanglots et se jeta contre sa poitrine. Il la serra dans ses bras :

— Là, calme-toi, ma petite fille, calme-toi...

Ses yeux se posèrent sur Norbert qui était toujours en manches de chemise, trempé jusqu'aux os, et il dit simplement :

— Merci!

Mais son regard brillant en dit long sur sa gratitude.

Enfin, aussi brusquement qu'il avait éclaté, l'orage cessa. Après quelques derniers roulements de tonnerre, sourds et éloignés, le vent chassa les ultimes lambeaux de nuages, et un soleil radieux apparut dans le ciel. Jan donna le signal du départ :

— Allons-y, fit-il, mais lentement, avec précautions, afin de ne pas glisser sur cette boue humide. Mais dès que nous serons dans les voitures, il s'agira de foncer à la maison et de nous changer.

Il se tourna vers Norbert :

— Vous aussi, Norbert, car sous ce climat il ne faut pas plaisanter avec les refroidissements. Croyez-en mon expérience.

Frissonnants, ils sortirent du sépulcre glacial, heureux de pouvoir s'exposer aux rayons bienfaisants.

Deux heures plus tard, tout le monde se retrouvait dans le salon de la grande demeure de Tom Starner. Fanny n'était que douleur, que déchirement. Les traits tirés, la mine hagarde, elle s'était affaissée dans un fauteuil. Impuissant, lui-même effondré, Tom se tenait debout auprès d'elle, une main posée sur son épaule. Ils savaient tous les deux que rien ne les consolerait jamais de la disparition prématurée de leur cher fils, de ce garçon au regard clair et éveillé dans lequel ils avaient placé leur plus vive espérance. Ils étaient murés dans leur douleur, séparés des autres, irrémédiablement seuls.

Discrète, Thérèse circulait entre les groupes qui conversaient à voix basse, et servait un thé fumant. Jan la suivait des yeux, sensible à cette nouvelle marque d'abnégation, de dévouement total.

Erling et Flavie, assis côte à côte, échangeaient des murmures. Car ils ne pouvaient s'empêcher de se parler du petit Jan qui était resté là-bas, dans la lointaine Allemagne.

Mince et pâle dans son sévère tailleur noir, Ide attirait le regard de Norbert. Un sentiment étrange, inconnu jusque-là, envahissait le jeune artiste.

DEUXIÈME PARTIE

VI

Jan descendit de son cheval et le confia au boy qui était venu à sa rencontre.

— Ta maîtresse est-elle là?

— *Yes,* Mr. Yvarsen, *the Mistress is in.*

Jan pénétra dans le bungalow de sa fille et trouva Ide dans la vaste salle de séjour qui donnait sur la véranda.

— Papa! s'écria-t-elle dès qu'elle l'aperçut, comme je suis heureuse de ta visite!

Elle vint se jeter dans les bras de son père, puis demanda :

— Et maman? Elle n'est pas avec toi?

— Non, ma chérie, je suis venu seul. Déçue?

— Comment pourrais-tu jamais me décevoir, papa? Cependant, ce qui m'étonne, c'est que je n'aie pas entendu ta voiture...

— Je l'ai laissée chez Tom, où je me suis arrêté.

— Et tu es venu à cheval, n'est-ce pas?

Jan sourit :

— Comme tu me connais bien! Car tu as deviné juste, Tom m'a confié son *Othello,* un étalon de pure race.

— Oh oui, je le connais, c'est un cheval magnifique!

— Une bête remarquable, oui, intelligente, vive, sensible et très belle.

— Mon beau-père en est fier. Où l'as-tu laissé en arrivant, papa?

— Entre les mains de ton boy Willy. Ai-je bien fait?

— Tu ne pouvais mieux faire! Willy adore les chevaux, il en prendra soin et lui servira une bonne portion d'avoine.

— A propos d'avoine, je te préviens que je m'invite à déjeuner.

Ide rayonna :

— Quel plaisir et quel honneur tu me fais, papa. Nous déjeunerons en tête à tête! Je vais aller donner les instructions à la cuisine.

Quand elle revint, ils s'installèrent face à face dans deux confortables fauteuils placés devant la large baie vitrée donnant sur le veld.

— J'ai à te parler très sérieusement, Ide, annonça Jan sur un ton un peu solennel.

Intriguée, la jeune femme leva sur son père ses grands yeux bleus et limpides.

— Oui, car cette situation ne peut pas durer.

— *Quelle* situation, papa?

— Tu sais bien de quoi je veux parler, ma chérie... Quinze mois se sont écoulés depuis la mort de James, et tu continues à porter le deuil, tu persistes à habiter seule dans cette maison trop grande pour toi. Tu dépéris, ma fille, tu te fanes comme une fleur privée d'air et de soleil. Voilà ce qui ne peut pas durer, et si je suis venu te voir aujourd'hui, c'est précisément pour changer cet état de choses.

Ide regarde autour d'elle :

— Je n'ai jamais pu me décider à quitter notre bungalow, tout ici me rappelle la présence de James.

— Justement, je ne veux plus que tu te morfondes dans le souvenir, Ide, je souhaite que tu vives!

— Ce chat de faïence que tu vois là, sur ce guéridon, c'est lui qui me l'avait rapporté de Johannesburg. Et là...

Elle tendit le bras vers une vitrine :

— ... cet éléphant en bois d'ébène, c'est un cadeau qu'il m'a acheté au Cap.

— Mais tu es trop jeune pour te figer dans la contemplation religieuse de ces bibelots! Tu n'es pas d'âge à rester veuve, Ide...

— Me remarier? Jamais!

Jan posa une main apaisante sur l'épaule de sa fille :

— Surtout, restons calmes, et examinons la situation avec méthode, si possible, avec lucidité.

Ide s'insurgea :

— Tu parles comme si tu avais à établir un diagnostic ou à préparer une intervention chirurgicale, père. Mais c'est de ma vie qu'il s'agit, de ma vie et de ma fidélité à James!

— Me taxerais-tu d'insensibilité, de froideur?

— Non, papa, ce n'est pas ça... Cependant, j'ai la nette impression de ne jamais avoir été comprise par personne depuis le décès de mon mari. Vous vouliez tous que je quitte cette demeure et que j'aille m'installer soit chez Fanny soit chez vous à Pretoria.

— Nous ne pensions qu'à ton bien.

— Peut-être. Mais moi, je *savais,* tu entends, papa, je *savais* que je n'avais pas le droit d'abandonner cette maison où grâce à James j'ai vécu les plus belles années de ma vie. Il avait mis tant d'amour, tant de ferveur dans l'aménagement de notre bungalow. Rien n'était assez bon pour moi. Il fallait toujours le meilleur, le plus rare. Et moi, j'aurais déserté ce lieu au lendemain même de sa mort?

— Cette fidélité t'honore, ma chérie, mais encore faut-il savoir rester dans les limites de l'humain, du raisonnable, et ne pas sombrer dans une espèce de dolorisme morbide.

— Que veux-tu dire, papa?

Jan articula avec autorité :

— Qu'une prolongation de ton deuil, de ton attitude prostrée, serait le symptôme d'un état maladif! Tu es jeune, Ide, et faite pour avoir des enfants.

— Mais je...

— Laisse-moi achever, s'il te plaît! Maintenant, ce n'est plus le père, mais le praticien qui parle. Premièrement, tu vas abandonner cette maison et venir habiter chez nous, à Pretoria. Deuxièmement, tu nous suivras quand nous quitterons le Transvaal pour aller nous établir dans notre *Journey's End.*

— Tu disposes de moi comme si j'étais encore une petite fille, papa.

— Ce ne sont pas des ordres que je te donne, Ide, mais des prescriptions de médecin, et aussi, surtout peut-être, les conseils d'un père qui te chérit.

Ide baissa la tête, sembla réfléchir. Après quelques minutes de silence, elle releva les yeux sur son père et observa :

— Mais, papa, tu as parlé de *Journey's End...* Ce n'est qu'un vague projet, non?

Jan secoua la tête :

— Plus du tout! J'ai enfin trouvé l'homme qu'il fallait pour prendre ma succession à la tête de l'hôpital de Pretoria, pour continuer et amplifier encore l'œuvre entreprise.

— Qui est-ce?

— Cornelius Bloom, un chirurgien d'une habileté et d'un savoir extraordinaires.

— Je n'ai pourtant jamais entendu parler de lui...

— Il nous arrive tout droit de Hollande, un homme formé aux disciplines les plus récentes, mais en même temps un humaniste, doté d'une culture des plus vastes. Bloom n'est pas seulement un cerveau brillant et une main adroite, mais aussi un cœur. Les hommes de cette trempe deviennent rares à notre époque.

— Ainsi donc, tu vas enfin pouvoir remettre ta démission.

— C'est déjà fait, ma chérie... Encore deux mois de formalités administratives et de mise au courant de mon successeur, et je pourrai quitter le Transvaal sans la moindre trace de mauvaise conscience.

— Personne ne songerait à te reprocher ce repos bien mérité, papa, cependant, je ne sais toujours pas où vous...

Elle rectifia immédiatement, sachant que la volonté ferme et sage de son père finirait par l'emporter :

— ... où nous irons nous fixer.

— Je ne sais pas non plus. Ce sera à ta mère de choisir le lieu et l'emplacement de *Journey's End,* car c'est essentiellement à elle que cette propriété sera destinée, afin qu'elle puisse enfin goûter en paix les dernières décennies de notre vie.

— La paix du soir...

— Oui, Ide. Et toi, tu seras à ses côtés, jusqu'à ton remariage du moins.

— Pourquoi tiens-tu absolument à me remarier? Ne serais-tu pas heureux de m'avoir auprès de vous?

— Très heureux, et tu le sais mieux que moi! Cependant, je ne veux pas jouer les pères égoïstes, pomper ta jeunesse pour égayer ma vieillesse.

Ide protesta vivement :

— Vieillesse? Mais, papa, tu as l'air aussi jeune et séduisant qu'un garçon de trente ans!

Jan leva les mains :

— Pas de compliments et pas d'exagérations! J'ai l'âge que j'ai... Revenons plutôt à toi. Il serait scandaleux et contre nature qu'une jeune femme aussi belle que toi restât sans époux.

— Aucun homme ne pourra jamais me faire oublier James! D'ailleurs, je ne *veux* pas oublier.

— Mais enfin, Ide, vous ne formiez quand même pas une union spirituelle comme... disons Robert et Clara Schumann, ou bien encore Pierre et Marie Curie?

Ide flamba :

— Voilà comment vous jugez, vous autres grands hommes! Toi, père, tu es une célébrité, et Erling est en bonne voie de le devenir. Pour vous, il est impensable qu'une femme puisse se dévouer à un homme qui ne soit pas un génie artistique ou scientifique. Comprenez donc qu'il n'y a pas d'êtres ordinaires! Que le feu de l'amour peut révéler dans chaque homme des qualités secrètes! Pourquoi tout de suite citer les Schumann et les Curie? James n'était ni un grand musicien ni un grand savant. Il était planteur et fils de planteur, et n'avait jamais fait d'études supérieures. Mais, papa, une femme qui aime se moque des diplômes et de la célébrité, ce qui lui importe, c'est le regard de l'homme qu'elle a choisi, c'est son cœur!

Ém, par cette sortie passionnée, Jan s'était levé. Il avait pris sa fille dans ses bras. Silencieuse, le visage baigné de larmes, Ide se laissa faire.

— De qui donc tiens-tu ces idées, ma chérie, cette chaleur humaine? demanda enfin le père.

— De toi, papa, bien sûr, de maman aussi...

— Nous ne sommes donc pas ces cervelles sans cœur que tu accusais à l'instant.

— Je n'ai jamais dit cela, papa. Simplement...

Elle s'interrompit, pensive.

— Simplement?

— Je ne veux pas oublier James.

Jan se rassit et regarda Ide droit dans les yeux :

— Ne me fais pas dire des choses qui seraient tout à fait opposées à mon caractère. Je ne te demande pas d'*oublier* James, de considérer ton premier mariage comme nul et non avenu, non, il n'est pas question de cela. Je souhaite uniquement que, sans pour autant renier ton passé, tu te tournes résolument vers ton avenir.

— Ce sera difficile, papa...

— Tu me promets d'essayer?

D'abord, Ide hésita, puis, après un regard mélancolique autour d'elle, sur tous ces objets qui lui rappelaient le cher disparu, elle acquiesça :

— Oui, j'essayerai!

— D'ailleurs, fit Jan, nous ne voulons pas te brusquer. Prends ton temps, prépare calmement toutes les affaires que tu tiens à emporter avec toi, surtout ces bibelots. Quand tu seras prête, tu nous feras signe et je viendrai te prendre.

— Tom et Fanny seront navrés de me voir partir.

— On ne peut jamais satisfaire tout de monde, Ide.

— Ils ont été si durement frappés par la mort de James. Après mon départ, ils seront plus seuls encore...

— Je sais... Mais n'oublie pas que ta mère, elle aussi, est seule. Erling est si loin de nous.

Rêveuse, Ide prononça le nom de son frère. Puis elle demanda :

— Que devient-il? Que fait-il? Et le petit Jan? C'est honteux, voilà des mois qu'ils ne m'ont pas écrit.

Jan eut un geste évasif pour excuser son fils :

— Tu sais ce que c'est quand on est médecin.

— Mais Flavie? Elle trouverait bien le loisir de m'envoyer un mot de temps en temps?

— Non seulement elle a son enfant à élever, mais en plus elle participe aux travaux d'Erling.

— Vraiment? Flavie a repris son activité de biologiste?

— Mais oui, parfaitement.

— Et quels sont ces mystérieux travaux d'Erling?

— Toujours l'étiologie du cancer.

— Il est obstiné.

— C'est un Yvarsen, Ide, nous sommes tous les mêmes, toi aussi.

— Oui... moi aussi.

Une petite bonne noire, accorte et souriante, vint servir l'apéritif.

— Je vois que tu n'as pas oublié les bonnes traditions, observa Jan très détendu.

— J'essaie d'être une hôtesse aussi parfaite que maman... Que prendras-tu?

— Un doigt de porto avec un soupçon de gin.

— Glaçon?

— Volontiers, oui.

Tout en sirotant son apéritif, Jan remarqua :

— Ne crois pas que Flavie et Erling t'ont oubliée, loin de là. Chaque fois que Flavie m'écrit, ce n'est pas souvent, hélas! Erling s'empresse d'ajouter quelques lignes de sa main pour demander des nouvelles de toi. Comment va Ide? Est-elle enfin venue s'installer chez vous? Va-t-elle se remarier bientôt?

Ide eut un sourire malicieux :

— Ce remariage est décidément ton idée fixe, papa...

Jan esquissa un geste d'apaisement :

— Surtout, ne t'irrite plus.

Il brandit son verre :

— Ne sommes-nous pas en train de fumer le calumet de la paix?

— Un calumet tout symbolique... Au fait, papa, je ne te vois plus jamais fumer. Que t'arrive-t-il?

— N'as-tu pas dit tout à l'heure que, malgré mon âge, j'avais encore l'air jeune?

— Mais oui, parce que c'est la stricte vérité.

— Justement, mais pour garder cette forme physique et intellectuelle, il faut savoir faire certains sacrifices. Ainsi, j'ai supprimé le tabac.

— Complètement?

— C'est la seule manière. Les systèmes de rationnement quotidien ne fonctionnent jamais bien longtemps. La santé, vois-tu, c'est un capital qu'il faut conserver précieusement, un capital bien plus important que l'or ou l'argent. Certains le dilapident, le gaspillent, le jettent à tout vent; et ensuite, quand ils arrivent au soir de la vie, ils sont étonnés d'être des vieillards croulants, des corps délabrés.

— Je connais quelqu'un qui ne serait pas d'accord sur tes préceptes de sagesse, fit Ide.

— Ah oui? De qui s'agit-il?

— De mon cher beau-père. Sais-tu ce qu'il a l'habitude de dire? Et justement à propos du tabac?

Quoi qu'en dise Aristote, et sa docte cabale,
Le tabac est divin, il n'est rien qui l'égale.

Jan ne put s'empêcher de rire aux éclats :

— Mais, dit-il, je ne savais pas que Tom avait des lettres, et même des lettres françaises.

— Parce que, naturellement, tu sais de qui sont ces lignes?

— Elles sont de Thomas Corneille. Mais je n'ai aucun mérite, tout le monde sait cela.

— Tu es stupéfiant, papa...

— Surtout, ne parlons pas de moi! Ainsi donc, si je comprends bien, Tom n'a guère l'intention de se séparer de ses chers brûle-gueule.

— Sûrement pas!

— D'ailleurs, ajouta Ide avec une inflexion de tristesse, c'est maintenant son seul plaisir.

— Même s'il fumait une vingtaine de gros cigares par jour, Tom ne deviendrait jamais un vieillard croulant; sa vie en plein air le maintiendra toujours en excellente forme. Et puis, ne faut-il pas un petit vice pour soutenir un caractère?

— Et quel est *ton* petit vice? demanda la jeune femme avec un sourire espiègle.

En guise de réponse, Jan désigna la bouteille de gin et dit :

— Veux-tu me verser une autre goutte, ma chérie?

— Tiens, j'allais presque oublier de te transmettre les salutations de Norbert.

Ide se pencha en avant :

— Norbert Verneuil? Il t'a écrit?

— Oui, il m'a envoyé une assez longue lettre que j'ai reçue pas plus tard qu'avant-hier. C'est un garçon très intéressant... On commence à parler de lui à Paris, sais-tu?

— C'est lui qui te l'a dit?

— Penses-tu! Il est bien trop modeste pour cela. Non, j'ai lu un article sur lui dans une revue d'art.

Ide regarda son père avec une sincère admiration :

— Tu fais honte à nous autres jeunes, papa; ta capacité de travail et tes facultés d'assimilation sont proprement incroyables. Ainsi, malgré ton travail acharné à l'hôpital, tu trouves le temps de lire des revues d'art!

— Ni extraordinaire ni incroyable. Laissons cela! C'est de Norbert qu'il s'agit.

— Je suis contente pour lui, satisfaite de savoir qu'il perce. Ça ne doit pas être facile pour un étranger de se faire reconnaître à Paris

— Détrompe-toi, la France est l'un des rares pays où l'on sait apprécier le mérite personnel, d'où qu'il vienne. D'ailleurs, les Canadiens de langue française ne sont pas précisément des étrangers à Paris.

— Tu aimes la France, papa, n'est-ce pas?

— Beaucoup! N'oublie pas que c'est le pays de ta mère, donc un peu le *nôtre*.

— Parle-moi encore de Norbert, que t'a-t-il écrit?

— Qu'il a loué une maison sur une île, une maison beaucoup trop grande pour lui, et qu'il serait heureux de nous y recevoir. Il a fait la même offre à Flavie et Erling, et peut-être ne serait-ce pas une mauvaise idée de tous nous retrouver là-bas.

— Mais où est-elle située, cette île?

— Quelque part dans la mer Égée. J'ai oublié son nom.

— Dans la mer Égée, fit Ide, rêveuse, comme ça doit être beau...

Jan se retrouva seul. Ide l'avait quitté pour aller préparer de ses propres mains certains petits plats dont la seule énumération lui avait fait venir l'eau à la bouche.

« Elle est charmante, pensa le père, un peu attendri, et quelquefois, quand elle me regarde avec ses grands yeux sincères, il me semble revoir celle dont elle porte le nom. Ide... »

Le veld, ce paysage qu'il avait tant aimé jadis, s'étendait devant lui, à perte de vue. Cependant, aujourd'hui il aurait volontiers détourné son regard. Il n'avait pas avoué à Ide la cruelle déception qu'il avait ressentie en chevauchant sur *Othello* à travers la campagne africaine. Et pourtant, il y avait mis de la bonne volonté. N'avait-il pas volontairement fait un grand détour pour venir du bungalow de Tom Starner jusqu'à celui de sa fille? Mais il avait vainement tenté de recréer en lui l'ancien enthousiasme. Entre cette nature superbe et lui, se dressait la noire barrière de trop de morts douloureuses : sa première femme, Ide, leur fils, le petit Nils, James Corsen, James Starner. Sigrid, elle aussi, n'avait pas seulement été tuée par sa passion, mais aussi par l'Afrique. Car si elle était morte en Suède, les nœuds du drame s'étaient surtout noués ici, sur cette terre fatidique. Quand il se leva, Jan sut définitivement que son voyage ne s'achèverait pas en Afrique du Sud, et que *Journey's End* serait bâti ailleurs.

Il tourna résolument le dos au veld, et entra dans la salle à manger où l'attendait Ide. La jeune femme, contente de pouvoir être l'hôtesse de son père, était radieuse. Elle avait elle-même disposé sur la table les petits plats appétissants, avec ce goût et cette discrète coquetterie dont la science lui venait de Thérèse.

Le père et la fille s'installèrent face à face. Fidèle à une pieuse tradition, Jan récita d'abord une brève mais sincère oraison. Puis, se jetant des regards de complicité, ils recréèrent, à eux deux, le temps de ce tête-à-tête, la douce ambiance, *heimlich,* qui régnait naguère dans la belle et claire demeure de tante Brita, là-bas où mugissait au loin le Trollhättan.

VII

— Vous? s'écria Cora.

Elle se tenait sur une éminence dominant les ruines. Norbert s'approcha d'elle et lui serra la main :

— Oui, moi! Vous ne vous attendiez pas à me retrouver à Mikonos, n'est-ce pas?

— Oh non, je vous imaginais plutôt quelque part à Montparnasse ou à Saint-Germain-des-Prés.

Norbert la fixa avec une admiration non dissimulée. Elle portait une ravissante robe bleue qui la modelait comme une corolle.

— Vous êtes toujours aussi éblouissante, dit-il, et vous ressemblez si peu à l'image qu'on pourrait se faire d'une archéologue à pied d'œuvre!

— Et vous, Norbert, vous n'avez pas changé non plus : toujours le flatteur des jeunes filles! Mais, dites-moi, depuis combien de temps êtes-vous sur l'île?

— Un mois, déjà. J'ai loué une maison donnant sur la baie de Tourlo, à proximité du port.

— Quelle chance vous avez!

— Avec qui travaillez-vous ici, Cora?

La jeune fille désigna un campement aux abords des ruines :

— Je fais partie de l'équipe de Stephen Wells. Nous sommes arrivés d'Athènes, il y a deux jours.

— Et... aimez-vous votre activité, maintenant qu'il ne s'agit plus d'étudier de beaux livres illustrés et des textes anciens, mais de gratter de vieilles pierres enfouies sous le sable et la glaise?

Cora le regarda avec sévérité :

— Gratter de vieilles pierres! Vous ne savez pas de quoi vous parlez, mon ami. Sachez que notre métier est le plus beau et le plus passionnant qui soit!

Norbert sourit :

— Je vous plaisantais... Croyez que je suis très heureux de vous savoir comblée.

— Comblée, oui, c'est le mot juste! Figurez-vous que notre patron, Stephen Wells, est un homme absolument sensationnel. Encore tout jeune, à peine trente-trois ans. Il sort d'Oxford, est très distingué et a l'accent *ad hoc*. Il connaît toutes les langues anciennes, les styles, les mythes, l'histoire, les légendes, un puits de science, vous dis-je! Avec cela, un dédain ironique pour les méthodes techniques en archéologie, les instruments, les procédés chimiques. Il prétend que rien ne saurait remplacer l'œil humain et vous fournit une solide théorie à l'appui. Soumettez-lui n'importe quel fragment de poterie, il vous le datera après un simple coup d'œil, et avec plus de justesse et de précision que les archéologues américains avec leurs appareils et leurs instruments compliqués.

— Vous êtes vraiment enthousiaste...

— Qui ne le serait pas, à ma place? Mais Wells est *aussi* un monstre.

— Voilà qui est pour le moins inattendu.

— Je vais vous expliquer! Voyez-vous...

Elle eut une petite moue de fierté :

— ... j'ai fait une découverte personnelle ici. Là-bas...

Elle tendit le bras vers le bas de la colline :

— ... sous un enchevêtrement de buissons, de frênes et de cyprès, j'ai découvert les ruines d'une très ancienne maison d'habitation, et parmi les débris, une tablette de marbre sur laquelle est gravée une chanson à boire.

— Bravo! Belle trouvaille, pour une débutante.

— Attendez plutôt la fin de l'histoire! Ou bien... voudriez-vous voir ma tablette?

— Elle est en votre possession?

— Oui, Wells me l'a laissée. Provisoirement, bien sûr, car tout ce que nous découvrons ici doit être remis au Service des Antiquités du gouvernement hellénique.

— Je serais curieux de voir cette pièce, oui.

— Dans ce cas, suivez-moi!

Ils descendirent vers le campement. Cora se dirigea vers une tente qui était à l'écart :

— Voici mon château, fit-elle, je n'ai pas voulu être parquée avec les autres, *sur* les autres. Heureusement que notre cher Stephen tolère mes petites fantaisies! Ici, je suis bien chez moi, personne ne me dérange. N'est-elle pas mignonne, ma tente?

— Je me sens une envie folle de venir y camper!

Cora leva un doigt menaçant :

— Vous n'êtes plus du tout le garçon sérieux et candide que j'ai connu naguère, Norbert. Au contraire, j'ai l'impression que vous êtes devenu très Parisien. Et vous savez ce que cela veut dire, être Parisien, *don't you?*

— Cela veut dire être l'habitant de la plus belle ville du monde, non?

— Autre chose encore, fit-elle en disparaissant sous sa tente, autre chose!

Quand elle en ressortit, elle brandit sa tablette de marbre :

— Voici mon trophée!

Et elle la lui tendit :

— Pouvez-vous lire?

Norbert eut un geste de confusion :

— A ma grande honte, je dois vous avouer que je ne sais plus déchiffrer le grec. Mes années de lycée sont trop loin de moi...

Cora le toisa avec sévérité :

— Ayez honte, Monsieur, oui! Voilez-vous la face et cachez-vous sous terre. Ignorer la reine des langues ne peut être que le fait d'un barbare. Cela dit, je vous excuse et je passe à la lecture.

Après avoir récité la chanson, elle tourna vers Norbert des yeux scrutateurs et demanda :

— N'est-ce pas beau?

— J'apprécie la musicalité de ces vers, mais encore une fois, j'avoue que je n'ai pas compris un traître mot.

— Sauvage! Je vais vous traduire le texte. Écoutez :

La terre noire boit la pluie,
Et les arbres, eux aussi, la boivent.
La mer boit l'eau des sources,
Et le soleil boit la mer,
Tandis que la lune boit le soleil.
Pourquoi m'en vouloir, alors, camarades,
Si moi aussi j'ai envie de boire?

— Alors, elle vous plaît?

— Beaucoup, et elle me rend cette île plus sympathique encore. Au fait, elle est de circonstance...

— Qu'insinuez-vous par là, monsieur le Barbare?

— Que j'ai fait plusieurs kilomètres à pied, qu'il fait affreusement chaud, que ce soleil est brûlant comme un feu de forge, et que...

Cora l'interrompit, enchaînant :

— ... vous avez atrocement soif. Juste?

— Exact.

La jeune fille prit un air découragé, affligé même :

— Quel sombre matérialiste vous faites! Enfin, puisque vous y tenez, allons boire un verre! Nous aurons l'illusion d'être à Paris, assis à la terrasse d'un café.

Étonné, le peintre regarda autour de lui :

— Mais *où* irons-nous le boire, ce verre?

— Vous ne connaissez pas les gens du cru, mon ami. Notre campement a attiré un vieil homme grave et solennel qui a installé une charmante petite buvette à notre intention. Ce n'est pas un Grec, d'ailleurs, mais un Arménien.

— Et où est-elle, cette buvette?

— Là-bas, sous ce bosquet.

— Allons-y, Cora, et suivons le conseil de votre chanson.

Quelques minutes plus tard, ils se trouvèrent assis devant deux citrons pressés, préparés méticuleusement avec de l'eau glacée par le vieil Arménien.

— Et maintenant, fit Norbert, racontez-moi la fin de votre histoire. Expliquez-moi pourquoi Stephen Wells est un monstre.

— Un homme sans cœur, un bourreau! Ainsi donc, j'avais fait cette découverte. Vous pensez bien que je n'étais pas peu fière, moi qui m'imaginais avoir mis la main sur une perle de la plus ancienne littérature grecque, sur un témoignage émouvant de l'œuvre de quelque grand lyrique. Hélas, notre docte Stephen Wells me doucha. Oui, mon cher, je reçus la douche la plus froide de ma vie. Encore rouge d'émotion, disons plutôt rose, c'est plus poétique, je courus auprès du patron pour lui montrer ma trouvaille. Ce fut à peine s'il y jeta un regard! Il haussa les sourcils et, avec son accent inimitable, m'annonça qu'il s'agissait d'une chanson à boire très connue dont on ignorait l'auteur. Il ajouta, sans doute pour parfaire mon accablement : « C'est une pièce sans la moindre valeur archéologique. Au lieu de courir les buissons, vous feriez mieux de vous occuper de choses sérieuses. »

— Il a osé dire ça? questionna Norbert, vaguement moqueur.

— Oui, rétorqua Cora avec une feinte indignation, il a osé... C'est un monstre, une brute, *isn't he?*

Enfin, Cora ramena la conversation sur Norbert :

— Savez-vous que l'on commence à parler de vous dans les cénacles artistiques de Paris, que vous devenez célèbre?

— Célèbre, c'est beaucoup dire. Je sors de l'obscurité, c'est tout.

— Déjà beaucoup, mon cher, déjà immense... Avez-vous déjà vendu des toiles?

— Oui, juste avant mon départ, au musée de Toronto, qui m'en a acheté six.

— Félicitations!

— Actuellement, je travaille sur une commande du gouvernement canadien, une toile monumentale pour un musée océanographique.

— Monumentale?

— Oui, elle doit faire six mètres sur deux et représenter la mer.

— Fichtre! Vous voilà loin de devenir miniaturiste... Vous sentez-vous d'attaque, au moins?

— Je ne me suis jamais senti plus en train! Mon travail me galvanise, j'ai l'impression d'être le premier peintre à réellement *voir* la mer...

Cora leva un index divinatoire :

— Attention, attention! Voici déjà le complexe du grand homme qui s'éveille en vous. Avant moi, il n'y avait rien; après moi, il n'y aura plus rien que mon œuvre... Je vois déjà ce qui va se passer, Norbert. Vous allez devenir une célébrité, un *Maître,* une de ces bêtes sacrées qu'on n'a plus le droit d'aborder sans force courbettes et révérences. Vous aurez plusieurs secrétaires qui formeront une haie d'honneur autour de vous, et naturellement, vous ne connaîtrez plus vos anciens amis.

Elle acheva sur un ton mélodramatique :

— Juché sur votre piédestal, vous contemplerez le monde de haut, de très haut, et vous n'aurez plus pour lui qu'un froid regard de souverain mépris!

Norbert éclata de rire :

— Croyez-vous vraiment que cette prophétie se réalisera?

Cora le regarda avec sympathie :

— Heureusement pour vous, je n'en crois pas un mot. Car vous êtes bien trop intelligent pour jamais devenir un détestable cabot. Mais, dites-moi, comment êtes-vous installé dans cette maison, qui est-ce qui s'occupe de vous?

— La veuve d'un pêcheur. Elle vient tous les matins pour faire le ménage et préparer mon déjeuner. Le soir, j'ai l'habitude de dîner dans la petite auberge du port qui est tenue par un Espagnol. Si le patron est de bonne humeur et si vous lui êtes sympathique, il vous préparera une *paella* digne des meilleurs restaurants de Barcelone.

Cora fit semblant de humer l'air. Puis, secouant ses boucles soyeuses, elle s'écria :

— Je la sens d'ici, cette fameuse *paella!* Quel fumet... Quelle saveur...

— Voulez-vous venir dîner avec moi, demain soir, chez l'Espagnol?

— En jeune fille bien élevée, je devrais d'abord refuser, afin que vous fassiez une seconde demande. Cependant, ma légendaire gourmandise l'emporte, j'accepte immédiatement!

— J'en suis ravi! Donnons-nous rendez-vous.

— Je serai à huit heures sur la jetée. Ciel!

Cora s'était levée et tendait la main à Norbert.

— Mais, qu'arrive-t-il? s'inquiéta le peintre.

— Je viens d'apercevoir Stephen Wells qui me fait des signes là-bas. Il a manifestement besoin de moi. Excusez-moi,

Norbert, il faut que je me sauve. Regardez-le, quel homme! Je crains fort d'être amoureuse de lui. *Well, that would be...* Enfin, je vous laisse! A demain soir, sur la jetée!

De retour dans sa maison, Norbert s'allongea sur une chaise longue, au soleil, et essaya d'analyser ses sentiments.

« *Je crains fort d'être amoureuse de lui.* C'est ce qu'elle a dit, oui. Cela sautait aux yeux, d'ailleurs. Bien sûr, je n'avais pas le moindre droit sur elle, il n'y a jamais rien eu entre nous; cependant, ça m'a quand même fait un petit pincement au cœur. *Amoureuse de lui.* Oui, c'était assez déplaisant...

» Singulier, dès que l'Espagnol m'a parlé de l'arrivée d'archéologues anglais, j'ai eu le vif pressentiment de revoir Cora. Ces hasards, ces coïncidences!

» Elle était charmante dans cette robe bleue qui l'enveloppait comme une corolle. Bleu outremer. Et l'éclat de ses yeux. L'ovale parfait du visage. J'aimerais faire son portrait, tiens.

» Pourtant, je ne suis pas vraiment peiné. Non, c'est plutôt une affaire d'amour-propre. Ce sot orgueil que nous avons tous! Dès qu'une femme nous plaît, nous nous imaginons qu'elle aussi, elle... Bêtises!

» Non, je n'ai jamais *aimé* Cora, j'étais attiré par elle, ce qui n'est pas du tout la même chose. J'avoue que j'aurais été heureux si elle... Enfin, nous resterons de bons camarades, et le fait qu'elle soit amoureuse de ce Wells ne lui enlève rien de son charme. Tout ceci est vrai, et en même temps c'est faux. C'est faux, car je...

» Un sentiment superficiel, voilà ce que je ressentais pour Cora. Mais c'était néanmoins un sentiment! Assurément. Toutefois, il restait à la surface, il s'était cristallisé autour de *l'image* de la jeune fille. Et au fond, Cora m'était restée une étrangère.

» Il en va tout autrement pour Ide. J'ai l'impression de l'avoir *toujours* connue. N'oublierai jamais l'enterrement de son mari. Ce déluge. Elle était si désemparée. Heureusement que nous avions trouvé ce caveau. Lazare ressuscité des morts. Ces dalles portant des noms étranges, inconnus. Et elle... Ses beaux cheveux blonds lui collaient contre les tempes. Qu'elle était attendrissante. Et son père, quel homme! N'a pas hésité à affronter la pluie cinglante. Son sourire, quand il a pris sa fille dans ses bras. Je peux comprendre que Sigrid... Mais ce n'est pas d'elle qu'il s'agit, c'est d'Ide? Est-ce que je l'aime? »

VIII

— J'ai bien peur, fit Jan, que nous n'arrivions jamais à nous mettre d'accord, mes enfants.

Il s'adressait à Thérèse et Ide. C'était après l'heure du dîner, dans le luxueux appartement que les Yvarsen occupaient à Pretoria. Après le dessert, ils s'étaient retirés tous les trois dans le salon confortable et spacieux où plusieurs lampes diffusaient une douce lumière tamisée. Depuis plusieurs soirs déjà, très exactement depuis qu'Ide avait consenti à quitter son bungalow et à venir habiter chez ses parents, la conversation prenait la même tournure : choisir le lieu et l'emplacement de *Journey's End.*

— Moi, disait Thérèse, j'aimerais finir mes jours à Florence.

— Je suis prêt à m'incliner devant ton choix, ma chérie, répondait Jan. Cependant, je ne te cacherai pas que j'aurais préféré habiter au bord de la mer.

Alors, c'était au tour d'Ide d'intervenir.

— Je vous suggère un compromis : faisons construire *Journey's End* sur les rives du lac de Lugano...

Malgré ces tentatives, ils n'arrivaient point à se mettre d'accord. D'ailleurs, ces discussions, ces échanges de points de vue, les amusaient. C'était une excitation pour l'esprit de bâtir ainsi des séjours, successivement, dans les sites les plus variés.

Le style de *Journey's End* donnait également lieu à controverse. Ainsi, la future maison des Yvarsen prit-elle alternativement l'aspect d'un bungalow africain, d'une villa mauresque, d'un chalet suisse et d'un mas provençal.

On songea également à l'intérieur, et Thérèse et Ide passèrent de longues heures à meubler en imagination les grandes et belles pièces de *Journey's End.* Le jardin, lui aussi, fit l'objet des préoccupations des deux femmes. Elles y plantèrent gaiement des pensées, des roses, des glaïeuls, des lis, des jacinthes, des œillets, des azalées, des tulipes, des narcisses, des marguerites, des mimosas, des iris, des capucines, des dahlias, bien d'autres fleurs encore. Naturellement, elles n'oublièrent pas le parc, où de graves sapins veilleraient sur un peuple de bêtes au regard doux et fidèle.

— Et si nous allions nous établir à Tanger? proposa Jan, ce soir-là.

A ce moment, le téléphone sonna dans le cabinet de travail du chirurgien.

— Qui peut bien nous téléphoner à cette heure? s'interrogea Thérèse.

Mais déjà, Jan s'était levé et pénétrait dans la pièce voisine.

— Allô! Ici le docteur Yvarsen.

— C'est vous, patron? Je suis désolé de vous déranger, mais c'est à propos d'une urgence...

Jan avait reconnu la voix de Schipper, l'interne-chef de l'hôpital. Il s'indigna :

— Vous savez très bien que j'ai donné ma démission, Schipper, et que je ne suis plus votre *patron*. C'est à Bloom qu'il faut vous adresser.

— Mais je...

— Il n'y a pas de mais! Téléphonez à Bloom.

— Justement, patron, nous avons vainement essayé de le joindre! Laissez-moi vous expliquer le cas, il...

Jan l'interrompit sèchement :

— Je ne veux rien savoir! Sachez une fois pour toutes, Schipper, que je ne suis plus disponible pour les urgences de l'hôpital de Pretoria. D'ailleurs, je vais bientôt quitter le Transvaal, et sans esprit de retour!

— Il n'y a que vous qui...

— Ne dites pas de sottises! Je ne suis quand même pas l'unique chirurgien de cette ville, non?

Alors Schipper débita d'un seul trait, sur un ton neutre, clinique :

— Le malade qui vient de nous être amené est sujet à la maladie de Richter. Stade aigu. Intervention chirurgicale indispensable dans les soixante minutes qui vont suivre notre entretien téléphonique. A défaut de cette opération, que vous avez vous-même mise au point, nous ne répondons de rien. Il n'y a actuellement que deux praticiens qui puissent la tenter à Pretoria : vous-même et de docteur Bloom. Or nous sommes dans l'impossibilité de contacter ce dernier. Dois-je préciser que...?

— Suffit! fit Jan, j'arrive!

Dès qu'elle le vit rentrer dans le salon, le regard absent, les mâchoires un peu contractées, Thérèse devina :

— L'hôpital, n'est-ce pas?

— Oui!

— Une urgence!

— Maladie de Richter, répondit Jan, laconique. Stade aigu. L'opération la plus périlleuse qui soit.

Puis il flamba :

— Qu'est-ce que ça veut dire? Ils ne peuvent pas joindre Bloom! Le médecin-chef a disparu, s'est volatilisé, désintégré! C'est lamentable... Il a une singulière manière de commencer son travail, celui-là! Une idée plutôt bizarre de ses responsabilités! On me reparlera du sérieux des nouvelles générations!

Thérèse s'approcha de lui, essaya de le calmer :

— Ne t'énerve pas, Jan, je t'en supplie. Tu as besoin de tout ton calme, de tout ton sang-froid pour affronter cette tâche difficile.

— Justement! Je ne suis nullement préparé à cette intervention! Ne comprennent-ils donc pas qu'un chirurgien, ce n'est pas un maçon, pas un manœuvre?

— Je suis sûre que tout se passera très bien, intervint Ide. Les Noirs ne t'ont-ils pas surnommé « l'homme aux mains d'or », papa?

Jan contempla ses mains avec un air sceptique :

— Les Noirs sont des enfants, tu le sais bien, Ide.

— N'est-il pas écrit que les enfants disent la vérité, papa?

— Ide a raison, dit Thérèse, je suis persuadée que tu réussiras, comme toujours.

— Dieu le veuille!

Après le départ de Jan, les deux femmes restèrent seules dans le salon.

— Je n'ai jamais vu papa si inquiet avant une opération, fit Ide, songeuse.

— Moi non plus, et je n'aime pas ça.

— Tu crois que...?

— Dans ce domaine, il n'est guère possible d'être affirmative. Cependant, j'ai peur, car pour un homme comme lui, un échec équivaut à une catastrophe.

— Et tu penses qu'il a eu le pressentiment d'un échec, maman?

— Oui, je le crains. Ton père a des antennes, vois-tu? Il a une sensibilité plus aiguë que la nôtre. Je me rappellerai toujours son...

Thérèse s'interrompit, le regard lointain, mélancolique.

— Pourquoi n'achèves-tu pas, maman? s'enquit Ide.

— Laissons le passé là où il est...

Certes, intérieurement, Thérèse avait achevé sa phrase : « Je me rappellerai toujours son arrivée inopinée quand il fit dévier de moi l'arme meurtrière brandie par Sigrid. » Cependant, elle estimait le moment mal choisi pour rouvrir d'anciennes blessures. Aussi, elle se contenta d'ajouter :

— Il y a certaines choses qu'on ne peut pas expliquer, auxquelles le raisonnement logique ne s'applique pas. Cette prescience de Jan en fait partie.

Puis, pour dérober à l'attente sa part d'anxiété, elle changea de sujet :

— Sais-tu, ma chérie, que ton père se fait beaucoup de soucis pour toi?

Ide ne put réprimer un mouvement de contrariété :

— Oui, je sais, répondit-elle, il voudrait que je me remarie.

— C'est cela même, oui.

— Pourquoi tenez-vous tellement à ce que je quitte de nouveau la maison, à ce que j'aille vivre loin de vous?

Thérèse protesta :

— Tu sais très bien que nous ne serions que trop heureux de pouvoir te garder auprès de nous! Mais, c'est à *ton* bonheur que nous pensons, et non pas au nôtre...

Ide fit une moue têtue :

— Mon bonheur est de rester à vos côtés! Et puis je ne vois pas du tout pourquoi nous ne retournerions pas tous les trois en Suède, pour vivre dans la maison de tante Brita, plutôt que de nous disputer au sujet de *Journey's End?*

— Ton père s'apprête à écrire un nouveau chapitre de sa vie. ma chérie, mais pour qu'il puisse l'écrire, il faut que les pages en soient d'abord blanches.

IX

Sur le marbre de la cheminée, une pendule Louis XVI rythmait l'écoulement du temps. Ide s'était retirée dans sa chambre. Thérèse demeurait seule dans le grand salon silencieux. Elle avait éteint toutes les lampes sauf une, sa préférée, à abat-jour de brocart. Enfoncée dans un fauteuil, un châle de soie sur les épaules, elle attendait le retour de Jan.

Que n'aurait-elle pas donné pour être avec lui! Pour le seconder comme jadis. Elle aurait revêtu sa blouse d'infirmière et... Il lui sembla entendre la voix impérative de son époux :

— Alcool!

— Pincettes!

Ce n'était qu'un rêve...

Thérèse se leva et gagna la chambre d'Ide. Elle y pénétra à pas feutrés. La jeune femme dormait la fenêtre ouverte, et la pâle lumière de la lune tombait sur l'oreiller où s'étalait son opulente chevelure blonde. Ide dormait, un sourire un peu nostalgique sur les lèvres. Thérèse resta de longues minutes à contempler ce spectacle tout de grâce et de pureté. Attendrie, elle se retira sur la pointe des pieds.

Quand elle rentra dans le salon, elle jeta un coup d'œil sur le cadran d'émail où les aiguilles dorées traçaient leurs cercles sans fin : il était deux heures du matin. A ce moment, elle perçut le bruit d'une clef dans la serrure d'entrée. Ce cliquetis métallique fit battre son cœur plus fort, plus rapidement Jan rentrait! Elle allait enfin savoir s'il avait réussi, ou bien si... Elle n'osa pas achever cette pensée, mais se hâta vers le vestibule. Cependant, arrivée sur le seuil, elle resta clouée sur place, saisie d'angoisse.

Jan était là, debout devant elle, méconnaissable. D'une pâleur spectrale, les narines pincées, des rides d'amertume creusées autour de sa bouche, son regard lointain passait au-dessus de Thérèse, semblait fixer d'inquiétants horizons de cauchemar.

— Mais..., balbutia Thérèse, effrayée par cette terrifiante métamorphose, que s'est-il passé, Jan?

Lentement, *très* lentement, Jan baissa son regard sur sa femme et articula d'une voix rauque :

— J'ai perdu, Thérèse... Il est mort sous ma main.

Elle voulut parler, le calmer, mais il l'arrêta d'un geste cassant :

— Non, surtout ne dis rien!

Il haleta :

— N'essaye pas de me consoler! Ne me débite pas de vaines platitudes! Pas de phrases! *Surtout* pas de fadaises féminines!

Se tournant vers la haute glace qui ornait l'entrée, il enchaîna d'une voix brisée :

— Regarde plutôt ce que je suis devenu! Mais regarde donc! Le célèbre, le glorieux docteur Jan Yvarsen n'est plus qu'une loque, plus qu'une épave! Une pauvre ruine...

Ses yeux se posèrent sur ses deux mains qu'il leva contre son visage, et subitement, il éclata de rire. D'un rire de désespoir, qui voilait de douloureux sanglots. Puis il s'écria :

— L'homme aux mains d'or! Ha, ha, ha! L'homme aux mains d'or! Quelle sinistre farce! Quelle plaisanterie macabre! Quelle infamante dérision! Quelle chute! Sais-tu comment ils vont m'appeler maintenant, les Noirs? Ils sont fins, eux, ils auront vite compris... A l'avenir, je serai « l'homme aux mains qui tuent »! Tu entends? aux mains qui tuent!

Enfin, tout aussi brusquement, il laissa tomber ses bras et se jeta contre la poitrine de Thérèse, la serrant contre lui :

— J'ai été injuste envers toi, ma chérie... Pardonne-moi! Oublie mes paroles insultantes. Ne me quitte pas, ne me quitte jamais! Je n'ai plus que toi, maintenant... Les autres vont me montrer du doigt. Dorénavant, ils feront le vide autour de moi. Je serai mis en quarantaine, isolé, oublié, enterré! Ne m'abandonne pas! Reste avec moi, Thérèse, toujours!

Ces supplications tourmentées jaillissaient de sa gorge comme autant de sanglots. Thérèse sentit une larme couler contre sa joue. Et ce n'était pas elle qui pleurait, car elle était comme pétrifiée par sa peine, c'était Jan.

Cette larme brûlante lui confirma l'ampleur de la crise morale que traversait son mari. Jan, qu'elle avait toujours vu tel un roc résister aux vagues les plus hautes et les plus puissantes de la vie, Jan pleurait. L'impossible, l'impensable, se réalisait. Cet homme si fort, si noble et si généreux, se trouvait plongé aujourd'hui dans un terrible désarroi. Comment sortirait-il de cette crise? Et même, en sortirait-il?

Désemparée, Thérèse eut un geste instinctif et maternel : elle caressa la tête fiévreuse que Jan appuyait contre son épaule, et murmura de douces consolations. Geste maladroit. Les yeux étincelants de colère, Jan se détacha d'elle. Thérèse supplia :

— Laisse-toi aller! Pourquoi reprends-tu déjà ce que tu viens de m'accorder? Tu es un homme, Jan, tu es humain. Pourquoi toujours cette sotte fierté?

Il hurla presque :

— Rappelle-toi ce qui est écrit dans l'Évangile : « Femme! Qu'ai-je de commun avec toi? » Jamais vous ne nous comprendrez, vous autres femmes! Toujours, vous aurez le geste qu'il ne fallait pas faire, vous direz les paroles qu'il aurait fallu taire!

Il continua plus calmement, mais avec des accents de haine dans la voix :

— Nous croyons avoir des épouses, des compagnes compréhensives, des camarades pour la vie... Illusion! A la moindre occasion se réveille votre monstrueux instinct de mère. Oui, vous guettez l'occasion où vous pourrez prendre votre air protecteur et pleurnicheur. Toujours à l'affût de la larme, des attendrissements niais. En vérité, il n'y a pas d'épouses, il n'y a que des mères! Au fond, chaque accablement de votre mari vous procure une secrète satisfaction. Le voilà redevenu un gamin, le voilà tout petit devant vous. Quelle aubaine! Dominante, protectrice, vous l'enveloppez de vos bras charitables et vous lui susurrez des fadaises. Au lieu de songer *d'abord* à sa légitime fierté, vous l'enfoncez davantage encore dans sa misère. Plus il sera bas, plus, croyez-vous, il vous sera reconnaissant de le tirer à nouveau vers le haut, vers vous, à vous! Cependant, quand il aura compris l'ignoble manège vers lequel vous a poussée votre atavique instinct, il n'aura plus pour vous de la reconnaissance, mais de la haine!

Thérèse était restée silencieuse, n'avait pas cherché à l'interrompre. Pâle, les traits tirés par la peine et la fatigue, elle s'appuyait contre le chambranle de la porte. Jan lui lança un dernier regard chargé de ressentiment. Puis, cachant son visage derrière ses mains, il se dirigea précipitamment vers son cabinet de travail. Sur le seuil, il se retourna vers Thérèse et jeta :

— Je ne veux plus voir personne! personne! Laissez-moi seul, tous! Tous!

Et la porte claqua derrière lui.

Tirée de son sommeil, alarmée par les cris de Jan, Ide trouva sa mère prostrée dans un fauteuil du salon, sanglotant.

— Qu'arrive-t-il, maman? Pourquoi pleures-tu? Pourquoi ces cris de papa?

Thérèse leva vers sa fille des yeux rougis de larmes :

— La chose la plus terrible qui pouvait lui arriver, le malade est mort au cours de l'opération... Une fois encore, son intuition ne l'avait pas trompé.

— Ce n'est quand même pas une raison pour te mettre dans un état pareil! D'autant que je suis persuadée que papa n'est nullement responsable de ce décès accidentel. Cela est arrivé à bien d'autres chirurgiens tout aussi célèbres que lui. Non, maman, tu me caches quelque chose...

— Ton père a été très dur et très injuste envers moi, Ide.

— Injuste envers toi, papa? Ce n'est pas possible! Pas lui.

Thérèse sortit un mouchoir et s'en tamponna les yeux :

— La réponse que tu viens de me faire contient une grande part de vérité, ma chérie... C'est vrai, ce n'était pas lui, mon Jan, qui me jetait ces horreurs à la figure, c'était son désespoir, son affreuse déception.

— Mais pourquoi donc est-il tellement affecté par cet accident? Connaissait-il ce malade, personnellement?

— Ce n'est pas de cela qu'il s'agit, Ide, tu ne comprends pas... Jan Yvarsen n'est pas un chirurgien comme les autres, même pas comme ceux, pas très nombreux, qui sont aussi célèbres que lui.

— Explique-moi!

— Tu sais que ton père a eu une existence extrêmement mouvementée. Tu n'ignores plus rien du drame de celle dont tu portes le nom, et je t'ai ouvertement révélé tous les détails de l'histoire de Sigrid, de sa passion funeste.

— Oui, maman, murmura Ide, étonnée par ces allusions à un passé douloureux contre lequel les Yvarsen avaient l'habitude de se protéger par un barrage de silence.

— Ton père, continua Thérèse sans faire attention à l'étonnement de sa fille, a connu dans sa vie intime et sentimentale les joies les plus pures et authentiques, mais aussi les douleurs les plus profondes, les peines les plus cruelles, les déceptions les plus amères... Cependant, dans les pires tourmentes, il lui restait toujours un refuge, un sanctuaire inviolable où nul ne pouvait l'atteindre : son métier, son beau métier !

Elle essuya une dernière larme, puis reprit :

— Son éclatante réussite professionnelle, son incontestable maîtrise, lui avaient donné cette assurance, cette confiance en soi, sans laquelle un homme de sa trempe et de son caractère ne saurait vivre. Or, cette confiance en soi, il l'a perdue cette nuit, perdue définitivement.

— Je ne peux pas le croire !

— L'homme fier et fort que tu as connu, Ide, n'est plus qu'un être brisé, une âme désespérée.

Ide flamba :

— Une âme désespérée ? Un être brisé ? Papa ? Mais enfin, maman, dis-moi que ce n'est pas vrai ! Dis-moi que tout ceci n'est qu'un affreux cauchemar !

— C'est la triste vérité, hélas !

Ide voulut courir vers le bureau de son père :

— Je vais aller lui parler, lui faire comprendre que...

Thérèse s'était levée et put la retenir à temps :

— Surtout pas ! Il faut au contraire le laisser seul maintenant ! Ce n'est qu'en lui, au plus profond de lui-même, qu'il trouvera peut-être la force de surmonter cette crise.

— Mais, et nous, maman, que pouvons-nous faire ?

— Nous, ma chérie ? Patientes et effacées, nous veillerons sur lui.

Elle contempla sa fille avec une admiration teintée de fierté maternelle :

— D'ailleurs, avec cette robe de chambre de soie jaune dont la couleur se marie si bien à celle de tes cheveux, tu es belle comme un ange, ce soir, comme un ange gardien.

A ce moment, retentit la sonnette de la porte d'entrée. Thérèse regarda la pendule :

— Trois heures du matin, et on sonne ?

Intriguée, elle alla ouvrir.

X

C'était Cornelius Bloom, le médecin-chef de l'hôpital de Pretoria. Thérèse le reçut sans aménité :

— Vous, Docteur, fit-elle, où étiez-vous donc quand on avait besoin de vous?

Bloom leva la main :

— Schipper est un imbécile, il aurait dû savoir que je me trouvais au Cercle néerlandais, j'avais laissé un mot à ma secrétaire.

Thérèse resta froide et distante :

— Qu'est-ce qui vous fait nous rendre visite à une heure si avancée de la nuit? interrogea-t-elle.

— Je tenais à parler à votre époux.

— Jan est accablé, il ne veut voir personne.

Bloom lui jeta un regard compréhensif :

— C'est précisément ce que je craignais...

Thérèse devint plus aimable :

— Pressentiez-vous dans quel état il allait me revenir?

— Oui, Madame. Je le connais assez bien, voyez-vous, et je m'imagine qu'il doit être complètement effondré.

— Effondré est faible... Mais, dites-moi, Docteur...

Elle le regarda droit dans les yeux :

— ... Jan est-il vraiment responsable de ce décès?

Bloom secoua la tête et répondit avec véhémence :

— Absolument pas! Le cas était désespéré, la mort fatale.

— Ce n'était donc pas une question d'âge, de manque d'habileté, de réflexe chirurgical?

— Nullement! Je n'ai que quarante ans, Madame, mais je puis vous certifier que si j'avais opéré le malade en question, il serait mort à l'heure qu'il est.

— Je voudrais tellement que vous lui expliquiez cela, Docteur, que vous lui fassiez comprendre qu'il n'a pas failli! Il est tellement malheureux.

— C'est justement pour cela que je suis venu. Où est-il? Puis-je le voir?

Thérèse désigna la porte du fond :

— Il s'est retiré dans son cabinet de travail, brisé et désespéré. Je crains le pire, Docteur...

— Laissez-moi faire, Madame, et... ayez confiance en moi!

Jan leva la tête :

— Vous, Bloom? Vous ne trouvez pas que vous arrivez un peu en retard?

Puis, soudain, il bondit de son siège et se rua sur le médecin-chef. Il le saisit par le col et, comme Bloom était assez petit, le souleva presque de terre :

— De qui vous moquiez-vous, monsieur le médecin-chef? Savez-vous que vous êtes indirectement responsable de la mort d'un homme? Où étiez-vous quand on avait besoin de vous? A courir la gueuse, peut-être, non?

Il le secoua de plus en plus fort :

— Avez-vous jamais entendu parler du serment d'Hippocrate, petit bonhomme? Savez-vous qu'un médecin n'existe que pour ses malades, et rien que pour eux? Qu'il doit être nuit et jour à leur disposition? Qu'il doit fuir les distractions du commun et rester toujours prêt à assumer sa tâche?

Après cette explosion, il se calma, lâcha Bloom et proféra d'une voix sarcastique :

— J'ai mis des mois à me trouver un successeur. En arrêtant mon choix sur vous, j'ai cru bien faire. Je croyais en vous! Résultat : vous disparaissez dans la nuit, Dieu sait où, et vous vous déchargez sur un vieillard impotent.

Bloom arrangea ses vêtements et rétorqua froidement :

— Le vieillard impotent, c'est vous, je suppose?

— Parfaitement, c'est moi. Et sachez que je n'ai nul besoin de votre ironie à bon marché, docteur Bloom!

Bloom s'approcha de Jan :

— Cette bagarre est-elle nécessaire entre nous, Yvarsen? Je suis venu pour avoir un entretien sérieux avec vous, pour vous parler d'homme à homme.

— Qu'attendez-vous?

— Que vous soyez plus calme, plus détendu.

— Calme! Détendu! Après ce qui vient de m'arriver! Vous ne trouvez pas que vous exagérez?

— Pas du tout! Au contraire, c'est vous qui exagérez, qui gonflez ce malheureux incident.

Jan le regarda avec sévérité :

— Ainsi pour vous, la mort d'un homme, causée par un chirurgien maladroit, n'est qu'un malheureux incident? Plaisant euphémisme. Félicitations, docteur Bloom!

— Ce malade n'est pas mort par la faute d'un chirurgien maladroit, mais parce que son cas était désespéré.

Jan haussa les sourcils :

— Que me chantez-vous là ?

— Je ne chante rien du tout, je vous apprends simplement la vérité, la vérité toute nue.

Le mari de Thérèse se passa une main sur le front :

— Je ne sais plus où j'en suis... C'est la première fois que cela m'est arrivé. Vous comprenez, Bloom?

Bloom le prit par un bras, le fit asseoir dans un profond fauteuil-club :

— Là, asseyons-nous! Je vous comprends très bien, Yvarsen. Je vais me mettre en face de vous. Là! Mais d'abord, promettez-moi de ne plus vous énerver.

— Promis!

Bloom hocha la tête :

— Bien! Alors voici, Yvarsen, vous n'êtes responsable de rien, et surtout pas de ce décès en cours d'opération! Quand le malade a franchi la porte de l'hôpital, il était déjà condamné. L'hémorragie interne a été causée par le développement normal de la maladie de Richter à son stade aigu et nullement par votre intervention chirurgicale.

— Une question d'abord : où étiez-vous? Comment se fait-il que Schipper n'ait pas pu vous joindre?

Le médecin-chef eut un sourire forcé :

— Vous êtes un homme singulier, vraiment! Vous ne cessez d'insister sur le fait que vous avez donné votre démission, et cependant, vous avez conservé la mentalité « grand patron ».

— Figurez-vous, mon ami, que j'ai lâché la direction de la clinique la plus moderne du monde, à Stockholm, pour venir réorganiser l'hôpital de Pretoria! C'est pourquoi j'aimerais au moins avoir la satisfaction d'avoir fait du bon travail ici et d'avoir laissé l'hôpital en de bonnes mains. Comprenez-vous maintenant pourquoi je vous ai posé cette question?

— Oui! D'ailleurs, il n'y a aucun mystère... J'étais tout bonnement au Cercle hollandais, à fumer une pipe et à bavarder avec des gens du pays.

— Mais c'est votre droit le plus strict! Pourquoi l'ignorait-on à l'hôpital?

Bloom leva les bras en signe d'impuissance :

— Aucune idée! J'avais laissé un mot clair et net à ma

secrétaire. Elle devait le communiquer à Schipper L'a-t-elle fait, ne l'a-t-elle pas fait, je n'en sais rien!

Jan articula sèchement :

— Je vous demanderais d'enquêter à ce sujet, car de telles négligences sont absolument impardonnables. La personne convaincue d'un manque de conscience professionnelle sera *immédiatement* rayée des cadres du personnel et congédiée.

— Mais...

— Il n'y a pas de mais! Considérez ceci comme le dernier ordre de votre supérieur.

— Vous êtes sévère, Yvarsen.

— Non, je suis médecin.

— Bien, je me conformerai à vos instructions.

— Et maintenant, fit Jan, revenons à mon malade. Donc, selon vous, il était condamné... Êtes-vous sincère ou bien cherchez-vous à me consoler?

— Je ne vois pas pourquoi je chercherais à vous consoler après l'accueil que vous venez de me faire, rétorqua Bloom, très franchement.

Et il ajouta :

— Quand Schipper vous a téléphoné, les jeux étaient déjà faits, il n'y avait déjà plus le moindre espoir d'une amélioration. A votre place, je n'aurais même plus tenté l'opération.

— D'où tenez-vous cette certitude?

— De mes études et de mon expérience. Vous savez que j'ai consacré une thèse de doctorat à la maladie de Richter, et que je puis me considérer, sans fausse modestie, comme le meilleur spécialiste, ou du moins le plus informé, dans ce domaine.

— C'est juste. Et... vous êtes formel, l'hémorragie interne n'a pas été provoquée par mon intervention?

— En aucune manière! D'ailleurs, je vais rédiger un rapport dans ce sens que je vous soumettrai demain.

Jan le regarda avec gratitude :

— Si vous saviez quel soulagement vous m'apportez! Je n'étais plus qu'une épave, une ruine.

— Je sais, je sais! Cependant, mes conclusions ne seront pas suffisantes pour vous rendre votre assurance.

— Que voulez-vous dire?

— Que vous ne pouvez pas abandonner le métier sur cette fâcheuse impression, après cet accident regrettable.

Jan se releva d'un bond et s'écria :

— Je vois où vous voulez en venir! Sachez que je ne toucherai jamais plus le bistouri!

— Vous m'aviez promis de rester calme...

— A condition que vous restiez raisonnable, de votre côté.

— Précisément, je *suis* raisonnable! Je vous affirme, Yvarsen, que vous ne pouvez pas quitter cette ville avant d'avoir entrepris une dernière opération. Une opération qui, j'en suis sûr, sera couronnée de succès.

— Vous divaguez, mon ami!

— Écoutez-moi, au lieu de vous échauffer! Mon frère est colonel dans l'armée néerlandaise. Il a commandé une section de parachutistes lors des combats en Indonésie.

— Je ne vois pas ce que ce colonel de parachutistes vient faire ici.

— Vous allez comprendre! Il m'a raconté une chose assez intéressante et instructive... Vous savez qu'il arrive parfois des accidents, quand ces gaillards sautent de leurs avions?

— Oui, un parachute qui ne s'ouvre pas, ou bien encore un violent coup de vent qui les emporte.

— C'est cela! Eh bien, mon frère prétend que lorsqu'il arrive un de ces accidents à un seul parachutiste, il faut faire sauter le même jour toute la section à laquelle il appartient, ou au plus tard le jour suivant. Vous savez pourquoi?

— Je suppose que c'est pour prévenir la peur qui grandirait en eux, l'angoisse.

— Exactement! Or, vous, Yvarsen, vous êtes dans le même cas.

Jan secoua la tête :

— Pas tout à fait, Bloom, vous oubliez que j'ai donné ma démission et qu'en conséquence, je ne serai plus jamais obligé à sauter de l'avion.

— Erreur, vous sauterez mentalement. Vous sauterez chaque jour, à chaque minute! Toujours vous vous verrez penché au-dessus de ce malade mourant sous votre main. Jamais vous n'oublierez cette vision. Croyez-moi, seul un nouveau saut peut vous sauver.

— Peut-être avez-vous raison, mais je n'ai pas le droit de mettre en jeu une vie humaine pour briguer une conscience tranquille.

— Sottises! Vous êtes le meilleur chirurgien à des milliers de lieues à la ronde!

— N'insistez pas, je ne peux pas suivre votre conseil, c'est... *impossible!*

— Une fois que vous aurez quitté le Transvaal, et quand ce récent passé reviendra vers vous, vous serez persuadé que je vous ai raconté des histoires, que mon rapport était truqué, que notre seul but était de vous tranquilliser et de vous laisser partir sur de bons souvenirs. Vous aurez la certitude d'avoir tué cet homme par votre maladresse. Vous vous complairez dans l'analyse morbide de votre faute et vous...

Jan l'interrompit :

— Ma parole, vous avez manqué votre vocation, Bloom, c'est psychiatre que vous auriez dû devenir!

— Ce n'est pas de moi qu'il s'agit en ce moment, c'est de vous.

— Que voulez-vous de moi?

— J'ai eu Johannesburg au bout du fil tout à l'heure, ils ont également un cas de maladie de Richter. Stade premier. Opération recommandable et indispensable. Ils ont pensé à vous.

Jan frappa de ses poings sur le dessus de son bureau :

— Pas question! Il suffit d'*un* cadavre!

— Soyez sérieux! Vous êtes le seul à pouvoir mener à bien cette intervention.

— Et vous? Vous, le grand spécialiste de la maladie de Richter? Pourquoi vous dérobez-vous?

— C'est surtout la pathologie de ce mal que j'ai étudiée. Quant à l'opération, c'est vous qui l'avez mise au point.

— Je refuse!

— Vous n'avez aucune excuse car, le « vieillard impotent », c'est du délire. Vous pourriez en remontrer aux internes de trente ans, en vivacité d'esprit et en habileté manuelle.

— J'ai donné ma démission. L'hôpital doit pouvoir se passer de moi.

— A mon tour de vous rappeler le serment d'Hippocrate!

Jan baissa la tête et, les doigts crispés autour de son sous-main, réfléchit. Enfin, il se redressa et annonça, laconique :

— J'accepte.

XI

Jan comprit au premier coup d'œil que Bloom avait prévenu toute tentative échappatoire de dernière minute, qu'il lui forçait la main. Il avait annoncé cette opération comme une démonstration spectaculaire des récents progrès en chirurgie, convoqué de nombreux confrères, de même que la presse et la télévision. Des internes se pressaient en foule dans le petit amphithéâtre dominant le bloc opératoire et duquel ils avaient une vue plongeante sur la salle d'intervention.

Bloom s'approcha de lui :

— Ça va? Le trac?

— Pourquoi ce carnaval? rétorqua Jan.

— Je voulais que vous finissiez en beauté votre carrière chez nous, en quelque sorte en apothéose.

— Sacré farceur! Vous auriez pu au moins m'éviter les caméras, vous savez que j'ai horreur de ça!

Bloom se contenta de sourire finement et de hocher la tête d'un air entendu.

Sur un signe du chirurgien, les puissants projecteurs s'allumèrent au-dessus du malade qui, lui, était inconscient du drame qui se jouait à son chevet. Les yeux de Jan se posèrent sur le visage de l'infirmière-anesthésiste, et il se sentit traversé par un courant de force : cette jeune femme ressemblait d'une manière frappante à Thérèse quand celle-ci avait eu le même âge et les mêmes fonctions. Cette coïncidence revigora le chirurgien. Il eut l'impression d'être transporté dans ce lointain passé, de retrouver sa jeunesse.

Au-dessus de leurs masques blancs, les regards de Jan et de Bloom se rencontrèrent, et le nouveau médecin-chef comprit immédiatement que Jan avait recouvré son assurance. Il en eut d'ailleurs la confirmation lorsque, s'adressant aux opérateurs des caméras de télévision, le chirurgien dit de son ancienne voix impérative et sans réplique :

— Je vous prierais de vous écarter un peu, Messieurs! Vous êtes trop près ainsi, vous me gênez. Nous ne sommes pas ici pour faire du cinéma, mais pour sauver une vie humaine!

Sous son masque, Bloom sourit. Il était persuadé que Jan n'aurait été nullement incommodé par les caméras, mais qu'il avait simplement tenu à affirmer sans ambages qu'il était resté le « grand patron ». C'était bon signe. L'opération pouvait commencer.

Dans une pièce voisine, Ide attendait le résultat de l'intervention. Invitée à assister à l'opération, elle avait refusé, intimidée par l'appareil impressionnant déployé à cette occasion. Elle préférait attendre dans ce bureau aux murs nus où régnait un parfait silence.

De temps en temps, elle quittait son siège et faisait les cent pas sur l'épaisse moquette recouvrant le sol. Elle était nerveuse, impatiente. L'importance de l'issue ne lui échappait pas, elle savait qu'il n'y avait pas seulement *une* vie en jeu, mais deux : celle du malade *et* celle de son père. L'issue fatale entraînerait à brève échéance la mort de Jan Yvarsen. Ide ne se faisait aucune illusion à ce sujet, car elle connaissait trop bien la légitime fierté de son père, sa susceptibilité professionnelle. Il ne se résignerait pas à survivre à cette honte, à cette chute.

Consciente de la gravité de l'heure, Ide trouva refuge dans une ardente prière.

Mise au courant de la situation, Fanny Starner était venue tenir compagnie à Thérèse. Réunies dans le salon des Yvarsen, les deux femmes attendaient la nouvelle qui déciderait du sort de Jan. Fanny n'était plus la jeune enchanteresse pleine d'entrain de naguère. La mort tragique de James l'avait durement frappée. Elle avait vieilli du jour au lendemain. Ses cheveux étaient devenus gris, et des rides d'accablement barraient maintenant son front. Thérèse ne pouvait la regarder sans ressentir une vive pitié pour l'amie qui lui était toujours restée chère.

— Comment se porte Tom? s'enquit-elle.

Fanny eut un triste sourire et répondit, de cette voix faible et hésitante qui lui était devenue habituelle :

— Oh, tu sais, depuis que nous avons perdu James, il n'a plus goût à rien. C'est comme si quelque chose d'essentiel s'était cassé en lui.

Des larmes brillèrent dans ses yeux :

— Te rappelles-tu la naissance de James, Thérèse? Notre joie? Tu étais avec nous, alors. C'était toi qui m'assistais. Comme ces jours heureux sont loin de nous...

Puis sentant que l'émotion allait la submerger, elle changea de conversation :

— Comment as-tu fait pour rester si jeune, Thérèse? Pas une ride! A peine deux ou trois mèches grises. C'est incroyable! Et Jan, toujours aussi séduisant qu'autrefois. Vous êtes les enfants d'un miracle, mon amie.

La porte s'ouvrit sur Jan. Ide se précipita vers lui. Il était gai, souriant, tenait les bras ouverts pour la recevoir.

— Papa! s'écria-t-elle, c'est la réussite?

Jan la serra contre sa poitrine :

— Totale, mon enfant! Dans un mois, notre homme pourra rentrer chez lui, complètement guéri.

— C'est magnifique, papa! Je suis si heureuse, si heureuse...

Le chirurgien se retourna vers les journalistes qui l'avaient suivi :

— J'ai une déclaration à faire à la presse, Messieurs!

Les carnets et les stylos jaillirent. Des têtes curieuses se penchèrent en avant.

— L'opération à laquelle vous venez d'assister aura été ma dernière. Je me retire définitivement de la vie médicale. A partir d'aujourd'hui, je me consacre à ma famille. C'est tout, Messieurs!

Et, prenant Ide par un bras, il s'en fut à travers le murmure de voix étonnées.

Ide regardait son père à la dérobée : il s'était encore transformé, paraissait plus jeune que jamais! Elle songea immédiatement à celle qui attendait, là-bas dans l'appartement... Thérèse...

— Papa! Il faudrait téléphoner à maman, lui annoncer la bonne nouvelle!

Ils se trouvaient dans le corridor de l'hôpital. Jan s'arrêta :

— Attends-moi une minute, Ide.
Et il disparut derrière une porte.

— Allô! Thérèse?
Au son de sa voix, Thérèse comprit que Jan avait gagné, que le terrible cauchemar était vaincu. Des larmes de joie lui montèrent aux yeux.
— Jan? répondit-elle simplement, je t'attends...
— Je viens, ma chérie!

XII

A Hambourg, Erling avait choisi pour les siens une résidence dans un faubourg retiré et aristocratique. La maison des jeunes Yvarsen était un édifice de pierre de taille assez imposant, très confortable, qui avait été construit aux environs de 1860. Car Erling n'aimait pas le moderne en architecture. Son goût sûr et avisé le guidait toujours vers ce qui avait de la « classe », comme il disait volontiers.

D'abord un peu impressionnée par la solennité bourgeoise des lieux, Flavie avait bientôt été conquise par le charme envoûtant du grand jardin si soigneusement entretenu, au milieu duquel clapotait un jet d'eau entouré d'une couronne de capucines et d'iris.

Le quartier convenait parfaitement aux jeunes époux. Ils aimaient son ambiance un peu surannée, le calme de ses rues, la gravité des anciennes demeures patriciennes, protégées contre le tumulte de la vie moderne par des tilleuls, des ormes et des chênes vénérables. Après une journée de travail acharné en laboratoire ou en clinique, cette quiétude mélancolique et désuète les attirait avec une force irrésistible.

Les habitants de ce faubourg avaient su conserver entre eux ces relations aimables, à la fois franches et raffinées, qui remontaient à l'époque maintenant lointaine où Hambourg était encore une « ville libre », la cité la plus puissante et la plus influente de la « Hansa ».

Certains de ces bourgeois se piquaient de musique, de littérature. Ainsi, l'armateur Stadelmann était un fanatique du violon. Il avait formé un quatuor à cordes dans lequel lui-même tenait le premier violon, l'avocat Söderbaum le deuxième, le négociant Mœllenboom l'alto, et le commis Stiffenacker la contrebasse. Söderbaum et Mœllenboom appartenaient tous deux, comme Stadelmann, à de vieilles familles patriciennes du faubourg. En revanche, Stiffenacker était originaire de Cologne et, par surcroît, de condition très modeste. Si on le tolérait dans ce cercle assez fermé, c'était pour ses dons extraordinaires de contrebassiste. Car non seulement il arrachait à son instrument grave et solennel de puissants trémolos, mais il avait même réussi, chose très rare, à en faire un instrument de soliste. Sa performance la plus remarquée avait été l'exécution de l'*Ave Maria* de Schubert qu'il avait lui-même adapté pour contrebasse seule. Hugo Stiffenacker se distinguait d'ailleurs par bien d'autres traits. Agé de vingt-cinq ans, de très haute taille, il avait un visage hâve et émacié d'ascète, dans lequel luisaient des yeux d'un noir particulièrement intense et frappant. Infailliblement accoutré d'un étrange manteau couleur de houille, qui ressemblait étonnamment à un vêtement d'ecclésiastique et qu'il maintenait toujours boutonné jusqu'au cou, Stiffenacker aimait se promener dans le port et bavarder avec des marins, avec lesquels il faisait souvent d'interminables parties de cartes. On pouvait aussi le voir, immobilisé sur un quai, contempler avec un regard mi-tendre, mi-sinistre quelque navire en partance, et marmotter des vers d'Hölderlin, son poète préféré. Que de telles singularités voyantes eussent dû lui fermer les portes des salons patriciens, c'était évident. Cependant, il en est de la musique en Allemagne comme de la littérature en France. La musique, entourée du respect général, ouvre toutes les portes, donne toutes les excuses. Or Hugo Stiffenacker était incontestablement un excellent musicien, et, outre la contrebasse, il jouait également de la clarinette basse et du basson. C'est pourquoi l'armateur Stadelmann, qui était aussi son employeur, l'avait accueilli dans son quatuor où, malgré son caractère fantasque, il faisait très bonne figure. Toutefois, Stiffenacker devait une grande part de ces faveurs aristocratiques aux dames du faubourg, qui avaient été séduites par ce personnage tenant à la fois de Méphistophélès, de l'étudiant famélique, de Torquemada et de Byron. Elles l'adoraient.

Quinze jours à peine après leur arrivée à Hambourg et leur installation dans la belle demeure choisie par Erling, les

Yvarsen avaient reçu une invitation de Stadelmann pour assister à une soirée de musique de chambre organisée dans son somptueux hôtel particulier. Depuis, le jeune couple s'était lié d'une vive amitié avec l'armateur musicien.

L'exportateur Dobenfeet, qui lui aussi tenait salon ouvert, était un ardent admirateur du Grand Frédéric. Il lisait Voltaire dans le texte et agrémentait son parler allemand d'expressions françaises. A l'instar du glorieux roi de Prusse, il jouait de la flûte traversière, ce qui faisait l'amusement de ses petits-fils qui, eux, assistaient à des soirées de jazz dans les bars pour jeunes gens en blue-jeans. Cependant, dans le salon Dobenfeet, la littérature surtout était à l'honneur, et particulièrement le théâtre. Chaque année, on montait une pièce. Durant de longs mois, ces dames du faubourg préparaient les décors et les costumes, poudraient des perruques, apprenaient des rôles. On jouait surtout du Kleist, et souvent, pour faire plaisir à Dobenfeet, *le Prince de Hombourg*. Car dans cette pièce, le maître des lieux revendiquait pour lui le rôle du Kurfürst Friedrich-Wilhelm, de l'électeur de Brandebourg, ce qui lui donnait l'agréable illusion d'une parenté avec son cher Frédéric.

La présence des Yvarsen était désirée dans tous les salons du faubourg. On y appréciait le sérieux nordique d'Erling, tempéré par la grâce enjouée de Flavie. Stadelmann aimait venir s'incliner devant la jeune femme et dire d'une voix chaudement persuasive :

— Voulez-vous me faire le vif plaisir de m'accompagner au piano, *gnädige Frau?*

Et elle répondait, avec un sourire qui était si ravissant qu'il rendait jalouses les autres femmes présentes :

— Je joue si mal, cher monsieur Stadelmann, je ne ferai que gâcher votre virtuosité.

— Oh non, quelle modestie, quelle adorable modestie! s'écriait l'armateur avec empressement. Si vous aviez voulu, vous auriez pu devenir une grande, une célèbre pianiste! Hélas, la science vous a ravie à la musique... Encore une fois, *gnädige Frau,* faites-moi le plaisir! Nous jouerons cette magnifique sonate de Bach, vous savez, celle en ut mineur que vous aimez tant.

Et naturellement, Flavie acquiesçait. Quant à Dobenfeet, il

souhaitait que l'épouse d'Erling corrigeât sa prononciation française.

Bien sûr, certaines de ces dames avaient cru devoir parler des *welschen Manieren* [1] de Flavie, c'est-à-dire critiquer sa spontanéité française, sa gentillesse naturelle, et à cette occasion, on avait pu entendre des *das schickt sich nicht!* [2] et des *stellen Sie sich vor!* [3] indignés. Cependant, ces manifestations dictées par la jalousie cessèrent bientôt, et le jeune couple fut définitivement adopté par ce milieu spirituel et aimable.

Le petit Jan Yvarsen entrait vaillamment dans la quatrième année de sa vie. Physiquement, il était d'ailleurs en avance sur son âge, et le visiteur non informé lui donnait invariablement cinq ans. C'était un enfant d'une beauté et d'une grâce exceptionnelles; en le voyant, on songeait à quelque être séraphique surgi du royaume de l'innocence. Une broussaille de cheveux blonds, dorés, coiffait sa tête longue et fine. Les traits de son petit visage avaient quelque chose d'indiciblement harmonieux, noble et pur. De sa voix argentine, il débitait un charmant mélange de français, la langue de sa mère, de suédois, celle de son père, et d'allemand, la langue du pays où il grandissait. Dans son joyeux babil, il brouillait encore les consonnes, zézayait, mais cela ne faisait qu'ajouter à son charme.

Oui, Jan était de ces enfants qu'on regrette de voir grandir, qu'on voudrait toujours conserver à l'âge tendre de l'innocence.

Son domaine préféré était le jardin. Là, il aimait s'asseoir par terre, entre les plates-bandes de fleurs, et feuilleter un livre d'images ou jouer avec Otto, un petit âne sur roulettes aux longues oreilles de velours. Otto était son confident, son fidèle camarade. Il lui faisait part de ses peines, de ses joies, l'embrassait sur le museau. Cependant, quand le ciel s'obscurcissait, quand la pluie menaçait de déranger la quiétude des deux amis, on voyait accourir la vigoureuse Hanna. Abandon-

1. Manières françaises.
2. Ça ne se fait pas!
3. C'est incroyable!

nant le petit âne à son sort, elle soulevait Jan et l'emportait à l'intérieur de la maison.

Hanna, ou plutôt Johanna Hohenmast, était à la fois bonne d'enfant, gouvernante et cuisinière. Forte et saine, les cheveux coiffés en sévère chignon, c'est elle qui surveillait, d'un œil attentif et vigilant, l'entretien de la grande maison des Yvarsen. Elle s'était prise d'affection pour ses jeunes maîtres et leur était dévouée corps et âme. Toutefois, si elle avait beaucoup de respect et d'admiration pour Flavie et Erling, son dieu était Jan, le gracieux bambin. Elle le couvait, le dorlotait, le choyait comme s'il avait été son propre fils chéri. Lorsqu'il eut une attaque de rougeole, elle ne bougea pas de son chevet jusqu'à la guérison. Fidèle et obstinée, elle refusa de se laisser remplacer par une infirmière, insista pour donner elle-même ses médicaments à Jan et fut la meilleure assistante qu'Erling eût jamais rencontrée au cours de sa carrière médicale.

Le soir, quand Flavie et Erling parlaient médecine ou biologie, Jan aimait s'asseoir aux pieds d'Hanna qui lui racontait de vieux contes allemands. Et il s'endormait en compagnie de Dornröschen, de Rumpelstilschen et de Löweneckerchen. Le chef de famille était hostile à ces fables :

— Je veux faire de Jan un scientifique, disait-il à Flavie, mécontent, et je n'apprécie guère qu'on lui bourre la cervelle avec ces histoires ineptes!

La jeune femme n'était pas de son avis :

— Vous autres hommes, répondait-elle, vous ne tenez jamais compte de l'âge des enfants. Jan est encore un bébé, et déjà tu parles d'en faire un homme de science...

— Il n'est jamais trop tôt pour leur inculquer des principes de raison.

Flavie ne put s'empêcher de sourire :

— Des principes de raison! Vois-tu, mon chéri, tu es très savant et érudit en médecine, mais dès que tu abordes l'éducation de notre petit, tu redeviens toi-même un enfant. Crois-moi, à cet âge, ce sont des fables qu'il lui faut! Il serait vain et ridicule de l'aborder avec des mathématiques ou du latin. D'abord, il ne comprendrait rien, et même s'il devait comprendre, tu n'en ferais qu'un monstre en lui donnant un enseignement prématuré. Au contraire, les contes d'Hanna développent son intelligence et son imagination, éveillent sa sensibilité et le rendent attentif aux phénomènes de la nature, ceci tout en le divertissant. Laisse-la faire, Erling, elle qui, d'ailleurs, a plus d'expérience que nous dans ce domaine.

— Mais, objecta Erling, est-il nécessaire qu'elle lui dise que *Frau Holle* est en train de secouer ses édredons dans le ciel, quand il neige?

— Ce n'est qu'une image, mon chéri, une image charmante et amusante. Jan s'en souviendra encore quand il sera devenu adulte, il pensera avec tendresse à sa bonne et brave Hanna. Et cela ne l'empêchera pas d'être un grand médecin, comme son père et son grand-père!

Erling avait orienté sa carrière définitivement vers la recherche scientifique. Certes, en Suède encore, son père avait fait de lui un brillant chirurgien. Cependant, il lui manquait cette chaleur communicative et tonifiante sans laquelle le meilleur praticien ne saurait conquérir la confiance des malades. Quand Jan Yvarsen s'était approché du chevet d'un patient, celui-ci se sentait déjà moins souffrant, il était comme galvanisé par le rayonnement de force vitale qui émanait de cet homme extraordinaire. En revanche, Erling restait froid; il était trop sérieux, trop distant. Perpétuellement plongé, abîmé faudrait-il dire, dans ses théories médicales, il ratait le contact humain avec ses malades. Bref, Erling Yvarsen n'était pas un praticien, mais un théoricien, un chercheur. Son rêve était de découvrir les causes pathogènes du cancer et de mettre au point un traitement approprié, afin de vaincre ce mal terrible entre tous. Ses recherches lui laissaient déjà entrevoir une lueur d'espoir. D'ailleurs, il mûrissait un grand projet.

XIII

Ce qui devait arriver, arriva : Hugo Stiffenacker le contrebassiste aux allures mystérieuses, tomba follement amoureux de Flavie.

Personne n'en remarqua rien, sauf Flavie elle-même. Car le musicien était trop timide, trop impressionné surtout par le milieu opulent où il était reçu, pour oser manifester ses sentiments autrement que par les brefs regards, sombres et lourds, qu'il faisait peser sur la jeune femme, comme si elle eût été la seule lumière en un monde de ténèbres.

Stiffenacker avait toujours été un peu gauche en société. Amoureux, il devint plus maladroit que jamais. Il trébuchait sur le seuil du salon, accrochait quelque guéridon au passage, renversait un cendrier. Nul ne devinait la cause de ces manquements et de ces balourdises. Ignorant le sentiment qui empêtrait le musicien, on les mettait sur le compte de son émotion et de sa sensibilité suraiguë d'artiste.

— Il faut l'excuser, disait Stadelmann en prenant des airs de mécène, n'oubliez pas qu'il compose! Il est absorbé par son œuvre, notre cher Hugo!

Sur quoi, tout le salon hochait la tête en l'approuvant.

L'œuvre en question était à l'image de celui qui l'avait conçue. Stiffenacker s'était mis dans la tête l'idée ahurissante de composer un concerto pour contrebasse et orchestre.

— Il réussira! clamait Dobenfeet à qui voulait l'entendre. Et nous, simples bourgeois, nous aurons eu le mérite d'avoir découvert et encouragé un grand musicien!

— Mais, objectait-on, la contrebasse est faite pour l'accompagnement et non pour l'exécution en soliste.

— Routine que tout cela! D'autres virtuoses, avant Stiffenacker, ont réussi à faire de la contrebasse un instrument soliste. Il faut que votre ignorance en musique soit criante, Monsieur, pour que vous souleviez une telle objection!

— Quand même, vous me direz tout ce que vous voudrez, un concerto pour contrebasse est une absurdité...

De plus en plus fougueux, brandissant son index, Dobenfeet répliquait :

— Et moi, je vous répète que ce projet original porte la marque de feu du génie! Hugo y arrivera, le concerto sera écrit par lui et exécuté par lui! Il réussira parce qu'il a la foi, la force et la volonté, comme notre Grand Frédéric...

On n'avait pas l'idée, dans ces moments-là, de remarquer les regards sinistrement tendres que Stiffenacker se hasardait à lancer à Flavie. Le salon Stadelmann était tout entier à ses préoccupations musicales. Un nouveau membre était venu se joindre à la formation créée par l'armateur : le professeur Herrenschmidt, historien et philologue, qui était un excellent violoncelliste. Grâce à cette adjonction, de nombreuses combinaisons étaient devenues possibles. Ainsi, quand Stiffenacker était absent, retenu par son étrange composition, l'ensemble Stadelmann formait le quatuor classique : deux violons, un alto et un violoncelle. Le contrebassiste fantasque faisait-il au contraire son apparition, alors on se rapprochait déjà du petit orchestre de chambre. Quelquefois aussi, Stiffenacker apportait sa clarinette et jouait en soliste avec le quatuor. Stadelmann était ravi de cette extension de ses activités musicales. Dès qu'il rentrait de son bureau en ville, il s'adonnait à la préparation de futurs concerts, écrivait lui-même les arrangements pour les diverses formations. Dans ces conditions, le silencieux amour qui venait de naître dans le cœur de la contrebasse devait nécessairement passer inaperçu.

Chez les Dobenfeet régnait une animation non moins intense, car on montait le *Faust* de Goethe, événement assez extraordinaire pour le cercle du faubourg. Naturellement, on avait sollicité Hugo Stiffenacker pour le rôle de Méphistophélès, et à l'agréable surprise de ces dames, il avait accepté avec enthousiasme. Depuis, on ne pensait plus qu'aux répétitions, aux costumes et aux décors. Tout le reste passait au second plan.

Cependant, si personne autour d'elle, ni même Erling, ne s'était avisé de ce qui se passait dans l'âme embrasée du jeune musicien, Flavie n'en était pas moins vivement contrariée. Elle avait toujours trouvé Hugo assez sympathique, malgré ou peut-être précisément *à cause* de ses extravagances, et au fond, elle ne pouvait pas lui en vouloir, sachant qu'à cet âge il est difficile de commander à ses sentiments. Néanmoins, elle prévoyait le moment où, afin d'éviter le musicien, elle devrait cesser ses visites chez les Stadelmann et les Dobenfeet. Une telle perspective était extrêmement désagréable, car ses sorties lui procuraient un délassement dont elle éprouvait le plus vif besoin.

Depuis que son mari s'était décidé d'une manière définitive pour une carrière scientifique et avait renoncé à son activité de praticien, Flavie avait revêtu sa blouse blanche de biologiste et était devenue l'assistante dévouée d'Erling. Elle participait à tous ses travaux, et suivait avec admiration les progrès du jeune savant. Cette activité avait quelque chose de grisant pour elle; elle sentait que cette quotidienne collaboration avait intensifié encore leur amour, l'avait affermi. Ils partageaient le même idéal, le même but, la même secrète espérance. Une dimension nouvelle, celle de l'esprit, était venue s'ajouter à leur grand et vibrant amour.

Le soir, quand ils rentraient du centre de recherches scientifiques où ils œuvraient côte à côte, ils retrouvaient le gentil petit Jan. Quand ils voyaient le beau regard chargé de tendresse, ces yeux d'un bleu si pur et limpide, ils éprouvaient un indicible ravissement. Et ils auraient pu rester des heures à écouter l'innocent babil de Jan, à suivre d'un œil attendri ses ébats avec Otto, l'âne sur roulettes. Malheureusement, il était à l'âge où les enfants ont besoin de beaucoup de sommeil. Dès après dîner, il disait :

— *Safen! safen!*

pour *schlafen,* dormir. Et sitôt qu'il avait gravement souhaité la bonne nuit à ses parents, la brave Hanna l'emportait dans son petit lit.

— Une apparition angélique, murmurait alors Flavie, pensive.

— Oui, répondait Erling. Jan est un bel enfant. Médicalement et biologiquement parlant, il est un spécimen tout particulièrement réussi de l'espèce humaine. As-tu remarqué la perfection de sa stature menue?

— C'est de ton fils que tu parles, protestait Flavie, mi-riant, mi-fâchée, et non d'un sujet clinique. Ne pourrais-tu pas laisser un peu de côté la médecine et la biologie, te reposer?

Erling passait une main sur son front :

— Tu as raison, oui, je devrais...

Et Flavie proposait :

— Allons chez Stadelmann, je crois qu'on y jouera *la Truite* de Schubert, ce soir.

— Bonne idée! La musique me fera oublier les cellules cancéreuses. Habillons-nous, ma chérie!

Avant de partir, Flavie en robe du soir et Erling en smoking ou en habit, ils ne manquaient jamais de passer dans la chambre de Jan. Quelquefois, l'enfant se réveillait et posait sur sa maman de grands yeux émerveillés. Il contemplait ses longues boucles blondes qui retombaient en gracieuses volutes sur ses belles épaules, son collier de diamants qui jetait mille feux — cadeau princier d'un autre Jan Yvarsen à l'occasion du mariage d'Erling et de Flavie —, sa robe toute blanche parsemée de paillettes d'argent. Cette fée venait lui donner un dernier baiser, et il s'endormait à nouveau, heureux, comblé.

Puis, dans un salon resplendissant de lumières, les jeunes époux trouvaient la nécessaire compensation à leur journée de labeur, dans une ambiance de calme gaieté, d'amabilité polie et de fine culture.

N'était-il pas navrant qu'à cause d'un amour insensé et impossible, ils dussent renoncer à ce légitime délassement?

Finalement, Hugo Stiffenacker s'enhardit à faire une visite à Flavie Yvarsen. Il avait dû apprendre qu'elle avait attrapé un léger rhume et gardait la maison.

— Herr Hugo Stiffenacker! annonça la brave et vigoureuse Hanna de sa voix claironnante.

Puis, elle se pencha vers Flavie et ajouta, plus bas :

— *Stellen Sie sich vor, gnädige Frau, der hat sein Instrument mitgebracht...*

— Comment? Il a apporté sa contrebasse?

Mais déjà, le jeune musicien s'engouffrait dans le salon des Yvarsen, traînant son énorme instrument derrière lui. Lui, qui d'habitude était hâve et pâle, était maintenant rouge comme une écrevisse. L'émotion le paralysait, le rendait plus gauche que jamais. Il devait ressentir un sublime vertige d'avoir osé se jeter à corps perdu dans cette enivrante aventure : affronter l'objet de ses rêves.

Il s'inclina devant Flavie :

— *Gnädige Frau!* Je me suis permis de... C'est-à-dire que... Je voulais simplement...

— Enlevez donc votre manteau et installez-vous, monsieur Stiffenacker. Prenez place!

Il voulut déboutonner son étrange vêtement d'ecclésiastique, mais, ses doigts se prenant dans les boutonnières, il abandonna cette tentative.

— Voici de quoi il s'agit, bredouilla-t-il. J'ai... composé... un lied sur un poème d'Hölderlin. Et... je me suis permis... de... vous le dédier!

Il se précipita sur sa contrebasse et voulut la sortir de sa housse. Peine perdue, il y mettait la même maladresse fiévreuse qu'à déboutonner son manteau. Flavie suivait avec inquiétude ses manipulations de l'énorme instrument et tremblait pour ses porcelaines.

— Mais! clama soudain Stiffenacker, je vois que... vous avez un piano! Je n'ai donc... pas besoin de... Je vais vous chanter le... lied que j'ai... composé pour... vous! en m'accompagnant au... piano!

Il se jeta sur le piano et plaqua un accord. A ce moment, Hanna fit irruption dans le salon avec le petit Jan, auquel elle voulait faire entendre la musique de ce singulier visiteur. Stiffenacker s'interrompit aussitôt et vint se pencher sur l'enfant dans l'intention de lui dire une gentillesse qui flatterait la belle Flavie. Malheureusement pour lui, le bambin prit peur et éclata en sanglots.

C'en était trop pour la sensibilité aiguë du jeune artiste. Sa confusion fut au comble, son désarroi atteignit un paroxysme insupportable. Il marmotta quelques paroles incohérentes, enroula sa composition comme un tube et la présenta à Flavie comme un bouquet de fleurs. Puis, saisissant son instrument, il fonça vers la sortie en haletant et trébuchant. Et il disparut, suivi du grand rire sonore et germanique d'Hanna qui, les poings sur les hanches, laissait libre cours à son hilarité.

Le soir, Flavie raconta toute la scène à Erling qui s'en amusa follement :

— Comme je regrette de ne pas avoir été là, dit-il, Stiffenacker devait être terriblement drôle!

Mais Flavie gardait son sérieux :

— Je ne peux pas partager ton enjouement, Erling, car enfin, ce garçon est amoureux de moi, ce qui est *très, très* gênant.

— Ce n'est pas mon avis, ma chérie. Stiffenacker a vingt-cinq ans. Tu es la plus jolie femme de notre cercle. Quoi de plus normal qu'il soit tombé amoureux de toi?

— Tu n'es pas jaloux?

— De Stiffenacker? Comment peux-tu me poser une question pareille! Les sentiments banals et quelque peu ridicules de ce garçon pourraient-ils troubler notre entente? Je n'en crois rien!

— Moi non plus. Cependant, je te répète que pour moi c'est gênant. Je n'aime pas qu'un autre que toi me regarde avec des yeux pareils.

Erling l'attira à lui et l'embrassa tendrement. Ils restèrent silencieux pendant de longues minutes, heureux, enlacés. Enfin, Erling annonça la grande nouvelle qu'il tenait en réserve :

— D'ailleurs, fit-il, dans cinq ou six mois, nous quitterons Hambourg...

Flavie sursauta :

— Définitivement?

— Oui!

— Quels sont tes projets? Ce centre de recherches sur le cancer?

— Oui, ma chérie, je viens d'avoir un entretien à ce sujet avec le professeur Kleinhans. Il prétend que j'obtiendrai l'appui et l'aide financière de l'Organisation mondiale de la Santé. D'autre part, grâce à ses relations aux États-Unis, il tâchera de m'obtenir des crédits de la Fondation Carnegie et de l'Institut Rockefeller. Et puis je suis persuadé que le gouvernement suédois ne me marchandera pas son aide, non plus.

Flavie le regarda, étonnée :

— Le gouvernement suédois? Ce qui voudrait dire que...

— Oui, ma chérie, tu as compris : nous retournons en Suède!

— Mais... c'est tellement nouveau, tellement inattendu.

— J'ai beaucoup réfléchi ces derniers temps, vois-tu, et j'ai finalement décidé de retourner à Stockholm pour y perpétuer la tradition des Yvarsen. Mon père y a créé une clinique, j'y créerai moi-même un centre de recherches sur le cancer.

— *Nous* le créerons, rectifia Flavie.

Erling prit la main de la jeune femme :

— C'est vrai, nous continuerons à travailler côte à côte, nous chercherons, nous lutterons en commun...

— Là où tu seras, je serai toujours heureuse. Quand même, je regretterai notre bonne ville de Hambourg, les salons de Stadelmann et de Dobenfeet, nos soirées de musique de chambre.

— Nous nous ferons des amis à Stockholm. D'ailleurs, nous ne sommes pas des inconnus là-bas.

— Je sais, mais l'ambiance n'y sera pas la même...

Soudain, il lui vint une pensée, et elle s'exclama :

— Et Hanna? As-tu songé au chagrin qu'elle va éprouver à se séparer de Jan?

— Elle nous accompagnera en Suède, nous rendrons la vie à la maison de tante Brita.

— Mais... et si papa voulait s'y installer?

— Tu sais bien qu'il a décidé une fois pour toutes de ne pas retourner à Stockholm et d'aller vivre avec maman à *Journey's End.*

— Est-ce vraiment définitif?

— Les décisions de mon père le sont toujours!

— *Journey's End...* Je me demande où ils vont bâtir cette maison au nom mélancolique.

— Oui, je serais curieux de le savoir, moi aussi. Au fait, sais-tu que mon père vient de réussir encore une fois, et de la manière la plus brillante, cette opération qu'il avait mise au point contre la maladie de Richter?

— Non, j'ignore tout de ce succès.

— On en parle dans la presse. J'ai lu ça, cet après-midi, dans une gazette médicale. Il paraît que père s'est surpassé.

— Il est magnifique! J'ai l'impression qu'il ne vieillira jamais, qu'il restera éternellement jeune.

Erling sourit :

— Mais tu as raison, ma chérie, Jan Yvarsen ne vieillit pas. Au contraire, il grandit et est actuellement dans la quatrième année de sa vie.

— *Notre* Jan, oui... Si nous allions lui souhaiter une bonne nuit?

— Tu n'y penses pas, voyons, tu n'es pas en robe du soir; il serait vexé.

— Pour une fois, il nous pardonnera de ne pas respecter le protocole. Viens vite!

Le jour suivant, on donnait un concert de musique de chambre chez l'armateur Stadelmann. A la surprise des non-initiés, Hugo Stiffenacker n'apporta pas sa contrebasse, comme d'habitude, mais un magnifique violon de facture italienne. On apprit qu'il s'était mis secrètement à l'étude de cet instrument et qu'il était arrivé, en fort peu de temps, à une telle maîtrise que l'armateur lui céderait la première place pour se contenter de celle de second violon. Toutes les personnes présentes avaient hâte que la séance commençât, on brûlait d'entendre le fantasque musicien.

Malgré l'incident de la veille, Flavie et Erling assistaient à la soirée, la jeune femme s'efforçant soigneusement d'éviter le regard de Stiffenacker.

Les œuvres suivantes figuraient au programme que Stadelmann avait eu la coquetterie de faire imprimer sur bristol :

FRANZ SCHUBERT

Quatuor en sol majeur opus 161.

Quatuor en ré mineur, « la Jeune Fille et la Mort ».

LUDWIG VAN BEETHOVEN

IXe Quatuor, en ut majeur, opus 59, n° 3.

Le silence se fit, et les archets attaquèrent l'allegro moderato du quatuor en sol. Tous les regards étaient fixés sur Stiffenacker. Hormis quelques maladresses dues à son manque d'expérience, il jouait comme un dieu. Là encore, sa virtuosité était incontestable.

Après les frémissements et les vibrantes envolées du premier mouvement, le quatuor aborda le sublime andante. Des chants suaves alternèrent avec le tumulte de la passion, l'extase dialogua avec l'inquiétude. Emporté par l'élan musical, par sa fougue, Hugo semblait vivre dans un autre monde, abîmé dans un univers sonore. De temps à autre, seulement, son regard férocement étincelant se posait sur Flavie.

Puis ce fut le rythme de berceuse du scherzo. Les accords invitaient au rêve dans une profonde forêt allemande, sous un ciel noir, immense, sans fin...

Et dans le prestigieux finale, le rêve s'effaça devant une chevauchée héroïque. Mouvement, joie, frémissement ! L'impulsion vitale l'emportait, c'était le triomphe de l'élan dans le ravissement.

Des applaudissements frénétiques saluèrent la fin de l'exécution. Très pâle, les yeux brillants, Hugo s'inclinait devant l'assistance. Dominé par l'émotion, Stadelmann le serra dans ses bras et lui donna l'accolade. Des vivats s'élevèrent dans le salon. Ceux qui l'acclamaient ignoraient la douleur qui déchirait son cœur.

Deux jours plus tard, Hugo Stiffenacker quitta la ville de Hambourg pour retourner à Cologne, le lieu de sa naissance. Stadelmann fut désolé de perdre le membre le plus original et le plus brillant de son petit orchestre de chambre. Certaines de ces dames du faubourg restèrent à jamais inconsolables. Quant à Flavie, elle se sentit soulagée.

XIV

L'Espagnol leur avait réservé une table sur la terrasse, et, sur les instances de Norbert, il avait bien voulu leur préparer une *paella.*

— Comment l'aimez-vous, cette *paella,* Cora?

— Elle est délicieuse. Savez-vous comment on la prépare?

— On jette les viandes, les légumes, les poissons et le riz dans l'huile et la poêle, et on fait cuire à grand feu.

— Où avez-vous appris cela?

— J'ai passé six mois en Espagne.

La nuit était tombée. Une grosse lune argentée brillait au-dessus de la baie, jetant un voile laiteux sur la mer immobile.

— Comme la mer est calme, ce soir, observa Cora. A la fois si proche et si lointaine, si distante de nos soucis, de nos conflits humains.

— Je ne vous connaissais pas si grave, chère amie. Vous me paraissez déprimée, aujourd'hui, soucieuse. C'est si contraire à votre caractère habituel...

Cora regarda vers le large :

— Oui, j'ai changé... Quelquefois, pendant de longs jours, la mer est étale. Tous les matins, quand on se lève, on aperçoit cette immense surface liquide, tendrement bleue, paisible comme un petit lac suisse. Puis, d'un seul coup, sans aucune transition, les masses d'eau se déchaînent, se ruent vers le rivage, se transforment en énormes vagues qui viennent se briser avec fracas sur le sable et les galets. De bleue, la mer est devenue brusquement nacrée. Puis elle change encore, se présente sous un aspect verdâtre. Et enfin, bouillonnant comme de l'eau en ébullition, elle prend la triste couleur de l'ardoise.

Norbert se pencha vers elle :

— Ne voulez-vous pas me dire quelle est la tempête qui a soufflé sur elle?

La jeune fille secoua la tête :

— C'est difficile, sinon impossible.

— Mais pourquoi? Ne sommes-nous pas de vieux amis, ne pouvez-vous pas vous confier à moi?

— Vous seriez une femme, ce serait facile; mais ainsi... Voyez-vous, depuis que j'ai commencé mon travail, j'ai été entourée exclusivement par des hommes. C'est pénible, quelquefois. Car, de temps en temps, j'ai besoin de m'épancher, de trouver une oreille compréhensive. Si seulement j'avais une camarade à mes côtés! Peine partagée est déjà peine allégée.

— Oubliez donc, fit Norbert, que je suis un homme. Considérez-moi simplement comme une âme amie. Dites-moi ce qui vous tourmente. D'ailleurs, je crois le deviner.

Cora haussa les sourcils :

— Vous? Mais, comment donc pourriez-vous?

— Mon petit doigt de peintre!

La jeune fille rougit et baissa la tête, semblant contempler ce vin doré de Grèce qui emplissait son verre.

— Bien, dit-elle après un certain silence, je vais tout vous dire.

Elle continuait à regarder fixement son verre :

— C'est très simple, j'aime Stephen Wells.

Cet aveu la soulagea, la fit respirer plus calmement, plus librement. Elle se redressa, posant ses beaux yeux expressifs sur le peintre, inquiète de connaître sa réaction.

— Je le savais, Cora.

— Et vous...

Elle n'acheva pas sa phrase, mais le fixa étrangement. Il comprit ce qu'elle pensait :

— J'ai eu mal, oui, ou plutôt, j'ai ressenti comme un pincement de cœur. Cependant, je me suis aussitôt dit qu'il n'y avait rien eu entre nous, rien. Quelque chose aurait pu mûrir, c'est certain...

— Cela aurait pu, oui.

— Mais après notre rencontre à Paris, nos chemins se sont séparés, nous avons découvert des mondes inconnus jusqu'alors, des visages nouveaux.

— *Des* visages? Ce qui voudrait dire que, vous aussi...

— Moi aussi, oui, mais ceci est une autre histoire. Peut-être vous en parlerai-je tout à l'heure. En attendant, c'est de vous qu'il s'agit.

Elle joua nerveusement avec sa fourchette :

— Oui, de moi...

Assis près du débarcadère, quelques marins grecs chantaient de vieilles complaintes en s'accompagnant à la guitare. Les pêcheurs goûtaient la paix du soir devant leurs maisons ouvertes sur la mer, tirant sur leurs longues pipes d'où sortait une fumée aromatique. De jeunes touristes français et italiens étaient assis sur la jetée et bavardaient bruyamment. Des éclats de rire fusaient vers le ciel nocturne. Les lumières d'un yacht anglais scintillaient sur l'eau, et des voix lointaines perçaient la nuit.

L'Espagnol leur avait servi un excellent café turc qu'ils savouraient tout en s'entretenant à voix basse, s'interrompant de temps à autre pour écouter le chant d'un matelot.

— Mais pourquoi donc êtes-vous malheureuse, Cora? Wells est-il marié, fiancé?

— Ni l'un ni l'autre. D'ailleurs, je ne suis pas malheureuse, c'est une sensation différente. Une fiévreuse exaltation jointe à une affligeante inquiétude, vous comprenez?

— Peut-être, oui...

— N'avez-vous jamais été amoureux?

— Si, ou plutôt, je pense que... C'est-à-dire, ne parlons pas de moi! De toute manière, j'estime qu'il y a autant de formes d'amour qu'il y a d'êtres qui aiment.

— C'est très juste, ce que vous dites là, Norbert... Je crois, moi aussi, que chacun de nous redécouvre l'amour, que ce sentiment est toujours neuf, donc toujours différent de ce qu'il a été. Au fond, le mot amour ne couvre qu'une vague généralisation à partir d'une gamme infinie de sentiments divers, une abstraction commode.

— Vous êtes en train de faire dévier la conversation vers les généralités inoffensives, Cora. Vous essayez de vous dérober. Car enfin, je vous ai posé une question précise : pourquoi êtes-vous inquiète?

— Ne le comprenez-vous donc pas?

— Il vous repousse?

Un flot de sang monta au visage de la jeune fille :

— Quelle question impossible, Norbert! Stephen ignore tout de ce que je viens de vous confier.

Et elle ajouta, les yeux étincelants :

— Il ne faut pas qu'il sache, vous entendez, il ne faut pas!

— Là, je ne vous suis pas. Êtes-vous donc tellement certaine de ne pas éveiller un sentiment analogue chez lui?

— Absolument! Il est trop au-dessus de moi! Jamais il ne condescendra à me traiter autrement qu'une petite étudiante qui entre tout juste dans la vie pratique. Comprenez bien, Norbert, à côté de lui, je ne suis qu'une oie!

— C'est ridicule! rétorqua le peintre avec chaleur. Vous êtes tout le contraire! Vous semblez trouver un malin plaisir à vous calomnier vous-même.

— Non, mon ami, je suis simplement lucide.

— Pas lucide, intimidée. Vous êtes éblouie par l'intelligence supérieure de cet homme, par son énorme culture. Vous oubliez, cependant, que sous son masque d'ironie érudite, Stephen Wells est un être humain, qu'il a un cœur *comme* vous, une âme *comme* vous.

— Vous pensez donc qu'il pourrait...

— Je ne pense pas, je suis *persuadé* que Wells ne saurait rester insensible à l'amour d'une jeune fille aussi noble, aussi généreuse, aussi cultivée et...

Il sourit :

— ... aussi gentiment malicieuse que vous.

— Vous cherchez à me consoler, Norbert.

— Nullement! Il n'est pas question de vous consoler! Ce que je viens d'exprimer est la stricte vérité, et au fond de vous-même, vous devez me donner raison.

— Il est si loin de moi, bien que je travaille à ses côtés.

— Le rapprochement viendra, j'en suis sûr!

Norbert se tourna vers le garçon et demanda les liqueurs :

— *Pédi, ta pota!*

— Si vous ne connaissez pas le grec ancien, en revanche, vous parlez leur langue moderne, à ce que j'entends, observa Cora.

— Oui, un peu, grâce à Anna Athanasiadis, ma femme de ménage. Mais ma prononciation est lamentable. Je suis un visuel, voyez-vous, et absolument zéro en musique. Or, pour bien parler ces langues chantantes, le grec moderne, l'italien, le roumain, il faut avoir l'oreille musicale.

— Tandis que vous, vous avez l'œil, l'œil pictural, conclut Cora avec malice.

— Que je suis heureux de vous entendre retrouver votre humour!

Le garçon surgit avec plusieurs bouteilles qu'il brandit tour à tour comme autant de trophées. Les deux jeunes gens choisirent un digestif du pays, un liquide blanc et onctueux qui coulait comme du miel, mais qui était fort comme un vieux whisky d'Écosse.

— Savez-vous, fit Norbert, je vous vois déjà mariée, formant avec Wells un de ces couples parfaits sur lesquels le regard s'arrête avec complaisance.

— Rêveur!

— Mais je suis tout à fait sérieux! Songez que vous avez tous les deux la même profession, que vous vous accorderez donc dans le domaine si important du travail quotidien. Tenez, je vous avais déjà parlé à Paris de ma sœur Flavie...

— La biologiste, oui, je me rappelle. Malheureusement, je n'ai jamais pu faire sa connaissance.

— J'avais l'intention d'arranger une rencontre entre vous deux. Le décès accidentel d'un parent, James Starner, nous fit précipitamment quitter Paris pour le Transvaal. Après l'enterrement, Flavie et Erling retournèrent directement à Hambourg, sans passer par la France. Mais ce n'est pas de ceci que je voulais parler. Je voulais en venir à l'excellence des rapports entre ces jeunes époux, à la parfaite harmonie de leur union. Et je pense que leur activité scientifique en commun y est pour beaucoup. N'est-il pas beau qu'un homme et une femme puissent avoir même idéal, même but, et œuvrer côte à côte? Ce que Flavie et Erling réalisent en médecine et en biologie, vous et Wells, vous le feriez pour l'archéologie. Croyez-moi, beaucoup d'hommes souhaiteraient trouver auprès de leur femme une juste compréhension de leurs ambitions professionnelles, de leurs soucis et de leurs espoirs en ce domaine. Mais souvent, *trop* souvent, ils se heurtent à une ignorance distante de la part de leurs compagnes, se trouvent rejetés dans leur solitude.

— Que voulez-vous me démontrer par là?

— Je veux vous faire comprendre que Stephen Wells n'a aucune raison de vous traiter de haut, bien au contraire. Il devrait se sentir comblé d'avoir suscité de tels sentiments en vous.

— Vous oubliez une chose, Norbert, une chose essentielle : quand Erling Yvarsen a épousé votre sœur, Flavie s'était déjà rendue célèbre par sa découverte du virus de la maladie de Nils et par son action héroïque lors de la mise au point du vaccin. En ce qui me concerne, je ne suis qu'une petite débutante en archéologie, un personnage anodin.

— Croyez-vous donc qu'Erling a épousé Flavie parce qu'elle était célèbre?

— Non, mais...

— Il l'aimait déjà quand elle travaillait encore à Stockholm, au laboratoire du professeur Jan Yvarsen. Leur union a commencé par une véritable histoire d'amour, où il n'était question ni de médecine ni de biologie. Pour vous aussi...

Cora l'interrompit avec un geste de lassitude :

— Laissons cela, Norbert, voulez-vous? Personne ne peut m'aider, et puis nous n'avons déjà que trop parlé de moi.

Norbert réfléchit un instant, puis demanda :

— Pourrais-je faire la connaissance de Stephen Wells? Car enfin, j'aimerais bien le voir de près.

— Mon Dieu, cela n'est pas impossible. Attendez voir, comment pourrions-nous faire?...

— J'ai une idée, fit Norbert. Si nous visitions tous les trois Délos, notre célèbre île voisine? Bien sûr, j'ai déjà fait l'excursion, mais j'y suis allé en peintre, en artiste. Mais je serais heureux de recevoir de vous et de Stephen Wells, certaines précisions historiques, archéologiques.

— Cela peut se faire, répondit Cora, rêveuse...

A ce moment, leur conversation fut interrompue par une chanson passionnée reprise en chœur par les marins réunis près du débarcadère. Des voix de ténor se mêlaient à des voix de baryton, et les doigts des guitaristes volaient sur les cordes dans un rythme endiablé. Puis, subitement, la mélodie prit fin, et les chanteurs se séparèrent après avoir clamé un vibrant :

— *Zito i Ellas!* Vive la Grèce!

Le dîner copieux, la *paella,* les vins, le café, les liqueurs produisaient leur effet sur les deux jeunes gens. Ils flottaient dans une douce euphorie, se sentaient en veine de confidences, d'épanchement. Les paroles encourageantes de Norbert avaient donné espoir à la jeune fille. Et puis n'y avait-il pas ce site enchanteur, sur lequel la nuit avait jeté le voile du rêve?

XV

Le lendemain matin, lorsque Norbert se réveilla, il se sentit très mécontent. Car à l'issue du dîner, stimulé par l'alcool et l'ambiance, il avait fait à Cora des confidences qu'il jugeait à présent déplacées, presque inconvenantes. Il lui avait avoué que, dès leur première rencontre, la fille du professeur Jan Yvarsen avait fait une forte impression sur lui. James Starner était encore à ses côtés alors, et Ide était une jeune femme primesautière et joyeuse. Quand il l'avait revue, elle était veuve, pâle et indiciblement triste...

N'était-il pas allé jusqu'à raconter à Cora la scène du cimetière? La pluie diluvienne et le caveau où Ide et lui avaient trouvé refuge? Maintenant, il en rougissait.

Oui, il avait ouvert son cœur à la jeune fille, lui avait dévoilé ses sentiments les plus profonds, les plus cachés.

— Quand j'ai deviné que vous étiez amoureuse de Stephen Wells, avait-il dit, j'ai vu clair en moi-même, la brume qui avait enveloppé mon âme s'est dissipée. Cette poussée obscure qui me portait vers Ide s'est éclairée à mes yeux, je l'ai reconnue, j'ai commencé à comprendre que j'aimais la fille de Jan Yvarsen, que je l'avais toujours aimée.

— Toujours? s'était étonnée Cora.

— Oui! Comment vous expliquer... C'est une sensation étrange, déconcertante. Cela vient de très loin, des zones les plus ténébreuses du subconscient peut-être... J'ai l'impression d'avoir connu Ide depuis mon éveil au monde de la conscience. A vrai dire, elle n'a jamais été une étrangère pour moi, non, elle est l'incarnation de quelque chose que j'avais toujours attendu.

— Vous avez des sentiments bien complexes, mon cher Norbert.

— Oui, je sais. Mais ne croyez pas que j'aie le désir de me singulariser ou bien que ce soient là des fantaisies ou bizarreries d'artiste.

— Quand même, ce que vous venez de dire est bien singulier.

— Je l'admets volontiers. C'est que nous entrons là dans un domaine où le langage devient un instrument trop fruste, trop rude et grossier, pour exprimer la réalité perçue. Oui, il faudrait pour cela inventer des termes plus nuancés, des structures plus déliées, afin de rendre justice à ces intuitions fulgurantes qui ont leur racine dans les profondeurs de notre être. Et puis je ne suis pas écrivain, poète, mais peintre. Sur une toile, je pourrais peut-être me faire mieux comprendre...

Ainsi, il avait mis son âme à nu et s'était livré à Cora, sans retenue. Maintenant, il le regrettait, il en avait honte.

Il pénétra, d'assez mauvaise humeur, dans la pièce de séjour où il avait l'habitude de prendre ses repas. Anna Athanasiadis apparut avec le plateau du petit déjeuner. Norbert eut l'impression que son *kaliméra,* son bonjour, avait résonné plus froid, plus distant que les autres jours. Trop absorbé par ses regrets, par ses pensées chagrines, il n'y fit pas trop attention. Anna Athanasiadis, procédant avec une certaine solennité, posa le plateau sur la table puis recula à nouveau de quelques pas. Grave et immobile, elle fixa sur Norbert un regard chargé de reproches et dit de sa voix rauque :

— Vous ne devez pas avoir très faim, Monsieur, après la copieuse *paella* d'hier soir...

Norbert comprit immédiatement le sens de l'allusion. Anna Athanasiadis était vexée parce qu'il lui avait tu l'existence de Cora. Il n'était pas étonnant que déjà elle fût au courant du dîner chez l'Espagnol, car les moindres nouvelles se colportaient à une vitesse fantastique dans le petit port de Mikonos, surtout si elles touchaient les étrangers séjournant pour quelque temps dans l'île. Elle avait probablement rencontré le garçon de l'auberge, ou bien l'Espagnol lui-même, qui lui avait fait une description exacte et détaillée du repas des deux jeunes gens.

Cette nouvelle preuve de la jalouse affection que lui vouait la brave femme dérida Norbert et lui rendit sa bonne humeur.

Veuve d'un pêcheur, Anna Athanasiadis habitait une de ces maisons pittoresques qui, là-bas, baignent dans la mer. Toujours vêtue de noir, un sévère fichu noué autour de la tête, elle avait le port digne et solennel qu'adoptent les femmes d'un certain âge dans les pays méditerranéens, Norbert l'avait engagée sur une recommandation de l'Espagnol, et il ne regrettait pas son choix. Le souci de propreté d'Anna Athanasiadis frisait presque la maniaquerie. Armée de balais et de chiffons, elle sévissait avec une obstination silencieuse contre la poussière et le désordre. Car elle tenait à ce que Norbert — le géant blond, comme on disait à Mikonos — n'eût pas le moindre doute à ce sujet : la Grèce était un pays aussi propre, sinon davantage, que le Canada.

De temps à autre, quand le jeune peintre travaillait dans son atelier, la veuve y faisait irruption et restait pendant de longues minutes immobilisée devant une toile. Puis elle émettait un avis laconique, formulait une brève critique. Elle estimait en effet qu'une femme grecque, par ce simple fait d'appartenir à la famille hellénique, est naturellement douée et compétente pour critiquer les œuvres d'art. Norbert partageait ce point de vue, et il s'était souvent empressé de suivre les conseils d'Anna Athanasiadis.

Sans doute, elle savait moins de choses sur la Grèce antique que le premier venu de nos bacheliers français. C'est-à-dire qu'elle en savait moins tout en ayant une connaissance plus profonde et plus enracinée en elle-même de l'ancienne civilisation de son pays. Elle ignorait toutes les dates et beaucoup de noms alignés dans les manuels d'histoire, mais par certaines fibres de son être, elle se sentait directement rattachée à ce lumineux mode de vie qui avait été l'aurore de la culture de l'Occident. Car la vieille sagesse méditerranéenne a su préserver dans certains îlots reculés, dans certains ports oubliés, ces valeurs qui s'affirmèrent avec éclat dans la blancheur des marbres de l'Acropole. Mikonos n'est-elle pas la voisine de la prestigieuse Délos, l'île où Homère fit naître Apollon?

Anna Athanasiadis prit Norbert en affection. Ayant appris qu'il avait perdu ses parents, elle l'entoura de soins presque maternels, attentive à son bien-être physique et moral. Non seulement elle lui préparait les deux déjeuners du matin et de midi, mais en outre, elle surveillait sa garde-robe, nettoyant, repassant et raccommodant sans cesse. Quand elle avait une minute de répit, elle en profitait pour lui apprendre le grec moderne en lui racontant quelque vieille légende de Délos.

Bref, Norbert était heureux d'avoir à son service Anna Athanasiadis et, ce matin-là, il s'empressa de lui donner des détails sur la charmante Cora afin que sa dignité ne fût pas plus longtemps blessée.

Ce même jour, dans le courant de l'après-midi, alors que Norbert était en train de travailler à sa grande toile destinée à un musée océanographique, un petit garçon grec lui apporta un billet de la part de Cora.

La jeune fille l'informait qu'elle avait réussi à organiser cette excursion à Délos dont il avait eu l'idée. En dehors de lui, Norbert, il n'y aurait que Stephen Wells et elle-même. Ils quitteraient Mikonos le lendemain matin vers neuf heures, non pas par un bateau à moteur du service régulier, mais dans un caïque, ce qui serait plus intime. Elle donnait quelques précisions supplémentaires et lui proposait un rendez-vous près du débarcadère.

Après une minute d'hésitation, Norbert écrivit pour accepter et remit sa réponse au jeune messager aux cheveux noirs et au regard éveillé.

Il se sentait un peu gêné, contrarié presque, par la soudaine réalisation du vœu qu'il avait formulé la veille chez l'Espagnol. Car l'origine de ce souhait, ce n'était pas, comme il l'avait laissé entendre, sa curiosité historique ou archéologique, mais uniquement le désir de rendre service à Cora. Pour se renseigner sur le passé de Délos et sur ses ruines, il pouvait consulter des ouvrages spécialisés et n'avait guère besoin de l'érudition de l'archéologue anglais. Non, quand il avait proposé cette excursion, il n'avait en vue que le bonheur de Cora, il projetait d'intercéder pour elle auprès de Wells.

Intercéder? Ce projet lui paraissait maintenant ridicule, voire inconvenant. Sans doute, il avait pensé qu'en favorisant les desseins de Cora, lui-même s'attirerait les faveurs du destin, que cela lui serait compté le jour où Ide... Grossière superstition!

Et puis n'était-il pas vain et grotesque de vouloir s'immiscer dans la vie d'un homme qu'il ne connaissait même pas? Quelle serait l'attitude de Stephen à son égard? Norbert se l'imagina, l'écoutant parler de Cora, des sentiments de la jeune fille, un sourire moqueur et ironique aux lèvres, l'air distant et hautain.

Oui, l'entreprise était folle. Tourmenté par ses reproches intérieurs, Norbert resta sombre et pensif.

Cependant, le lendemain matin, il se leva frais et dispos, ayant oublié ses scrupules et ses regrets. D'ailleurs, et assez paradoxalement, il ne pensait guère à Cora ni à Stephen, mais à Ide. Il l'avait aperçue en rêve, et maintenant il voyait ses yeux, entendait sa voix, dessinait sa gracieuse figure dans l'azur du ciel. Malgré cela, il fut fidèle au rendez-vous fixé près du débarcadère.

Il fut agréablement surpris par la personne de l'archéologue anglais. Wells avait trente-cinq ans. Grand et mince, il portait veston de tweed et pantalon de flanelle. Il n'affichait aucun air de supériorité et fit au contraire, à Norbert, un accueil très cordial. Cependant, son accent trahissait effectivement la célèbre université dans laquelle il avait fait ses études. Ce trait était plutôt sympathique, et le peintre ne put s'empêcher de penser que Cora avait singulièrement exagéré la « hauteur » et l' « air distant » de Stephen.

La jeune fille ne semblait pas très à son aise. Elle baissait souvent les yeux, évitant les regards de ses deux compagnons. Pourtant, elle était ravissante, dans sa robe bleue en forme de corolle... Sans doute avait-elle deviné les intentions secrètes de Norbert.

Ils prirent place dans un caïque, cette embarcation longue et étroite en usage dans les mers de Grèce. Stephen donna le signal du départ et, conduite par un jeune batelier jovial et loquace, la barque glissa vers le large.

La mer était calme, vaste tapis d'eau sur lequel l'astre du jour faisait scintiller de mouvantes figures géométriques, allumait des feux argentés. Lentement, dignement, le caïque sortit du port de Mikonos, passant près de l'îlot de Saint-Georges et se dirigeant vers le cap Kako.

Pourtant, Norbert Verneuil était à des milliers de kilomètres de la mer Égée. Au Transvaal, par une journée orageuse. Il pleuvait à verse, le tonnerre grondait dans de gros nuages noirs et grisâtres, un temps de déluge, de fin du monde. Ce jour-là, mémorable, où l'on enterrait James Starner, le mari d'Ide, qu'un Noir devenu fou avait tué d'un coup de fusil. Il s'appelait Sammy, le Noir, très exactement Old Sammy, et il avait aimé les roses...

Une pluie diluvienne s'abattait sur le cimetière, transformant les chemins en rigoles glissantes. Cependant, Ide et Norbert avaient trouvé refuge dans un caveau, un solennel caveau de famille. Le vent avait arraché le voile de la veuve; ses cheveux mouillés, ses beaux cheveux d'un blond si incroyablement doré, collaient contre ses tempes, et elle faisait pitié à voir.

Norbert Verneuil se rappelait les moindres détails de cette journée étrange. La forme du caveau, les dalles sur lesquelles étaient gravés des noms, des dates. Dalles grises, sévères et froides. Et la peinture contre la voûte minuscule : Lazare ressuscité des morts. L'artiste avait saisi le frère de Marthe et de Marie dans une pose assez impressionnante. Hagard, rompant ses bandelettes, il sortait du tombeau pour marcher vers Jésus.

Puis cette peinture évangélique s'effaçait devant les yeux de Norbert, et il apercevait Jan Yvarsen s'avançant péniblement vers le caveau, dans l'eau boueuse qui recouvrait le cimetière.

Les images se succédaient ainsi devant sa vision intérieure. Ide y était toujours présente, ses traits, son clair et émouvant regard. Souvenir, peine, espoir secret, espérance...

« Flavie s'est mariée avec le fils de Jan Yvarsen. Si j'épousais, moi, la fille du célèbre chirurgien, ce serait singulier. Nous, les héritiers de Sigrid, nous serions unis aux deux enfants de l'homme qu'elle avait si passionnément adoré. Ce serait déroutant, oui, insolite.

« Qu'importe! Je l'aime... »

Lorsque Norbert émergea de ses rêveries, il se trouva dans le caïque, en face de Cora qui baissait les yeux.

D'un ton enjoué et agréable, sans la moindre trace de pédanterie, Stephen Wells s'appliqua à brosser l'histoire si mouvementée et le passé si glorieux de l'île de Délos. Quand ils débarquèrent, l'archéologue parlait toujours, mais il ne fatiguait pas, restant éblouissant et divertissant de culture vivante et d'érudition. Cheminant entre les ruines, il faisait revivre les lieux par ses paroles éloquentes, leur rendait leur âme enfouie sous les pierres meurtries par le temps.

Un moment, Cora resta en arrière, un peu lasse. Les deux hommes se trouvèrent seuls. Stephen Wells s'assit sur le fût d'une colonne renversée et bourra sa pipe. Norbert profita aussitôt de cette occasion :

— Savez-vous, fit-il, que l'archéologie n'était que la raison secondaire de mon désir de visiter Délos en votre compagnie?

Wells eut un sourire étonné :

— Je ne comprends pas très bien, répondit-il, probablement faites-vous allusion à vos raisons esthétiques d'artiste, non?

— Ce n'est pas du tout cela! En vérité, c'est de Cora qu'il s'agit.

— Cora?

— Oui... C'est une ancienne camarade de Montparnasse, voyez-vous, et je voudrais qu'elle... Enfin, je souhaiterais que...

Norbert s'interrompit, gêné, incapable de trouver les mots justes pour exprimer la situation. Puis, soudain décidé, prêt à tout, il s'approcha plus près de l'archéologue et articula hâtivement :

— Bref, Cora est très amoureuse de vous! Et elle en souffre parce qu'elle croit que vous la dédaignez, que vous la traitez en être inférieur.

Wells se leva d'un bond et, saisissant les deux mains de Norbert, s'écria :

— Je vous resterai à jamais reconnaissant de m'avoir ouvert les yeux! Maintenant, n'en dites pas davantage, j'ai tout compris! *And...*

Ses yeux étincelèrent :

— ... *Do believe me,* cela s'arrangera!

Après cette réplique pleine de promesses, les deux hommes furent rejoints par Cora, et on continua avec entrain l'exploration de l'ancienne île sainte.

De retour à Mikonos, tous trois s'attablèrent à la terrasse de l'Espagnol pour un bon repas entre amis. Et, à nouveau, coula le vin doré de Grèce.

Quelques jours plus tard, Norbert reçut la visite d'une Cora rayonnante de joie. Dès qu'elle eut franchi le seuil de l'atelier, elle lança la bonne nouvelle :

— Nous sommes fiancés, Stephen et moi, et nous allons bientôt nous marier!

Sincèrement réjoui, Norbert ne lui ménagea guère les félicitations. Cependant, l'heureuse issue de cette histoire d'amour l'avait rendu rêveur. Aussitôt que Cora fut repartie, il se mit à son bureau et rédigea une deuxième invitation adressée au professeur Jan Yvarsen et aux membres de sa famille, parmi lesquels il mentionna particulièrement Ide. Sa maison était trop grande pour lui tout seul, y disait-il. Et après avoir vanté les beautés du site, il concluait : « Venez, et vous serez conquis par le charme des lieux. »

XVI

Thérèse allait et venait dans le grand appartement vide. Privées de leurs meubles et rideaux, les pièces paraissaient plus vastes, presque froides et solennelles. Thérèse ne se sentait plus chez elle; avant même qu'elle l'eût quitté, son foyer de Pretoria appartenait déjà au passé.

Qu'est-ce qu'un foyer? des meubles? des bibelots? des draperies? Tout cela et beaucoup plus. Une certaine disposition géométrique des lieux, un certain agencement du décor, une structure du cadre extérieur correspondant fidèlement aux structures profondes du Moi psychique de ceux qui l'habitent. Pour qu'un appartement devienne un foyer, il faut qu'il soit le reflet de l'âme de ceux qui vivent entre ses murs.

Cette harmonie entre l'habitant et l'habitat peut être atteinte par les moyens les plus divers : le choix des couleurs pour les tapisseries et la peinture des murs, l'emplacement des lampes, des vases, des objets d'art, la profusion ou l'absence de fleurs, l'ordre sévère ou le laisser-aller bohème, l'austérité puritaine ou l'élégance raffinée. Les moindres détails peuvent y contribuer, peuvent susciter ce je-ne-sais-quoi qui fait « vivre » une pièce. Un bouquet de roses, un livre entrouvert, un seul bibelot rare, peuvent donner un cachet particulier à la plus humble mansarde blanchie à la chaux.

Faute de pouvoir changer le monde et le modifier à son image et selon ses goûts, l'homme, et surtout la femme s'organise, « crée » un petit univers personnel. Car le propre d'un foyer, c'est d'être conforme aux penchants les plus secrets de celui qui l'a créé. Dis-moi où et comment tu habites, et je te dirai qui tu es!

Que vous importent l'hostilité d'autrui, des opinions différentes des vôtres, des goûts que vous n'approuvez pas, quand vous pouvez vous asseoir dans *votre* fauteuil, lire un livre que *vous* aimez, sous une lampe dont *vous* avez choisi l'abat-jour, avec à vos pieds *votre* chien, *votre* chat?

Aussi bien en Suède qu'au Transvaal, Thérèse avait toujours apporté ses soins les plus attentifs au foyer. Elle savait l'importance que Jan attachait à une table bien mise, à une bibliothèque rangée avec ordre mais sans maniaquerie, à un salon heureusement égayé par des fleurs. Après une journée harassante à l'hôpital, le médecin aimait retrouver le calme apaisant de son appartement confortable et élégant dont les murs étaient comme des remparts contre le monde extérieur.

Maintenant, les meubles étaient vendus, dispersés aux quatre coins de Pretoria. Ceux desquels ils n'avaient pas voulu se séparer avaient été provisoirement entreposés dans le bungalow naguère occupé par Ide. Ils avaient procédé de même avec une vingtaine de malles et de coffres qu'ils se feraient envoyer plus tard à *Journey's End.* Les valises et les mallettes qui devaient les accompagner dans leur voyage en Europe étaient amoncelées dans le vestibule.

Thérèse se sentait désemparée : ces lieux où elle avait été si heureuse avec Jan lui étaient déjà devenus étrangers. Elle n'avait plus rien de commun avec ces grandes pièces vides et béantes. Elle était sans point d'attache, sans refuge. C'était un étrange sentiment, à la fois attristant et exaltant. Attristant, car la mélancolie réclamait ses droits. Exaltant, parce que les grands départs vous galvanisent, vous donnent l'ivresse du large et des lointains.

Le docteur Cornelius Bloom ayant pris définitivement sa succession à la tête de l'hôpital, Jan n'avait plus aucune raison de demeurer à Pretoria. On avait donc décidé ceci : Thérèse irait rendre visite aux Yvarsen de Hambourg, tandis que Jan et Ide accepteraient l'invitation de Norbert Verneuil et iraient le rejoindre à Mikonos.

Pourquoi n'allaient-ils pas tous les trois à *Journey's End?*

Parce que l'accord nécessaire ne s'était pas établi entre eux, parce qu'ils n'avaient pas pu s'entendre au sujet de l'emplacement de la future demeure. Finalement, ils étaient convenus de laisser faire Jan. Il choisirait lui-même, seul, le site de *Journey's End,* achèterait le terrain et traiterait avec l'architecte et l'entrepreneur. Même, il agirait en secret, afin qu'au charme de la nouveauté vînt s'ajouter celui de la surprise.

Le jour du départ était arrivé. La veille, les Yvarsen avaient été invités à dîner chez les Starner. Cependant, on n'avait pas fait les derniers adieux, car Tom et Fanny devaient les accompagner jusqu'à l'aéroport.

Thérèse jetait un ultime coup d'œil aux mallettes et aux valises qui allaient être emportées d'une minute à l'autre. Jan surgit devant elle :

— Il faut te dépêcher, ma chérie, la fourgonnette de l'aéroport vient de s'arrêter devant la maison. Elle va prendre en charge les bagages, et nous, nous prendrons place dans la voiture des Starner.

— Ils sont arrivés?

— Non, fit Ide, qui apparut à son tour, mais ils ne vont pas tarder.

Jan se mit entre Thérèse et Ide et les prit chacune par un bras :

— Venez, mes enfants, descendons afin de ne pas gêner les hommes qui vont enlever les bagages. C'est l'heure du départ...

Les yeux humides, Thérèse se retourna pour la dernière fois. Puis, résolument, elle suivit son mari.

Il y avait foule, à l'aéroport, car le départ de Jan Yvarsen était un événement. Entouré de ses proches, le chirurgien se tenait au milieu d'un groupe compact d'amis, de connaissances, de journalistes et de curieux. Fanny pleurait à chaudes larmes. Malgré les paroles consolantes de Thérèse, elle était plongée dans une profonde détresse. Avec le départ de Jan et Thérèse, il lui semblait voir s'envoler le souvenir des plus belles années de sa vie. Et avec celui d'Ide, elle perdait le peu qui lui était resté de son cher James. Silencieux et trapu, le visage basané, Tom se tenait à ses côtés; mais ses yeux voilés de tristesse en disaient long sur ses propres sentiments. N'est-il pas vrai que là où la vie prend ou reprend son vol, il y a toujours un déchirement?

Un reporter de la radio se fraya un chemin jusqu'à Jan :

— Me permettez-vous de vous poser quelques questions pour nos auditeurs, Docteur?

— Je vous écoute.

— Voulez-vous nous dire, demanda le reporter en brandissant le micro, si notre départ est définitif.

Jan répondit sans hésitation :

— Oui!

— Quel est le souvenir que vous garderez de notre pays, Docteur?

— Le meilleur! J'ai beaucoup aimé ce pays, j'y ai souffert aussi, pour des raisons que je n'ai pas à développer ici.

Le reporter insista :

— Oui, Docteur, nous savons qu'il y a eu des décès autour de vous, des pertes cruelles...

Jan eut un geste cassant :

— Je vous en prie!

— L'avion que vous allez prendre, Docteur, va vous transporter à Rome. Comptez-vous y rester?

— Non, ce n'est qu'une escale. A Rome, Mme Yvarsen prendra un avion pour Hambourg où elle se rendra chez notre fils, le docteur Erling Yvarsen. Quant à ma fille et moi, nous nous envolerons vers la Grèce où nous passerons quelques semaines de vacances.

— En Grèce? C'est merveilleux, Docteur! Au nom de tous nos auditeurs, je vous adresse des souhaits de bon séjour et vous remercie pour l'œuvre désintéressée que vous avez accomplie ici.

— Je vous remercie!

A ce moment, la foule s'écarta pour laisser place à un représentant du gouvernement précédé par deux petits enfants, une fillette noire et un garçonnet blanc, qui portaient des gerbes de fleurs. Malgré sa répugnance pour ce genre de manifestation officielle dont il était le centre, Jan se sentit ému et touché. Le garçonnet ne ressemblait-il pas étonnamment au petit Nils?

Souriant gentiment et gracieusement, mais terriblement intimidés par toutes ces grandes personnes un peu solennelles, les deux enfants remirent leurs fleurs à Jan et à Thérèse, sous les éclairs des caméras. La foule applaudit. Puis il se fit un silence, car le représentant du gouvernement venait de sortir plusieurs feuillets de sa poche.

— Ciel, souffla le médecin à son épouse, un discours!

Elle le poussa du coude.

L'éloge du docteur Jan Yvarsen fut empressé, chaleureux et enthousiaste. Malheureusement, il était aussi officiel, c'est-à-dire long et ennuyeux. L'orateur prenait plaisir à s'entendre parler, s'élançait avec fougue et brio dans de belles envolées lyriques. Néanmoins, malgré les longueurs de son discours, la foule poussa de vibrants bravos et vivats lorsqu'il condescendit enfin à s'arrêter.

Contrairement à l'orateur officiel et à l'instar de beaucoup de grands hommes, Jan Yvarsen savait trouver des phrases brèves et percutantes semblables à ces formules lapidaires chères aux sobres Romains. Sa réponse fut courte, mais convaincante, et singulièrement dénuée de vanité ou d'orgueil professionnel :

— Vous avez beaucoup parlé de moi, Monsieur, *trop* de moi. Ce que j'ai réalisé ici, je l'ai fait grâce à ceux qui nous entourent : chirurgiens, médecins, internes, infirmiers et infirmières. A sa place, dans son rôle, chacun a fait son devoir. Nous avons fait une œuvre commune. Certes, une belle œuvre, mais n'oublions pas qu'en médecine rien n'est jamais achevé. La lutte contre la souffrance continue et doit continuer toujours! C'est pourquoi, méfions-nous de l'orgueil et de la suffisance. Notre tâche est immense, nos moyens humains. Il faut persévérer, Messieurs, ne jamais abandonner notre bel effort!

Puis il se tourna à nouveau vers le représentant du gouvernement, et reprit :

— Oui, Monsieur, vous avez trop parlé de moi. Aussi je sens qu'il est de mon devoir d'évoquer ici une personne qui a failli sacrifier sa vie à la cause qui nous est chère : je pense à Flavie Verneuil.

Des applaudissements montèrent de l'assistance.

— Je ne fais pas allusion à elle parce qu'elle s'appelle

aujourd'hui Flavie Yvarsen et qu'elle est devenue l'heureuse épouse de mon fils. Non, je la rappelle à votre souvenir reconnaissant parce que, originaire du lointain Canada, elle a bien mérité de votre patrie par son dévouement et sa noblesse héroïque dans la lutte contre le mal!

Une hôtesse de l'air s'approcha de Jan : c'était l'heure, il fallait monter dans l'appareil. Thérèse et Fanny s'étreignirent pour la dernière fois. Jan et Tom se serrèrent longuement la main. Ide eut de la peine à s'arracher à ces êtres chers qui avaient été ses beaux-parents et qui, dans son cœur, le resteraient à jamais. Jan donna ses ultimes conseils au docteur Bloom, dont le visage était rouge d'émotion. Et enfin, Jan, Thérèse et Ide montèrent dans l'avion qui allait les emporter vers la lointaine Europe.

Les puissants moteurs firent vibrer le gigantesque oiseau aux ailes d'argent. D'abord lentement, puis de plus en plus rapidement, la machine roula sur la piste de décollage. Les roues quittèrent le sol, et l'avion s'éleva dans les airs, étincela sous le soleil. Et là-bas, près des bâtiments de l'aéroport, Cornelius Bloom agita son chapeau, Tom Starner regarda fixement le ciel, et Fanny pleura en silence.

TROISIÈME PARTIE

XVII

Jan chéri,

Tu sais comme je suis toujours malheureuse quand je suis loin de toi. Et pourtant, pour une fois, ce n'est pas le cas. Est-ce que mon amour pour toi serait moins intense, moins vif qu'autrefois? Bien sûr que non! Tu sais combien, au contraire, chaque année de vie en commun a augmenté l'intensité de mes sentiments pour toi, tu sais que chaque nouveau jour vécu à tes côtés m'a rendue davantage prisonnière de ton charme, de ta générosité, de ta noblesse et de ta bonté.

Comment alors peut-il se faire que je sois heureuse sans toi, ici à Hambourg? Je vais te le dire : c'est parce que tu es resté auprès de moi. Tu es étonné? Tu ne comprends pas? Écoute! Il y a ici un enfant, le plus bel enfant que j'aie jamais vu, qui porte ton nom et qui a exactement les mêmes yeux que toi. Oui, mon Jan, il a tes yeux! Quand je le regarde, c'est toi que je vois. Tel est le mystère de la vie, ce perpétuel renouvellement, cet élan toujours jeune.

Perpétuel renouvellement, oui, mais en même temps, changement, évolution des caractères. Le fils de Flavie et d'Erling te ressemble, et pourtant, je sens qu'il sera différent de toi. Plus délicat peut-être, plus fin encore que toi. Naturellement, Erling veut en faire un scientifique, un médecin. Je ne crois pas qu'une telle vocation correspondra à la nature profonde de Jan une fois qu'il aura grandi. Il y a un certain mystère en lui, vois-tu. Cet enfant a quelque chose d'angélique, quelque chose d'ineffable-

ment pur. Et ce n'est pas seulement la marque de son âge tendre, non, c'est quelque chose de plus profond, de plus durable.

Divagations de femme, diras-tu avec Erling, et je sais bien que tu serais chagriné si ton petit-fils embrassait une autre carrière que celle de la médecine. Cependant, c'est la nature, sa *nature qui aura nécessairement le dernier mot.*

J'aime beaucoup cette maison, et je trouve presque regrettable que nos enfants aient décidé de retourner en Suède. Le quartier est charmant. Des rues calmes et silencieuses, de belles demeures patriciennes aux jardins ombragés. Bien qu'on soit dans le Nord, on pense à l'Allemagne de Weimar. C'est un peu vieillot, mais infiniment agréable. Vois-tu ce que je veux dire? On rencontre ici une certaine culture innée, un certain style de vie paisible et fin qui tranche heureusement sur le reste de la ville.

J'ai été surprise par l'accueil chaleureux que l'on m'a réservé dans les salons fréquentés par Erling et Flavie. Manifestement, nos enfants sont très aimés et appréciés. Sans doute es-tu curieux de savoir quelles nouvelles connaissances j'ai ainsi faites? Voici, je vais faire les présentations.

Il y a tout d'abord l'armateur Stadelmann, un homme rond et rubicond qui est un fanatique du violon. Quand on le voit jouer, on ne peut s'empêcher de sourire. Il tient son instrument comme une nourrice tiendrait son bébé, avec amour et délicatesse. Stadelmann a formé un excellent quatuor à cordes d'amateurs dont voici les membres. L'armateur lui-même est premier violon. Le deuxième violon est tenu par l'avocat Söderbaum, un homme sec et maigre qui a la manie de faire des baisemains. Quand il joue, il transpire avec abondance et ressemble étrangement à un clown. Le négociant Moellenbaum manie l'alto avec élégance et virtuosité. Tu sais que j'ai toujours eu un faible pour cet instrument de la famille du violon et accordé une quinte en dessous de celui-ci. Les Allemands l'appellent Bratsche. *Dès qu'il a appris mon intérêt pour l'alto, Moellenbaum m'a fait tout un cours. Grâce à lui, je sais maintenant qu'il a existé autrefois un instrument intermédiaire entre l'alto et le violoncelle, le ténor, qu'on jouait en le tenant entre les genoux. Tu n'es pas musicologue que je sache, diras-tu certainement, aussi que t'importent de tels détails? Très peu, tu as raison, mais ils sont bien caractéristiques de l'ambiance dans laquelle nous vivons ici. De plus, il convient d'ajouter que Moellenbaum joue d'une manière admirable, pour un amateur, ce qui lui fait pardonner l'aridité de ses « cours ». Il est temps que je te présente le violoncelliste du quatuor, le professeur Herrenschmidt, petit homme chauve au regard malicieux. Il est historien et philologue, et pose volontiers à l'humaniste. C'est un célibataire, ou plutôt, il se prétend marié avec son violoncelle qu'il appelle Emma et qu'il traite avec une tendresse toute conjugale. Il cite constamment Virgile, en latin, et traite les Allemands de Goths, les Russes de Huns, les Français de Gaulois, et le peuple américain de « cocktail racial de mauvais goût ». Ces appréciations désobligeantes sont combattues par le négociant Moellenbaum qui aime défendre les Temps modernes contre l'Antiquité, ce qui nous vaut de chaudes discussions.*

Malheureusement, je n'ai pas pu faire la connaissance du membre le plus original et le plus doué de cet ensemble de musique de chambre, car il venait de quitter Hambourg quand je suis arrivée. Il s'agit d'un garçon de vingt-cinq ans, Hugo Stiffenacker, qui jouait du violon, de la contrebasse, du basson et de la clarinette. Selon les affirmations de Flavie, c'était un véritable génie musical. Un être singulier, paraît-il, qui marmottait constamment des vers de Hölderlin et était toujours revêtu d'un étrange manteau d'ecclésiastique. Il se promenait souvent dans le port, s'entretenait avec les marins et faisait d'interminables parties de cartes avec eux. Tu me demanderas probablement pourquoi j'insiste tellement sur ce caractère? J'ai mes raisons. Figure-toi en effet que ce Stiffenacker est tombé terriblement amoureux de Flavie, ce qui ne me surprend pas, car elle est plus belle, plus ravissante que jamais. Il lui a même dédié une de ses compositions, un lied sur des paroles de son poète préféré. Flavie me l'a joué au piano. C'est très beau, presque poignant, et je ne serais pas étonnée si ce garçon devenait un jour un célèbre musicien. Il a commis des fautes de tact et de savoir-vivre, c'est certain. Mais je pense que nous n'avons pas le droit de juger d'après nos normes habituelles des êtres marqués par des dons exceptionnels. Flavie est d'ailleurs de mon avis. Si elle a été fort légitimement soulagée par le départ d'Hugo, elle n'en garde pas moins un très bon souvenir.

Le salon de l'armateur Stadelmann n'est qu'un des lieux de rencontre des amis de nos enfants, il y en a un autre : l'hôtel particulier de l'exportateur Dobenfeet. Cet homme est très mondain et élégant, en même temps féru de littérature et de théâtre. Fervent admirateur de Frédéric de Prusse, il adore tout ce qui est français, surtout Voltaire, l'ami de son idole, et joue de la flûte à l'instar du grand roi. On monte de véritables pièces de théâtre chez lui, ce qui n'a pas manqué de me surprendre, car j'ignorais la survivance, chez des particuliers, de ce divertissement si aimable et instructif. On vient d'y interpréter le Faust *de Goethe, ce qui, pour des amateurs, est un joli tour de force.*

J'ai encore bien des choses à te raconter, mon chéri... Ainsi, par exemple, il faudrait te parler de la brave Hanna, qui s'appelle en réalité Johanna Hohenmast. Ses fonctions ici sont multiples, elle est à la fois cuisinière, bonne d'enfant et gouvernante. Une femme solide, et qui ne recule devant aucun travail. Elle est tout particulièrement attachée à la personne de notre petit Jan. Tu devrais voir comme elle le couve et le dorlote!

D'ailleurs, Flavie ne pourrait guère se passer d'une aide aussi sûre et compétente. Elle passe toutes ses journées au laboratoire! Grâce à sa formation de biologiste, elle peut utilement seconder Erling qui a définitivement abandonné la pratique pour se vouer exclusivement à la recherche scientifique. Tu sais qu'il s'est mis en tête de vaincre le cancer... Il ne veut pas entendre parler de difficultés ni d'obstacles. Têtu, obstiné, il fonce en avant! Ce que je vais ajouter peut paraître sottement vaniteux. Qu'importe! Je ne cacherai pas que je suis fière de lui... Car c'est mon fils, Jan, et tellement *le tien.*

Cette lettre est longue, maladroite peut-être, je sais cependant que tous ces détails sur la vie de nos enfants te feront beaucoup de plaisir. Et maintenant, à ton tour de m'écrire, mon chéri. Raconte! Comment est cette île? Qu'est devenu Norbert? Ide se plaît-elle là-bas?

Notre cher petit m'appelle, il joue dans le jardin, à côté du jet d'eau, avec son âne à roulettes, Otto aux longues oreilles. Je te laisse, mon chéri, et je t'embrasse bien tendrement et affectueusement.

THÉRÈSE.

P.-S. — *Je pense souvent avec tristesse à Tom et Fanny qui sont restés si seuls. Je leur ai déjà écrit. Fais-en de même. Une simple carte postale leur fera un vif plaisir. Ne les oublions pas.*

XVIII

Ma chérie,

Ta lettre m'a causé une grande joie! Oui, tous ces détails concernant la vie de nos enfants, la société qui les entoure, m'ont beaucoup intéressé. Et puis tu sais écrire d'une manière tellement vivante, tellement plastique, avec une délicieuse pointe d'humour.

Les nouvelles de notre petit Jan m'ont particulièrement touché. Ainsi donc, il est très beau, très pur, angélique... Je m'en veux sérieusement d'être si loin de lui. Que j'ai hâte de le serrer dans mes bras!

Permets-moi d'observer que tes remarques au sujet de son éventuelle vocation me paraissent singulièrement prématurées. Je m'empresse toutefois d'ajouter que si cet enfant ne devait pas montrer de dispositions pour la profession de médecin, et surtout si notre métier devait lui inspirer de l'appréhension ou de la répugnance, ses parents seraient mal avisés de le pousser de force vers cette carrière. Je suis opposé à de telles pratiques. Il faut laisser l'adolescent décider lui-même de son avenir, se forger son destin de ses propres mains. On n'aime vraiment que ce que l'on a librement choisi!

Obligez un enfant à devenir ceci ou cela, et vous en ferez un raté ou un aigri.

Bien sûr, je comprends l'attitude d'Erling. Nous avons toujours été médecins de père en fils, et de mon côté, j'avoue que j'aimerais voir se perpétuer cette belle tradition. Mais encore une fois, il est trop tôt pour se livrer à de telles réflexions. Attendons, patientons! De toute manière, l'avenir décidera pour nous.

Moi aussi, j'ai beaucoup à te raconter, ma chérie, et n'ayant pas ton talent épistolaire, je ne sais guère par où commencer.

Je vais tout d'abord te parler de notre hôte, de ce cher Norbert. Tu sais que je l'ai toujours trouvé très sympathique, et qu'il m'a fait une bonne impression dès notre première rencontre. Il est resté le géant blond au regard franc qui débarquait, il y a quelques années, de son Canada natal pour venir apprendre la peinture dans nos vieilles villes d'art européennes. Cependant, il me semble que son esprit a été considérablement affiné au contact direct de nos plus remarquables peintures et sculptures, c'est-à-dire que le rayonnement émanant de ces œuvres l'a débarrassé de son provincialisme. Je me hasarde là sur un terrain qui m'est totalement étranger : la peinture. Tu sais que lors de nos loisirs nous nous sommes entretenus de préférence de littérature ou de musique. On ne peut pas apporter un intérêt actif à toutes *les formes de culture, surtout si l'on doit mener l'existence chargée d'un médecin. Je sais reconnaître quelques Rembrandt et quelques Raphaël, mais cela s'arrête là. Or Norbert est avant tout un artiste, un peintre, et quand nous bavardons ensemble, il ramène la conversation presque infailliblement vers son art. Je ne m'en plains nullement! Car il m'apprend une foule de choses intéressantes. Il admire Delacroix et me cite fréquemment des passages du* Journal *de ce grand écrivain français.*

Norbert a-t-il lui-même du talent? Deviendra-t-il une personnalité marquante dans le monde de l'art? Je ne suis pas qualifié pour répondre à ces questions. Je puis toutefois affirmer que la toile monumentale sur laquelle il est en train de travailler, me paraît absolument saisissante. Elle est intitulée la Mer *et lui a été commandée par le gouvernement de son pays pour décorer le hall d'entrée d'un musée océanographique. Cette commande prouve qu'il a déjà acquis une certaine célébrité, et selon Cora (que je te présenterai dans quelques instants), Norbert serait connu et apprécié dans les principaux cénacles artistiques européens.*

Te rappelles-tu avec quelle ténacité, avec quelle obstination Flavie s'était vouée à la recherche du virus du mal de Nils? Aller jusqu'au bout, réussir, atteindre le but ou se briser, triompher ou périr, telle me semble être la marque des Verneuil. Car je retrouve cette même ténacité, cette même obstination chez Norbert. Cet homme, ce géant souriant, s'est jeté corps et âme dans l'enivrante aventure de la peinture.

Certes, notre artiste a aussi ses défauts... Et encore! Peut-on appeler ainsi certains traits de son caractère? Ainsi, par exemple, sa tranquille audace, sa calme assurance, qui fait qu'il peut assener en plein visage certaines vérités que nos conventions bourgeoises font d'habitude passer sous silence. Oui, sa franchise prend quelquefois un tour presque brutal; il lui arrive de vous poser les questions les plus indiscrètes, avec un parfait sans-gêne. Mais là, je pense à tes observations tellement pertinentes au sujet d'Hugo Stiffenacker. Comme tu le dis si justement, nous n'avons pas le droit de juger ces êtres exceptionnellement doués d'après nos normes habituelles. Ces artistes vivent dans le monde qu'ils ont créé eux-mêmes, dans leur univers intérieur, quoi d'étonnant s'ils oublient les usages du nôtre?

La maison est propre, spacieuse et lumineuse. Nos fenêtres s'ouvrent sur la magnifique baie de Tourlo. Les chambres sont meublées sobrement, mais avec goût. Tu m'as tracé le portrait de la brave Hanna, ma chérie... Figure-toi qu'elle a sa contrepartie grecque! Il s'agit de la fidèle Anna Athanasiadis qui s'occupe ici de l'entretien et qui nous prépare le petit déjeuner et le repas de midi. Veuve d'un pêcheur, elle est toujours vêtue de noir, comme d'ailleurs toutes les femmes grecques d'un certain âge. Elle habite une curieuse maisonnette qui baigne dans la mer. J'ai eu l'occasion de faire plus ample connaissance avec elle et sa famille grâce à un incident qui m'a valu un nouvel ami. En voilà des mystères, diras-tu. Un incident? Un nouvel ami? Qu'est-ce à dire? Voici!

Tu sais que j'ai mis un terme à mon activité médicale et que j'ai rejeté les offres les plus alléchantes (directions de clinique, chaires universitaires, etc.) lors de notre départ de Pretoria. Ceci est définitif, et je ne compte pas revenir sur ma décision. Cependant, je suis resté médecin, et il va sans dire que je ne saurais me dérober si l'on avait exceptionnellement besoin de moi. C'est un cas de ce genre qui s'est produit ici. En effet, le neveu de la brave Anna Athanasiadis, un petit bambin de quatre ans, faisait une très vilaine rougeole, juste au moment de mon arrivée à Mikonos. Je suis intervenu sur la demande expresse d'Anna, et j'ai guéri l'enfant. Depuis ce jour, cette famille me considère comme une espèce de sauveur, et le frère du malade, un garçonnet de dix ans nommé Oreste, s'est attaché à moi de la manière la plus touchante. C'est lui, mon nouvel ami! Des membres fins, un visage ovale, de grands yeux noirs et des cheveux plus noirs encore, tel est Oreste. Il m'accompagne dans toutes mes promenades, me sert de guide et me pose mille questions sur les lointains pays que j'ai visités. Ide l'adore.

J'ai appris assez vite la langue du pays, qui est en somme du grec simplifié et prononcé d'une manière différente, moins belle dirais-je, que la langue classique. J'ai eu l'heureuse impression de revivre mes années de lycée. La première jeunesse, le latin, le grec, la mythologie, les camarades de classe, certains professeurs sympathiques, tous ces souvenirs sont revenus vers moi. Un peu de mélancolie aussi...

Il a déjà été question de vocation médicale dans cette lettre, du choix d'une carrière; nous allons y revenir. Pourquoi? Parce que mon petit Oreste voudrait devenir médecin. Depuis qu'il m'a vu guérir son frère, il n'a plus d'autre pensée. C'est un esprit éveillé, une intelligence très vive, et je suis sûr qu'il ferait un jour un excellent praticien. Un obstacle majeur se dresse cependant devant lui : la pauvreté de ses parents. J'ai décidé d'intervenir et de faire disparaître cet obstacle. Comment? Je lui payerai ses études! Je me suis déjà entendu avec la famille, et j'ai pris les dispositions nécessaires pour qu'Oreste soit admis dans un lycée dès la prochaine rentrée. C'est une affaire réglée. Je suis persuadé que tu approuveras mon geste, ma chérie, toi qui es l'incarnation même de la bonté. Grâce à Dieu, nous pouvons nous permettre de venir en aide à ceux qui le méritent, sans pour autant léser nos propres enfants. Je ne crois pas au hasard, j'ai trop d'expérience pour cela. Si le petit Oreste s'est trouvé sur mon chemin, c'était pour que je le prenne par la main et que je le fasse entrer dans la voie qui lui était destinée. Telle est ma foi profonde.

Et maintenant, il est grand temps que je te présente Cora. Qui est-ce? Une jeune fille adorable. Si j'étais plus jeune, et si je ne jouissais pas du bonheur de t'avoir à mes côtés, j'en tomberais follement amoureux. Il est décidément incorrigible, penseras-tu, jamais sérieux! Et, ma foi, il est vrai que je resterai sensible à la beauté jusqu'à la fin de ma vie...

Venons aux faits. Cora est une jeune Anglaise que Norbert a connue à Paris alors qu'elle y était encore étudiante en archéologie. Elle est ici avec une équipe d'archéologues dirigée par son fiancé, Stephen Wells, un garçon charmant et fort érudit. Elle vient souvent nous rendre visite, et nous avons fait de nombreuses excursions ensemble, notamment à Délos, l'île sainte d'Apollon, qui est notre voisine.

Je me rends compte que mes lettres sont moins vivantes que les tiennes, ma chérie, que je n'arrive pas à y mettre cette note d'humour et de malice qui fait le charme de tes entretiens.

Et Ide? demanderas-tu, étonnée, pourquoi ne me parles-tu pas d'elle? Pourquoi ce silence? Eh bien, tu vas tout savoir...

Au fond, c'est surtout à cause de notre fille que je suis venu à

Mikonos. Je souffrais de la voir si pâle, si déprimée, oppressée par les tristes réminiscences de la mort tragique de James. J'ai été si heureux quand j'ai pu l'arracher à ce bungalow, dans lequel elle se morfondait. J'aime beaucoup Erling, tu le sais, d'abord parce qu'il est mon fils et que je me retrouve en lui, ensuite parce que, malgré l'orientation un peu particulière qu'il a donnée à son activité médicale, il continue mon œuvre. Cependant, je ne te cacherai pas qu'Ide a toujours été plus près de mon cœur. Rappelle-toi, à Stockholm... Quand je rentrais après une journée lassante, je la rencontrais dans le parc, souriante, radieuse. Nous faisions la promenade ensemble; côte à côte, nous écoutions le chant grave et inquiétant du Trollhättan. Oui, ma Thérèse, le sourire d'Ide, qui est tellement le tien, *et l'éclat pur de son regard m'ont fait oublier naguère bien des soucis, bien des peines. Cet être jeune qui s'élançait plein de fougue et d'enthousiasme vers la vie était la joie de mon cœur. Parce qu'il me ressemble, Erling lui aussi s'était beaucoup attaché à elle. Souviens-toi! Tous les trois, nous avons été tristes et désemparés quand elle nous a quittés pour aller rejoindre James au Transvaal. Je l'avoue sans honte : ce fut un terrible déchirement pour moi.*

Et puis elle est revenue vers nous, mais dans quelles circonstances affligeantes, après cet accident stupide qui devait coûter la vie à ce malheureux James... La jeune fille primesautière et joyeuse qui courait autrefois à ma rencontre s'était métamorphosée en une jeune veuve sombre et pensive. Silencieuse et songeuse, elle errait à travers les pièces de notre appartement, nous voyant à peine, abîmée dans son indicible tristesse.

Cela ne pouvait pas durer! Je voulais revoir mon *Ide, discerner sur ses lèvres le sourire d'autrefois. C'est pourquoi j'ai accepté l'invitation de Norbert, car j'avais compris que seul un changement de milieu radical pouvait modifier son état d'esprit.*

Et j'ai réussi, ma chérie! Ide sourit, Ide est gaie, Ide est de nouveau heureuse...

Voici maintenant l'essentiel, le plus important. Quand Norbert nous a priés de bien vouloir accepter son hospitalité, j'ai immédiatement deviné les mobiles secrets de ce geste, je n'ai pas été dupe. Car cela est à présent certain, Thérèse, le frère de Flavie est amoureux d'Ide! Il me répugne presque de me servir de ce vocable, amoureux, sentant qu'il s'agit là d'un sentiment très profond qui échappe à la banalité d'une telle dénomination.

Aucune parole n'a encore été prononcée, ni entre eux ni lors de conversations avec moi, mais je ne suis pas aveugle. Il y a des regards qui sont plus éloquents que des flots de paroles.

Qu'adviendra-t-il de ceci? Ide répondra-t-elle à cet amour? La question reste ouverte, aucun signe ne permet de répondre dans un sens ou dans un autre.

Pour ma part, je serais satisfait de voir se réaliser une telle union. Norbert est une personnalité. De plus, c'est un garçon qui a de la fortune. Tout en étant à l'abri des soucis matériels, Ide n'aurait pas à mener avec lui quelque existence plate et ennuyeuse, au contraire.

Et je crois sincèrement que Norbert ne pourrait guère trouver de meilleure épouse. Notre fille a été mûrie par la vie, ses peines ont ajouté une beauté intérieure, toute de douce compréhension, à l'éclat de sa beauté extérieure.

Ainsi donc, elle nous serait enlevée une seconde fois? Oui, ma chérie, et je le souhaite. Car malgré mon immense tendresse paternelle, ou peut-être précisément à cause d'elle, je ne veux pas la retenir égoïstement auprès de nous. Je veux qu'elle soit heureuse, que sa vie prenne un nouvel essor.

Et Journey's End? La surprise se prépare... Il y a quelques jours, je me suis rendu à Athènes pour y rencontrer un célèbre architecte qui y était de passage. Nous avions rendez-vous. Après une discussion de plusieurs heures, tout a été mis au point. Les décisions sont prises : l'emplacement est choisi, le style est défini, le jardin et le parc sont tracés. Les travaux vont commencer incessamment et seront terminés dans quelques mois.

Et le grand jour viendra, ma chérie, où nous entrerons côte à côte dans la maison de nos rêves. Ce sera magnifique! Je me réjouis à l'avance de voir ton beau regard étonné, d'entendre ton rire joyeux et de sentir ta main presser la mienne.

Quelquefois, quand la nuit est tombée, je vais me promener sur la grève étroite, sous l'incertaine clarté de la lune. Sans arrêt, les vagues viennent mourir sur le sable et les galets. La mer chuchote, parle dans le grand silence de la nuit. Je l'entends et je la comprends. Son langage m'est familier parce que je suis un amoureux de la nature. De quoi parle-t-elle donc? Elle m'entretient du temps et de l'éternité, de la vie et de la mort. Et sous les étoiles scintillantes, j'écoute cette voix grave et immémoriale qui me rappelle la fragilité et en même temps le *prix de mon existence. Je pense aux êtres qui me sont chers et je revois tous les visages derrière lesquels j'ai connu et aimé une âme. Et c'est surtout* ton *visage qui m'apparaît en ces minutes frémissantes, c'est* ton *âme qui vient s'unir à la mienne. Je puis le dire, j'ai ressenti une passion plus violente et plus ardente pour Sigrid que pour toi, j'ai eu pour Ide, ma première femme, plus de tendresse émue que pour toi, mais toi, ma Thérèse, et toi seule, je t'ai* aimée! *Cet amour sans lequel je ne pourrais plus exister, a balayé le passé et donné un sens à ma vie.*

Les vagues se sont tues, mais je continue à entendre une voix, la tienne... Elle m'accompagnera dans la solitude de ma chambre et ne me quittera plus, jamais. Maintenant, je puis rentrer, laisser derrière moi la mer dont l'immensité phosphorescente se perd là-bas, très loin, dans l'éternel.

TON JAN QUI T'AIME.

XIX

— Norbert a installé son chevalet sur la plage. Votre père bavarde avec des gens du port. Alors voilà, j'en ai profité pour avoir un petit entretien en tête à tête avec vous!

Ainsi s'exprimait Cora qu'Anna Athanasiadis venait d'introduire dans l'atelier du peintre où Ide aimait passer ses après-midi.

— Je ne vous dérange pas, au moins, Ide?

— Mais non, absolument pas!

Désignant un fauteuil d'osier qui lui faisait face, Ide eut un geste gracieux pour inviter la jeune fille à s'asseoir.

— J'ai à vous entretenir de choses très importantes, ma chère Ide.

— Moi en particulier?

— Parfaitement! Mais laissez-moi d'abord vous dire que cette petite robe beige vous va à ravir. Comme vous avez eu raison de quitter le noir!

Le visage d'Ide se rembrunit Cora le remarqua aussitôt :

— J'ai encore commis un impair, n'est-ce pas? Stephen dit toujours que je devrais apprendre à me taire. C'est un monstre, savez-vous, il me dit de ces horreurs! Quand même, pour revenir à votre robe, je vous répète qu'elle est ravissante. Cette teinte se marie si bien avec la couleur de vos cheveux...

— Vous faisiez allusion à des choses *très* importantes, observa doucement la jeune femme.

— Que vous avez raison de me rappeler à l'ordre! Stephen vous approuverait, l'ingrat personnage... Cependant, vous avez l'air de prétendre, ma chère, que nos toilettes ne sont pas des sujets de conversation importants. *I question that!* Car j'adore parler chiffons!

Après ce fougueux préambule, Cora regarda autour d'elle, puis contempla l'immense toile qui occupait tout un mur du vaste atelier :

— Êtes-vous souvent ici? demanda-t-elle en se tournant de nouveau vers Ide.

— Oui, j'aime les grandes pièces, voyez-vous...

— Mais ceci est une salle, ma chère Ide!

— C'est juste, mais je m'y sens à l'aise, j'apprécie ces fenêtres donnant sur la mer, la terrasse, ces jeux d'ombre et de lumière. Et puis il y a quelque chose de magique dans l'atelier d'un peintre, ne trouvez-vous pas?

— Une fascination, voulez-vous dire, n'est-ce pas?

— Oui...

— Et que dit Norbert de cette violation de son sanctuaire?

— Oh, je le dérange si peu, silencieuse dans mon coin.

— Mais enfin, vous lui parlez quand il travaille, vous formulez des critiques, non?

— Jamais de la vie, Cora! A quoi pensez-vous... Comment pourrais-je le critiquer, moi, pauvre ignorante?

Cora fronça les sourcils et fixa la jeune femme d'un regard volontairement sévère :

— Pauvre ignorante? Voulez-vous vous taire et ne jamais dire des choses pareilles à un homme!

Ide sourit :

— Mais c'est à vous que je les dis.

Cora martela ses paroles :

— Jamais! jamais! jamais une femme ne doit admettre une quelconque infériorité vis-à-vis de son mari!

Ide était perplexe :

— Je ne vous comprends pas, que signifie donc tout ceci? D'abord, Norbert Verneuil n'est pas mon mari...

La jeune fille l'interrompit :

— Mais il pourrait l'être! D'ailleurs, ce n'est pas de cela qu'il s'agit, c'est de votre complexe d'infériorité.

Ide ne put s'empêcher de rire :

— Vous m'amusez vraiment! Que n'allez-vous pas chercher!

Cora ne l'entendait pas ainsi. Elle reprit, sur un ton plus sérieux, presque grave :

— Vous avez tort de vous moquer de moi, Ide, car je ne veux que votre bien. Voyez-vous, quand vous êtes arrivée ici, vous étiez assez triste et déprimée. Depuis, vous êtes devenue plus gaie, je vous ai même souvent trouvée de joyeuse humeur. Cependant, j'estime que vous restez trop timide, trop effacée devant Norbert.

Ide leva les bras en signe de protestation :

— Je ne suis nullement timide, Cora! Toutefois, il faut que vous compreniez que je n'ai pas du tout le même caractère que vous. Je n'ai pas votre vivacité intellectuelle, votre brio amusant. Et puis, je n'ai pas fait d'études supérieures comme vous tous ici. Ainsi, lors de vos grandes discussions intellectuelles ou artistiques, je reste dans mon coin et j'écoute, m'abstenant d'intervenir moi-même. Ce qui ne veut pas dire que je ne comprends pas les sujets dont vous débattez, vous, mon père, Norbert et Stephen. Ce que vous, vous exprimez par des notions abstraites, moi je le saisis avec ma sensibilité. Vous comprenez?

— Parfaitement! Vous avez une sensibilité plus développée, plus aiguë que la mienne. Pourquoi alors avez-vous dit : « Moi, pauvre ignorante »?

— Parce qu'en matière de peinture je suis effectivement une ignorante.

— Cependant, vous n'avez aucun complexe?

— Aucun, je vous l'assure!

— C'est merveilleux! Donc, on ne se querelle plus?

— Mais, voyons, nous ne nous sommes pas querellées.

Cora secoua la tête avec un air solennel :

— Si, si! J'exige que nous nous embrassions immédiatement afin de célébrer la paix retrouvée.

Et elles s'embrassèrent, mi-émues, mi-amusées.

— Là, là, fit Cora, quand elle fut de nouveau assise. Me voici en train de bavarder et d'oublier l'essentiel.

— Les choses *très* importantes?

— Justement!

— Qu'avez-vous donc de si grave à me communiquer?

— C'est... délicat, Ide.

— Il s'agit de moi, personnellement? s'enquit la jeune femme, intriguée.

— Mais oui, de vous! Dites-moi, aimez-vous le métier de Norbert? C'est-à-dire, avez-vous de la sympathie pour son activité?

— Je trouve que son métier est passionnant, oui. Cependant, je ne vois pas le rapport...

— C'est très difficile à expliquer... Je vais d'abord vous raconter une petite histoire, la nôtre, celle de Stephen et moi.

— Cela devient de plus en plus mystérieux.

— Vous allez comprendre!

Cora s'enfonça dans son fauteuil et raconta, d'une voix un peu rêveuse, lointaine :

— Stephen et moi, nous nous aimions, mais chacun de son côté, c'est-à-dire que chacun se croyait dédaigné par l'autre. Étant mon supérieur, il se croyait obligé d'être sec et distant avec moi, ou plutôt, il portait ce masque pour cacher sa tendresse. Un jour, je fis une découverte personnelle...

— La tablette avec la chanson à boire?

— Oui! Il fut presque brutal avec moi; et en réalité, intérieurement, il exultait. Allez donc comprendre les hommes après cela! Donc, je ne pouvais pas savoir qu'il m'aimait, je croyais même qu'il n'avait que dédain pour moi.

— Votre Stephen est un intellectuel, Cora, ces hommes ont une peur bleue du ridicule. Il attendait un signe de *vous* pour manifester ses sentiments. Il ne voulait pas faire le premier geste, de peur d'être repoussé et de paraître grotesque.

Cora leva l'index, menaçante :

— Voyez-vous ça! Vous êtes bien plus intelligente que vous ne voulez le laisser paraître. Tout ce que vous avez dit est juste. Vous venez d'analyser le caractère de Stephen comme si c'était le vôtre. Mais revenons à mon histoire. Donc, nous nous aimions tous les deux, en croyant toutefois que chacun n'avait que mépris ou indifférence pour l'autre.

— Mépris? Vous exagérez, Cora...

— Non, Ide, mépris est le mot juste, parfaitement! Vous ne

connaissez pas Stephen comme je le connais, je ne puis que vous répéter que c'est un monstre!

Ide eut un geste apaisant :

— Là, là, calmez-vous! Je vous crois, je vous crois... Continuez et ne vous échauffez pas.

— Ah, l'orgueil des hommes! Et pourtant, c'est un homme qui nous a sauvés. Devinez qui?

— Norbert.

Cora fut médusée :

— Comment le savez-vous? Il vous l'a dit? Il vous a raconté toute l'histoire?

— Pas du tout, c'est mon intuition.

— Eh bien, oui, vous ne vous êtes pas trompée, c'est lui qui nous a tirés d'affaire.

— Il a parlé à Stephen?

Cora hocha la tête :

— Oui, le fameux premier geste, vous savez... Cela s'est passé lors d'une excursion en commun à Délos. Vous n'ignorez pas comment est Norbert, franc et direct. Il n'y est pas allé par quatre chemins. Stephen a immédiatement compris. Quelques jours plus tard, nous étions fiancés. Voilà, c'est tout.

— Il n'y a pas de conclusion?

— Non... C'est-à-dire que j'ai une dette envers Norbert.

— Oui, mais...

Cora regarda Ide droit dans les yeux :

— Et c'est parce que j'ai cette dette que je suis venue vous voir aujourd'hui, Ide.

La jeune veuve pâlit.

— Vous comprenez? insista Cora.

— Oui... Il vous a parlé?

— Bien sûr, depuis longtemps.

— Longtemps?

— Oh oui, il m'a fait des confidences bien avant votre arrivée. Cela remonte à ses premières rencontres avec vous. Vous ne vous doutiez de rien?

— Si, un peu... Mais il n'a jamais fait la moindre allusion.

— Et voilà encore l'inconséquence des hommes! Quand il s'agit d'intervenir pour ses amis, Norbert sait tenir de grands discours éloquents. S'agit-il au contraire de ses propres intérêts, de son propre bonheur, le voici qui n'ose même pas tenter une allusion.

— Voulez-vous me laisser seule, maintenant? demanda Ide, doucement.

— Mais certainement, ma chère amie! Avant de partir, je vous demanderai toutefois de sourire, oui, de sourire bien gentiment. Vous êtes devenue si pâle, tout d'un coup. M'en voulez-vous, de vous avoir dit la vérité?

— Au contraire, Cora, je vous en suis très reconnaissante. Mais il faut que je sois seule, maintenant, pour retrouver mon calme, pour mettre de l'ordre dans mes pensées.

— Une question seulement, Ide, une seule question!

— Je vous écoute.

— Y a-t-il de l'espoir, l'aimez-vous?

— Oui, ma petite Cora, je crois que je l'aime...

Lorsque Jan rentra de sa promenade habituelle, il fut surpris de trouver sa fille dans sa propre chambre.

— Je t'attendais, papa, dit Ide dès qu'elle l'aperçut. Il faut que je te parle, papa, il n'y a que toi qui puisses me comprendre, me conseiller.

Jan s'approcha d'elle, étonné :

— Mais... tu as pleuré, ma chérie. Que se passe-t-il?

Et il ajouta aussitôt, alarmé :

— De mauvaises nouvelles de Hambourg?

— Oh non, papa, ne t'inquiète pas, c'est uniquement de moi qu'il s'agit.

Jan s'assit à côté d'elle :

— Je t'écoute, mon enfant. Que t'arrive-t-il donc? Pourquoi ces pleurs?

— J'ai eu la visite de Cora...

— Et c'est ça, l'effet qu'elle t'a fait, cette charmante personne?

— Elle m'a fait une révélation.

— Quelque chose d'important?

— Au sujet de Norbert...

Des deux mains, Jan leva le visage d'Ide vers le sien :

— Et elle t'a appris que notre artiste est follement amoureux de toi, n'est-ce pas ça?

Ide était stupéfaite :

— Comment est-il possible que tu saches cela, toi aussi?

— Je ne suis pas aveugle, ma chérie. Dès notre arrivée, j'ai deviné quels étaient les sentiments de Norbert à ton égard. Dans ma dernière lettre, j'en ai même parlé à ta mère.

— A maman?

— Mais oui, à maman! Car j'estimais qu'elle avait le droit d'être tenue au courant de la situation.

— Certainement. Mais c'est quand même stupéfiant. Ainsi, vous saviez tous, même maman à Hambourg, alors que moi, je n'avais que de vagues soupçons.

— Cela arrive fréquemment, ma chérie... D'ailleurs, la question n'est pas là. Réponds-moi franchement, Ide, l'aimes-tu?

Ide répondit sans hésiter :

— Oui, papa, mais... il y a James.

— James est mort.

— Pas pour moi!

XX

Malgré les exhortations de Jan, Ide se refusait à éloigner le souvenir de James pour se préparer à une vie nouvelle.

— Je ne te demande pas de l'oublier, s'écriait son père, mais simplement d'envisager avec sérénité la possibilité d'un second mariage. Tu aimes Norbert, lui-même n'a d'yeux que pour toi, c'est donc à ses côtés que tu trouveras le bonheur et non point dans la solitude. Tu peux fort bien respecter la mémoire de James sans lui sacrifier ton existence! Je veux à nouveau te voir heureuse, ma fille, tu m'entends, heureuse!

— Mais je le suis, papa! Ne dis-tu pas toi-même que j'ai retrouvé ma gaieté depuis que nous sommes à Mikonos?

— Oui, mais le bonheur véritable d'une femme de ton âge est aux côtés de l'homme qu'elle aime.

— C'est trop tôt.

— Tu ne dis donc pas définitivement non?

— Non, papa, mais il faut attendre. Le temps m'aidera à m'accommoder de cette situation nouvelle.

— Bien, ma chérie, patientons...

Quelques jours après la visite mémorable de Cora, Norbert vint frapper à la porte d'Ide. C'était l'après-midi, et la jeune femme faisait la sieste sur son balcon. Quand elle vit Norbert dans l'embrasure de la porte, elle rougit; le peintre la trouva plus adorable que jamais.

— Excusez-moi de vous déranger, dit-il de sa voix basse et légèrement chantante, je voulais vous présenter un nouveau venu dans la maison.

— Un nouveau venu?

— Oui, et je crois qu'il vous sera très sympathique.

— Mais il faut d'abord que je fasse un brin de toilette...

— Tout à fait inutile! D'ailleurs, vous êtes splendide, ainsi.

Ide rougit davantage encore.

— Venez! Ne le faisons pas attendre.

Intriguée, la jeune femme suivit le peintre.

Le nouveau venu les attendait dans l'atelier, couché sur un tapis. C'était un jeune chien, qui leva vers eux de beaux yeux affectueux.

— Mais c'est un chien, s'écria Ide, quelle agréable surprise!

— Vous voyez bien que j'avais raison et qu'il vous est déjà sympathique.

— Oh oui, c'est une bête superbe!

— Un jeune dobermann.

Déjà, Ide était agenouillée à côté du chien et caressait son poil noir et frémissant.

— Qu'il est beau!

— Oui, et pourtant, c'est un chien perdu.

— Perdu?

— Oui, personne ne sait d'où il vient. Les pêcheurs l'ont trouvé errant sur la grève. Il était très fatigué, et il est probable qu'il a fait tout le tour de l'île.

— Pauvre bête!

— Il ne portait pas de collier, pas de plaque, rien pour l'identifier.

— Y aurait-il eu des gens cruels au point d'abandonner un chien au regard aussi doux et attachant? Je ne peux pas le croire, ce serait monstrueux!

— Il a pu être oublié sur l'île, lors d'une croisière, qu'en savons-nous?

— Et qu'ont fait les pêcheurs, quand ils l'ont trouvé? Il n'a pas été maltraité, j'espère...

— Pensez-vous! Ils lui ont tout d'abord donné à manger, parce qu'il avait terriblement faim, et le petit Oreste, notre futur médecin, lui a pansé la blessure qu'il s'était faite à une patte. Vous voyez, ici, probablement quelque galet à l'arête tranchante.

— Que c'était bien de la part d'Oreste!

— Oui, ce petit a beaucoup de qualités. Et puis c'est l'ami de votre père, ne l'oubliez pas, il en a subi l'influence. D'ailleurs, c'est lui qui est venu me mettre au courant. J'ai aussitôt décidé d'adopter la bête. J'aime beaucoup les chiens. Au Canada, nous en avions toujours.

— Êtes-vous sûr qu'on ne viendra pas vous reprendre celui-ci, que le propriétaire ne viendra pas le réclamer un jour?

— Je ne crois pas... De toute manière, ce chien avait besoin d'un maître sachant le soigner correctement et convenablement. Or il est évident que je suis la seule personne à Mikonos à savoir de quels soins il faut entourer un jeune dobermann. Mon père en a jadis élevé un couple magnifique. Je n'ai rien oublié de ses leçons.

— Vous l'avez lavé, n'est-ce pas?

— Oui, vous l'avez remarqué? Mais cela n'est encore rien, vous verrez comme son poil va devenir brillant dans quelques jours.

— J'aime tellement son regard...

— Ce sont des bêtes très intelligentes, on en fait souvent des chiens policiers.

— Comment l'appellerez-vous?

— J'ai déjà cherché, mais je ne trouve pas. Vous, peut-être, vous sauriez lui donner le nom qui lui conviendrait.

Ide réfléchit, puis elle proposa :

— Si nous l'appelions Ulysse?

— Adopté! s'écria Norbert.

Un quart d'heure plus tard, Ide et Norbert descendaient vers la plage en compagnie d'Ulysse.

— C'est si agréable de se promener avec un chien, dit le peintre, vous ne trouvez pas?

— Oh oui! D'ailleurs, je suis comme vous, j'aime beaucoup les bêtes. Nous en avions toujours, en Afrique...

Une ombre passa sur son visage. Norbert le remarqua :

— Vous devriez essayer d'oublier, Ide.

— Tout le monde me dit ça, mais c'est dur, *très* dur.

— Je comprends, car l'amour est probablement la seule force qui sache vaincre la mort, qui puisse subsister malgré et contre elle.

— Pourtant...

Levant la main, il désigna une mouette qui évoluait au-dessus de l'eau :

— ... n'oubliez pas que la vie est semblable au vol de cette mouette, c'est-à-dire qu'après chaque plongée, il y a toujours une remontée. Voyez, maintenant, elle est presque à ras des flots. Mais déjà, la courbe se redresse, et voilà que l'oiseau reprend son vol vers le ciel, son essor vers l'azur!

XXI

L'amour... Est-il encore possible de parler de l'amour?

Une telle entreprise n'est-elle pas vaine, inutile? Depuis des millénaires, depuis l'aurore de l'humanité, les poètes et les artistes ont chanté, exploré, vanté, analysé et disséqué ce sentiment. Rares sont les œuvres que n'anime pas son souffle créateur. Alors, à quoi bon? Que reste-t-il à dire, après tant et tant de chansons, de poèmes et de romans d'amour?

Que reste-t-il à dire? Tout!

Un paradoxe? Non, une vérité profonde. Car inépuisable est le trésor de l'amour. Oui, il est vrai que depuis des millénaires, les mains avides des poètes et des artistes viennent puiser dans ce coffre magique où scintillent le diamant de la tendresse, le saphir de l'affection et le rubis du désir.

Qui donc alimente ce trésor? Chaque jeune fille, chaque femme, qui sent battre plus fort son cœur à l'approche de l'être aimé. Chaque homme qui a lu son destin dans la douceur d'un regard ou le charme d'un sourire.

L'amour est toujours neuf, toujours jeune. Je puis pleurer avec Werther, être bouleversé par les vers immortels du tendre Racine, mais *mon* amour ne se laisse épuiser par aucune analogies, aucune analyse. L'amour, c'est quelque chose de plus que tout ce qu'on peut en dire, et c'est pour cette raison qu'on n'a jamais fini d'en parler. Il y entre de l'affection, de la tendresse, du désir, et puis... l'essentiel et l'indéfinissable.

Entre deux êtres qui s'aiment, les instants de communion les plus intenses sont souvent ceux de ce silence pathétique qui suit les aveux les plus brûlants. Car tout amour véritable déborde sur l'ineffable et l'intemporel. Il est une victoire sur le temps et sur la mort.

C'est parce que l'amour, comme la mort, débouche sur l'éternel qu'il peut l'affronter et la vaincre.

Ide aimait Norbert, mais l'ombre de James ne cessait de se présenter sous son regard intérieur. Il fallut que cet amour arrivât à son paroxysme pour que la mort fût définitivement vaincue et transfigurée, pour que le masque de la sérénité et de la compréhension vînt recouvrir ces traits où Ide avait cru lire un secret reproche.

C'est au présent qu'il convient de raconter cette scène où triompha l'amour, car durant ces minutes de vie intense, Ide et Norbert s'évadèrent dans l'éternel présent.

Sur la grève... Ulysse court sur le sable blanc qui s'enfonce dans la mer. De temps à autre, il trempe ses pattes dans l'eau, fait semblant d'entrer dans les flots, mais s'arrête prudemment à deux ou trois mètres du rivage, lève la tête, un peu étonné par cet élément humide et mouvant qui l'entoure, et renifle la brise marine.

Ide et Norbert sont assis sur un petit rocher d'où ils contemplent la baie. Quelques caïques glissent silencieusement sur la mer.

— Quel calme, dit le peintre, comment ne pas être envoûté par cette solennelle immensité bleue?

— Oui, répond la jeune femme, la beauté de la nature acquiert ici une telle intensité qu'on ne peut que se taire et regarder avec un respect émerveillé. Ulysse, lui aussi, est heureux...

Ils parlent souvent d'Ulysse, quand ils sont ensemble. L'amour qu'ils portent tous les deux à cette bête au regard doux et fidèle est déjà un trait d'union entre eux, l'ébauche d'une entente plus profonde. Au fond, chacun vante le chien pour faire plaisir à l'autre, pour le combler dans ses plus chères tendances, le confirmer dans ses penchants. Il arrive ainsi que l'affection vouée en commun à un humble animal devienne le point d'appui d'un grand amour qui n'ose pas encore s'avouer ouvertement. N'est-ce pas Ide qui a donné son nom à Ulysse? N'ont-ils pas fait ensemble la première promenade avec le chien? Il y a là quelque chose qui n'appartient qu'à eux et qu'ils se réservent jalousement. D'ailleurs, avec cet instinct sûr et infaillible de certaines bêtes, Ulysse s'est déjà rendu compte de cette situation. Il est vraiment content que lorsque Norbert et Ide se trouvent réunis avec lui. Quand le peintre l'emmène seul sur la plage, Ulysse regarde constamment en arrière, tourne la tête vers la maison, car il attend Ide. Qu'elle survienne, et il bondit joyeusement autour de ses deux maîtres, leur jette des regards entendus : les choses sont rentrées dans l'ordre.

Ils sont là, genou contre genou, devant le vaste horizon, et ils pressentent que cette journée sera décisive, que le silence qui les oppresse enfin sera rompu.

Pourquoi donc Norbert n'a-t-il pas parlé plus tôt? Pourquoi n'a-t-il pas déjà avoué son amour? Parce que son extrême sensibilité d'artiste lui laissait deviner les scrupules de la jeune femme, sa tendre pitié envers le souvenir de James.

Cependant, il arrive toujours un moment où la retenue n'est plus possible, où l'amour triomphant fait voler en éclats tous les obstacles, balaye furieusement tout ce qui tendrait à s'opposer à lui. Tous deux savent que cet instant est proche, qu'ils vont le vivre dans quelques minutes...

Norbert se tourne vers Ide, fixe ce profil que la tendresse et la passion ont gravé dans sa mémoire, et dit enfin d'une voix que l'émotion rend hésitante et incertaine :

— Nous allons bientôt nous séparer, Ide, vos vacances touchent à leur terme. Vous retournerez vivre auprès de vos parents et nous ne nous reverrons pas avant de longs mois, de longues années peut-être... J'ai tellement de choses à vous dire... Et je pense que je ne peux plus me taire plus longtemps...

Elle incline sa tête vers lui, sans le regarder, et les boucles blondes et soyeuses de sa chevelure frôlent le visage de

Norbert. Elle parle sur un ton neutre et lointain, comme dans un rêve :

— Je crois savoir ce que vous voudriez exprimer, Norbert... Et je pense comme vous que nous ne pouvons pas nous taire plus longtemps, car moi aussi...

Elle fait un effort, regarde droit devant elle :

— ... j'appréhende cette séparation.

Norbert saisit sa main et s'écrie :

— Mais alors, tout s'éclaire pour nous!

— Dites-moi... Dites-moi, quand même, ce que vous aviez sur les lèvres.

— Ce qui me brûle les lèvres, Ide, depuis des semaines...

Leurs regards se rencontrent, restent plongés l'un dans l'autre, et Norbert dit simplement :

— Je vous aime, je vous ai toujours aimée.

Et Ide répond :

— Moi aussi, je vous aime...

Maintenant, ils sont seuls, plus rien n'existe autour d'eux. Et leurs lèvres se touchent pour leur premier baiser.

Norbert est le premier à parler :

— Nous allons immédiatement rentrer et mettre votre père au courant. Il faut qu'il sache, que tout le monde sache que nous n'allons plus jamais nous séparer.

Mais Ide lève la main :

— Non, pas encore...

— Mais pourquoi? Nous nous aimons. Donc...

— Il faut me laisser du temps, il faut que je m'habitue à cette nouvelle situation.

— Je veux faire de vous ma femme, Ide! Je ne veux pas rester seul, sans vous!

— Je ne suis plus une jeune fille, Norbert, j'ai un passé, des souvenirs.

Mais Norbert ne veut rien entendre :

— Pourquoi attendre, patienter, pourquoi se tourner vers le passé, évoquer les souvenirs, alors que notre amour nous porte vers l'avenir? Marions-nous vite, Ide, et partons au loin avec notre cher Ulysse. Vivons, enfin!

Ide questionne doucement :

— Où voudriez-vous aller?

— Je n'ai pas de préférence, à vous de choisir.

Un instant, elle hésite; puis elle annonce avec fermeté :

— Je voudrais retourner en Afrique, au Transvaal... avec vous!

Norbert s'empare des deux mains de la jeune femme et les serre fortement dans les siennes :

— Donc, vous acceptez? Vous me dites votre *oui* définitif?

— Pas encore, Norbert, mais bientôt...

— Vous me le... tu me le promets?

— Oui!

XXII

Qu'est-ce que le temps? La chute silencieuse et irrésistible des grains du sablier... La course de la Lune autour de la Terre, et la course de la Terre autour du Soleil. La première ride, et le premier cri du nouveau-né. Un voilier qui disparaît vers le large. Dans un vieux cimetière de campagne, sous un noir cyprès, un nom inconnu gravé sur une tombe, à moitié effacé par la pluie et le vent. La nature qui se meurt à chaque hiver et qui tressaille à chaque printemps. C'est le bateau qui rentre au port après un long voyage, et c'est le soldat qui revient de la guerre.

Qu'est-ce que le temps? Le regard d'une mère, la voix d'un père. Un souvenir d'enfance qui étreint le cœur. Une musique lointaine, entendue par une chaude nuit d'été. Une photographie jaunie, un village oublié.

L'enfant qu'on n'a jamais vu, les visages qu'on ne verra jamais plus.

C'est l'élan, et c'est le regret. C'est l'espérance, et c'est la mélancolie.

Sur l'île de Mikonos aussi, le temps avait passé, et le départ des Yvarsen était imminent.

Il avait été décidé que Norbert accompagnerait Jan et Ide à Hambourg pour rendre visite à sa chère sœur Flavie. D'autre part, Cora et Stephen se joindraient à eux jusqu'à Naples d'où ils voulaient gagner directement l'Angleterre.

Anna Athanasiadis était inconsolable :

— Quand donc reviendrez-vous, Monsieur? demanda-t-elle avec tristesse à Norbert le jour précédant le départ.

— Je ne sais pas encore, Anna... Vous voyez, ma grande toile est achevée.

— Elle est belle, Monsieur, vivante comme la mer.

— Je leur dirai là-bas, au Canada, que vous les Grecs, vous l'avez aimée. Ainsi les critiques seront-ils peut-être moins sévères.

La veuve eut un mouvement de fierté, puis elle s'enquit, soucieuse :

— Les critiques? Avez-vous peur qu'ils ne soient pas contents de votre travail?

— Eux si, mais pas moi.

— Pas vous?

— Non, Anna, un artiste n'est jamais tout à fait satisfait par ce qu'il vient d'achever. Il veut toujours faire mieux, toujours aller plus loin.

— Si vous voulez continuer à faire des progrès, il faut revenir en Grèce, sur notre île, habiter dans cette belle maison. Je serai là, Monsieur, et je prendrai à nouveau soin de vous. Car il faut le dire, c'est avec plaisir que j'ai travaillé pour vous.

Norbert était confus :

— Votre gentillesse me touche, ma chère Anna, je ne sais comment vous...

— Ne me remerciez pas, Monsieur! Je ne cherche pas à vous flatter, je vous dis la vérité. Voyez-vous, nous n'aimons pas tous les étrangers qui viennent sur notre île. Il y a surtout ces gens bruyants et exigeants qui critiquent tout et qui trouvent que nous sommes un peuple arriéré et que nous n'avons aucun confort. Ceux qui ne savent pas ce que nous avons été, il y a bien longtemps, et que nous continuons à être. Vous, Monsieur, vous aimez notre pays, vous nous comprenez, vous savez pourquoi nous ne voulons pas changer nos vieilles habitudes. Et c'est parce que nous avons immédiatement senti que vous nous aimiez, que vous aviez de la compréhension pour nous, que nous vous avons aimé nous-mêmes.

— C'est beau, ce que vous me dites là, Anna, et je ne sais vraiment pas si je le mérite.

— Si, vous le méritez!

— Le Père de Foucauld avait l'habitude de dire : « Si l'on veut être aimé, il faut d'abord commencer par aimer soi-même. »

— Il disait la vérité. Qui était-ce?

— Un saint homme, un grand homme...

— Le docteur Yvarsen, lui aussi, est un grand homme, Monsieur, et si bon et généreux! Je n'oserais jamais lui parler comme je vous parle à vous, que je considère presque comme un fils...

— Pourquoi n'oseriez-vous pas, Anna? Le docteur Yvarsen n'est pourtant ni hautain ni distant, vous le savez bien.

— Quand même, quand même, Monsieur, il y a le respect qu'on lui doit. Pensez à ce qu'il va faire pour notre petit Oreste. Lui permettre de devenir médecin! Aucun étranger n'a jamais fait une chose pareille pour un de nos enfants. Mais... nous ne sommes pas des ingrats, Monsieur. Vous verrez, quand vous reviendrez, vous trouverez une maison étincelante de propreté, et je vous préparerai tous nos petits plats nationaux que vous aimez tant!

— Quand je reviendrai, Anna, je serai probablement marié.

Anna Athanasiadis eut un sourire entendu :

— Je sais, Monsieur...

Norbert était stupéfait :

— Comment? Vous savez?

La veuve hocha la tête :

— Bien sûr, Monsieur, je suis une vieille femme, j'ai l'expérience de la vie. Ces choses-là, nous les remarquons très vite. Mme Ide est si belle...

— Et... vous approuvez mon choix?

— Vous avez choisi la plus belle, la plus gentille et la plus douce, Monsieur. Je vous souhaite beaucoup, beaucoup de bonheur, à tous les deux!

Et Jan fit ses adieux à son petit ami Oreste.

— Ne reviendras-tu jamais plus te promener avec moi, oncle Jan? demanda l'enfant avec anxiété.

— Je ne sais pas, mon enfant...

— Moi, oncle Jan, je viendrai te rendre visite quand je serai grand et quand j'aurai passé tous mes examens. Seras-tu content de me revoir?

— Bien sûr, Oreste, tu seras l'invité d'honneur à *Journey's End.*

— Où c'est, *Journey's End,* oncle Jan?

— C'est encore un secret, je ne peux pas te le dire.

— Est-ce loin de notre île?

— Assez, oui.

— Tu ne m'oublieras pas, là-bas, oncle Jan, n'est-ce pas?

— Mais non, au contraire, je t'écrirai souvent. Et toi aussi, tu m'écriras, tu me raconteras tes impressions du lycée.

— Oh oui, je te dirai tout!

— Il faudra surtout bien travailler, Oreste, étudier le latin, les mathématiques et les sciences!

— J'étudierai tout, oncle Jan, tout! Et je serai un grand médecin, comme toi.

Levant ses beaux yeux noirs sur son bienfaiteur, le garçonnet ajouta :

— Et puis, tu sais, je ne t'oublierai jamais dans mes prières! Le soir, avant de m'endormir, quand je parle au bon Dieu, je prie d'abord pour maman, ensuite pour papa, et tout de suite après pour toi, oncle Jan.

Touché par cette pure affection enfantine, Jan souleva Oreste de terre et l'embrassa sur le front.

Et finalement, le jour du départ arriva. Jan, Ide, Norbert, Cora et Stephen montèrent sur le bateau du service régulier reliant les îles des Cyclades au Pirée, le grand port d'Athènes. Sur le quai, Oreste et Anna Athanasiadis agitaient des mouchoirs. L'Espagnol de l'auberge était là, lui aussi, brandissant un énorme chapeau. Le bateau s'éloigna vers le large, et Mikonos, avec ses charmantes petites chapelles, ses maisons à arcades et ses escaliers de marbre, ne fut bientôt plus qu'une lointaine tache blanche sous le soleil.

XXIII

Au Pirée, Cora découvrit un vieux cargo usé et rouillé, le *Stella Gothica,* qui disposait également de trois cabines pour passagers. Un coureur de mers fatigué, à bout de souffle, qui flottait par habitude plutôt que par obéissance aux lois physiques. Le capitaine et l'équipage étaient italiens, mais le bateau lui-même battait pavillon d'une obscure république d'Amérique centrale.

— Je me suis renseignée, annonça Cora, il fait escale à Naples. C'est sur le *Stella Gothica* que nous devrions faire la traversée, ce serait tellement plus romantique que sur un paquebot des grandes lignes!

Stephen fit valoir certaines objections, mais finalement se rangea à l'avis de sa fiancée. Jan n'était nullement enthousiaste, au contraire; cependant, il ne voulut pas agir en trouble-fête et accepta de faire la traversée sur le *Stella Gothica.* Norbert, lui, ne donna son assentiment qu'à condition que les bagages, parmi lesquels il avait rangé ses précieuses toiles, fussent confiés aux Messageries maritimes et transportés par paquebot. Après cette sage précaution, tous se trouvèrent d'accord pour tenter l'expérience poétique d'un voyage à bord du vieux cargo.

Ide et Cora partagèrent la première cabine, la plus confortable; Norbert et Stephen s'installèrent dans la deuxième, minuscule; tandis que Jan se voyait attribuer la troisième, assez spacieuse, sise à côté de celle du capitaine, un petit homme maigre au visage ratatiné qui fumait constamment de gros cigares de La Havane.

La sirène enrouée du *Stella Gothica* donna le signal du départ, et le bateau entra lentement dans le golfe d'Athènes, ayant à bâbord l'île d'Égine, et à tribord l'île de Salamine. La traversée avait commencé.

Cora et Ide bavardaient dans leur cabine.

— Je ne comprends pas, disait Cora, qu'attendez-vous donc pour annoncer vos fiançailles?

— Je n'ai pas encore dit mon *oui* définitif...

— Pourquoi pas, puisque vous l'aimez?

— Je voudrais d'abord en parler à ma mère. Tout ceci est tellement étrange, voyez-vous. Ne vous ai-je pas raconté l'histoire de Sigrid?

— Si, une histoire passionnante!

— N'est-il pas déroutant qu'Erling et moi, les enfants de

Jan Yvarsen, nous soyons tombés amoureux de Flavie et de Norbert Verneuil, c'est-à-dire des héritiers de Sigrid, qui sont aussi en quelque sorte ses descendants spirituels?

— C'est assez étrange, oui...

— La destinée des Yvarsen, dit Ide, rêveuse.

La nuit était tombée sur la mer, et un épais brouillard pesait sur les flots. Accoudés côte à côte au bastingage, Jan et Norbert essayaient vainement de percer du regard le rideau grisâtre qui tranchait sur le fond obscur du ciel nocturne.

— Je n'ai jamais vu un brouillard pareil en Méditerranée, remarqua le peintre.

— Moi non plus, répondit Jan, et il faut avouer que le moment est vraiment mal choisi pour voyager à bord de cette vieille carcasse fatiguée. Regardez! Le capitaine n'a même pas jugé utile d'allumer les feux réglementaires.

— C'est incroyable! Il devrait au moins faire marcher la sirène de temps en temps.

— Pensez-vous!

— En somme, vous êtes très mécontent d'avoir pris ce *Stella Gothica,* non?

— Si j'étais seul, cela n'aurait aucune importance, mais il y a Ide...

Norbert alla rejoindre Stephen dans leur cabine commune, et Jan resta seul sur le pont. Déchirés par la proue du navire, des lambeaux de brouillard flottaient autour de lui. Il faisait assez frais, et la mer était calme.

« Il n'y a presque pas de tangage, se dit Jan, je pourrais facilement m'endormir. »

Cependant, il ne se sentait aucune envie de retourner dans sa cabine.

« Qu'ai-je donc? Je ne me sens pas du tout à mon aise... Peur? Mais non! Une espèce d'appréhension... J'aurais dû m'opposer à cette folle idée! Il y a tant de bons paquebots sûrs et confortables qui relient la Grèce à l'Italie! »

Il se passa une main sur le front :

« Mais enfin, qu'est-ce que j'ai? Ces craintes sont ridicules! Ce *Stella Gothica* court les mers depuis de longues années, et malgré sa négligence, le capitaine sait certainement ce qu'il a à faire. Pourtant, il y a ce sentiment oppressant... »

Et soudain, Jan Yvarsen réalisa que son intuition lui avait une fois de plus fait pressentir un danger réel, terriblement réel! Déchirant le rideau de brouillard, la proue d'un autre navire venait de surgir dans la nuit. Noire, fantomatique et menaçante, elle fonçait sur le *Stella Gothica.* Jan aperçut distinctement les deux feux de position rouge et vert. Il voulut crier, donner l'alarme, mais au même moment, plusieurs appels de sirène retentirent dans le grand silence de la mer. Malheureusement, ces avertissements du bateau inconnu arrivèrent trop tard. Déjà, avec un fracas assourdissant, sa proue s'enfonçait dans la coque rouillée et usée du *Stella Gothica.* Les sirènes des deux navires se mirent à hurler à l'unisson. Des projecteurs s'allumèrent, des cris de frayeur jaillirent de l'obscurité. C'était la panique! Jan se précipita vers les cabines, appelant d'une voix rauque :

— Ide! Ide!

L'équipage était groupé près du gaillard d'avant, autour du capitaine qui hurlait des ordres en gesticulant. Personne ne s'occupait des passagers. Ils se réunirent à l'arrière, autour d'un canot de sauvetage.

— Laissez-moi faire, cria Stephen pour couvrir le vacarme, je sais manier les palans!

A ce moment survint un gros matelot italien qui hurla :

— *Lasciate questo!* Cette barque n'est pas pour vous!

Saisissant Stephen à la nuque, il le jeta brutalement sur le pont.

— Salaud! cria Norbert.

Et le poing vigoureux du peintre s'abattit sur la mâchoire du marin qui poussa un horrible juron. Un deuxième coup, à l'estomac, le réduisit au silence. Il s'affaissa comme une masse.

— Nous sombrons, hurla Jan, nous n'avons pas une minute à perdre! Déroulez cette échelle de cordage, Norbert! Cora et Ide, occupez-vous de Stephen! Je vais moi-même manier les palans!

Le canot était à flot. Ide, Cora et Stephen y étaient déjà installés.

— A votre tour, dit Jan à Norbert en lui désignant l'échelle, descendez!

— Pas question! Après vous!

— Je t'ordonne de descendre, Norbert! cria le médecin. Tu m'entends, je te l'ordonne!

Norbert obéit.

Jan enfin, le dernier, quitta le *Stella Gothica.* Il ne descendit pas seul, mais courbé sous le poids du marin que Norbert avait assommé.

— *What?* s'écria Stephen, vous sauvez cette canaille en risquant votre propre vie?

— Taisez-vous! répliqua sèchement Jan. Je sais ce que j'ai à faire! D'ailleurs, il ne s'agit pas de bavarder mais de manier les avirons. Il faut nous écarter du *Stella Gothica,* car il va sombrer d'un instant à l'autre.

— Mais dans quelle direction ramer? demanda Norbert. On ne voit rien, on est comme dans un trou noir.

— Pour le moment, il faut simplement s'éloigner du cargo. Après, nous verrons.

Cora avait une crise de nerfs et pleurait en poussant de petits cris d'angoisse. Ide, au contraire, était très calme : Norbert et Jan n'étaient-ils pas à ses côtés?

Ils ne voyaient plus rien, mais continuaient à entendre les cris et les sirènes.

— Nous allons rester dans les parages, dit Jan. Je ne crois pas que l'autre navire soit sérieusement endommagé, sans doute pourra-t-il nous recueillir.

— L'Italien vient de bouger, observa Stephen, j'ai l'impression qu'il a recouvré ses esprits.

— Et vous, comment vous sentez-vous?

— Ça va mieux, maintenant, mais il m'avait flanqué un sacré coup sur la nuque!

— Ces hommes-là deviennent féroces quand leur vie est menacée.

— Et pourtant, dit Ide, tu as bien fait de le sauver, papa. Malgré tout, c'est un être humain.

— Je l'ai sauvé, premièrement parce que c'était mon devoir, et deuxièmement parce que je pensais qu'il pourrait être utile d'avoir un marin avec nous. Car pour l'instant, nous sommes des naufragés, et nous ne savons pas ce qui peut encore nous arriver.

L'Italien se redressa et se frotta la tête. Puis il regarda autour de lui et murmura :

— *Grazie...*

Le silence était revenu, et avec lui, l'inquiétude.

— On n'entend plus de cris, plus de sirènes, plus rien du tout! Je me demande, dit Norbert, si nous ne nous sommes pas trop écartés du lieu du naufrage. Si seulement ce brouillard se dissipait! Ne rien voir, ne rien entendre... Comment, alors, s'orienter?

— Cependant, il faut continuer à ramer, répondit Jan, car la mer devient houleuse.

— C'est vrai, elle bouge de plus en plus. Cela devient inquiétant.

L'Italien bougonna :

— Vous n'avez rien à craindre, cette barque est solide. Nous arriverons bien jusqu'en Sicile avec.

— Donc, questionna Norbert, d'après vous, nous ne serions pas très éloignés de la côte sicilienne?

— A mon avis, nous sommes à une centaine de milles de Messine.

— Une centaine de milles? Mais, c'est très loin!

— Pas pour moi!

— Pourrez-vous vous orienter quand il n'y aura plus de brouillard?

— Oui, grâce au soleil.

— Qui vous dit qu'il y aura du soleil?

— Je connais cette mer comme ma poche, Monsieur, et je sais y prévoir le temps. Dans quelques heures, il fera jour, le brouillard se dissipera, et nous verrons clair.

— Pensez-vous que nous sommes loin du lieu du naufrage?

— Je ne sais pas... De toute manière, je ne me serais pas laissé recueillir par les salauds qui nous ont éventrés!

— Vous n'aviez pas les feux réglementaires.

L'Italien ignora cette remarque et répéta, rageur :

— Des salauds! des salauds! C'était un si beau bateau, le *Stella Gothica!*

Dans le fond de la barque, Stephen et Cora se parlaient à voix basse.

— C'est moi, sanglotait la jeune fille, qui ai eu l'idée de prendre ce bateau de malheur! Je suis responsable de ce qui nous arrive! C'est ma faute, ma faute!

Et Stephen essayait vainement de la consoler.

Ide vint s'asseoir à côté de son père et chuchota :

— Je voudrais te dire quelque chose d'important, papa...

— Je t'écoute, ma chérie.

— Il y a longtemps que je voulais te dire... que je...

Elle s'interrompit, embarrassée. Jan lui vint en aide :

— C'est... de Norbert que tu veux me parler, n'est-ce pas?

— Oui, papa!

— Tu l'aimes?

— Oui...

— Et lui?

— Il m'a demandé de devenir sa femme.

— Quand?

— Il y a plusieurs jours, quand nous étions encore à Mikonos. Nous étions sur la grève, avec Ulysse...

Elle se tut et songea un instant avec tendresse au brave chien qu'ils avaient dû laisser en quarantaine au Pirée. Ulysse ne pourrait quitter le territoire hellénique qu'après avoir reçu certaines vaccinations. Il avait été convenu que Norbert irait le prendre en avion dès que toutes ces formalités seraient accomplies.

— Et que lui as-tu répondu? demanda doucement Jan.

— Je l'ai supplié de patienter, d'attendre... Pourtant, je l'aime! Mais c'était trop tôt, tu comprends, papa?

— Oui, mon enfant, et ta piété envers James t'honore. Cependant, je pense que le temps est venu pour toi de te tourner résolument vers l'avenir. Norbert!

Le peintre passa ses rames à l'Italien, et s'approcha :

— Que se passe-t-il?

Ce fut Ide qui lui répondit :

— Il y a quelques jours, Norbert, je vous ai fait promesse...

— Ide!

— Avec l'assentiment de mon père, je vous dis aujourd'hui, maintenant, sur cette barque, mon *oui* définitif!

Fou de joie, Norbert la prit dans ses bras et la serra contre sa poitrine. Le danger était oublié. De nouveau, ils étaient seuls, hors du temps, dans l'éternel présent de l'amour.

Enfin, le crépuscule du matin... La brume s'évapora avec les premiers rayons de soleil. La mer apparut dans toute son immense splendeur, et les naufragés poussèrent un cri de joyeuse surprise : dans la clarté indécise de l'aube, ils voyaient voguer vers eux un navire de guerre qui leur faisait des signaux lumineux. Ils étaient sauvés!

ÉPILOGUE

L'Institut « Erling Yvarsen » était sorti du domaine des rêves, pour devenir une solide réalité. Il s'élevait dans la banlieue de la capitale suédoise, vaste édifice conçu suivant les principes de l'architecture moderne. L'imposant bâtiment avait une façade toute en verre, derrière laquelle étaient abrités les multiples services médicaux et scientifiques présidés par le mari de Flavie. Jet lumineux se dressant dans le ciel, il symbolisait d'une manière frappante le triomphe de la science sur la maladie et l'ignorance. Les savants et les chercheurs y accouraient du monde entier pour venir assister Erling Yvarsen dans la noble tâche qu'il s'était assignée : la lutte contre le cancer.

Ainsi, selon le vœu de Jan, la belle tradition des Yvarsen se perpétuait à Stockholm. Et tous pressentaient inconsciemment que l'homme sérieux et obstiné qui dirigeait cet effort généreux finirait par vaincre le terrible fléau. La lueur de l'espoir s'allumait à l'horizon.

Ce soir-là, Flavie était rentrée plus tôt qu'Erling, retenu au laboratoire pour des recherches particulièrement importantes et décisives. Après le dîner qu'elle prit en compagnie du petit Jan et d'Hanna, la fidèle gouvernante demanda :

— Madame n'a-t-elle pas envie d'aller au concert, ce soir?

— Qu'y a-t-il de particulier?

— Vous ne savez pas? fit Hanna en lui tendant un journal. Regardez! Le célèbre violoniste allemand, Hugo Stiffenacker, sera l'interprète du concerto de Mendelssohn.

— Qu'est-ce que vous dites? s'écria Flavie.

— Eh oui, Madame, c'est bien lui! Il a fait son chemin depuis, et rapidement!

— Ce n'est pas possible, fit Flavie, dans un murmure.

— Vous rappelez-vous le jour où il est venu vous présenter son lied, Madame? Ciel, que j'ai ri...

Mais déjà, Flavie téléphonait à la salle du concert pour retenir une place.

En robe du soir, éclatante de beauté et de charme, elle vint embrasser le petit Jan dans sa chambre, suivant l'habitude qui était devenue un rite. Puis elle sortit devant la maison où l'attendait un taxi. Elle se rencogna dans la voiture et se laissa emporter comme dans un songe.

Les lustres étincelaient, et de nombreuses toilettes riches et somptueuses se remarquaient dans la salle. Flavie déjà avait gagné sa place dans la première rangée des fauteuils d'orchestre. Dans une atmosphère fiévreuse, le public attendait le commencement du concert.

Quand le chef apparut, les lustres s'éteignirent à moitié, ne diffusant plus qu'une lumière tamisée. La baguette s'éleva et fit retentir les premiers accords de l'ouverture *Léonore 3* de Beethoven. Un silence religieux s'était emparé du public, qui écoutait dans un profond recueillement. Flavie, elle, guettait la fin de cette musique sublime. Car elle était venue pour voir, et non point pour entendre.

Enfin, après les dernières notes de l'ouverture, les applaudissements crépitèrent. Les musiciens se levèrent et s'inclinèrent devant l'auditoire enthousiasmé. Le chef d'orchestre fit quelques gestes exprimant la gratitude confuse, serra la main du premier violon. Bref, ce fut le rite habituel et immuable.

Cependant, Flavie devenait de plus en plus impatiente. Serait-ce vraiment lui? Ou bien s'agissait-il d'une extraordinaire ressemblance de noms? Savait-on jamais...

Elle avait la tête penchée sur son programme, lorsque les applaudissements s'élevèrent à nouveau dans la salle. Flavie se redressa et porta son regard vers la scène : c'était lui! Il venait d'apparaître, grand et élégant, dans un habit qui lui seyait à merveille. Le jeune homme maladroit, timide et excentrique, n'était plus. Hugo Stiffenacker était toujours très pâle, et comme durant les concerts chez l'armateur Stadelmann, ses grands yeux noirs brillaient d'un feu intense. Mais il avait jeté la dépouille du jeune original famélique. Ce qui subsistait, c'était le virtuose génial.

Dès que son archet attaqua les premières cadences, le public fut conquis. Hugo Stiffenacker se classait d'emblée parmi les plus géniaux interprètes. Passionné et fougueux, mais sûr de lui, un maître du violon affrontait l'un des auditoires les plus difficiles d'Europe. Et déjà, il avait gagné la partie.

Soudain, les yeux d'Hugo rencontrèrent ceux de Flavie. Ce fut comme un éclair. Et la jeune femme sut que le musicien l'aimait toujours, qu'il n'avait jamais cessé de l'aimer. A partir de ce moment, le jeu du virtuose devint sublime.

Qu'est-ce que la musique? Un don des dieux qui nous permet de rompre les liens qui nous rattachent à la terre, l'envol vers l'ineffable. Là où la parole hésite, balbutie, s'arrête, surgit la musique pour chanter l'indicible.

Les notes s'égrenaient, les accords s'enchaînaient. Hagard, mais enflammé, Hugo Stiffenacker racontait une histoire que Flavie était seule à comprendre. L'histoire éternelle d'un amour impossible.

Les lustres se rallumèrent. C'était fini, et l'auditoire était debout, frappant des pieds et des mains, saisi d'un enthousiasme frénétique. Hébétée, telle une somnambule, Flavie se fraya un chemin vers la sortie. Car sa place n'était plus là, mais auprès de l'homme qu'*elle* aimait, auprès de celui qui, absorbé par ses recherches audacieuses, veillait à cet instant dans le silence de la nuit.

La vie était revenue dans le bungalow où Ide avait naguère porté le deuil de James Starner.

Qui donc y habitait? Un couple heureux, comblé : Ide et Norbert Verneuil. De temps à autre, ils recevaient une lettre ou une carte postale expédiée, par un autre couple de jeunes mariés, du pays où leur amour avait pour la première fois fleuri, de Grèce... Ces messages étaient signés par deux archéologues, Cora et Stephen.

Norbert ne voulait plus quitter le Transvaal, il avait été séduit par l'Afrique et ses paysages grandioses. Là, il peignait les toiles qui lui étaient achetées par les plus importants musées du monde; là, il vivait en parfaite entente avec sa femme adorée. Et quand il travaillait, le fidèle Ulysse, recueilli un jour sur une île dorée par le soleil, sommeillait à ses pieds.

Un enfant leur était né, et tout naturellement, ils l'avaient appelé James... Un garçonnet qui faisait la joie quotidienne de Tom et Fanny Starner, qui le considéraient comme un véritable petit-fils.

Là aussi, une tradition se perpétuait.

Entre Nice et Monte-Carlo, une mince langue de terre pénètre dans les flots limpides de la Méditerranée : le cap Ferrat. Ici, sur cette côte privilégiée au climat tonifiant, Jan Yvarsen avait fait construire la maison dans laquelle il comptait goûter les dernières années de sa vie. Sur une plaque de laiton fixée à la grille, est gravé le nom de ce lieu enchanteur : *Journey's End,* la Fin du Voyage...

Au milieu de ses bêtes et de ses fleurs, à l'ombre de magnifiques pins d'Italie, là, Thérèse menait une existence toute de calme et de félicité.

Après le dîner pris en tête à tête avec sa chère épouse, Jan aimait descendre vers le rivage et rêver devant la mer immense qui s'étendait à perte de vue sous la pâle clarté des étoiles. Depuis quelque temps, il était troublé par une étrange musique nocturne qui couvrait la sourde rumeur des vagues. Pourquoi étrange? Parce qu'elle lui rappelait si singulièrement le jeu de Sigrid... C'était une mélodie de piano qui provenait d'une villa voisine. Sigrid... N'échapperait-il donc jamais à l'envoûtement de sa cousine passionnée? L'ombre de la suicidée du Trollhättan le poursuivrait-elle toujours et jusqu'au bout de la terre? Tandis que Jan se posait cette question angoissante, la mélodie évocatrice jaillissait de l'obscurité de la nuit et semblait flotter au-dessus de la mer immobile, comme un appel du destin.

TABLE

Achevé d'imprimer en juin 1979
sur les presses de l'imprimerie Bussière
à Saint-Amand (Cher)
pour le compte de France Loisirs
123, boulevard de Grenelle, Paris

Dépôt légal : 2e trimestre 1979.
— N° d'édit. 4400. — N° d'imp. 1234. —
Imprimé en France